U0458625

刘再复 悟读

红楼梦

红楼梦悟

刘再复

著

上海三联书店

目录

第二辑 《红楼梦》论

第三辑　《红楼梦》议

附录

总序

　　"他飞我不飞，我飞自有格"，这是我的写作秘密，也是我的内心绝对命令。我自幼喜欢《红楼梦》，也不知读了多少遍，但是出国前我对《红楼梦》不写专著，不专门写什么文章，因为那个时候阅读研究《红楼梦》的人很多，我说不出什么新话，所以就不说了，这就是"他飞我不飞"。出国之后，关于《红楼梦》，我的思想飞翔了，但我知道《红楼梦》阅读要走自己的路，即要自己独创的方法，所以我就利用海外的自由条件说出自己的红学语言。国内的朋友对《红楼梦》皆是考证和论证，我不走他们的路，而走"悟证"的道路，这就是"我飞自有格"吧。

　　所谓"悟证"，就是禅宗的方式，佛教大师慧能说："迷即众，悟即佛。"悟，其实就是直觉的方法，明心见性的方法，不借逻辑和思辨而抵达真理的方法。我一直认为，没有佛教的东传，就没有《红楼梦》。《红楼梦》本身就是一部大悟书，它佛光四射、禅意盎然，唯有"悟"能把握其核心命脉。我一再说，文学包括三个要素：心灵、想象力、审美形式。每一要素唯有靠悟才能获得，例如，贾宝玉的心灵内涵靠考证和论证都很难抵达，唯有靠悟证才能把握。

　　我已七十九岁，明年就八十了，最近又跌伤，手指骨断裂，所以往往力不从心。值得欣慰的是，我的《红楼梦》讲述赢得许多知音。上海三联书店和北京微言文化传媒有限公司的周青丰先生就是，他们决定出版我的"红楼五书"就是知音之举，我当然心存感激，有许多话要说，但也只能意长言短，说到此为止。

刘再复

2020年冬

以悟法读悟书

十二年前，我到瑞典前夕，写了一篇《背着曹雪芹和聂绀弩浪迹天涯》，说阅读《红楼梦》是漂流生活的一部分，书中那些天真而干净的少男少女是我朝夕相处的朋友。还常庆幸自己出生在《红楼梦》问世之后，否则，精神生活一定会乏味得多。我读《红楼梦》和读其他书不同，完全没有研究意识，也没有著述意识，只是喜欢阅读而已。阅读时倘若能领悟到其中一些深长意味，就高兴。

读《红楼梦》完全是出自心灵生活的需要。也许正是这种特殊的阅读心态，所以我很少读评论《红楼梦》的书，只爱阅读文本。此外，也不想写什么东西，立什么文字，只想感悟其中的一些真道理、真情感。本集子中的三百多则随想录，只是阅读时随手记下的"顿悟"，并不是"做文章"。集子中的若干篇论说，则完全是被逼出来的。其中《论〈红楼梦〉的永恒价值》一文是被梦溪兄所逼。他受北京大学中文系委托编辑一部"论红"文集，邀请一些《红楼梦》研究者作文，竟想到门外的我，而且"抓住不放"。二是被编辑所逼。香港三联的编辑约我写作一部重新评论中国古典长篇小说的书，《红楼梦》自然是不能不说的。

本集子中的《论〈红楼梦〉的忏悔意识》和《论〈红楼梦〉的哲学内涵》，则是与林岗合著的《罪与文学》一书内容结构上所必需，也属于不得不作。至于本集第三辑的"议"，更是玩玩而已。

刚出国时，太孤独，也只好请曹雪芹这位"心灵的天才"帮忙。在海外漂泊的日子里，《红楼梦》灵魂的亮光时时照射着我的思想之路与文学之路，小说中的林黛玉犹如带领但丁的贝雅特丽齐，她既是引导贾宝玉前行的女神，也是引导我走出泥浊世界的灯火。质言之，我不是把《红楼梦》作为学问对象，而是作为审美对象，特别是作为生命感悟和精神开掘的对象。生命不是概念，不是数字，不是政治符号，也不是道德符号，它是可以无限伸延的血肉与精神。

也许因为不是刻意去研究，只是用平常之心去阅读和领悟，所以常常忽略掉曹氏的家谱，而顺着自己的形而上嗜好，特别倾心也特别留心《红楼梦》中空灵的、飘逸的、神秘的一面。今天坐下来想想，倒觉得历史有这一面，才显得浩瀚；人生有这一面，才显得丰富。没有历史的神秘与命运的神秘，文学就太乏味了。

清同治八年，江顺怡在杭州发表《读红楼梦杂记》，俞平伯先生在《红楼梦辨》第十四节中对此书十分推崇，并说明其作者的姓氏、籍贯最先为顾颉刚先生所考定。江顺怡在《杂记》中说："《红楼梦》，悟书也。其所遇之人皆阅历之人，其所叙之事，皆阅历之事，其所写之情与景，皆阅历之情与景。"说得很好。《红楼梦》的确是曹雪芹阅历感悟人生的结果，这部伟大著作不是"作"出来的，而是悟出来的。《红楼梦》禅味弥漫，没有禅宗，就没有《红楼梦》，它的确是部大彻大悟之书。既然是部悟书，那么，光靠头脑去分析就不够了，恐怕还得用心灵去领悟，即以心传心，以悟读悟。禅宗方法论此处倒是用得上。所以我也就姑且给这部集子命名为《红楼梦悟》。也许因为打开生命去感悟，所以就发现王国维的不足：百年前他天才地揭示《红楼梦》的悲剧意蕴，但未能发现《红楼梦》同时又是一部荒诞剧。其深刻的荒诞内涵，正是中国现代意识的伟大开端。我相信，除了悲剧论（悲剧的本质是"有"的毁灭），还须用存在论（存在的本质是"无"）去阐释，才能把握《红楼梦》的精神整体。

刘再复

2004年9月

美国科罗拉多大学校园

本书序二

尝试《红楼梦》阅读的第三种形态

第一篇序，是年初交稿时写下的文字，接到清样后，和香港三联责任编辑舒非兄谈起我近年对于《红楼梦》阅读的方法，她听后很赞赏，并希望我能写入序中。为了不负她的鼓励，便遵命再说点话，作为序言续篇。

对于书籍的阅读，我确实非常广泛，但能让我身心整个投入的中国古典文学作品只有《红楼梦》。真正做到阅读与生命连接了。

林黛玉和贾宝玉常常借禅说爱，以心传心。有一次，林黛玉逼着贾宝玉交心而问道："宝姐姐（指宝钗）和你好你怎么样？宝姐姐不和你好你怎么样？宝姐姐前儿和你好，如今不和你好你怎么样？今儿和你好，后来不和你好你怎么样？你和他好他偏不和你好你怎么样？你不和他好他偏要和你好你怎么样？"面对这一串问题，宝玉呆了半晌，突然大笑道："任凭弱水三千，我只取一瓢饮。"在当时的语境下，贾宝玉表达的"专情于一"意思分外明白。这一意思也启迪了我对《红楼梦》的选择。人类文化史积存下来的书籍有如大海，正是"弱水三千"。人的心力有限，自然是应当取其精华。经过选择，我终于明白中国文学中国文化最大的宝藏就在《红楼梦》中，这里不仅有最丰富的人性宝藏、艺术宝藏，还有最丰富的思想宝藏、哲学宝藏。取出《红楼梦》这一瓢独自饮啜，全生命、全灵魂都受到泽溉。

阅读《红楼梦》，我大约经历了四个小段：一，大观园外阅读，知其大概；二，生命进入大观园，面对女儿国，知其精髓；三，大观园（包括女儿国与贾宝玉）反过来进入我自身生命，得其性灵；四，走出大观园审视，得其境界。王国维说读书应"入乎其内，出乎其外"，他是出乎其外地领略到《红楼梦》的宇宙境界了，但他似乎未经历"生命进入大观园女儿国"和"女儿国进入阅读者自身"的阶段，所以在《红楼梦评论》中也未能开掘贾宝玉和其他少女的生命内涵。与他不同，我则经历了生命投入和生命吸收的过程，并感到生活与灵魂一旦被《红楼梦》中的诗意生命所参与、所照明，那才真的幸运，那是连吃饭睡觉、游山玩水都感觉不一样了，此时，才觉得栖居于地球上的一点诗意。海德格尔曾说，今天的人类已经难以和本真自我相逢。确乎如此，被财富、机器、权力异化之后的人类已丢失了本真状态。正如《红楼梦》中的甄宝玉（世俗状态中的人类符号）见到本真的自我（贾宝玉）时已不认识，还对这个真我发了一通"酸论"。我阅读《红楼梦》也如甄宝玉与贾宝玉相逢，然而，自己感到欣慰的是，我还不是"纵使相逢应不识"（苏东坡语），而是充满与本真己我重逢的大喜悦。

有了一段特别的阅读经验之后，我禁不住要写下心得。一段一段地写，便发觉自己在走一条《红楼梦》阅读的新路，或者说，在尝试《红楼梦》探索的一种新的形态。两百多年来，《红楼梦》的阅读与探讨，有三种形态：一是《红楼梦》论；二是《红楼梦》辨；三是《红楼梦》悟。严格地说，直到王国维才有第一种形态，才称得上论。《红楼梦评论》有观点，有逻辑，有分析，有论证，一出手就如空谷足音，自创一格。可惜百年来"论"虽日益丰富，但受政治意识形态浸染太甚，影响了收获。与论相比，《红楼梦》辨这一形态不仅历史长，而且成就也高。所谓辨，乃是指辨析、注疏、考证、版本清理。度过索隐派这一比较牵强的阶段，从胡适起，直至俞平伯、周汝昌等，都下了功夫做考证，他们为《红楼梦》辨创造了实绩，其功难没。我缺少考证功夫，无法走《红楼梦》辨的路，至于"论"，倒是在二十年前写作《性格组合论》时就有一章论述《红楼梦》的性格描述，近年也与林岗一起论证《红楼梦》的忏悔意识和超越视角，但总觉得"论"太逻辑，难以充分表述自己对此巨著的诸多感受，无法尽兴，于是，就自然地走上"悟"的路子了。以往的《红楼梦》阅读与探索，其实也有悟，脂砚斋的批注，其中论、辨、悟的胚胎都有，历年的论者辨者也都有所悟，然而，把"悟"作为一种基本阅读形态、探讨形态和写作形态，似乎还没有。所以我才冒昧地称"悟"为第三种形态，并给拙著命名为《红楼梦悟》，与俞平伯先生的《红楼梦辨》做一对应。"悟"与"辨"的区别无须多说，而"悟"与"论"的区别则是直觉与理析的不同。实证与逻辑，这一论的主要手段，在悟中被扬弃，即使出现，也只是偶尔为之。悟的方式乃是禅的方式，即明心见性、直逼要害、道破文眼的方式，也可以说是抽离概念、范畴的审美方式。因此，它的阅读不是头脑的阅读，而是生命的阅读与灵魂的阅读。其实，这也与中医的点穴位差不多，一段悟语、悟文，力求点中一个穴位，捕住一个精神之核，至于细部论证，那只能留给他人或自己的论文了。

那天与舒非兄说的就是这一些，现在用文字写下了，也许有益于自己今后更自觉地走"红楼梦悟"的第三条路，把很快就要出版的这本书，仅仅作为问路之石，尝试而已。

刘再复

写于2005年9月29日

美国科罗拉多大学校园

第一辑 —— 《红楼梦》悟

小引（14则）

1

十几年前一个薄雾笼罩的清晨，我离开北京。匆忙中抓住两本最心爱的书籍放在挎包里，一本是《红楼梦》，一本是聂绀弩的《散宜生诗》。

带着《红楼梦》浪迹天涯。《红楼梦》在身边，故乡故国就在身边，林黛玉、贾宝玉这些最纯最美的兄弟姐妹就在身边，家园的欢笑与眼泪就在身边。远游中常有人问："你的祖国和故乡在哪里？"我从背包里掏出《红楼梦》说："故乡和祖国就在我的书袋里。"

2

故乡有时很小，有时很大。福克纳说故乡像邮票那么小是对的，加缪说故乡像海洋那么大也是对的。故乡有时是沙漠中突然出现的深井，荒野中突然出现的小溪，暗夜中突然出现的篝火；有时则是任我飞翔的天空，任我驰骋的大道，任我索取的从古到今的大智慧。

故乡故国不仅是祖母墓地背后的峰峦与山冈。故乡是生命，是让你栖息生命的生命，是负载着你的思念、你的忧伤、你的欢乐的生命。歌德笔下的少年维特，他的故乡是一个少女的名字，她叫作"绿蒂"。这个名字使维特眼里的一切全部带上诗意，使世俗的一切都化作梦与音乐。维特到处漂泊，寻找情感的家园，这个家园就是绿蒂。正如绛珠仙草——林黛玉是贾宝玉的故乡，林黛玉一死，贾宝玉就丧魂失魄，所剩下的只有良知的乡愁与情感的乡愁。

曹雪芹在《红楼梦》开篇第一回就重新定义故乡。他把故乡推到很远，推到灵河岸边三生石畔，推到无数年代之前女娲补天的大空旷，推到超验世界的大沉寂，推到遥远的白云深处和无云的更深处。由此，我们更感到生命源远流长，更意识到我们不过是到地球上来走一回的过客。过客而已，漂流而已，不要忙着占有，不要忙着争夺，不要"反认他乡是故乡"。

3

曹雪芹与荷马、但丁、莎士比亚、歌德、托尔斯泰、陀思妥耶夫斯基等最伟大的诗人作家，就像家乡的大河，而我一直是在河边舀水的小孩。如果不是他们的泽溉，我是不会长大的。我的生命所以不会干旱干枯，完全是因为时时靠近他们的缘故。出国之后，我一面愈走愈远，一面则愈走愈近。相对于一些不愉快的往事，愈走愈远；相对于"家乡的大河"与童年的摇篮，则愈走愈近。此刻，我已贴近大河最深邃的一角。生命的大欢乐就在与伟大灵魂相逢并产生灵魂共振的瞬间。

4

常常心存感激，常常感激从少年时代就养育我的精神之师，感激荷马与但丁，感激莎士比亚与托尔斯泰，感激陶渊明与曹雪芹，感激老子与慧能，感激鲁迅与冰心，感激一切给我灵魂之乳的从古到今的思想者、文学家和学问家，还有一切教我向生命本真回归与靠近的贤人与哲人，感谢他们所精心写作的书籍与文章，感谢它们让我读了之后得到安慰、温暖与力量。还心存感激，感激让我衷心崇仰的蓝天、星空和宇宙的大洁净与大神秘，感激现实之外的另一种伟大的秩序、尺度与眼睛，还感激从儿时开始就让我倾心的近处的小花与小草，远处的山峦与森林，还有屋前潺潺流淌着的小溪和它的碧波。所有这一切，都在呼唤我的生命和提高我的生命，都在帮助我保持那份质朴的内心和那盏灵魂的灯火。

5

在海外十几年，一直觉得自己的灵魂布满故国的沙土草叶和纸香墨香。这才明白，祖国就是那永远伴随着我的情感的幽灵。无论走到哪里，《山海经》《道德经》《南华经》《六祖坛经》《红楼梦》就跟到哪里。原来祖国就是图画般的方块字，就是女娲补天的手，精卫填海的青枝，老子飘忽的胡子，慧能挑水的扁担，林黛玉的诗句和眼泪，贾宝玉的痴情与呆气，还有长江黄河的长流水和老母亲那像蚕丝的白头发。

6

《红楼梦》没有被限定在各种确定的概念里，也没有被限定在"有始有终"的世界里去寻求情感逻辑。反抗有限时间逻辑，反抗有限价值逻辑，反抗世俗因缘法，《红楼梦》才成为无真无假、无善无恶、无因无果同时也是无边无涯的艺术大自在，其绵绵情思才超越时空的堤岸，让人们永远说不尽、道不完。

有用头脑写作的作家，有用心灵写作的作家，有用全生命写作的作家，曹雪芹属于用全生命写作的作家。他用生命面对生命，用生命感悟生命，用生命抒写生命。大制不割（《道德经》第二十八章），生命与宇宙同一，生命是世俗的价值尺度难以界定、难以切割的泱泱大制。

7

古希腊史诗所展现的波澜壮阔的战争，不是正与邪的战争，无所谓正义与非正义，其胜利者与失败者都是英雄。这些英雄被命运推着走，而命运的背后是性格。如果荷马也落入"成者为王，败者为寇"的逻辑，就没有这部伟大史诗。命运性格属于人，正邪之分则属于政治理念与道德理念。希腊史诗的大诗意来自生命，不是来自理念。

如果说，希腊史诗《伊利亚特》是刚的史诗，那么，《红楼梦》则是柔的史诗。前者的英雄都是男性的粗犷豪迈的英雄，其首席英雄阿基琉斯甚至十分粗野，他不懂得尊重对手赫克托耳（特洛伊主将），不懂得尊重失败的英雄。书中的主要情节——希腊和特洛伊的战争，表面上看，双方为一个美人（海伦）而战，实际上双方都把美人（女人）当作争夺的猎物，对女性并没有真的尊重。《红楼梦》则不然，它把女性视为天地的精英灵秀，精神舞台的中心，连最优秀的男子，其智慧也在她们之下。《伊利亚特》是用男人的眼睛看历史，《红楼梦》则用开悟的女子眼睛看历史，林黛玉悲题《五美吟》，薛宝琴抒写《怀古十绝》，都说明，《红楼梦》的历史眼睛是柔性的、感性的、充分人性的。

8

从荷马史诗到莎士比亚戏剧，从但丁到托尔斯泰、陀思妥耶夫斯基，从《史记》到《红楼梦》，所有经过历史筛选下来的经典，都是伟大作者在生命深处潜心创造的结果，因为是在生命深处产生，所以时间无法蒸发掉其血肉的蒸气，所以真的经典永远具有活力，永远开掘不尽。经典不朽，其实是生命不朽。没有一部经典是靠社会组织拔高或靠一些沽名钓誉之徒相互吹捧形成的。

《红楼梦》为我们树立了文学的坐标。这部伟大小说对中国的全部文化进行了过滤，凝结成一部从神瑛侍者（类似亚当）与绛珠仙草（类似夏娃）的情爱寓言开始的文学圣经。这部圣经点亮我的一切，特别是告诉我：文学不是头脑的事业，而是性情的事业与心灵的事业，必须用眼泪与生命参与这一事业。

9

《山海经》中记载的神话故事，总是让我们感到太少。那个混沌初凿的原始时代没有人去刻意记录，它的故事自然形成，也与山山水水一样自然留下，自然地伴随着一代一代的风霜雨雪积淀在民族的集体记忆里。因为不是刻意记录写作，所以更显得犹如婴儿般的纯粹。《山海经》特别宝贵，就因为它是中华文化最本真的原果汁、原血液，因此也可以称《山海经》文化为中国的原形文化。斯宾格勒在《西方的没落》提出过"伪形文化"的概念，中国文化何时发生"变形"，尚需讨论。但《山海经》没有任何伪形，未曾变质，却不容置疑。中国的长篇小说《红楼梦》一开篇就连接着《山海经》，它和《山海经》一样保持着中国文化的原生态。《三国演义》属伪形文化，《红楼梦》则属原形文化。或者说，《红楼梦》反映着中国健康的集体无意识，《三国演义》则代表着受伤的、病态的集体无意识。

10

故国几部经典长篇小说，虽然都有文学成就，可惜《三国演义》太多"机心"，《水浒传》太多"凶心"，《封神演义》太多"妄心"。唯有《西游记》和《红楼梦》总是让人喜欢，愈读愈感到亲切。《西游记》具有童心，《红楼梦》则具有"爱心"。贾宝玉也有孙悟空似的童心，但他经过少女的洗礼与导引，又升华为大爱与大慈悲之心。因此，《红楼梦》的精神境界比《西游记》又高出一筹。中国人的野心展现在前三部长篇中，而赤子之心则在后两部长篇里，尤其是在《红楼梦》里。中国人有了《红楼梦》这一伟大的人性参照系，才会警惕《三国》中人和《水浒》中人。中国人的善良、慈悲、率真、质朴等优秀人性基因，全在《红楼梦》里。有《红楼梦》在，中国人才不会都去崇尚刘备、李逵、武松等变态英雄。因为有《红楼梦》的亮光在，总有人会从少年时代开始就模仿贾宝玉，以自己的方式和名利场拉开距离。一个民族的性格主要是被文学所塑造。可惜以往太多被《三国》《水浒》所塑造，太少被《红楼梦》所塑造。

11

把小说当成救国的工具或当成启蒙的工具，好像是"大道"，其实是"小道"。此时小说的语境只是家国语境、历史语境，并非生命语境、宇宙语境。文学只有进入生命深处，抒写人性的大悲欢，叩问灵魂的大奥秘，呼唤心灵的大解放，才是大道。王国维说，《桃花扇》属家国、政治、历史，《红楼梦》属宇宙、哲学、文学，这一意思也可表述为，《桃花扇》是小道，《红楼梦》是大道。梁启超说没有新小说就没有新社会、新国家，表面上是把小说地位提高了，其实，他只知小说的"小道"，不知"大道"。大道永远是生命宇宙之道，不是国家历史之道。文学的金光大道就在《红楼梦》之中。

12

王国维一面写出《殷周制度论》《殷卜辞中所见先公先王考》《毛公鼎考释序》等学问深厚的论文，一面又写出《红楼梦评论》《人间词话》等精彩文论，前者是知性的成功，后者是悟性的成功（《红楼梦》本身正是悟性的成功）。前者的考据功夫是有形的，人们容易知其难，后者的感悟功夫是无形的，人们常常不知其更不容易。以《人间词话》而言，短短的一部词论中能有那么多击中要害的准确词识，能创立"境界"说并道破中国诗词上那些真正的精华，能感受到李后主这位小皇帝具有"释迦基督担荷人类罪恶"的大慈悲与大气魄，这是很难的。而他的《红楼梦评论》道破人间最深的悲剧并非几个"蛇蝎之人"所导演，而是包括善良人在内的共同犯罪，如此无可逃遁，才是人类的悲剧性命运。这种发现也是很难的，这不仅需要知识，而且需要诗识，需要天才，需要生命深处的内功。表面上看，它是"无心插柳"，实际上是天才大心灵内修的结果。

13

《红楼梦》给我们创造了一个诗意合众国。作为一个中国人，最能感到幸福的，是能与贾宝玉、林黛玉这些诗意生命共处一个诗情国度。"千里搭长棚，没有个不散的筵席"，这一诗意的真理，是从一个名叫小红的小丫鬟口里说出来的。《红楼梦》中连小丫鬟都有禅性语言，更不用说合众国里的桂冠诗人林黛玉了。《红楼梦》中的许多女子生时追求诗意，倘若发现生无诗意，她们也死得很有诗意，尤三姐、晴雯、鸳鸯的死亡行为都是第一流的诗篇。

如果内心没有音乐，就听不懂音乐。如果内心没有诗，就读不懂诗。生命里有诗，才有对诗的感觉。歌者与诗人感慨知音难求，就因为内心拥有音乐拥有诗的人很少。同样，如果没有灵魂，就很难读懂陀思妥耶夫斯基的"灵魂呼告"，也读不懂曹雪芹的灵魂悖论（林黛玉与薛宝钗是曹雪芹灵魂的悖论）。有人阅读经典是用生命、用灵魂，也有人是用皮肤用感官，也有人用政治用市场，后两者离曹雪芹都很远。

14

生命是诗意的源泉。所谓"史诗",重心不是"史",而是"诗"。其诗意也并非来自历史,而是来自生命。《红楼梦》展示了一个历史时代的整体风貌,又建构了诗意生命的意象系列。曹雪芹以生命方式抒写历史,又以生命为参照系批判历史,让生命气息覆盖整部小说。在历史家眼中"身为下贱"不值一提的小丫鬟,曹雪芹却发现其"心比天高"的无穷诗意。一个民族大文化的诗意是否尚存,只有一个尺度可以衡量,这就是生命尊严与生命活力是否还在。文化的精彩来自生命的精彩,当负载文化的生命主体变得势利十足、奴性十足,从腰杆到灵魂都站立不起来时,这个民族的文化便丧失诗的光泽。《红楼梦》作为诗意生命的挽歌,也给中国文化敲了警钟。

上篇（97则）

写于1985—2000年

15

《山海经》是中华民族童年时代集体的大梦。梦见精卫填海，梦见夸父追日，梦见刑天舞干戚，这是最本真、最本然的梦。《山海经》说明，中华民族有一个健康的童年。《红楼梦》一开始就讲《山海经》，就紧紧连接《山海经》。《红楼梦》是中华民族成年时期的大梦。这是关于自由的梦，关于女子解放的梦，关于诗意生命与诗意世界的梦，关于美丽花朵不要枯萎不要凋谢、美丽少女不要出嫁不要死亡的梦，关于生命按其本真本然与天地万物相融相契的梦。《红楼梦》是中华民族现代梦的伟大开端。《红楼梦》说明，中华民族近代的大梦也是健康的。德国诗人荷尔德林呼唤"人类应当诗意地栖居在地球上",中国的伟大作家与德国的伟大诗人,其大梦的内涵相似,都有大浪漫与大诗意。

人类最纯的情感保留在音乐与文学中,也可说保留在梦中。正如莎士比亚的《仲夏夜之梦》保留了人类童年天真无邪也无逻辑的梦幻与欢乐一样,《红楼梦》保留了中华民族天真无邪并无可心证意证实证的青春恋情与人性悲歌。

16

《红楼梦》中有一个未成道的基督与释迦,这就是贾宝玉。他兼爱一切人,宽恕一切人。连老是要加害他的贾环也宽恕,连欲望的化身薛蟠也可作为朋友。上至王侯,下至戏子奴婢,他都以同怀视之。他五毒不伤,对别人的攻击和世俗的是是非非浮浮沉沉花花绿绿全然没有感觉。"我不入地狱谁来入?"这对宝玉来说,不是献身的悲壮,而是天性的坦然。他天生不怕被地狱的毒焰所伤。他敏感的是别人的痛苦、别人的长处和人间的真情感,对别人的弱点和世界的荣华富贵,却很迟钝。如果说基督是穷人的救星,释迦牟尼是富人的救星,那么,贾宝玉也许正是知识者的救星,至少是我的救星。他把我从仕途经济的路上拯救出来，从知识酸果的重压下拯救出来，从人间恩恩怨怨输输赢赢计计较较的纠缠中拯救出来。

17

贾宝玉的人格心灵何等可爱。在浊水横流的昔时中国，在老气横秋的豪门府第，他的出现，就像盘古刚刚开天辟地的第一个早晨出现的婴儿，给人以完全清新完全纯粹完全亮丽的感觉。他的眼睛是创世纪第一双黎明的眼睛，是人之初第一次完全向宇宙睁开的眼睛。这双眼睛的内涵让我激动不已，它所看轻的正是世俗眼睛所看重的，它所看重的正是被世俗的眼睛所看轻的，于是，这双眼睛常常发呆，常常迷惘。虽然迷惘，却蕴藏着太阳般的灵魂的亮光。

18

曹雪芹给贾宝玉与林黛玉的前身，命名为"神瑛侍者"与"绛珠仙草"。贾宝玉是贾府中的"王子"，可是对待林黛玉和对待其他女子，却有"侍者"心态。他和林黛玉的关系位置，是把自己放在低处，放在侍者即仆人的位置，而不是主人、统治者的位置。

包括对晴雯等丫鬟也是如此。晴雯本来正是奴婢，正是侍者，可是贾宝玉却把位置颠倒过来，对她言听计从。这不是取悦，而是在情感深处看到她比自己更干净，自己应当追随其人格。正因为贾宝玉把自己放在低处，所以他才看出晴雯"身为下贱"而"心比天高"。宝玉看晴雯用的是超势利、超世俗的"天眼"，是禅宗"不二法门"（无内外，无尊卑）的"佛眼"。

19

贾宝玉一生下来就因为口衔宝玉而让人视为怪异，离开家庭后走入云空，也是怪异。真正的个性往往在于忘记自己世俗的位置与角色，只顾观看与探索，不知自己的来处与去处。然而，他的出走，却是富有大诗意的行为语言。这是贾宝玉最后的非诉说的声明。他向人间宣布，他与那个你争我夺的父母府第极不相宜，他已没有力量承受一个个的死亡与堕落。他的出走是总告别，又是大悲悯。他到哪里去并不重要，重要的是他已逃离污浊之地，虚假之乡。

贾宝玉居住的父母府第，是豪门贵族府第，而他本身又是府中的第一快乐王子。荣国府虽不是官廷，但府中布满峥嵘轩峻的厅殿楼阁和蓊蔚洇润的花木山石，还有成群成队的男仆女婢，却胜似官廷。家道中落后虽减少了气象，但仍不失为钟鸣鼎食的浮华之家。然而，即使是处于全盛的黄金时代，贾宝玉也不迷恋这个家，胸前的玉石丢失了几回——他的灵魂早已出走了好几次。

他被视为性情乖僻的异端，实际上心中拥有万种真挚情思。一个又一个清澈如水的诗化生命在面前毁灭，自己还顶着桂冠如行尸走肉，这还有人的样子吗？千里长棚下的华贵筵宴，世人闻到的全是香味，偏是快乐王子闻到朽味与血腥味。一个处于如此环境中的身心怎能不迷惘？怎能不寻求解脱？如果说，林黛玉最后的行为语言是焚烧诗稿，用一把火否定她曾经有过的期待，那么，贾宝玉则是用一走了之的行为语言否定父母府第内外人们所迷恋与追求的虚幻的天堂。一种真实的行为语言，没有标点，没有文采，没有铺设，却否定了一个权力帝国与金钱帝国。《石头记》的故事，其实是一块多余的石头否定一个欲望横流的泥浊世界的故事。贾宝玉的出走，乃是走出争名夺利的泥浊世界，被男人弄成肮脏沼泽的荒诞世界。

20

《红楼梦》中的诸多人物谁最傻？除了一个傻大姐之外还有一个傻哥哥，这就是贾宝玉。傻大姐是天生的白痴，什么也不懂。傻哥哥却有大爱与大智慧。呆中的迷惘，痴中的深邃，傻中的慈悲，憨中的悟性，沉默中的逃离家园和告别黑暗，哪样不是真性情与真灵魂！

"生而不有，为而不恃，长而不宰，是谓玄德。"(《道德经》第十章）在老子看来，人对历史责任的承担应是无言的。重担在肩，不求颂歌伴奏。做了好事，自己不说，只默默献予，这才算是真的有德。有人掉到水里，你去救援，只觉得这是应尽的责任，心里只感到快乐，没想到光荣，也不觉得是美德，这才算是德行。老子对那种仅以言说去承担责任的人是不信任的。滔滔不绝，表现的却是一个浅薄的自己。《红楼梦》里的贾宝玉就是一个默默承担罪责的傻子，他从不宣扬自己做了好事。承担、献予、宽厚全是天性。

21

贾宝玉看见金钏儿受辱死了，看见晴雯含恨死了，都是被他的母亲逼死的。本该是大慈大悲的母亲，本该是满怀温情的母亲，本该是怀爱天下一切儿女的母亲，这回也逼死无辜的孩子。母亲也杀人。贾宝玉亲眼看到母亲也杀人。这是比一切凶残更令人困惑的凶残。他绝望了，发呆了，他不能在母亲的府第里再居住下去了。他不能生存在一个连母亲也变成凶手的人间。告别故园，告别自己爱恋过的生命和生命的尸首，告别自己滚爬过但有腥味的土地，他远走了，逃亡了。逃亡者的眼睛永远带着大迷惘与大忧伤。《俄狄浦斯王》时代的人类不认识自己的母亲，所以才有弑父娶母的悲剧；《哈姆雷特》时代的人类认识了自己的母亲但不知道怎么对待自己的母亲，所以才有丹麦王子永恒的犹豫与彷徨；《红楼梦》时代的人类认识了自己的母亲，却发现母亲也是人间的枷锁与杀手，母性的权威也制造着儿女饱含血泪的悲惨剧。

22

曹雪芹笔下的贾宝玉，歌德笔下的少年维特，菲茨杰拉德（F. Scott Fitzgerald）笔下的盖茨比（Gatsby）都是最有人间性情的人物，内心均有大浪漫。贾宝玉为秦可卿之死吐血，为晴雯之死泣祭，为鸳鸯之死痛哭，为林黛玉之死发呆，都是在做诗情女子不要死的大梦，都是《西厢记》等小浪漫不能比的大浪漫。浮士德是歌德头脑（理念）的产物，而少年维特则是歌德生命的产物。贾宝玉、盖茨比也是生命的产物，所以浑身都是生命永恒的气息。拿破仑喜欢少年维特，上战场时带的是《少年维特之烦恼》，从这里可以得知这位法兰西偶像内心也有真性情与大浪漫。

23

　　林黛玉与贾宝玉的青春之恋，是天国之恋。表面上看，是地上两个人的相互倾慕，深一些看，却是天上两颗星星的诗意情谊与生死情谊。来到人间之前，这对情侣就在天国留下一段以甘露泽溉仙草的初恋故事，降临人世后，又演出一场刻骨铭心的还泪悲剧。天国之恋不是神话，而是生命深处的心灵之恋。贾宝玉与林黛玉潜意识中都有一种乡愁，这种乡愁便是对初恋的记忆。他们第一次见面，一个觉得"眼熟"，一个觉得"见过"，就是这种记忆。他们到达人间的第二次相逢相爱，只是天国之恋的继续。"木石前盟"与"金玉良缘"的区别就在于，一是天国之恋，一是世俗之恋。林黛玉是天真的，薛宝钗是世故的。如果说贾宝玉是亚当，那么，夏娃是林黛玉，而不是薛宝钗。

24

　　林黛玉常常落泪。她和贾宝玉的恋情从浅处看是悲切，从深处看则是充实。林、贾的爱情是中国文学中最富有文化含量也最有灵魂含量的爱情。他们的每次倾吐每次冲突都可开掘出意义，特别是用诗所做的交流，更是意义非常。《红楼梦》中最精彩的两首长诗，一首是林黛玉的《葬花词》，一首是贾宝玉祭奠晴雯的《芙蓉女儿诔》。林黛玉咏叹之后，为之"痴倒""恸倒"的是贾宝玉；贾宝玉祭奠后为之倾倒的是林黛玉。他们互为知音。这两首千古绝唱发表时，听众都只有一个。林、贾是真正的诗人，他们不知何为社会效应，宁可一人之啧啧，不求万人之谔谔。

25

中国的文人画把不见人间烟火的"逸境"视为比"神境"更高的境界。但是，通常只知道逸境在大自然之中，不知道逸境也可以在人际关系中。《红楼梦》中的贾宝玉和林黛玉的关系极为密切，但是他们的关系却有一种看不见又可感觉得到的"逸境"状态。他俩之间，绝对不议论俗人俗事。不仅放下政治，而且放下社会。世俗的是非究竟，进入不了他们的话题，更进入不了他们的心灵。他们是个体情感中人，不是社会关系中人。他们俩的关系，是无关系的关系。这种关系的"逸境"状态，是一种万物本真契入性情的诗意状态，连争吵都富有诗意。

26

在《红楼梦》中，林黛玉是先知先觉，贾宝玉是后知后觉。王熙凤等虽极聪明，实际上是不知不觉，即永远未能对宇宙人生拥有根本性的体悟。"无立足境，是方干净"，是林黛玉先体悟到的，然后才启发了贾宝玉。贾宝玉的觉悟是对本真己我的守持。那些劝导他熟读文章经典的贾政、北静王（水溶）等，误认为陷入功名利禄世界的自己是本来意义上的自我，误认陷阱为大道正道，其实是不知不觉。《红楼梦》中的人物数百人，属于大彻大悟的，只有黛玉、宝玉二人。

27

快乐在自然之中，不在意志之中。在哲学上，"自然"的对立项是"意志"。释迦牟尼永远微笑着，因为告别了宫廷权力意志，便得到大快乐。庄子发现自然之道，也得大快乐，连妻子死了，也鼓盆而歌。慧能放逐概念，明白四达，赢得大自在，也是大快乐。陶渊明回归田园后，也有羁鸟还林、池鱼归渊的大快乐，所以他没有王维、孟浩然式的惆怅。林黛玉与贾宝玉的爱恋过程，是林黛玉的"还泪"过程，还泪中有伤感，也有伤感到极处的大快乐。"还泪"是美，不是苦难。"泪尽"是个悲剧，又是一个大解脱。"人向广寒奔"，林黛玉最后走出被权力意志戏弄的人间，得到的是大自由，可惜《红楼梦》后四十回未写出这一层。

28

有对立才有密切。林黛玉动不动就和贾宝玉"吵架"，处处对立，因为她和他最密切。重视他者，才能为爱而焦虑而死亡。没有对立，一切顺乎自然，固然没有紧张，但也没有对他者的承担。庄子强调自然，要抹掉的就是对立。包括生与死的对立、祸与福的对立等等，因此，他对死没有紧张，更没有恐惧。庄子说："其生若浮，其死若休。""虽南面王乐，不能过也。"（《庄子·至乐》）他的"齐物"思想，包括齐生死、齐浮沉、齐寿夭等，在一切对立中采取逍遥（不在乎）的态度。既然没有生死的界限，没有此岸与彼岸的分别，也就没有辞世的悲伤，所以妻子死了，他照样鼓盆而歌。贾宝玉对死不是这种态度，他听到秦可卿死讯时，竟伤心得吐血，听到林黛玉、鸳鸯死时更是痛哭以至发疯。《红楼梦》反抗儒教，喜欢庄禅，但与庄子思想并不相等。庄子不相信情的实在，曹雪芹的骨子里还是相信情是最后的实在。

29

贾宝玉是贾府的宠儿，天生的快乐王子，未受过任何磨难，缺少对血雨腥风的感受。黛玉则不同，她的母亲过早去世，孤苦伶仃，漂流到外婆家后，寄人篱下，被人视为不合群的异端，因此，她有"一年三百六十日，风刀霜剑严相逼"的忧患之感。这种经历使她比贾宝玉深刻，因此，她的诗总是比贾宝玉的诗更有深度。

花开花落，似乎很平常，然而，林黛玉却真正了解它的悲剧内涵。花朵的盛开只是风霜相逼的结果。鲜花在艰难中生根、孕育、萌动、含苞、怒放。怒放的片刻，恰如加缪笔下的神话英雄西西弗斯辛辛苦苦把石头推到山顶，而一旦到达山顶，接下去便是滚落，再接下去又是一番往上推的苦斗。花的命运也是如此，花开总是紧紧连着花落。可是，落红化作春泥之后，明年又是一番艰辛，一场挣扎，又是一轮怪圈似的奋战与毁灭。林黛玉显然深深地了解人生这种无可逃遁的悲剧性。

30

在"生命—宇宙"的大语境中，人只不过是到地球上走一回的过客，诗人更是永远的流浪汉，不会有固定的立足之地，不会有终极的凯旋门。林黛玉比贾宝玉悟性更高，她更早地悟到这一点。因此，当宝玉写下禅语"你证我证，心证意证。是无有证，斯可云证。无可云证，是立足境"时，黛玉立即给予点破："无立足境，是方干净。"林黛玉补上这八字禅思禅核，是《红楼梦》的文眼和最高境界。无立足境，无常住所，永远行走，永远漂流，才会放下占有的欲望。本来无一物，现在又不执着于功名利禄和琼楼玉宇，自然就不会陷入泥浊世界之中。这是林黛玉对贾宝玉的诗意提示。

男人的眼睛总是被占有的欲望和野心所遮蔽而狭窄化，贾宝玉虽然也是男性，但他在林黛玉的指引下不断地放下欲望，不断提升和扩大眼界。林黛玉实际上是引导贾宝玉前行的女神。

31

林黛玉真不愧是大观园里的首席诗人。她的《葬花词》，不仅写出大悲伤，而且写出大苍凉。诗中所问，都是摧人心魂的"天问"。"花谢花飞花满天，红消香断有谁怜？""桃李明年能再发，明年闺中知有谁？""昨宵庭外悲歌发，知是花魂与鸟魂？""侬今葬花人笑痴，他年葬侬知是谁？"特别让人震撼的是问："天尽头，何处有香丘？"这是千古绝"问"。天地的始末，生命的归宿，时间的大空旷，空间的大混沌，全在提问中。林黛玉不仅有陈子昂苍凉的恢宏，而且还有陈子昂所缺少的苍凉中的空灵与飘逸。一个弱女子，写出如此的苍凉感，这才是生命一宇宙境界。和这一境界相比，历史显得很轻，家国境界显得很小。李清照的"凄凄、惨惨、戚戚"就是属于这后一种境界。生命—宇宙语境大于家国—历史语境，能在生命—宇宙境界中飞驰的诗魂，才是大诗魂。

《葬花词》是一首美丽生命的挽歌。挽歌的一般境界是凄美，高一些的境界是孤寒，最高的境界是空寂。《葬花词》由低入高，最后抵达绝顶处。

32

贾宝玉在林黛玉面前显得很傻很笨，林黛玉的智慧总是高出贾宝玉一筹。但林黛玉却很爱他，一见如故，一往情深，一路还泪。因为她知道他是一个大爱者。倘若那时基督的名字已进入中国，她一定会知道他就是一个成道中的基督；假如那时她能到西方阅读文学经典，她也一定会知道他就是尤利西斯似的"伟大的流浪情圣"，从灵河岸边三生石畔一直漂流到地球东方的情痴情圣。贾宝玉虽然傻，但各种道理一经林黛玉点拨就通。大爱者有慈悲心。仁慈的胸怀，不仅最为广阔，也最为通畅，慈悲与悟性是相通的，愈是慈悲，愈容易接受真理，愈容易悟道。爱能打通心灵，恨却只能堵塞心灵。被仇恨占据的头脑，最难开窍。

33

　　说林黛玉"多愁善感"，过于平淡。林黛玉的愁，不是一般的愁，而是愁到骨子里的幽怨；林黛玉的感，不是一般的感，而是深到骨子里的伤感。人们都知道林黛玉"愁"，但往往不知她的愁乃是永远的情感乡愁。那遥远的灵河岸边三生石畔，是她的故乡，是她和神瑛侍者的"伊甸园"。她和他共享的是甘露灌溉的干净岁月，是生命与天地万物相融相契的澄明时光。现在落到人间，虽然往日的侍者还爱着她，但却不能整个属于她，而且这个人间，到处是冷漠与猜忌的目光，她在此处生活太不相宜。愈是感到不相宜，乡愁就愈深，一直深到无穷无尽处。这种被天国的甘露与现时的泪水泡浸出来又深化到骨子里的缠绵，是柔美的极致。什么可以和这种美相比呢？似乎只有柴可夫斯基的音乐才像她。俄罗斯这位天才创作的音乐，是一种纯粹的忧伤和刻骨的缠绵，他把人性的至真至柔推向最深处，苦得让人感到甜蜜，正如林黛玉忧伤得让人产生一种难以置信的快乐。

34

　　黛玉在《葬花词》中说："明媚鲜妍能几时，一朝漂泊难寻觅。"最美的花朵，却最脆弱，最难持久，这是最令人惋惜的。少女之美，是一次性的美，一刹那的美，它是人间的至真至美，也最脆弱，最难持久。感悟到至美的短暂、易碎与难以再生，便是最深刻的伤感。林黛玉是中国最美的生命景观。她太稀有，太珍贵，根本无法在尔虞我诈的世上存活。这不是个例。苏格拉底和基督也无法活在他们的时代。一个最善良、最珍贵的稀有生命被钉在十字架上饱受苦难。中国没有空间可容纳林黛玉这种生命景观，这是为什么？《葬花词》寄托着曹雪芹的梦：让稀有的花朵、少女能够长久存活，能够免受摧残。

35

林黛玉和薛宝钗都很美丽，但薛宝钗在安静外表的覆盖下，其内心却积淀着许多世俗的尘土。她能适应世俗社会的规范，没有深刻的忧伤，更没有刻骨铭心的缠绵，所以她活得很好。林黛玉的内心是一片净土，她的眼泪，全是净水。她与世俗社会格格不入，世俗的泥浊也进入不了她的内心。她靠自己的忧伤独撑高洁的灵魂，也呈现出薛宝钗所没有的纯粹的美。然而，世俗社会的残酷规律是"适者生存"，她终于活不下来，连诗稿也无处存放。

林黛玉并不要求他人像她那样生活，也不要求他人具有她那样的诗情诗心，但是他人却看不惯她，并要求她和他们过一样的生活，所以嫌她性格过于古怪。也因为她太特别，太精彩，理解她的人也极少。唯一能理解她的贾宝玉成为支撑生命的支柱。柱子一旦不可靠，她就生病、吐血、死亡，生命就整个崩塌。在大宇宙中，地球是稀有的，人类是稀有的，才貌兼备的女子更是稀有，而林黛玉这种女子，又是稀有中的稀有。曹雪芹深知稀有生命的宝贵、艰辛和无尽的诗意，所以他伟大。

36

用世俗的眼睛、庸人的眼睛看林黛玉，永远看不明白。她的前身是名叫"绛珠仙草"的女神，到人间来只是来"走一遭"，最后还是要回到她的故乡。不想带走人间的各种物色，只是到人间走一走，只是到世上看一看，不求什么。最后她悟到一切皆空，连自己用一生的眼泪所灌溉的情爱也不真实，连那些用心血铸成的诗稿也是幻相。付之一炬，免得留下欺骗别人。她来到人间一回，虽然也潇洒，但失望极了，人间真的不洁不净、无情无义，连贾宝玉也辜负她的眼泪。她真的把一切都看透了，连情爱也看透，不给人间制造任何假象。林黛玉的绝望是对人间世界最深刻的批判。

37

中国文学史上一些精彩的生命，诸如嵇康、陶渊明、李白、苏东坡、李商隐等，并不是儒家文化塑造的。儒家讲究"秩序优先"，并非"个性优先"。秩序优先自有它的道理，但往往给个体生命带来屈辱。《红楼梦》中的林黛玉尚"个性优先"，薛宝钗则崇"秩序优先"。人类永恒的困惑，也可说是思虑中最大的一对悖论，是"重天演"还是"重人为"的悖论。前者重自然、重自由、重生命，后者重意志、重秩序、重伦理。中国的庄禅属前者，儒家属后者。《红楼梦》中的林黛玉与薛宝钗是曹雪芹灵魂的悖论，也是人类思想永恒的悖论。林薛之争，不是善恶之争，也不是是非之争，而是曹雪芹灵魂的二律背反。

38

贾宝玉对林黛玉和薛宝钗都有爱意，但对林黛玉的爱中还有敬意，而对薛宝钗虽也彬彬有礼却无深深敬意。因此，宝玉对黛玉的爱更带精神性，也更有爱的深度。《红楼梦》第三十六回有一段话描述宝玉在内心划清了他对林、薛的不同感情态度："……宝钗辈有时见机导劝，反生起气来，只说'好好的一个清净洁白女儿，也学的钓名沽誉，入了国贼禄鬼之流。这总是前人无故生事，立言竖辞，原为导后世的须眉浊物。不想我生不幸，亦且琼闺绣阁中亦染此风，真真有负天地钟灵毓秀之德'。……独有林黛玉自幼不曾劝他去立身扬名等语，所以深敬黛玉。""深敬"二字，是理解贾宝玉乃至《红楼梦》的一把钥匙。贾宝玉深敬谁，不敬谁，这便是《红楼梦》的心灵指向。林黛玉实际上是贾宝玉的"精神领袖"，贾宝玉一直被她领着走，因此精神也一步一步得到提升。

39

《红楼梦》中有两个世界：一是少女构成的净水世界，一是男子构成的泥浊世界。泥浊世界的主体，什么也忘不了，什么也放不下，什么也想不开。《红楼梦》的主题歌——《好了歌》，嘲讽的就是这种忙忙碌碌的主体，这是一些在名利场上滚打不休，在仕途经济路上左冲右突的双脚生物。他们全都沉浸在巧取豪夺之中，唯有贾宝玉走到泥浊世界之外。可是贾宝玉总是被嘲笑、被训斥，连慈悲故事也被当作笑话。泥浊中人嘲弄泥浊外人，放不下的人嘲弄放得下的人，这正是从古到今的人间社会。唯有到了《好了歌》，才来了个反嘲弄。

曹雪芹把女子分为未嫁的少女与已嫁的妇女，在两者之间画了一条严格界限。女子嫁出之后，便从清澈世界走入角逐权力财力的泥浊世界，身心全然变形变质。因此，曹雪芹拒绝让自己笔下最心爱的女子出嫁。所以林黛玉、晴雯等未婚前便已死亡。少女要保持自己天性中的纯洁本体，就一定要拒绝"男人的问题"，站立在泥浊世界的彼岸。"出淤泥而不染"这一古老的莲境梦境，被曹雪芹表现得极为动人。

40

《红楼梦》中的女儿国，立于"大观园"。大观，这正是曹雪芹看世界的方式。"先立乎其大者，则其小者弗能夺也。"也可以说，曹雪芹的眼睛是大观的眼睛，这种眼睛不是"俗眼"，而是"天眼"；不是世俗的视角，而是宇宙的超越视角。曹雪芹用"大观的眼睛"看人间，不仅看出大悲剧，还看出大闹剧。《好了歌》就是荒诞歌，就是嘲讽争名夺利的喜剧主题歌，甄士隐的注解则是主题歌的补充。"世人都晓神仙好，惟有功名忘不了"，"世人都晓神仙好，只有金银忘不了"，因为这个"忘不了"，人世间便无休止地演出荒诞剧：乱哄哄你方唱罢我登场。王国维看清了《红楼梦》的悲剧价值，但没有看清《红楼梦》的喜剧价值。也许是看清了，但不道破，特留待后人来说明。

41

《红楼梦》一开始就介绍主人公的来历乃是被抛入"大荒山无稽崖"中的一块多余的石头。如果把贾宝玉的名字视为人的象征,那么,人一开始就带有"无稽性",就身处荒诞无稽的境遇之中。

20世纪的荒诞派小说家、戏剧家发现整个世界都是"大荒山""无稽崖",人是山崖中的荒诞生物,从而叩问人的存在意义。曹雪芹早在二百年前就感觉到,人不仅出身于无稽崖中,而且生活在无稽的闹剧状态中:短暂的人生就为功名而活,为娇妻美妾而活,为金银满箱而活。在仕途经济中,为求一顶桂冠,不仅一身热汗冷汗,而且一身污泥污水。把有价值的撕毁给人们看是悲剧(鲁迅语),把无价值的当作高价值而争得天翻地覆、头破血流的是喜剧。"风月宝鉴"的正面是美色,背面却是骷髅。人们追逐物色美色的游戏,原来是一场归结为骷髅的荒诞剧。在名利场中打滚的一部分人类,其所谓进化,乃是"又向荒唐演大荒"的"大荒无稽"进程。

42

耶和华(《旧约》)讲神明意志,尼采讲权力意志,叔本华讲生命意志（探讨意志、欲望、痛苦的出路）。老子讲自然，庄子讲自然，禅宗讲自然。"人法地，地法天，天法道，道法自然"（《道德经》第二十五章），老子把自然看成最高境界，因此，对意志保持警惕。所谓自然，就是反意志。《红楼梦》的哲学基础是自然，不是意志。王国维以叔本华的欲望—意志论解释《红楼梦》，只能说明人的情欲追求的部分，不能说明其自然性灵的部分，即其空灵的、飘逸的部分。而对意志的反抗，王国维只讲消极解脱（弃欲出家），未开掘书中的积极解脱（诗国中的审美解脱）和自然解脱（回归生命本真状态）的思想。

43

贾宝玉最初由一僧一道带来，最后又由一僧一道带走。在《红楼梦》里，佛、道融合为一。"禅"是佛教最精致、最精彩的部分。《红楼梦》浸透了禅性。禅不立文字，这对曹雪芹的启迪不是不写文章，而是超越一切狭隘的命名和意识形态，放逐概念，直面生命。而每一个体生命都是多重体、复合体，其命运都具多重暗示，它不是"好人""坏人""善人""恶人"等本质化概念可以描述和定义的。鲁迅称赞《红楼梦》打破"写好人绝对好，写坏人绝对坏"的传统格局，其所以能打破，就因为放逐了政治权力和道德权力操纵下的机械分类概念。曹雪芹深深悟到禅宗（慧能）的"不二法门"，悟到一切生命个体的人性深处都有佛性因子，因此他看到的是生命的"整体相"，不是"分别相"。

44

在带有意象组合的中国语言文字里，"好"字是"女"和"子"二字组成的（女＋子＝好）。在曹雪芹眼里，女子就是好。尤其是未出嫁、未进入社会的少年女子，更是天地灵秀、宇宙精华。她们就是真，就是善，就是美。可惜，她们拥有的生命时间与少女岁月太短暂，"好"很快就会"了"。《红楼梦》就是一曲《好了歌》，一曲少年女子诗意青春了结的挽歌，一曲至好至美至真至善至柔的诗意生命毁灭的挽歌。《好了歌》具有多重意义与多重暗示，挽歌仅是其中的一重意义。

45

加拿大女权主义批评家玛格丽特·阿特伍德在《自相矛盾和进退两难：妇女作为作家》一文中谴责文学艺术评论界的一种数学公式，即"不好／女性"的公式。在这种普遍公式之下，看到写得不好的作品，就说它是"女人气"，看到不好的绘画，就说它是"女画家"的作品。玛格丽特竭力翻这个案，竭力谋求建立新的公式："好／女性"。

玛格丽特确实指出一种习惯性的偏执，这种偏执连恩格斯也在所难免，他在论述19世纪的德国散文时就用了"女人气"一词进行否定性批评。可惜，玛格丽特没有发现曹雪芹，整部《红楼梦》恰恰确立了一个"好／女性"的公式。汉语中的"好"字，分解开来恰恰是"女""子"二字。《红楼梦》正是一曲伟大的《好了歌》。人类文学史上，还没有一个作家如此自觉如此紧密地把"好"和"女性"融化为一体，而且写出一部女子的感天动地的赞歌与挽歌。

但是曹雪芹并不是女权主义者。他在"好／女性"的公式下充分发现人性的丰富性与复杂性，女性有无穷的差异，女人气更有无数的种类。他尊重女性，是人性立场，不是女权立场。而当代的许多女权主义批评家却常常是以意识形态立场取代人性立场，结果把女权主义变成女人统治的历史主义和专制主义。

46

曹雪芹关于少女的思索，超出前人的水平，不在于他做了"男尊女卑"的翻案文章，而在于他在形而上的层面，把少女放在广阔的时间与空间中，表现出他对宇宙本体和历史本体的一种很深刻的见解。在空间上，女子是与男子相对应的人类社会的另一极。只有两极，才能组成人类社会。然而，在约伯的天平上，这两极是永远倾斜的。在曹雪芹看来，唯有女子这一极才干净，才是重心。这一极的少女部分，不仅具有造物主赋予的集天地之精华的超乎男子的容貌，代表着文学的审美向度，而且她们一直处于争名逐利的社会的彼岸，代表着人间的道德向度。道德不是成熟的假面，而是不知算计、拒绝世故的婴儿状态与少女状态，即人类的本真本然状态。人类社会一面创造愈来愈多的知识，另一面则被知识所遮蔽而离本真本然愈来愈远。唯有在少女身上，才保存着人类早期的质朴的灵魂。这一灵魂，才是天地之心。

47

曹雪芹几乎赋予"女子"一种宗教地位。他确认女子乃是人类社会中的本体，把女子提高到与诸神并列的位置，对女子怀有一种崇拜的宗教情感。——"这女儿两个字，极尊贵、极清净的，比那阿弥陀佛、元始天尊的这两个宝号还更尊荣无对的呢！"宝玉把女儿尊为女神，有女子在身边，他才获得"灵魂"。他说："必得两个女儿伴着我读书，我方能认得字，心里也明白；不然我自己心里糊涂。"
贾雨村对冷子兴介绍宝玉，说他"其暴虐浮躁，顽劣憨痴，种种异常。只一放了学，进去见了那些女儿们，其温厚和平，聪敏文雅，竟又变了一个"。贾宝玉原先只是一块顽石，获得灵性来到人间之后具有双重可能，完全可能被浊气所污染而重新变成冰冷的石头，然而，林黛玉的眼泪柔化了这块石头，让它没有走向暴虐而保持温厚与温馨。可以说，贾宝玉的心灵在很大的程度上被林黛玉所塑造。和但丁靠着女神贝雅特丽齐的导引走访地狱一样，贾宝玉靠着身边女神的导引，带着大慈悲，走访了中国华贵而龌龊的活地狱。

48

《红楼梦》通过"爱"与"智慧"的视角去发现妇女，所以发现了林黛玉、晴雯、妙玉、鸳鸯等精彩女性。而"五四"则通过"压迫""反抗""斗争"的视角去发现妇女，所以发现了娜拉，发现了祥林嫂，发现了子君。曹雪芹的发现是发现妇女中的少女乃是人上人，即人中最精彩的人；而"五四"则发现"妇女不是人"，是"人下人"，即男人是奴隶，而女人是奴隶的奴隶。《红楼梦》的发现，是真正地对美的发现。《红楼梦》的感觉，是更纯粹的审美感觉。

49

西方有位哲人说，死亡没有种类。而曹雪芹却看到死亡的无数种类和死亡所具有的不同的质。贾敬、贾瑞这些男人的死和晴雯、鸳鸯这些小女子的死是完全不同质的死。晴雯、尤三姐和鸳鸯，都把死亡看得很轻，不怕死，一旦受辱，便不顾一切为守护人格尊严而奔赴死亡，或用一把剑，或用一条绳子，断然把自己了结。她们很像《山海经》时代的英雄，没有死亡恐惧，或扑向太阳，或扑向大海，绝不犹豫。美的死亡是美的最后显现，它比美本身更美。人们看到的不仅是美的死亡，而且是死亡的美。哲学家或把死亡视为存在后的虚无，或视为虚无后的存在。晴雯等的行为，乃是以死创造了一个虚无后的美丽存在，在"无"中实现"有"，在"死"中实现"美"。

50

日本武士道对自杀有一种特别的见解，它认为这一生命的"总了"可以创造出美的极致，正如樱花，瞬间的灿烂，却给世界留下美的永恒。"花为樱花，人为武士"（日谚），武士们把死的本身作为目的，以致一生都在策划一种东西，也可说致力于一个目标，这就是死的辉煌。因此，他们不仅没有死的恐惧，而且像迎接樱花季节一样地迎接死的到来。著名作家三岛由纪夫在自杀之前，就在《新潮周刊》刊登广告，征求有关切腹自杀规则的书籍，认真做了准备，自杀之时，又切实遵守切腹的规定，完全保持了这一传统行为的形式。他曾对友人说，他要自编一部"死的形式美学"，果然如此，只是这部美学，不是文学语言所书写，而是行为语言所书写。

《红楼梦》中的尤三姐也用自己的行为语言创造了一部美学。尤三姐是瓶烈酒，又是一瓶极纯粹的酒，她的自杀，刚烈、庄严、干脆利落，犹如毅然举起杯盏，把酒泼洒在地，一点也不拖泥带水。只是她并没有日本武士那种以"自杀为美"的意识。她的死亡抉择，只是因为情的幻灭。因此，她也没有像三岛由纪夫那样，刻意去设计死亡的盛典仪式。但她在瞬间所做的果断的自我了结，悲愤之情完全压倒死亡恐惧，也死得如樱花灿烂，于片刻中给世界留下永恒之美。

51

在主奴结构的社会中，主人要保持人的骄傲不容易，因为他们还必须向更高的主子卑躬屈膝；而奴仆要保持人的骄傲就更难，也很稀少。晴雯所以被曹雪芹赞为"心比天高"，而且被无数读者所喜爱，就是她身为女仆却保持了人的骄傲。当宝玉为了一把扇子而有所微词时，她立即借此警告宝玉："二爷近来气大的很，行动就给脸子瞧。前儿连袭人都打了，今儿又来寻我们的不是。要踢要打凭爷去。就是跌了扇子，也是平常的事。"之后又以撕扇子这一行为语言发出心灵的冷笑，这不仅为自己，也为其他奴仆。这一行为语言告诉宝玉两点：一是人比物（扇子）贵；二是奴仆不可欺。宝玉当时虽然气得浑身打颤，但过后却显然钦佩她。而她在临终之前对宝玉所说的"早知今日，何不当初"的一番话和赠送两根葱管一般的指甲，当宝玉要把指甲藏起时，晴雯对他说道："回去他们看见了要问，不必撒谎，就说是我的。既担了虚名，越性如此，也不过这样了。"这是晴雯生命的结束语，告别人间的最后宣言。这些语言，恰恰是教导宝玉要保持人的骄傲的语言。两根指甲放射的光辉和这席话放射的光辉，不仅穿刺黑暗的王国而且也照亮宝玉的灵魂。如果说林黛玉是引导宝玉走向精神高山的第一女神，那么，晴雯则是第二女神。

52

中国的史书，包括最优秀的如《史记》这样的史书，都见不到伟大的女性。许多美丽能干的女人，无论是身为皇后还是王妃，往往都是黑暗政治的"替罪羊"，为男人承担历史罪恶。从妲己到吕后到慈禧太后均是如此。在史家的笔下，功劳属于男人，罪过属于女人，男人创造历史，女人污染历史。《红楼梦》中林黛玉却一反老调，她所作的《五美吟》，为女人歌功颂德，为西施、虞姬、明妃、绿珠、红拂等五位"尤物"树立丰碑，着意翻历史大案。在她的清明的目光中，许多帝王将相，其实都不如一个小女子。陈寅恪先生作《柳如是别传》，也暗示明末清初的许多大儒名流，其人格却不如一个妓女。

《红楼梦》中的"薛小妹"薛宝琴，属曹雪芹尚未充分描写、充分展开的人物，但她聪明过人已被贾母所发现，所以贾母格外宠爱她（让她睡在自己的寝室里），她作十首怀古绝句，从"赤壁沉埋水不流，徒留名姓载空舟"的调侃开始，质疑男人的历史业绩，但对马援、张良、韩信、王昭君、杨贵妃等历史人物充满同情的理解，用的完全是一双中性的眼睛。这种眼睛里没有功利的杂质，具有一种纯粹，一种天然的公平与合情合理，比书斋里的历史学家更准确。历史学家虽有知识，可惜眼睛常常被概念和利益所堵塞而狭隘化了。一狭隘就不合事实，也不合事理，其所谓"史识"，反而不是真见识。

53

拙著《面壁沉思录》说过："孟子留给中国人最宝贵的精神遗产是教中国人如何面对苦难、面对幸福和面对压迫。"苦难中高洁的品格不能动摇（"贫贱不能移"）；富贵安逸中身心不能堕落（"富贵不能淫"）；权势压力下则要挺直脊骨和保持人的骄傲（"威武不能屈"）。可是我们当今的中国人好像既不懂得面对苦难，也不懂得面对幸福与压迫。在繁荣富裕的今天，欲望无限膨胀，让金钱麻醉全部神经，甚至连做人的心灵原则都没有；至于在权势面前，多数的世相是羊相和奴才相。然而，在《红楼梦》中，我们却见到了"威武不能屈"的女仆，这就是鸳鸯。当阔老爷贾赦企图纳她为妾的时候，她直面权势，站立在荣国府的大厅之中当着众人发出宣言："就是老太太逼我，一刀子抹死了，也不能从命。"之后又以断然一死向权势者发出浩浩然的抗议。此宣言，此行为，此气概，此人格，此"不自由毋宁死"的生命景象，正是专制黑暗王国里的一道辉煌的闪电。中国当代知识人千百万，不知能有几个人能及这个小丫鬟。

54

《红楼梦》中的女子一个一个自杀，有的伏剑自刎（尤三姐），有的吞金自尽（尤二姐），有的投井自坠（金钏儿），有的触柱自亡（瑞珠），有的撞墙自毁（司棋），有的挂绳自缢（鸳鸯），等等。晴雯之死和林黛玉之死，虽不是自杀，但也是被自己的忧郁与悲伤所杀，其重量也与自杀相等。

　　曹雪芹笔下的这些未被世俗尘埃所腐蚀的少女，都比男性更热烈地拥抱生命自然，更爱生命本身。她们之中有的也很有文化，但对文化保持警惕，她们不受文化所缚，却个个为情为生命自然而死。而《红楼梦》中的男子除了潘又安这个"小人物"之外，没有一个堂堂男子汉为爱殉身。贾宝玉和柳湘莲为爱遁入空门，已不简单。和女子相比，男人在死亡面前，心情要复杂得多。他们有文化，不死的理由也"丰富"得多，包括"天生我材必有用""天将降大任于斯人也"等等理由。男人总是被欲望所牵制，被功名利禄所诱惑，对世俗世界有太多的迷恋，加上善于用各种主义、理念制造"精神逃路"，自然就不肯轻易赴死；而女子则不同，尤其是少年女子，她们对世界的迷恋往往简化为对情感的迷恋，对情一旦绝望，就会勇敢面对死亡，该了就了。《红楼梦》以死亡为镜，更是照出女子为清、男子为浊的世界真面目。

55

　　《三国演义》《水浒传》《封神演义》都把女人写得很

坏。《封神》把妲己写成妖精，把女子的美貌视为罪恶，其"美丽有罪"的理念真是贻害无穷。而《三国》中的女子都是阴谋权术的工具，连最迷人的貂蝉也布满心机，奴性完全压倒人性。更甚者是《水浒传》，书中的潘金莲、潘巧云、阎婆惜等不仅是脏水，而且是祸水；不仅是祸水，而且是祸根；不仅是万恶之首，而且是万恶之源。更令人困惑的是，这之前的伟大历史著作《史记》，也把女人写得很坏，巨卷中的赵姬、吕后、窦太后等都是一肚子毒水坏水。这些著作都设置一个道德专制法庭，对女子进行残酷的审判。《红楼梦》与前人不同的是，它撕毁了这个法庭并批判这个法庭。贾宝玉、林黛玉的观念行为不符合儒教伦理，但符合个性创造伦理，不合道德专制，却合道德真情。因此，林黛玉既是"美"的极致，"才"的极致，又是"好"的极致。俄国卓越的思想家别尔嘉耶夫在名著《论人的使命》中确立"创造伦理"，肯定自由向往的合理性，他的思想与曹雪芹的思想完全相通。倘若他读《红楼梦》，那他将找到最伟大的例证。

56

《红楼梦》的人物个个活生生，都不是理念的化身，但是，一些主要人物，却折射着中国诸种大文化的生活取向与精神取向。以女子形象而言，林黛玉折射的是庄禅文化，薛宝钗折射的是儒家文化。贾母表面上是儒家文化，内心深处则不以儒为然，她很会偷闲很会及时行乐，人情练达又活得潇洒，心里深藏着对自由的向往，所以她与其子贾政（贾府中的孔夫子）常有冲突，倒是十分宠爱甚至理解孙子贾宝玉。与上述取向不同，王熙凤和探春倒是有点法家气概，尤其是探春，一旦让她"执政"（一度与李纨、宝钗共理家政），便着手改革，做出了兴利除弊的事来。她给王善保家的一个巴掌，是典型的法家文化的一巴掌。与"参政"一极相反的佛家文化则由妙玉所折射，但是，佛家流派众多，妙玉崇尚的经典，大约属于唯识宗。曹雪芹对此宗并不太以为然，所以说她"云空未必空"。贾宝玉和其他女子形象的文化含量，不仅其他文学作品难以比拟，即使是四书五经，也难以比拟。中国文化的大矿藏并不在四书五经中，而在《红楼梦》中。

57

中国的女人（不是少女）也罢，男人也罢，最后都变得太聪明，变得质朴的东西全然消失。王熙凤的悲剧就是变得太聪明的悲剧。尽管她很能干，也很有趣，但不可敬可爱。对于她的死，人间不会痛惜。与王熙凤相比，贾宝玉、林黛玉、晴雯、鸳鸯等也很聪明，但他们的心灵中却保留着质朴的东西，这就是生命之初的那一片混沌，那一派天真、天籁与傻气，那一副远离世故、远离机谋、远离伪善的赤子心肠。老子呼唤要复归于朴，从表层上说，是呼唤从奢华的追求回到简朴的生活；从深层上说，则是呼唤心灵要回到没有机谋的状态，守住质朴的内心。王熙凤虽聪明，但归根到底是小聪明。秦可卿临死之际托梦给王熙凤，告诉她"盛筵必散"的道理，但王熙凤不可能对此大彻大悟，因为她只有生存的小技巧与小算计，只知"小道"，不知"大道"。

58

妙玉与林黛玉、晴雯等女子相比，似乎有一层朦胧的包装，缺乏天真天籁，不如林、晴率性可爱，但她毕竟也是生命一绝。她冷而不冷，热而不热，自称"槛外人"，却有无限情思，对贾宝玉心存一片暗恋之情。她有"洁癖"，高洁的品性是无可怀疑的。她出身读书仕宦之家，是个知识分子，也预示着知识分子的普遍命运：槛外的地位是保不住的。你想守身如玉，但强权所主宰的世道人心不允许。最高洁的身躯，最终被最肮脏的蒙面盗贼所奸污。世界那么大，但不给"槛外人"一点存活的空间。

然而，妙玉总是有一种精神优越感。她把宝玉、黛玉、宝钗请到栊翠庵品茶，说："一杯为品，二杯即是解渴的蠢物，三杯便是饮牛饮骡了。"在她的内心里，不仅是"什么为品"，而且是"什么为极品"。她正是一个以极品自居即自视为人群之极品的人。所以当黛玉随便问一句"这也是旧年的雨水？"她便冷笑道："你这么个人，竟是大俗人，连水也尝不出来。"没说上几句话，就让人感到她把自己凌驾于他人之上，难怪黛玉在她面前浑身不自在，"不好多话，亦不好多坐"，喝完茶，便约宝钗走了。其实，不仅是妙玉，凡是把自己定位为"极品"的人，无论是定位为道德极品还是定位为学问极品，都是一种居高临下的专制人格和专制心理，动不动就说别人不行。许多知识分子都有这种坏脾气。

59

贾宝玉面对晴雯的亡灵，写了《芙蓉女儿诔》，其面对晴雯的心境与聂赫留道夫（托尔斯泰小说《复活》的主人公）面对玛丝洛娃的心境大致相同。尽管玛丝洛娃当了妓女而晴雯还是一身干净，但是贾宝玉与聂赫留道夫一样，也意识到自己给一个纯正的女子造成巨大不幸，负有罪责。聂赫留道夫在玛丝洛娃面前下跪请求宽恕，而贾宝玉在晴雯亡灵面前也熏香礼拜，抒发一片负疚之情。《芙蓉女儿诔》的悲情痛彻肺腑，感天动地。诗人的悲情与罪感不是留在口里，而是深深切入了生命。聂赫留道夫的罪感与不安也进入了生命，唯有切入进入生命的痛苦才是具有诗意的痛苦。

曹雪芹通过打开林黛玉的内在生命进入永恒。贾宝玉在创作《芙蓉女儿诔》时也通过打开晴雯的心灵进入永恒。托尔斯泰则通过玛丝洛娃这个具象，实现了慈悲、仁厚、谦卑这些永恒的情感。他在打开玛丝洛娃这一生命的瞬间踏入了永恒的天国。

抽象的永恒没有意义，失去当下，失去美丽的个体生命，永恒就失去基石。人道、人权、自由、解放、乌托邦等很容易变成空话与谎言，就因为在大概念之下没有对当下个体生命的充分尊重与关怀。

60

贾宝玉从哪里来？到哪里去？一块石头发源何处？又将被抛向何处？宇宙无终无极，浩瀚中的一粒尘埃，如何考证它的去处？它应当也是无终无极。贾宝玉与甄宝玉，哪个是真，哪个是假？假（贾）的说着真话，真（甄）的说着假话。假作真来真作假，原是无真无假。林黛玉的悲剧是善的结果，还是恶的结果？王国维问：是几个"蛇蝎之人"即几个恶人的结果吗？回答说：不是，是共同关系的结果，是共同犯罪的结果。在"共犯结构"中，所有荣国府的人都在参与制造林黛玉的悲剧，荣国府内外的一些大文化也在参与。连最爱林黛玉的贾宝玉和贾母，也是"罪人"。然而，这是无罪之罪，无可逃遁的结构性之罪。这种罪是恶还是善？应是无善无恶。说无善无恶、无是无非，不是说曹雪芹不知有恶不知有是非，而是说，小说呈现社会人生时，作者超越了是非、善恶等世俗认识的纠缠，不做善恶裁决者，只做冷观者与呈现者。

61

　　文学中因果报应的模式，代圣贤立言的模式，都是通过一个情节暗示一种道德原则。《金瓶梅》的色空，是因果报应的色空。西门庆为色而亡，也是一种暗示。这是世间因缘法的暗示。而《红楼梦》的色空则超越此法，无因无果。它悟到一切都是幻相，一切都会过去，一切都归于空无，唯有真情真性是最后的实在。《红楼梦》有哲学感，《金瓶梅》则没有。

　　从精神内涵说，《红楼梦》具有"欲""情""灵""空"四个维度。而《金瓶梅》只有"性"与"情"二维，而且向着"欲"倾斜。在倾斜中虽也暗示"生活无罪"（也可说"欲望无罪"）的意念，但"情"的维度很微弱，"灵"与"空"的维度则几乎没有。王国维发现《红楼梦》的宇宙境界，可惜他的《红楼梦评论》未充分开掘此一境界的内涵，也未充分开掘"灵"与"空"的内涵，反而把注意力放到较低层面的"欲"。这不能不说是王国维"评红"的缺陷。

62

大作品中，其人物都是一座命运交叉的城堡，其命运总是有多重的暗示。不管是名教中人还是性情中人，都本着自己的信念行事，做的本是无可无不可的事，善恶该如何判断？名教赋予薛宝钗以美德，但美德也带给她不幸。她有修养，会做人，什么事都顺着他人，这本是一种善，然而，善也会带来不善。金钏儿投井死了，这是王夫人的责任。当王夫人诉说此事时，薛宝钗如果不加附和而让王夫人难受，是不孝；而如果顺着王夫人而附和，则是不仁：对死者没有同情心。贾宝玉也是命运交叉，他是性情中人，爱一切美丽的少女，又特别爱林黛玉。爱得博本是好事，然而一旦博就难以专。林黛玉则只爱一个，专是专深了，可就爱得不博，那么，到底是"博爱"善还是"专爱"善呢？其实各有各的暗示。贾宝玉性情好，好到无边就可能懦弱，高鹗写他反抗不了老祖母和父母亲的婚姻安排，导致林黛玉的悲剧命运，未必不妥当。

63

政治阅读者追究"谁是凶手"，一会儿追到贾政，一会儿追到薛宝钗与王夫人，这种追究全是白费力气。以往的佛典用因果观念解释万物万有，世界无非一因缘；今日的"红学"用阶级因果法解释万物万象，又说世界无非一根源（阶级根源）。解释《红楼梦》的悲剧全用世间法、功利法，非得找出是非究竟不可，就像诉诸法庭，非判个胜负、非查个水落石出不可。可是贾宝玉早已看透这世间法庭，他逃离恩怨纠葛，出家做和尚，身出家，心更出家，而且早就出家。曹雪芹比所有笔下的人物都站立得更高，他用宇宙远方多维的眼睛看世界。只观看，只呈现，不做裁决者，不设立任何政治法庭与道德法庭。

64

贾宝玉、林黛玉和大观园女儿国里的少女，好像是来自天外的智能生物，美丽的星外人。她们尝试着到人间来看看玩玩，但是，她们最后全都绝望而返。这个人间太肮脏了！所有的生物都在追逐金钱、追逐权势，这一群吃掉那一群，竟满不在乎，甚至还在庆功、加冕、高歌。于是，美丽的星外人终于感到自己在人间世界生活极不相宜。她们在天外所做的梦在地球上破碎了。于是，她们纷纷逃离人间，年纪轻轻就死了。贾宝玉虽然活着，可是眼睛常发呆常迷惘，发呆的内涵大约也是：这个地球怎么像是地狱？到地球走一回怎么像是到地狱走一回？

65

贾宝玉原先不彻不悟，喜聚不喜散，喜"好"不喜"了"，喜色不喜空，到了后来，就悟到"了"就好，色即空，人间没有不散的筵席。能对"了"有所领悟，便有哲学。中国的禅宗，便是悟的哲学。没有佛教的东来，就没有禅，就没有《红楼梦》。禅宗哲学，正是曹雪芹和古代中国许多聪慧知识分子的世界观。黛玉死后，宝玉不与宝钗同床而在外间住着。他希望黛玉能够走进他的梦境。但两夜过去，"魂魄不曾来入梦"，宝玉为此感到忧伤。梦是幻相，不是色。断了色，却断不了生之"幻相"。断了尘缘并不等于断了生缘。这与武士道的"一刀两断"不同：武士道断了色，也断了空。

人生成熟的过程就是"看破红尘"的过程，即看破一切色相的过程。把各种色相都看破，把物色、财色、官色、美色、器色都看穿，从色中看到空，从身外之物中看到无价值，便是大彻大悟。《红楼梦》的哲学要旨就在于看破色相。看破色相，是幻灭，又是精神飞升。活着有无意义？存在有无意义？倘若有意义，这意义便是彻悟，便是对色世界的清醒意识。

66

无求亦就无伤。有所求便有所伤。贾宝玉原来什么都有，无所需求，也就无可伤害。而他一旦求爱，便被爱所伤。当他失去了林黛玉时，伤心伤感得又痴呆又迷惘。林黛玉也是有所求，热烈追求知己，反被知己所伤。她求爱求得最真挚、最专一，结果被爱伤得最惨重、最彻底。不仅伤了身体，还伤了灵魂。她最后焚烧诗稿而死，连最真纯的诗句也受了伤。

67

当历史把贾宝玉抛入人间大地的时候，他也许还不知道，这片大地是一片汪洋，他是找不到归宿的。在汪洋中，林黛玉是唯一可以让他寄托全部情思的孤岛。然而，这一孤岛在大洋中是不能长存的。沧海的风浪很快就迫使她沉没。这一孤岛消失之后，贾宝玉的心灵再也没有地方可以存放。于是，他生命中便只剩下大孤独与大彷徨，最后连彷徨也没有，只能告别人间。

68

因为有死亡，时间才有意义。有死亡，才有此生、此在、此岸。假如人真的可以永垂不朽、万寿无疆，真的没有死亡之域，那么，寿命的多寡便没有意义。因为人的必死性才使生命的短促成为人的遗憾。林黛玉在葬花时意识到生命必死，所以她才有那么多忧伤和感叹。如果林黛玉是个基督教徒或佛教徒，大约就没有这种感叹。基督教徒仿佛为死而生，即生乃是为死后进入天堂做准备，林黛玉不是为死做准备，因此总是感慨人生的短促、无望、寂寞，没有知音。林黛玉的骨子里是热爱生活的。

69

鸳鸯之死与瑞珠之死表面上都是殉主的忠孝行为，其实两人的死亡却不同质。瑞珠纯粹是尽孝，完全属于"道德死"；而鸳鸯的死，则是情的幻灭，属情感的"绝望死"。
她尽管受贾母的宠爱，但身份毕竟低微，贾母在世，贾赦
要她做妾，她还有避风港。贾母一死，她肯定逃不出贾赦
的妄心妄为；而她所暗恋的那个人，则只能永远埋在心底，
绝无出头之日，这样，还不如以死了断一切。她的这种悟，
通过死前灵魂与秦可卿的魂魄相遇而表现出来。秦可卿此
时已不是"蓉大奶奶"，而是警幻仙子之妹，她对鸳鸯说：
"因我看破凡情，超出情海，归入情天，所以太虚幻境痴
情一司竟自无人掌管。今警幻仙子已经将你补入，替我掌
管此司，所以命我来引你前去的。"鸳鸯之魂道："我是个
最无情的，怎么算我是个有情的人呢？"秦氏道："你还不
知道呢。世人都把那淫欲之事当作'情'字，所以做出伤
风败化的事来，还自谓风月多情，无关紧要。不知'情'
之一字，喜怒哀乐未发之时便是个性，喜怒哀乐已发便是
情了。至于你我这个情，正是未发之情，就如那花的含苞
一样，欲待发泄出来，这情就不为真情了。"鸳鸯听了点
头会意，便跟了秦可卿而去。鸳鸯之死，与其说是尽孝，
不如说是尽"情"。鸳鸯之情真如含苞之花，而这种含苞
待放的感情未被泥浊世界所污染，倒是获得永远的真纯。
她以死而及时终了自己的人生，反而保持了含苞的情感美。
此时，自我毁灭乃是自我保护，灭乃是不灭，这是另一形
式的"生死同状"（庄子语）。

《红楼梦》人物的死亡，除了如贾母等的"自然死"之外，还有其他几种不同的情状。最低级的死亡是"虚妄死"，也可称为误死凶死，如贾瑞的思淫虚脱而死，赵姨娘的中邪而死，夏金桂的误毒自身而死，这些人都是妄人，死得很惨也很丑。贾瑞死时没有人样，"汗津津的""身子底下冰凉渍湿一大摊精"；金桂死时"鼻子眼睛里都流出血来，在地下乱滚，两手在心口乱抓，两脚乱蹬……说不出来，只管直嚷"；赵姨娘死时跪在地上叫饶叫疼，"眼睛突出，嘴里鲜血直流，头发披散"，而且声音也喑哑起来，"居然鬼嚎一般"。与"虚妄死"完全不同的是"自觉死"。这种死亡具有三种不同境界：一是"道德死"，即殉主而死，如秦可卿的丫鬟瑞珠。二是"情意死"，即殉情而死，如晴雯、司棋，其死不是"道德"，而是反道德——抗议道德专制。三是"彻悟死"，即看透人生忧郁而死，如林黛玉、尤三姐。尤三姐不是殉情，而是"耻情而觉"，有一种看透情的觉悟。林黛玉更是如此，她死时看透一切假象，烧掉诗稿，不仅看透，而且也不给人间制造新的假象。既然称第一类为"道德死"，第二类不妨称为"文学死"，第三类则可称为"哲学死"。后面这两种死亡都是诗意死亡。依据这种分类，鸳鸯是属于殉主死还是殉情死，王熙凤是属于自然死还是虚妄死，则必定会有争论。但把鸳鸯视为殉主死，肯定是荒谬。

<h1 style="text-align:center">71</h1>

《圣经》的《雅歌》中说："爱，如死亡一般强。"到底是爱比死亡更强，还是死亡比爱更强，这始终是个争论不休的哲学问题。说死亡比爱强，这是对的，说爱比死亡强，也是对的，两个命题都符合充分理由律。我们很难回答这个问题：是朱丽叶与罗密欧的爱战胜了死亡还是她与他的爱被死亡所战胜？从表面上看，曹雪芹的回答是死亡才是最强者，一死什么都"了"，一死一切皆空，包括爱也是空的。但从深层上看，曹雪芹所经历、所体验的爱又是不朽的，他的所有最美丽的人生感慨全在爱之中，他所写的爱的故事又是天长地久的，而他本身也相信，这些女子的故事是不朽不灭的。

阅读《红楼梦》，最后会觉得：死亡固然剥夺了林黛玉、晴雯等少女的生命，表现为强者，但林黛玉、晴雯生命终结之后又远离了死亡，她们的爱仍在生命长河中流动，死亡并未止住这一流动。这，也许正是绝望中的希望。

72

黑格尔认为，死亡是向"血"或"土"的要素回归，死者回到要素的简单存在之中。林黛玉在葬花时意识到自己将像落花一样向"土"回归，贾宝玉不知道能否意识到自己将向"石头"回归。能向简单要素回归的生命才正常。一些伟人拒绝向简单要素回归，所以他们就建金字塔、皇陵，幻想死后回归到另一天堂。但他们的尸首毕竟也是僵冷的石头。回归豪华只是幻相，"复归于朴"（老子）才真实，才美好。复归于简朴的生活不容易，复归于质朴的内心更难。林黛玉的"质本洁来还洁去"，最难的是回到高洁的心性，回到绛珠仙草那种原始的纯朴。

73

形体是暂时的，盛席华宴是暂时的。圆满与荣耀在时间的长河中留居片刻的可能性是有的，但仅仅是片刻。时间本身是最大的敌人，一切都会被时间所改变、所扫灭，包括繁荣与鼎盛。曹雪芹在朦胧中大约发现了时间深处的黑暗内核，这一内核有如宇宙远方的黑洞，它会吞食一切。《红楼梦》写尽了虚荣人生的荒诞性。人必死，席必散，色必空，也就是最后要化为灰烬与尘埃。明知如此，明知没有另一种可能，却还是心劳日拙地追逐物色、财色、女色，追求永恒的盛筵，幻想长生不老（如贾敬），于是，就构成一种大荒诞。梦醒，就是对这一大荒诞的彻悟。

秦可卿死前就有这种彻悟，所以她托梦给王熙凤，告诉她"盛筵必散"的道理，并警告她"万不可忘了"。这是秦氏给她曾经寄寓的贵族府第的"盛世危言"，也是给王熙凤的"喻世明言"，但王熙凤听不懂，更不能领悟，所以她最后的下场很惨。秦可卿死时享尽"哀荣"，葬礼有如"鲜花着锦之盛"，王熙凤死时则凄凄切切，只有被鬼纠缠的恐惧与托孤给刘姥姥的极端凄凉，真是"昏惨惨似灯将尽"。

74

作家李锐发现：中国两百多年来三个大作家有绝望感。这三个作家是曹雪芹、龚自珍、鲁迅。曹雪芹确实感到绝望。他除了看到人性中不可救药的虚荣与其他欲望乃是空无之外，还看到一切均无常住性，所有的"好"都会"了"，所有的聚都会散，所有娇艳的鲜花绿叶都会凋谢，所有的山盟海誓都会瓦解。在他的悟性世界中，没有永恒性，连贾宝玉与林黛玉这种天生的"木石前盟"也非永恒，"天长地久"的愿望在他乡，唯其有限生命的悲剧永远演唱着。时间没有别的意义，只有向"了"、向"散"、向"死"固执地流动。曹雪芹从这种流向中感受到一种根本性的失望，也就是绝望。在当代学人们的直线时间观中，这种流向里还蕴含着"进步"的意义，于是，他们总是满怀希望。而曹雪芹看不到"进步"，只看到一切无常无定的变动之后，乃是白茫茫一片真干净。然而，曹雪芹也有"反抗绝望"的另一面，他的写作，他的"花不要谢，少女不要落入泥潭"的梦，便是反抗。

75

《红楼梦》的人物，最后遁入空门的有贾宝玉、柳湘莲、妙玉、惜春、紫鹃、芳官等，但"入空"的境界则不同。贾宝玉属于"大彻大悟"，他经历情感与心灵的巨大折磨后，悟到一切色相皆是空，即色世界既是泥浊的"有"又是白茫茫一片的大虚"无"，他自己只是色世界中的一个过客和陌生人，因此最后选择由色入空。而柳湘莲、妙玉、紫鹃三人，则是"小彻小悟"。他们虽"看破红尘"，走出世俗泥浊世界，但却未像宝玉那样悟到世界的本体就是空无，走入空门仍是对故乡（精神本源）的回归。而惜春"入空"则几乎是"不彻不悟"，她的出家完全是功利打算，属于"不得已"。且听她的心理独白："'父母早死，嫂子嫌我，头里有老太太，到底还疼我些，如今也死了，留下我孤苦伶仃，如何了局？'想到：'迎春姐姐磨折死了，史姐姐守着病人，三姐姐远去，这都是命里所招，不能自由。独有妙玉如闲云野鹤，无拘无束。我能学他，就造化不小了。但我是世家之女，怎能遂意。这回看家已大担不是，还有何颜在这里。'"惜春出家的理由，全是推诿责任及守住面子等世俗理由，而且全是被动的理由，与"悟"沾不上边。

紫鹃随惜春进了栊翠庵，却比惜春看得透，黛玉死后她对宝玉总是冷冷的，更不必说其他人间热情。她遁入空门，比惜春更主动、更真实。虽说她的彻悟不能算深，但可算"真"。而惜春仰慕的妙玉，虽如闲云野鹤，但她的出家也只是因为自幼多病，为了摆脱病魔的纠缠。出家之后，虽极清高，却没有宝玉的大慈悲。她只看得起像宝玉这样的贵族公子，而对刘姥姥，则连她碰过的杯子也赶紧扔掉。曹雪芹评她"云空未必空"，十分恰当。所以不能算"大彻大悟"。

76

《红楼梦》对少女的讴歌毫无保留，对少年男子则有很多保留。在那个崇尚名位的社会里，少年男子即使未婚，也得从小就被训练成善于追名逐利的社会动物。他们要为踏进仕途之门而准备，接受早已充满酸气的人生理念，难以像少女们那样，天然地站在名利场的彼岸。宝玉出家之前，最后一次给他心灵以沉重打击的是两个优雅的贵族少年：一个是与他同名同貌的甄宝玉，一个是他的小侄儿贾兰。未见甄宝玉之前，贾宝玉满心希望，以为这个同貌同名的少年一定也与自己同心同质，可以引为知己。哪知道一见面，便发现甄宝玉满口飞黄腾达的酸话套话，而年纪轻轻的贾兰则拼命附和，与甄宝玉一拍即合：少年男子尚未进入国贼禄鬼之列，身上就已开始生长浊物的纤维和细菌。少年预示着社会的未来，聪慧的宝玉自然会从他们身上看到无底的泥浊世界的深渊，由此，他更是得及早逃亡。

77

基督教有拯救，所以死亡便失去它的锋芒；佛教有轮回，所以死亡也失去它的锋芒；近代的乌托邦设计倘若有天堂，死亡也会失去它的锋芒。曹雪芹没有拯救的神圣价值观念，也没有轮回的确认，警幻仙境也不是乌托邦的理想国，因此，他笔下的死亡仍有各种锋芒。死亡依然是沉重的，死亡后有大哭泣与大悲伤。《红楼梦》有慈悲情怀，但无救世情结，说贾宝玉是未成道的基督，是说他是大爱者，不是说他是救世主。所有的眼泪都流入大爱者心中，因此，《红楼梦》是中国最伟大的伤感主义作品。

78

只要人生存于物质世界之中，他（她）就注定要处于黑暗之中。因为这一物质世界与人性是对立的，它总是要按照自己的尺度来规范人性、剪裁人性。即使这一物质世界是琼楼玉宇，富丽堂皇得如宫廷御苑，贾元春还是准确地告诉自己的父母兄弟：那是不得见人的去处。宫廷不是人的去处，荣国府、宁国府何尝就是人的去处？幸而有个大观园，可让贾宝玉和干净的少女们有个躲藏之所，然而，生活在大观园里的林黛玉、晴雯，还是一个一个死亡。人生本就无处逃遁，注定要在黑暗中挣扎。真挚的友情与爱情所以重要，就因为它是无可逃遁的世界中唯一可以安放心灵的家园与故乡。这一故乡的毁灭，便会导致绝望。林黛玉绝望而死，是她发现唯一的家园——贾宝玉，丢失了。

79

李泽厚在《论语今读》中说：中国的"闻道"与西方的"认识真理"并不相同。后者发展为认识论，前者则是纯粹"本体论"，它强调身体力行而皈依，并不重对客体包括上帝作为认识对象的知晓。因而，生烦死畏，这种"真理"并非在知识中，而在人生意义与宇宙价值的体验中。"生烦死畏，追求超越，此为宗教；生烦死畏，不如无生，此是佛家；生烦死畏，却顺事安宁，深情感慨，此乃儒学。"（《论语今读》，香港天地图书公司，第106页）《红楼梦》的哲学观念偏重于佛家禅宗：生烦死畏，一切皆空，早知今日，何必当初？何必当初把石头修炼成生命到人间来走一遭，还不如化为石头回到大荒山中，回到茫茫无尽的宇宙深处。

可说《红楼梦》里佛光普照。然而，《红楼梦》在反儒的背后却有"深情感慨"的儒家哲学意蕴，它毕竟看重人，看重人的情感，把情感看作人生的最后的实在：一切都了情难了。

80

每次阅读秦可卿隆重的出殡仪式描写，就想起死的虚荣。人类几乎不可救药的虚荣不仅化作生的追逐，也化作死的显耀。由此，又想起托尔斯泰的《战争与和平》。安德烈在奥兹特里茨的战场上负了伤之后，凝望着高高的天空。天空既不是蓝色的，也不是灰色的，只是"高高的天空"。托尔斯泰接着写道:"安德烈亲王死死地盯着拿破仑,想到了崇高的虚荣、生命的虚荣,没有人能理解生命的意义,他还想到了死亡那更大的虚荣,没有一个生者能够深入并揭示它的意义。"然而,曹雪芹揭示了它的意义,这就是虚荣的空无与虚无,如同高高的天空并非实有。曹雪芹描述死者生前生活在大豪华的权贵家族里,然而,寂寞、虚空、糜烂,没有意义。与失去生的意义相比,隆重的出殡仪式,更是失去死的意义:尸首还在被利用——被虚荣者制造假象。于是,死的虚荣便有双重的不和谐。

81

赛珍珠从小生活在中国,并贴近中国社会底层。她敏锐地发现,中国妇女生活在两道黑暗之中:后边是黑暗,这是传统的轻蔑妇女的理念;前边也是黑暗,即等待着妇女的是生育的苦痛、美貌的消失和丈夫的厌弃。曹雪芹早已发现这两道黑暗,而且还发现,天真的少女可以生活在这两道黑暗的夹缝之中。于是,他一面鼓动少女反叛背后的那一道黑暗,不要理会三从四德的说教,应读《西厢记》;一面则提醒她们不要走进男人的污泥社会。所以他心爱的女子林黛玉就在这一夹缝中度过,既反叛后边的黑暗,又未进入未来的黑暗。

82

梦是黑暗的产物。黑夜里的梦五彩缤纷。白日梦也是在闭上眼睛、进入黑暗之后才展开的。人处于无望与绝望中时，主体的黑暗被一束来自乌托邦的美妙之光所穿透，于是，黑暗化作光明，绝望被揭示为希望。警幻仙境、女儿国，就是乌托邦的光束。曹雪芹在所有的梦都破灭之后还留着这最后的一梦。

中国的梦是现实的。仙境也是现实的，只不过是比现实更美好一些。秦可卿死时寄梦给王熙凤，林黛玉死后贾宝玉希望她能返回他的梦境，这都是现实的。中国只有现实的此岸世界，没有西方文化中的彼岸世界。

83

人生很难圆满。出身再高贵，气质再高洁，总难免要走进世俗世界。曹雪芹最惋惜的是那些冰清玉洁的少女，最后也得落入男人社会的泥潭。人间的女强人，世俗社会在恭维她，但诗人则暗暗为之悲伤。文学最怕姑娘变成"铁姑娘"，女人全是"女强人"。女子的强悍与雄性化，足以毁灭文学的审美向度。女权主义于社会学有意义，于文学则危害极大。

《红楼梦》中最多情的女子是林黛玉，但她忧愤而死。《红楼梦》中最单纯的女子应是晴雯，也忧愤而死。《红楼梦》中最清高的女子应是妙玉，但她被玷污而死。最美的生命获得最坏的结果，这就是那时的中国社会。黛玉、晴雯、妙玉，都是心比天高的诗化生命。她们追求诗化的生活，并不要求他人也如此生活，可是世俗社会却看不惯，要求她们如多数人一样生活，于是，冲突发生。《红楼梦》正是一部诗化生命在僵化社会中活不下去的悲剧。

《红楼梦》写情的美好，也写情的灾难。宝玉满怀人间性情，他爱一切人，特别是爱至真至美的少女，但一切和宝玉相关的女子，无论是关系深的（如黛玉、晴雯），还是关系浅的（如金钏儿）都蒙受灾难。贾宝玉的大苦闷与大烦恼正是因为他面对人间苦难而爱莫能助。所谓良知，就是意识到他人的苦难与自己相关，即意识到自己对苦难负有责任。宝玉的"发呆"，是意识到责任又不知道怎么好。

林黛玉到人间，只是为了偿还眼泪。泪是她的生命本体，也是她的另一形式的诗篇。她的故乡在遥遥的三生石畔，而不是在中国江南。在人间她是一个异乡人，一切都使她感到陌生，极不相宜。

加缪《异乡人》中的默尔索，生活在故乡也如同异乡，与社会格格不入。他对周围的一切，对所谓信仰、理想甚至母亲、情人都极为冷淡。他的母亲死了，照样寻欢作乐，满不在乎。林黛玉对世俗世界也冷漠到极点，但她不同于默尔索，她对情感执着、专注，把真情真性视为至高无上，是一个"情感先于本质"的存在主义者，情感就是她的存在根据和前提，而且也是存在的全部内涵。除此之外，一切都是虚空，一切都无价值，而且可能是负价值。

86

林黛玉为自己举行了两次精神祭礼：一次是"葬花"，一次是"焚稿"。两者既是林黛玉的行为语言，又是曹雪芹的宇宙隐喻。葬花除了行为语言之外，还有精神语言，这就是《葬花词》，两者构成悲怆到极点的心灵仪式。这一仪式，是林黛玉生前为自己举行的情感葬礼，而《葬花词》则是她为自己所作的挽歌。"焚稿"也可作如是解释，诗稿如花，焚如葬。葬花只是排演，焚稿则是真的死亡仪式。她是真正的诗人：诗就是生命本身，诗与生命共存共亡，作诗不是为了流传，而是为了消失——为了给告别人间作证。

87

葬花，是林黛玉对死的一种解释。她固然感慨生命如同花朵一样容易凋残，然而，她又悟到，花落花谢的性质是很不相同的。因此，她选择一个瞬间及时而死，并选择"质本洁来还洁去"的洁死，在走入男人世界的深渊之前就死。"洁死"，是对男人社会的蔑视与抗议。既然人生只是到他乡走访一趟，既然只是匆匆的过客和漂泊者，怎能在返回遥远的故乡时，带着一身污垢？如果说，贾宝玉还欠着林黛玉的债，那么，林黛玉则什么都不欠，也不再欠宝玉的债了（泪已尽了），她真无愧是洁来洁去，来时是玉，去时还是玉。

88

人终有一了、一散、一死。死后难再寻觅，难再相逢，所以相逢的瞬间才宝贵。也正是人必有一了、一散、一死，所以生前对身外之物的追求，才显得没趣。生命的瞬间性、一次性，少女青春的无常住性，使情感显得珍贵，却为人生注入无尽的忧伤。

　　林黛玉因为感悟到生命之美的绝对有限，所以很悲观。她不信任青春，也不信任爱情。在人间，贾宝玉是她"唯一的知己"，这是绝对的"唯一"。但她知道，宝玉虽然爱她，却不像她只爱一个人。他是个博爱者，仅有的一颗心分给许多女子，即使没有她，他也还有许多寄托。20世纪张爱玲写《倾城之恋》，也表明自己对爱情的不信任。对爱倾注全部生命全部心灵全部眼泪却无法信任爱，这才是深刻的悲哀。

89

　　青埂峰下的一块石头，获得灵魂之后，不知穿越过多少时间与空间，才来到人间。贾宝玉在本质上是个宇宙的流浪汉。林黛玉告诉他"无立足境，是方干净"，乃是对他的根本提醒。接受林黛玉提醒的宝玉，一定会走向与泥浊世界拉开长距离的远方，没有人能留住他。薛宝钗的温馨美貌，袭人的殷切柔情，母亲的潮湿眼睛，都不能留住他。他的生命一定要向前运行，在如烟如雾的神秘时空中运行，在绝望与希望的交替中运行。他注定要辜负许多爱他的人，因为除了林黛玉，任何他者的生命都不是他的故乡。林黛玉的远去给他留下永远的乡愁。此后唯有不断寻觅，他的生命才不会还原为僵冷的石头。

90

《红楼梦》没有谴责。包括对那个被红学家们称为"封建主义代表"的贾政也没有谴责。对贾母、王熙凤、王夫人等也没有谴责。作者以大爱降临于自己的作品，即使对薛蟠、贾环这种社会的劣等品，也报以大悲悯，讽刺与鞭挞中也有眼泪。大作家对人只有理解与大关怀，没有控诉、仇恨与煽动。然而，曹雪芹并不回避黑暗，他揭露、书写种种人性的黑暗状态。贾府里的一群老妈子，叽叽喳喳，窥伺大观园里的动静，渴望抓住一个"奸夫淫妇"以立功受赏。只要她们掌握一串钥匙或一扇门户，就会利用手中这点最卑微的权力颐指气使，吆喝摆布他人。她们也讲道德，可惜这是奴才道德。这些人虽处于社会底层，但也是社会黑暗的一角。贾府的专制大厦，也靠她们支撑。

91

无论是现实主义还是浪漫主义都无法说明《红楼梦》。《红楼梦》作为伟大的小说，它是一个任何概念都涵盖不了的大生命、大结构。它是大现实，每一个人物的性格都那么真实，以致后人无法再造。它是大浪漫，其大忧伤、大性情、大梦境全都超越世间。此外，它又是大荒诞：美好生命没法活，丑陋生命很快活。

《红楼梦》的文学方式，不是"圣人言"的方式，而是"石头言""贾雨村言"（假语村言）和所谓"满纸荒唐言"的方式。作者把自己呕心沥血写成的绝世文章，称为荒唐之言，不是自虐，而是为了解构圣人的话语权威与自我权威，扬弃济世色彩与训诫色彩，使小说满纸全是个人的声音、内心的声音。《红楼梦》是伟大的文学，又是低调的文学。

92

误以为宫廷是天堂，便削尖脑袋进入宫廷，忘记宫廷也是地狱。贾元春省亲时对着自己的亲人说了一句心底的大实话：宫廷是"不得见人的去处"。那个地方拥有最高的权力，但也燃烧着最高的欲望和生长着最高的野心。皇帝重臣且不说，连被阉了的太监也欲望烧身，去势后还是充满权势欲，以致形成争权夺利的"阉党"，形成魏忠贤一类的畸形统治。阉人尚且如此，更何况其他重臣权贵。没有一个朝代的宫廷不是布满刀光剑影并留下血腥的故事。用男人的欲望眼睛看宫廷是看不清的，贾元春用的是女子的慧眼，于是看出那是一个正常人无法生存的地方。

93

战争，是人发动的；历史，是人推动的。这个"人"，历来都是男人，至少可说绝大多数是男人。没有见过女子发动过大规模的征战，也没有见过女人自夸是世界的救世主。那些刻意创造历史，刻意在历史上立功、立德、立言的都是男子，甚至最重要的历史书籍也是男子写的。由此，可见女子乃是历史中的自然，尤其是少年女子。因此，用女子的眼睛看历史，便是用生命自然的眼睛看历史。女子自然的眼睛没有被野心与欲望所遮蔽，眼光更合人性，也更为中立客观，更合事理与事实。不会像把持历史的男人们那样作假作伪作弊。

94

在荣国府、宁国府金碧辉煌的贵族府第里，多数人都觉得自己生活在金光照耀的大福地中，唯有两个人感到不相宜，感到自己是异乡人，这就是林黛玉和贾宝玉，他们没有说出"异乡人"的概念，但有异乡的陌生感。曹雪芹在《红楼梦》的第一回中就嘲讽人们"反认他乡是故乡"，正是异乡感。西方文学中的主人公来到地球，感到处处不相宜的，先是歌德笔下的少年维特，然后是加缪笔下的"局外人"，曹雪芹在他们之前就发现自己是异乡人，发现自己本是泥浊世界彼岸的异类生命。所谓"异端"，就是异乡人，就是名利场上的"局外人"。妙玉自称是"槛外人"，所谓"槛外人"，也就是"异乡人"与"局外人"，从这个意义说，妙玉和宝玉、黛玉是心灵相通的。即都是无法接受常人状态，不适合在人类社会生活的人。

95

屈原的《天问》是关于宇宙和大自然的提问，而《红楼梦》的提问则是关于存在意义的提问。它的总问题是：在充满浊泥的世界里，爱是否可能？诗意的生活是否可能？倘若可能，诗意生活的前提是什么？《红楼梦》中的林黛玉，贵族府第中的首席诗人，在临终前焚烧诗稿，以其行为语言说明诗意存在不可能。诗意存在的前提是生命自由，但所谓家园却没有自由。林黛玉的悲剧是最深刻的悲剧，造成悲剧的是林黛玉身边那些朝夕相处的至亲者与至爱者，他们每个人都没有错，但每个人都有错。所谓"对与错"的判断背后是文化，每个人都是文化载体，这些载体，全是毁灭自由的共谋与共犯。

96

《红楼梦》不仅蔑视宫廷、功名、金钱，而且对国家、故乡、爱情、人生等神圣之物也都打了一个大问号。绛珠仙草到人世间走一遭，知道人生没有意义，但她还是用诗、用爱、用眼泪努力创造意义。结果最后是绝望。眼泪流尽了，爱意消失了，诗稿烧毁了，干干净净来，干干净净去，唯一真实的乃是一片白茫茫真干净。对人生的叩问仿佛消极，其实也有积极处：人生最后既是空，生前就不必太执着于色。美女、功名、金钱是俗色，典籍、故乡、国家是雅色。不管是哪种色，最后的实在都是空。

所谓色空，最流行的说法是：色即物质，色空即一切可见的物质现象均是幻觉。然而，我们要问：由色入空，难道仅仅是由物质进入幻觉吗？其实，所谓色，也可解释为瞬间。所谓空，也可解释为永恒。由色入空，便是由瞬间进入永恒。永恒在瞬间中获得具象性与实在性，呈现为色，而智慧者在色的领悟中感受到永恒的意义，这便是空。天才的特征大约正是他们能由色悟空又能以空观色，既能在捕捉瞬间、深入瞬间中感悟到永恒的神秘与浩瀚，又能在浩瀚处看透色的本质。林黛玉便是通过"情"和智慧，由色入空，愈来愈空灵，最后走向"广寒"的永恒。可惜高鹗的续书未写出其"空"的极致。

97

《红楼梦》不仅书写过去，而且预示未来，它包含着未来的全部讯息。未来，应当是走出泥浊深渊的净水世界；未来，应当是诗意生命可以自由呼吸、可以自由选择的逍遥世界；未来，应当是以审美代替专制、代替宗教的诗情世界；无论是民间还是宫廷，该都是"人的去处"（贾元春语）。而未来的文化，也该是用真与美去开辟道路的文化。《红楼梦》告知人的历程是"石"→"玉"→"空"的过程。"石"是靠水柔化、靠水净化的，所谓"空"，就是悬隔泥浊世界而让净水自由流淌的世界。贾宝玉本来是一块多余的石头，获得灵魂来到人间后身上也有许多浊泥污水，所以老想吃丫鬟的胭脂，但是林黛玉的泪水洗净了他，使他的"欲"转化为情，这才是真的玉。唯有真玉，才能与万物的本真本然相融相契，才不被常人的各种习性理念所隔而让灵魂完全敞开，才最后进入空的状态。

98

贾宝玉、林黛玉等，都是到人间来"走一遭"。一遭而已。匆匆一遭之后，该回去的都早早回去了。晴雯作为芙蓉花神回到宇宙中去，林黛玉作为绛珠仙子回到无限中去。唯有不知满足的男人们还在泥浊世界中继续争夺财富和权力。贾宝玉初次见到秦钟，就为他的秀神玉骨而倾倒，觉得在他面前，自己如同猪狗。可是，天使般的人物却年纪轻轻就夭折了，过早地消失在缥缈之乡（消失前还否定自己的本真存在）。洁者远走，唯有双脚须眉生物还在人间一代一代繁殖，所以泥浊世界愈来愈脏愈拥挤，人类愈来愈深地被色欲所纠缠和被习惯所牵制。《红楼梦》暗示人们，人间并非愈来愈有诗意，情况正好相反。

99

大观园建成时，贾政请了一群文人学士给各馆阁命名，却不得不全部采用贾宝玉的富有新意的名称而否定清客们的平庸之见。贾政有点诗识。可是，当贾元春省亲而比诗时，贾宝玉却显得才力不足，幸有林、薛帮忙，才得到贵妃姐姐的夸奖。在泥浊世界里贾宝玉是第一才子，在净水世界里贾宝玉则是最差的才子。两个世界如此不同，所以贾宝玉倾心于净水世界，而其他人却都在恭维泥浊世界，并削尖自己的脑袋往这个世界的小洞里钻。贾宝玉了解林黛玉和其他少女，也了解自己。因此，他作为大爱者，其爱从未带有居高临下的悲悯，只有仰慕的谦卑。即使对于晴雯、袭人等奴婢少女，也是如此。

100

及时死，果断"了"，显示出人对自我生命的一种驾驭力量，这就是"好"，就是"美"。美好既可以表现于生命的生存形式之中，也可以表现在生命的死亡形式之中。一个拔剑自刎的形象和一个跪地求饶的形象自然有美丑之分。死亡形式可以表现为勇敢、崇高、尊严和对人生意义的肯定，也可以表现为丑陋、怯懦和对人生意义的否定。该了就了，这就意味着有强大的力量驾驭生命，能把握生，也能把握死。尼采在《查拉图斯特拉如是说》中讲了许多"死得及时"的话，他说："我要告诉你们完成圆满的死亡——这对生者是一种刺激和期望。掌握生命的人，为希望与期望所围绕，乃能获得一个胜利的死亡。……凡是愿意享名誉的人，必须及时从光荣中离去，学习如何在适当的时候离去。"一个人在最富有韵味的时候，应当知道如何防止自己被品尝尽。尼采谈"及时死"的理由是给世界留下最有韵味的生命印象，寻思的也是片刻的永在。曹雪芹不是理论家，他没有尼采式的逻辑表述，但他的潜意识显然与"及时死"的意念相通。所以他让自己最心爱的人物秦可卿、林黛玉、晴雯、尤三姐、鸳鸯等都及时而死。除了秦氏，其他的均未嫁时就死。及时死，便及时从男人世界的纠缠中解脱，便保持青春生命的永恒韵味。

101

鲁迅的《狂人日记》用狂人的眼睛看世界，曹雪芹在《红楼梦》中用"痴人"贾宝玉的眼睛看世界。眼睛似乎很不同，但都是赤子的眼睛。这种眼睛放下流行的大理念、大概念，从常人的眼光中走出来，反而看到世界的真面目。德国作家君特·格拉斯《铁皮鼓》的主角奥斯卡·马策拉特，三岁时自行决定不再生长，便自我摔伤，保持玩铁皮鼓的孩子状态。他的智力虽比成年人高出三倍，但始终有一双儿童的蓝眼睛。人们以为他是孩子，一切隐私都不回避他，于是，他看到纳粹极权下德国国民性的种种丑态，也看到种种面具掩盖下的一个最真实的荒诞时代。贾宝玉的智力比周围的男性不知高出多少倍，但他宁肯让人视为"呆子"和长不大（不成器）的孩子，以便用赤子的本真眼睛观看人间。

102

　　当年顾炎武满腔爱国情怀，力倡经世之道，赞赏"清议"（谈家国天下事），反对"清谈"，认为永嘉之亡、太清之乱，完全是清谈的流祸。可惜他太片面，只知"国"，不知"人"，只着眼家国兴亡，不重个体生命自由。其实，任何个体生命，既有参与社会的自由，也有不参与社会的自由，即逍遥的自由，这才算具有真的社会自由。赴汤蹈火往往比隐逸山林更具道德价值。但是，如果没有隐逸山林的自由，就产生不了陶渊明、曹雪芹这样的大诗人大作家。他们虽未赴汤蹈火，但精神则似山高海深。我们敬重赴汤蹈火的拯救者，也敬重在山水之间领悟宇宙人生的思想者，既尊重清议者，也尊重清谈者。既尊重参与的权利，也尊重逍遥的权利。自由的前提大约需要这种"双重结构"。

103

　　如果借用《红楼梦》的语言把世界分为泥浊世界与净水世界，那么，王国维肯定是属于净水世界。这位老实人是净水世界里的一条鱼，他无法活在浑水中，可是，从清末民初之际一直到他临终之前，中国却是一片浑水。在此浑水中，像王国维这种"呆鱼"不能活，其赤子之心很难呼吸，所以他只好自杀。自杀对他来说，是通过绝对手段实现从泥浊世界到净水世界的跳跃与自救。污泥浊水中，有两种鱼类可以活得很好：一种是泥鳅，一种是鳄鱼。恶质化了的社会也是一潭污泥浊水，能在这种社会里活得好的，也只有两种人：一种是像泥鳅一样油滑的聪明人、伶俐人、流氓，一种则是长着尖嘴利牙的恶棍与恶霸。前者在社会中钻营，后者在社会中称霸。如果正常人要适应这种社会，就得像泥鳅满身油滑或像鳄鱼满嘴利牙。

104

俞平伯先生晚年奉劝年轻朋友要领悟《红楼梦》的哲学、美学，不要做烦琐考证。他特别推崇《好了歌》。这《好了歌》正是曹雪芹的哲学观。天下事，人生事，了犹未了。整个历史进程、人生进程是个无限的永无终了的过程，而人的能力却是有限的，总有一了的时刻。死就是总了。有限的生命既然不能完成无限的使命，只好该了就了，或不了了之。及时了便及时好。了才能空，了才能不隔——不为他物他人所隔，不被自我所隔，不被名利所隔，不被幻相所隔，不被概念语言所隔，这才有自由，才有人性的健康与广阔。俞先生的考证带给读者许多情趣，但他期待聪慧的生命别忘了情趣之外还有极大的人性宝藏。

荷尔德林在致黑格尔的信中这样礼赞歌德："我和歌德谈过话，兄弟！发现如此丰富的人性蕴藏，这是我们生活的最美的享受。"(《荷尔德林文集》，商务印书馆，第367页）歌德是大文学家，他被荷尔德林所仰慕的不是思辨的头脑，而是人性的蕴藏。作家诗人可引为自豪的正是这种蕴藏，而像歌德的蕴藏如此丰富，却是极为罕见的。在中国，能让我们借用荷尔德林的语言做衷心礼赞的作家，只有一个，就是曹雪芹。我们要对曹雪芹的亡灵说，你在《红楼梦》中提供如此丰富的人性蕴藏，这是我们生活的最美享受。还要补充说，我们活着，曾受尽折磨，但因为有《红楼梦》在，我们活得很好。

105

清代的历史，很多历史家都记录过，写作过。但是如果没有《红楼梦》，我们对清代的认识就不完整。这部伟大小说把爱新觉罗统治时代的生活原生态保留下来，也将这个时代的全部生活风貌和社会氛围整个保留下来，保留得非常完整，非常准确。因为准确完整，所以真实。此外，小说还保留了作者对时代的感受（这是史家所办不到的），有此感受，历史显得活生生。概念的东西过眼烟云，鲜活的生命却永恒永在。一部作品对一个时代的容纳量，《红楼梦》几乎达到了饱和状态。《红楼梦》真了不起，它超越时代，又充分"时代"。

106

心灵，想象力，文采（审美形式），此三者是文学最根本的要素。《红楼梦》一开始就批评千篇一律的诸种小说，其致命的弱点是想象力的萎缩，内心维度的失落（包括个体生命价值的沉沦）和审美形式的僵化。《红楼梦》的伟大，是对这三者的修复与重新建构。所以它拥有屈原《天问》的想象力，又有禅宗的内心深度和明末诸子的个体真性情，而且打破以往的小说格局，把小说叙事艺术推向极致，从而集中了中国文学的所有优越处。《红楼梦》正是中国近代文艺复兴的伟大开端和伟大旗帜。

107

论才气，李渔有可能成为曹雪芹，但他终于没有成为曹雪芹，也远逊于曹雪芹。这原因很多，但最根本的一点，是他的生活太安逸，太精致（读读他的《闲情偶寄》就明白），未经历过曹雪芹那种家道中衰、大起大落的苦难，心灵未受过大震荡与大折磨。磨难可以把作家推向内心，推向生命深处。文学的"残酷性"常常表现在作家要吃尽苦头之后才能大彻大悟。在此意义上，真作家正像孙悟空，必须经历炼丹炉的残酷，才有超凡脱俗的大本领。尽管李渔有很大的创作量，但始终达不到曹雪芹的"质"，始终不能像曹雪芹那样创造出具有大灵魂、大性情的诗意生命。笔下角色充分的内心化，正是曹雪芹充分内心化的投射。

108

《金瓶梅》作为现实主义作品，相当典型。它逼真地描写现实生活，十分冷静。既不煽情，也不做道德判断，写的是生活的原生态。现实的人际关系如此实际，如此残酷，全透彻地呈现于小说文本中。其主人公西门庆，和《水浒传》中的西门庆不同，他并不被描写成一个魔鬼，一个坏蛋。在《水浒传》里，西门庆与潘金莲都坐在道德审判台下，在《金瓶梅》中却不是这样，两人皆活生生，都有欲望，都有人性的弱点。作者对其弱点，并不夸张。《金瓶梅》的最后结局是因果报应，用的是世间因缘法，这是它的根本局限。为了给世俗社会心理一个满足，一个可接受的交代，在现实找不到出路，找不到平衡，就只能仰仗因果报应了。这是世俗大众的意识形态,《金瓶梅》的作者没有力量超越这种意识,只好画蛇添足。这一点,它远不如《红楼梦》。《红楼梦》无因无果,来去无踪,自成艺术大自在。

109

中国最卓越的诗人陶渊明、李煜、曹雪芹进入写作高峰时,在世俗世界中都处于零状态。也就是世俗世界中的一切权力、地位、荣耀都被剥夺或自己放下的状态。零状态,不是对前人与自身的否定状态,而是对世俗负累和世俗观念的放逐状态。在物质世界中接近零度的时候,他们却处于精神的巅峰状态,迈向艺术世界的最高度。

110

周作人在"五四"时高举人文旗帜,倡导人的文学。退隐后潜心写作,极为勤奋。但他的散文知识性强,艺术鉴赏力则不高。他可以赞美《儿女英雄传》的十三妹,却不会欣赏《红楼梦》中的"林妹妹"和大观园中的诗意少女。他罢黜百家,独尊晴雯,并以诗评说:"皎皎名门女,矜贵如兰苣。长养深闺里,各各富姿态。……名花岂不艳，培栽费灌溉。细巧失自然，反不如萧艾。"一概否定之后，只赞美晴雯："反复细思量，我喜晴雯姐。本是民间女，因缘入人海。虽裹罗与绮，野性宛然在。"（《知堂杂诗抄·丙戌丁亥杂诗·红楼梦》）他简单地把大观园女儿分为贵族女和民间女，只看到贵族女的"富姿态"，未进入她们的内心，不知其内在的丰富世界，主观地说她们的细巧失自然，真是大错特错。周作人读书破万卷，可是审美眼睛却如此粗浅，读后真让人感到意外。难怪他在张扬人文思想时，不懂得把《红楼梦》这部"人书"作为人文旗帜。

111

托尔斯泰在《复活》的女主人公玛丝洛娃面前，就像贾宝玉在晴雯的亡灵之前一样，感到这位落入风尘的女子"身为下贱，心比天高"。

曹雪芹和托尔斯泰都有一双长在心灵里的伟大眼睛，这种眼睛没有被蒙上世俗的灰尘，它能穿越人间的各种身障、语障、色障、物障，直接抵达人的灵魂最深处。善的内心，才真的是光芒万丈。

巴尔扎克还想跻入贵族行列，曹雪芹则不然。他出身贵族，天生带有贵族气质，然后又看透贵族，最后则走出贵族豪门。他看透豪门之内那个金满箱、银满箱的世界充塞着物欲色欲权力欲，但并不快乐。曹雪芹告别豪门之后再回过头来看贵族，便进入超越贵族的更高境界。

中篇（93则）

写于2005年

112

福克纳的眼睛与陀思妥耶夫斯基的眼睛很相像：眼底留着天生的混沌，接近神性，与理性格格不入。陀思妥耶夫斯基《白痴》中的主角梅什金公爵，用痴眼看世界，实际上是用婴儿的眼睛看世界。常人眼里的"白痴"，其痴，其呆，其木讷，其实正是眼睛深处还保留着一片未被污染的质朴与高洁。福克纳《喧哗与骚动》中的班吉，也是个白痴，小说一开始就用他的眼睛看世界。他的本能，他的没有理念杂质与世俗偏见的原始眼光，反而照出美国精神世界沉沦的真实。曹雪芹笔下的贾宝玉，也是俗人眼中的白痴、呆子，连他的父亲贾政都说他是"无知蠢物"，但他的眼睛最明亮，这眼睛不仅是发现诗情少女至善心性的审美眼睛，而且是正直判断一切的赤子眼睛。此外，又是空空道人式的俯瞰人间荒诞的神性眼睛。

113

贾宝玉被父亲往死里痛打，打得伤筋动骨，皮破血流。但他被打后除了感激姐妹丫鬟们的关怀之外，没有诉苦，没有谴责，没有控诉，也没有自怜，没有常人的"怨"和"畏"，更没有"怒"和"恨"。他是一个不会产生仇恨的生命，一个不知报复的心灵。所以可称他为准基督、准释迦。《金刚经》中载释迦的前世曾被歌利王砍断手脚，但他没有因此产生仇恨。能宽恕一个砍掉自己手脚的人，还有什么不可宽恕的呢？其实，贾宝玉正是尚未出家的释迦牟尼，而释迦牟尼则是出家了的贾宝玉。不过，一个出家之后修成佛，一个则修成文学中佛光四射的伟大灵魂。

114

贾宝玉把与生俱来、价值无量的"通灵宝玉"摔到地上时，称它为"劳什子"，把常人顶礼膜拜的稀世宝物视为废物。无论是说出"男人泥作，女子水作"，还是说出这震撼贾府的"劳什子"三个字，都属童言无忌。但一般的儿童少年说不出这种话，因此可称他的话语是天外语言。这种语言，拒绝迎合大众意见，拒绝俯就世间的价值尺度。在贾宝玉的头脑里，没有算计性思维，因此也没有贵贱之分、贫富之分、尊卑之分，更不知道常人朝思暮想的金银财宝是什么，为它争得你死我活又是为什么。鲁迅说王国维老实得像火腿，他投湖自杀，真是傻透了。这位天才傻到什么地步？傻到"宁为玉碎，不为瓦全"，宁肯死，也"义无再辱"。他所评论的贾宝玉，和他是一路呆物，也是傻透了，宁肯玉碎，也要向黛玉表明一个情字。他身上的纯粹性，正是把情感视为人间唯一的实在，无可争议，无可妥协。

115

　　贾宝玉面对世俗世界，特别是面对一群清客文士时，就如同鹤立鸡群，清脱，飘逸，气宇非常。可是一旦面对小女子世界尤其是面对林黛玉时，却很谦恭，自愧不如。这正是贾宝玉的不同凡俗之处：他能发现身边有一个常人看不见的灵性世界，一个其品格、其智慧、其心性都比自己高出一层的清纯世界。这一点对贾宝玉的人生起了决定性作用，使他最终守住了生命的天真天籁而未陷入常人的卑污状态。能发现身边有一个他人视而不见、由少女呈现的美好世界，这说明他的眼睛不属于《金刚经》中所说的"肉眼"，而属于"天眼""慧眼"（《金刚经》界定的五眼是肉眼、慧眼、法眼、佛眼、天眼）。

116

贾元春被皇上晋封为"凤藻宫尚书"，还加封为贤德妃。喜讯传来，宁荣两府上下里外，欣然踊跃，言笑鼎沸不绝。对于这等荣华富贵到极点的"大事"，贾宝玉却无动于衷，心里只牵挂着受了父亲笞杖的朋友秦钟。"贾母等如何谢恩，如何回家，亲朋如何来庆贺，宁荣两处近日如何热闹，众人如何得意，独他一个皆视有如无，毫不曾介意。因此，众人嘲他越发呆了。"（第十六回）在如此光荣的盛大喜庆之中，他是个局外人，难怪人们要说他"呆"。贾宝玉"与众不同"，这里仅是一例。贾宝玉之所以是贾宝玉，就因为他不被众人的习常观念所纠缠，包括不被众人以为是天大的功德荣耀所纠缠。众人关于世界、关于价值的一切认识都在他心中化解，包括皇帝皇妃父母府第至尊至贵的大光环也被化解。一切轰动性事件都不能把他拖入众人状态，所以他才守住了本真己我的赤子状态。

在神瑛侍者与绛珠仙草相恋的洪荒时代，还有一位后来也通灵的"姐姐"，这就是贾元春。进入人间之后，贾元春成了贾宝玉的第一位真正的老师，形同"教母"，情谊非同一般。她被选入宫廷后封为妃子，之后回到贾府省亲，看到荣华富贵的极景，竟然也有所心动，远离了青埂峰下那个本真的自我。书中写道："元春入室，更衣毕复出，上舆进园。只见园中香烟缭绕，花彩缤纷，处处灯光相映，时时细乐声喧，说不尽这太平气象，富贵风流。此时自己回想当初在大荒山中，青埂峰下，那等凄凉寂寞；若不亏癞僧、跛道二人携来到此，又安能得见这般世面。"元春省亲的瞬间，遥远的记忆突然闪现，那是大荒山寂寞的记忆，相比之下，她对于能够享受人间这一番富贵风流，竟产生对癞僧、跛道的感激之情。可见，此时此刻，作为女神的元春也滑到俗人心态之中。相形之下，贾宝玉从未产生过对荣华景象的陶醉。可见，贾宝玉对本真自我的守卫力量比姐姐强得多。有贾元春这一节非本真状态的暴露，更显示出贾宝玉灵魂的力度。

118

贾宝玉身上有贵族气质，有书生个性，又有平民情怀，所以既高贵，又迂腐，又博大。他是性情中人，又是精神中人，而且还是宇宙中人。他大智若愚，大巧若拙，又大制不割。他的贵族气质进入到骨子里，但心胸却与奴婢相通。他才华很高，但不知其才，总是夸奖别人。有贵族气，使他不俗；有书生气，使他不伪；有基督释迦气，又使他不隔不傲。所以，可称贾宝玉为最可爱的人。

119

贾宝玉身在贾府，在精神上并不属于贾氏家族。他属于诗人部落与思想者部落，属于普世性精神家族。从18世纪到20世纪，在小说诗文中与贾宝玉属于同一精神大家族的，有身为作家诗人的荷尔德林、雪莱、济慈、普希金等，有身为音乐家的莫扎特、肖邦等，有大画家梵高等，有身为作品主角的少年维特等。这些赤子，都是除了诗和艺术之外，什么也不在乎的纯粹婴儿。男性之外，属于这一精神家族的女性则有弗吉尼亚·伍尔夫（Virginia Woolf）和艾米莉·狄更生（Emily Dickinson）等。这些人追求诗意地栖居在大地之上，但缺少诗意的大地并不能珍惜他们。这一部落的天才们使用不同的语言，但发出的声音都属天籁，其创造的形式不同，但都如同婴儿的呢喃。

120

贾宝玉在晴雯死后以《芙蓉女儿诔》做了一次痛哭，诗与泪混合为一的痛哭。祖母（贾母）和鸳鸯死后他又做了一次痛哭，不是哭祖母，而是哭鸳鸯。这种痛哭，不是贵族府第里公子少爷的声音，而是本真自我的声音。贾宝玉并不隶属于贾府，也不隶属于贾府墙外的社会，而是隶属于大观园的女儿国，隶属于那个不可名、不可道的存在。他的痛哭是一种呼唤，不是呼唤那些被人间概念与人间欲望所编排、所规定的所谓"亲人"，而是那些与本真自我息息相通的美丽灵魂。他在呼唤晴雯、鸳鸯的时候，肯定的是人的本真状态，否定的是贾赦这些侯门权贵的伪善状态。海德格尔把这种来自天性并向本己自身的呼唤称作良知，贾宝玉的痛哭正是守卫人类赤子状态的良知呼唤，在呼唤的同时，他把泥浊世界的主体及其种种戏剧推入无意义。

121

曹雪芹设置心爱的人物，从贾宝玉、林黛玉到秦可卿等等，他们来到人间，只是做一次试验性的人生旅行，都是离开自身的本然状态到功利社会与概念社会试走一趟。贾宝玉在试验性旅行中，心灵依然向宇宙敞开，也向全人间敞开，不分贵贱尊卑地全面敞开，拒绝接受人间的各种分类命名，拒绝鄙薄下层的生灵。所以当他的姐姐贾元春作为皇妃回家省亲而父亲贾政按习常的概念向女儿称"臣"时，他无法跟随父亲去称"臣弟"。总之，在大旅行中，他虽然身到地球并活在社会的等级框架之中，但心灵并未从本真之我那里逃开。

122

《红楼梦》第一百一十五回中同貌同名的甄宝玉与贾宝玉的相逢，是续书中最精彩的故事。假（贾）作真（甄）时真亦假，哪个是宝玉的真我，哪个是宝玉的假我，哪个才拥有真性情、真灵魂，不难判断。此处相逢，对于甄宝玉来说，是千载难逢的机会，因为在他眼前这个衔玉而降的贾宝玉，正是他的本真自我，正是那个赤子状态的未被世尘污染的本然的自身，可惜他不仅全然不认识，还觉得这个真我走入迷途，忘了立功立德事业，于是还给了一番劝诫，发了一通"酸论"。一块石头，一半化作"玉"，一半化作"泥"。化为泥的部分总是在教训开导化为玉的部分，这是常见的人间逻辑。

德国现代大哲学家海德格尔曾经断言，当今人类已不能与本身相逢，即已不能和原初的本真自我相逢。《红楼梦》的作者在两百多年前已意识到这一点，其甄、贾宝玉的故事也说明，即使相逢也不相识（如苏东坡语"纵使相逢应不识"）。那个甄宝玉便是当今人类的一个象征符号，他早已远离本真的非功名非功利的赤子之我，已深深陷入世俗世界的惯性与习性之中。可是他们却误认为这才是正道，而那个守住本来意义的自我反而是走了邪路。此次甄宝玉的表现，说明人类早已不认识自己，完全被自己所造的各种物质、概念和权力结构所遮蔽，离生命的本真本然已经很远。

123

《红楼梦》中有三个外貌类似贾宝玉的美少年：水溶（北静王）、秦钟、甄宝玉。最后一个不仅同貌而且同名。然而，虽然形似，神却相去万里。三个形似者都有一个"悔过自新"的过程，即开始时都天真烂漫，到了后来才知道仕途经济乃是根本。甄宝玉见到贾宝玉时发了一通"酸论"，要他淘汰少时的迂想痴情，做一番立德立言的事业（这已是贾宝玉出家的前夕）。而最早劝诫贾宝玉的是北静王，他在秦可卿的出殡仪式中见到宝玉时虽衷心称赞，却对贾政说："只是一件，令郎如是资质，想老太夫人、夫人辈自然钟爱极矣；但吾辈后生，甚不宜钟溺，钟溺则未免荒失学业。昔小王曾蹈此辙，想令郎亦未必不如是也。若令郎在家难以用功，不妨常到寒第。小王虽不才，却多蒙海上众名士凡至都者，未有不另垂青目，是以寒第高人颇聚。令郎常去谈会谈会，则学问可以日进矣。"

最让人困惑的是贾宝玉平常特别爱慕的秦钟，在临终前竟然向鬼判们请求还魂片刻而对宝玉郑重嘱咐："并无别话。以前你我见识自为高过世人，我今日才知自误了。以后还该立志功名，以荣耀显达为是。"（第十六回）连处于生命最后一刻的知己秦钟都作如此劝诫，都要他"浪子回头"，可见贾宝玉要守住本真状态，拒绝荣耀显达是何等艰难。

水溶、秦钟、甄宝玉除了外貌相似之外，还有一个共同点，就是都想拯救贾宝玉。可是，他们想当救主，却不知道到底谁真的陷入浊泥深渊，谁才应当拯救。他们没想到，他们面前的那个自称顽愚也被人视为呆子傻子的人，正是即将出家的释迦牟尼。对于他们，重要的不是去救人，更不是去救释迦，而是"自救"。

124

宝玉对府内的几个"优伶"都有倾慕之情。听到芳官唱《赏花时》，拿着宝钗摇出的签子"任是无情也动人"，痴呆了一阵。遇到龄官在地上写"蔷"字，见她"眉蹙春山，眼颦秋水，面薄腰纤，袅袅婷婷，大有林黛玉之态"，也"痴"看了一阵，"宝玉早又不忍弃他而去，只管痴看"。这是本能的对美的向往与倾慕，也正是曹雪芹所说的"意淫"。说宝玉是"天下古今第一淫人"，其实是说对天下美好女子全都有这种审美态度，并无占有之念。曹雪芹当时未能使用近代美学概念来描述这种生命现象，但可知道，他所说的"意淫"乃是纯粹精神性、审美性的心理活动与感官活动，全是非肉欲、非功利、非算计的真性情。由此，也可说，所谓天下第一淫人，正是对才貌双全之少女的天下第一审美者。如果说，贾宝玉到地球上来走一回可谓"不虚此行"，那就是他能在人间看到天地钟灵毓秀所造出来的如此让人痴迷的生命景观。

125

　　老子所说的"复归于婴儿"，即返回生命的本真状态，这是很难的。人类的多数是回不去、归不了的。即使是伟大诗人如李白、杜甫、白居易等也回不去，更不用说施耐庵、罗贯中等了。唯有曹雪芹复归了，回去了。他写贾宝玉，把人格亮光投射给贾宝玉，足以证明他的回归。宝玉的本质是一个婴儿，一个赤子。他最聪明，又最混沌，最丰富，又最简单，他是生命的本真存在。他的父亲用棍子狠打他，想让他"开窍"，但他始终像庄子所写的那个不可开窍的"浑沌"。所谓混沌状态，就是本真状态。中国文学中最完整的赤子形象就是贾宝玉。曹雪芹通过贾宝玉实现了伟大的回归。

126

贾宝玉身上有神性，所以他才有广博的爱一切人宽恕一切人的大慈悲。但他又不是神，所以又有人性，而且有比一般人（包括婢女）更低的侍者（服务员）心态：无事忙的公仆心态。对神是需要敬畏的，但作为人的贾宝玉只获得"敬"，未获得"畏"。没有人怕他，连小丫鬟都不怕他。然而，他却获得所有不怕他的人深深的尊敬，包括赢得林黛玉内心的爱意与敬意。

127

贾宝玉本是一块顽石。获得性灵之后来到地球上，其愿望是按照自身的本真状态栖居在地球上，然后自由地展开诗意人生。但是，除了林黛玉和女儿国的几个性情少女之外，其他人都要他在社会中扮演一种立功立德的重要角色。连他的姐姐贾元春也不得不扮演一个名为"凤藻宫尚书"的世俗角色。显耀的角色可以带来利益，所以世人都要去争去夺，而贾宝玉偏偏拒绝扮演任何角色。他被称为无事忙，便是没有角色但有忙碌的性情中人。

128

都认为贾宝玉有病，都认为贾宝玉迷失，所以才有对他的不断劝说、提醒、训诫。在贾政、薛宝钗、袭人及常人眼中，贾宝玉迷失在不知荣华富贵为何物，不能"留意于孔孟之间"，不能"委身于经济之道"。然而，在赋予贾宝玉灵性的一僧一道（癞头和尚、跛足道人）看来，宝玉到世间后已开始"被声色货利所迷"，其象征着淳朴生命的玉石开始中邪，所以"通灵宝玉"开始不灵，唯有唤醒他的记忆，帮助复归于淳朴，通灵宝玉才会灵验。两种价值观的冲突，是《红楼梦》的精神框架。贾宝玉的灵魂之路是从朴出发进入色而复归于朴的路。在贾宝玉素朴的眼里，凡劝他追求功名的，都在把他推出生命的本真本然，这便是让他去"中邪"。赵姨娘请马道婆耍弄道术让他中邪，薛宝钗、袭人等的规劝，其实也是让他去中邪。

从诗品上说，《红楼梦》中诗的极品都出自潇湘妃子林黛玉之手。从人品上说，贾宝玉却可称为极品，可贵的是，贾宝玉从来没有妙玉似的极品观念，也不知道何为人品的极致。他的绝对的善，完全出乎天性。他的极品呈现在他自己无法意识到的平常心、平常事之中。仅从结社比诗一事中就可看出他有怎样的心灵。每次诗歌评比，他都几乎名落孙山，不仅在林黛玉之后，也在薛宝钗等众女子之后。第三十八回中记叙由李纨做评判人对大观园海棠社诗人们的菊花诗进行评判排名次，结果笔名称作"怡红公子"的贾宝玉所作的两首（《访菊》《种菊》）全不入围，连史湘云（枕霞旧友）、探春（蕉下客）也不及，等于最后一名，但他不仅不嫉妒，反而为胜己者拍手鼓掌，口服心服。李纨宣布评选结果："等我从公评来。通篇看来，各有各人的警句。今日公评：《咏菊》第一（林黛玉），《问菊》第二（林黛玉），《菊梦》第三（林黛玉），题目新，诗也新，立意更新，恼不得要推潇湘妃子为魁了；然后《簪菊》（探春）、《对菊》（史湘云）、《供菊》（史湘云）、《画菊》（薛宝钗）、《忆菊》（薛宝钗）次之。"李纨宣布之后，"宝玉听说，喜的拍手叫'极是，极公道'"。出自内心喜形于色，为胜利者鼓掌叫好，还称赞淘汰了自己的评判者"极公道"。这一瞬间，贾宝玉的心灵和盘托出，显得非常纯，非常美。此时，他的菊花诗虽落后于姐妹们，但其心灵，却又是一首价值无量、美不胜收的诗，不立文字的精彩诗篇。中国人常常不能为失败者鼓掌（所以鲁迅才倡导要为跑在最后但坚持跑到终点的运动员叫好），也不能为成功者鼓掌，心灵真如"怡红公子"的并不多。

130

拙著《人论二十五种》描述了"肉人"，这是文子所界定的二十五种人的倒数第二名，排列在"小人"之前。所谓肉人，乃是只有肉没有灵、只有欲望没有精神的人。与肉人相对的另一极的人，是只有精神没有欲望的人，即被庄子称为"真人""至人"的那一类。贾宝玉虽然具有纯粹精神，但不是真人至人，而是性情中人。他有人的真精神，又有人的真情感。这其实更难更实在。贾宝玉被父亲打得皮肉横飞之后，姐妹与丫鬟们去安慰、照料他，他完全忘记肉的伤痛，却为少女们的关心而感动不已，就像后来的大画家梵高割了耳朵而不知疼痛，对"肉"缺少感觉，对情却极为敏感。这种气质正是诗人气质。

131

脂砚斋透露《红楼梦》稿本最后有一"情榜"，以"情情"二字评说林黛玉，以"情不情"三个字评说贾宝玉。情情二字，第一个情字为动词，第二个情字为名词；情不情三字，第一个情字为动词，不情则为动名词。林黛玉只把情感投注于她专一所爱之人，即情感完全相通相契相依相属之人，其他人几乎不存在。而贾宝玉则是个博爱者、兼爱者，他爱林黛玉，也爱一切人，包括薛蟠、贾环等"不情"人。唯能"情不情"才有菩萨心肠，才有基督释迦胸襟。其实，贾宝玉是先"情情"而后才"情不情"。在他的灵魂层面与情感深处，最爱的只有林黛玉一个人，其次也爱晴雯等"真情"者，心中并无其他"不情"人。在此前提下，他才身不殊俗，关怀人间一切生命，情泛普世。

132

高鹗续《红楼梦》，有许多可挑剔处，例如最后还让宝玉妥协到与贾兰去赴考场，还中了一个中等成绩的举人，等等。尽管如此，但他还是深刻地把握住一个认识：在精神智慧的层面，林黛玉高出贾宝玉一筹，她是指引贾宝玉实现精神飞升的女神。第九十一回（"纵淫心宝蟾工设

计 布疑阵宝玉妄谈禅")中，贾宝玉听了林黛玉关于"原是有了我，便有了人"的一段话之后，豁然开朗，回应了一段衷心敬佩之言："很是，很是。你的性灵比我竟强远了，怨不得前年我生气的时候，你和我说过几句禅语，我实在对不上来。我虽丈六金身，还借你一茎所化。"这段表白一是承认自己的性灵比林黛玉差得远，二是说自己虽有菩萨之性，但还是要借助林黛玉这一净洁的莲花才得以成道。捕捉林、贾这一精神差别，才可看见林黛玉所呈现的《红楼梦》的最高境界。

　　中国的艺术家们常把逸境看得高于神境，因一般神境还有痛苦、忧虑、兴奋，还有悲情，而逸境则超越了悲情。但佛家的莲界，却又在神境与逸境之上，它既有神境的大慈悲，又有逸境的清雅与淡泊，达到冷观世界又关怀世界的天地大圆融。贾宝玉原有释迦、基督的善根慧根，经林黛玉眼泪的滋润和精神上的点化，便逐步走向佛家莲界。

133

　　林黛玉的《葬花词》和贾宝玉的《芙蓉女儿诔》是中国挽歌史上的千古绝唱，两者都是咏叹调，但林黛玉唱低调，贾宝玉唱高调（高昂）。《芙蓉女儿诔》浓词艳语，近赋；《葬花词》淡泊自然，近词。两者都抒写色，一写花色，一写女色，但《葬花词》境界更高，其功夫在于由色入空。《芙蓉女儿诔》只是由色泣色，空尚不足。所以前者显得苍凉、空寂，后者显得激越、亢奋。《红楼梦》因为由色入空，所以成为拥有空灵境界的大悲剧；又因为由空观色，即用空的眼睛观看各种色，所以看出色世界的混浊与荒诞，成为大荒诞剧。悲剧喜剧兼备，使《红楼梦》的内涵丰富浩瀚，他者无可匹敌。

134

历来的"拥薛"与"拥林"之争，乃是两种不同的生命指向之争。这里有率真与世故之争，有重伦理重秩序与重自然重自由之争，有重儒与重禅之争。多数的中国人甚至多数的中国女子都无法面对林黛玉，因为她的精神境界太高，高到与世俗世界格格不入。她的"无立足境，是方干净"的精神制高点，只有贾宝玉一人可以仰望。说"高处不胜寒"，也只有林黛玉体验得最为深切。她孤寒到极点，孤寒到从血脉深处迸出"冷月葬诗魂"的诗句，孤寒到预感"人向广寒奔"的生命结局。这种孤高冷绝的灵魂，也只有贾宝玉才能理解。宝玉之外，其他人可以跟她交往，但无法面对，一面对就会发现自身的鄙俗、世故与苍白。

135

贾宝玉的生命有一个生长与升华过程，他开始还迷恋脂粉，迷恋肉的丰美，后来扬弃这些，回归于赤子。林黛玉的生命则没有过程，她一到人间，心灵就比贾宝玉冷静、成熟，一开始就得道。率性之谓道。她的天性率真纯洁，直接入道得道，无师自通。（那个名叫贾雨村的所谓"老师"，与道无关，不算"真师"。）她不沾男人泥浊世界，贾宝玉要把北静王赠送的礼物转送给她，被她断然拒绝："什么臭男人拿过的，我不要他。"林黛玉说此话时不经思索，她好像是个不必思考的天才，天生放逐概念，只用生命的真性真情感知世界、感知人间，其所感所悟皆不同凡响，处处新鲜新奇，所以成了大观园的首席诗人。中国文化史上，似乎唯有陶潜、慧能也属于不必思考而能明心见性的生命奇迹。

136

林黛玉身上有一种绝对性与彻底性，也可说是一种纯粹性。这种纯粹性呈现于人间社会，便是无任何世俗之求、世故之态；呈现于情爱，便是无任何功利之想，无分裂之心；呈现于书写中，则是无任何权力之影、虚妄之声。生命中除了诗与爱，不知世间还有何物。除了真性真情，一无所有；除了所依恋的那颗灵魂，一切都不存在。她说"无立足境，是方干净"，这正是她自身的写照：纯粹到一切世俗的概念都无法解释，无法支持。

137

弗吉尼亚·伍尔夫笔下的奥兰多，从16世纪活到1928年，跨越四个世纪，她时而男性，时而女性，开始出现时是个贵族美少年，最后消失时是个三十六岁的女作家。奥兰多是个诗人，诗没有时间边界，诗性没有生死边界。伍尔夫本身的人生就只知诗，不知其余，她投水自杀，但她的诗文却不会死。伍尔夫生命的纯粹性与现实世界的险恶性无法相容。美国把伍尔夫的生平拍成电影，但多数美国人恐怕无法理解她。一个被实用主义覆盖的国度，很难面对如此纯粹的诗性的生命。林黛玉是更早问世的伍尔夫。她只有如蚕吐丝的纯粹功能，只有伍尔夫似的纯粹感觉，纯粹到身上除了诗，什么也没有（其爱情，也是诗情）。而世俗世界，什么都有，就是没有诗。可惜诗生命太弱小，非诗世界太强大，其悲剧结局就不可避免。

林黛玉的《五美吟》和薛宝琴的《怀古十绝》，都翻历史大案，都对男人构筑的历史提出质疑，思想极为犀利，咄咄逼人，但一点也没有暴力倾向，不伤害任何一个人，真是境界极高的诗。

"诗"的质疑比"论"的质疑更有力量。不过，相比之下，我们会发现，薛小妹的诗还是人间之声，而林黛玉的诗则是宇宙之声。所谓宇宙之声，乃是"此曲只应天上有"，如同天乐。世上常人都赞美西施嘲笑效颦之女，但黛玉写道："一代倾城逐浪花，吴宫空自忆儿家。效颦莫笑东村女，头白溪边尚浣纱。"这又是天外眼光与天外语言。人间都为西施的美色而倾倒，黛玉却说，一代美人演完政治戏剧后随波消失了，只留下永远的寂寞，而那个被嘲笑的丑女，倒是能在溪边浣纱直到白发苍苍，永存永在的还是质朴的生命，还是内心那些清溪般的天真。诗歌名句必须有文采，但最要紧的还是该抵达常人抵达不了的境域。

用本能（性）阅读《红楼梦》，境界最低，可能会导致《红楼梦》不如《金瓶梅》的荒唐结论。用头脑（知识）

阅读《红楼梦》，境界次之，其误区可能是只知四大家族不知女儿国。用性情阅读《红楼梦》才可把握住《红楼梦》的基本风貌，进入《红楼梦》的生命世界，其境界才进入审美层面。用性灵去阅读，则可把境界推向高峰，把握住《红楼梦》的精神之核。贾宝玉是一个成道中的基督、释迦，林黛玉的灵气从古至今无人可比。跟踪林黛玉的灵气、灵性、灵魂，才可能走上《红楼梦》的最高点。

140

鲁迅说过，猴子社会的猴子们，原都是在地上爬着走，如果有一只猴子率先站立起来，其他猴子就会把它咬死。尤奈斯库的《犀牛》，写所有的人都变成了疯狂的犀牛，若干未能变成犀牛的，反而被视为异类而让周围的变形变态者所不容。《红楼梦》中的林黛玉、贾宝玉其实就是率先站立起来的猴子和拒绝变成犀牛的人，但被世俗社会所耻笑，不仅被视为"蠢物"，还被称作"孽障"。宝黛私自阅读讨论《会真记》(《西厢记》)，在四书五经覆盖一切的社会中，就如同拒绝爬着走路的猴子，社会岂能容得下他们。

141

俗境，人境，神境，逸境，人文境界由低而高。中国知识人崇尚逸境，把不见人间烟火视为理想境界，但陶渊明独辟蹊径，隐逸之所不离"暧暧远人村，依依墟里烟"，结庐在人境，身心却进入逸境，所以走上诗歌的精神高峰。佛教进入中国之后，特别是到了禅宗慧能，崇尚的却是空境，这是比逸境更深广的莲界。它把人的逍遥提高到"空"中，连逸境里的色都没有，连陶渊明的桃花源都加以扬弃，于是，境界便从淡远进入空寂。《红楼梦》中的《葬花词》境界最高，它在吟色之后，扬弃一切外在之境而进入空境。

142

有实才有空。人愈充实愈容易进入空境。精神挤掉物质，智慧达到饱满状态之后才能走入空。孙悟空的名字暗示：空是精神主体悟出来的。主体先有精神的高峰体验，然后才有空的感觉。对于空的最大误解是以为空乃是精神匮乏与精神空虚。音乐在达到最纯粹、最有力的时候，突然终止，这一瞬间的沉默，是充盈的无，是饱和的空，是超越语言概念而对最高精神层次的把握。贾宝玉最后的出走，不是匮乏，而是对人生宇宙领悟到饱和状态之后的精神飞升。出走的那一刻，他的贵族府第与他生活过的色世界空了，但正是这一刻，他进入充盈的精神状态。这是由色入空的大飞跃。

143

林黛玉与贾宝玉有一节最深的相互爱恋的对话却是无声的。不能开口，一开口就俗。心灵之恋只可用心灵，使用的语言是纯粹心灵性的，精神性的，禅性的，不可立文字，只能以心传心，所以两人都没有说出口，更没有立下文字。这是心灵之恋的"无立足境"，至深的"情"入化为"神"，至深的"色"入化为"空"。这是第二十九回（"享福人福深还祷福　痴情女情重愈斟情"）所表述的一节：

……即如此刻，宝玉的心内想的是："别人不知我的心，还有可恕，难道你就不想我的心里眼里只有你！你不能为我烦恼，反来以这话奚落堵我。可见我心里一时一刻自有你，你竟心里没我。"心里这意思，只是口里说不出来。那林黛玉心里想着："你心里自然有我，虽有'金玉相对'之说，你岂是重这邪说不重我的。我便时常提这'金玉'，你只管了然自若无闻的，方见得是待我重，而毫无此心了。如何我只一提'金玉'的事，你就着急，可知你心里时时有'金玉'，见我一提，你又怕我多心，故意着急，安心哄我。"

看来两个人原本是一个心，但都多生了枝叶，反弄成两个心了。那宝玉心中又想着："我不管怎么样都好，只要你随意，我便立刻因你死了也情愿。你知也罢，不知也罢，只由我的心，可见你方和我近，不和我远。"那林黛玉心里又想着："你只管你，你好我自好，你何必为我而自失。殊不知你失我自失。可见是你不叫我近你，有意叫我远你了。"如此看来，却都是求近之心，反弄成疏远之意。

这段对话既无声，也无言；既无心证，也无意证；完全是超越语言、超越文字、超越逻辑、超越是非等世俗判断的心灵交融。宝黛的对话，往往是灵魂的共振，此段心灵的对话，更是灵魂的共振。倘若用"此时无声胜有声"的话语来形容，这种无声的对话，恰恰比许许多多有声的对话音强百倍。老子说"大音希声"（《道德经》第四十一章），曹雪芹则抵达"大音无声"。心灵中最深刻的对话反而没有声音。

144

林黛玉与贾宝玉来自无数年代之前的大荒山无稽崖，遥远的三生石畔灵河岸边才是原初的故乡。他们来自大自然、大宇宙，生命与自然没有隔，与宇宙没有隔，所以容易由色入空，由人间进入宇宙。林黛玉时而问"天尽头，何处有香丘？"时而说"人向广寒奔"，都是生命和宇宙直接相连。贾宝玉也是如此，一听到"赤条条来去无牵挂"的歌唱，便激动不已。贾宝玉的朋友秦钟，虽然形如白鹤，可惜心灵与自然与宇宙还是相隔万里，所以临终前还是留下"立志功名"的遗言。其他功利社会中人，生命与大自然、大宇宙之间更是隔着名位、权势、财富、概念等等，所以要回归本真本然状态就很难。

145

薛宝钗与贾宝玉关于人品根柢的辩论，其特点是薛宝钗引经据典，打着的是"古圣贤"的旗帜，论证的理由乃是伦理概念，而贾宝玉却扬弃经典只取古圣贤所说的"赤子之心"，用的是生命理由。

这是一场概念与生命的精神较量。薛宝钗仰仗的是圣人，贾宝玉仰仗的是生命本真。贾宝玉与赤子（婴儿）

之间没有隔，薛宝钗与赤子之间却有许多障碍，首先是圣人概念的障碍。贾宝玉虽然也欣赏薛宝钗的丰美，但心灵总是难以相通，就因为之间还有观念之隔。贾宝玉与林黛玉的关系，在灵魂上如同亚当与夏娃的关系，乃是赤子的关系，所以才有扬弃世俗罗网的心恋。

146

《春江花月夜》是让人读后就难以忘怀的情爱咏叹调，也是青春生命的咏叹调。腔调是刻意造成的，而咏叹调则自然、清新、流丽，真从生命中流出。把《春江花月夜》的生命咏叹推向巅峰的，是《红楼梦》中贾宝玉所作的《芙蓉女儿诔》。它是咏叹调，但因为切入心灵和投入大悲情，便转入深邃，变成中国文学史上最动人心扉的挽歌。咏叹调倘若未能切入心灵，就容易变成小浪漫的浅吟低唱。

147

文化跟着人走。中国最优秀的文化汇集在《红楼梦》

之中，曹雪芹的名字走到哪里，中国的文化精华就会跟到哪里。托尔斯泰即使被流放到中国，俄国最优秀的文化也会跟着到中国。《红楼梦》这部书常在身上，中国最好的文化就不会离开自己。文化的未来无法知晓，但可预测，千万年后，只要曹雪芹的名字和书籍在，只要中国人还认它作经典，热爱它，那么中国文化就不会沉沦，中国人的精神幸福就还有寄托之所。

148

历史变成一种原则之后，后人很难感受到历史伤痕的疼痛，即使历史化为记忆，这记忆也被抽象化了，很难让人觉得痛。唯有文学能使人心疼，使人从情感深处感到伤痛。《红楼梦》让人痛惜，痛惜那些诗意生命永远消逝了，不会再度出现。痛惜那些如蚕抽丝的诗人在地球上只生活了一个很短的瞬间，而这一瞬间不能复制，不会再来。两百多年过去了，我们发现大观园女儿国里的诗人一个个都是人诗，连不作诗的晴雯、鸳鸯等也是人诗。这些人诗的生命只有一次，在大地上的出现只有一次。在曹雪芹心中和我们心中，岁月的哀伤、历史最深的悲剧不是帝王将相的消失，而是这些人诗的毁灭。

149

最伟大的文学作品，如《红楼梦》，既有文采，又有灵魂的亮光。人的感觉器官，不仅可以感受到它的美，而且可以闻到其灵魂的芳香。嵇康虽然消失一千多年了，但我们还可以闻到《广陵散》的芳香。曹雪芹去世两百多年了，但我们不仅可以闻到贾宝玉祭奠晴雯时的"群花之蕊、冰鲛之縠、沁芳之泉、枫露之茗"的芬芳，而且可以闻到林黛玉提示"无立足境，是方干净"的禅味。这禅味，便是灵魂的芳香。功利的感官可以闻到脂粉的"味道"，审美的感官却可以闻到精神的"道味"。读林黛玉的诗，听林黛玉的说禅，都可闻到"道味"。处于人间而能享受心灵的最高幸福，便是能闻到美丽灵魂散发出来的沁人心脾的形上芳香。

150

《红楼梦》的伟大，是它为文学也为人间确立了一种大精神与大灵魂，这是对人、对生命、对青春、对情爱的无条件尊重，以及对真、对美的无条件景仰，任何政治理由、道德理由、家族理由、国家理由、传统理由都不可损害这种尊重。它还明显暗示：追求锦衣玉食，追求荣华富贵，追求金银满箱，追求声色货利，灵魂就会沉沦，文学也会沉沦。《红楼梦》精神内涵的纵深度是由此大精神与大灵魂建构的。中国其他长篇小说，都没有确立这种大灵魂。《三国演义》《水浒传》离这种大精神最远，《金瓶梅》虽然也说情欲无罪，但没有确立情爱的美与无限诗意。如果能把《红楼梦》确认为人生的基本精神之源，生命状态就全然不同。

151

王国维发现《红楼梦》的宇宙性。可惜他未能对其宇宙境界进行更深的开掘。他评论《红楼梦》基本上还是用人间角度，即用人间的悲情眼睛来看人间，没有跳出人间的大框架，因此，他只看到《红楼梦》的悲剧。可是，悲剧只是《红楼梦》的一个层面。《红楼梦》的整体意象不仅是悲剧，它还大于悲剧。曹雪芹的伟大，恰恰是他不仅用人间角度看人间，还用宇宙角度看人间，也只有这种高远的角度才看到人间生命不仅演出大悲剧，而且也在不断地演出大闹剧、大荒诞剧。

152

对《红楼梦》的阅读，开始时感到赏心悦目，之后则常有情感起伏，最后则惊心动魄。仅仅跛足道人的《好了歌》，就愈读愈感到震撼。这位"道人"，对人类世界的认识如此清醒，每一句话既像家常的笑话，又像天外的惊雷警钟。这首歌，是哲学歌，是曹雪芹的"存在论"，它把人类世界的金钱崇拜、权力崇拜、色欲崇拜推向荒诞，推向幻境，推向颠倒梦想，推向无意义。它告示人间：只有从各种色相的包围中走出来，"存在"之门才能向大宇宙充分敞开。

153

心灵不是社会，不是国家，不是历史。心灵没有时间维度，只有空间维度，而且是无边界的空间维度。心灵的幅度与宇宙同一。

文学是心灵的事业。文学所有的要素中，心灵属第一要素。因此，不能切入心灵的文学，不是最好的文学。《封神演义》虽然情节离奇，但文学价值很低，就因为它与心灵无关。晚清谴责小说虽鞭挞黑暗，但未切入心灵，所以文学价值也有限。《金瓶梅》与《红楼梦》的差距，关键是心灵切入度的差距，其心灵的粗细之分、深浅之分、雅俗之分，几乎可以一目了然。

154

但丁的《神曲》，不愧是与荷马史诗、莎士比亚戏剧并列的文学经典。但经典也有局限，仔细读《神曲》，就会发觉其中的各层地狱，有许多道德专制法庭。被判为荒淫罪而入地狱的不少是多情妇女。她们有点私情便放入地火中煎烤，这倒是与中国的《水浒传》的作者思路相通：情欲有罪，生活有罪。经典是整体成就的结果，并非每一细节都是范例，更非每一理念都是真理。与但丁相比，曹雪芹对多情妇女则无条件尊重，他笔下"养小叔子"（焦大语）的秦可卿，不是被送入地狱，而是被送入天堂。

155

《红楼梦》中的女儿国是现实社会的参照系。有女儿国这面镜子，才能看清名利国的虚空，炼丹国的荒诞，金银国的苍白，才能看清贾珍、贾琏、薛蟠们的花花世界没有诗意。女儿国是曹雪芹的理想国。这种理想国不同于柏拉图的理想国，柏氏把诗人逐出国门，因为这是理性的国度、实用的国度，而诗人却没有理性也没有用。与此相反，曹雪芹的理想国，其主体却是诗人，而且是女性诗人。这个国度，只求诗性，不求理性，只求美，不求用，这是诗意生命自由存在的乌托邦，是守护人类本真状态的审美共和国。

156

美国有一部《红》——《红字》；中国也有一部《红》——《红楼梦》。相同点是两者都扬弃道德专制法庭，支持欲望的权利和呼唤情爱的自由，尊重个体生命超过尊重神灵，尊重性情超过尊重理念。《红字》是对清教道德专制的批判，《红楼梦》是对程朱道德专制的批判。但是，《红字》的女子只有一个，她能守卫情爱秘密，却未能开放情爱的大门。《红楼梦》的女子则有一群，而且都在黑暗的铁门里放射着情爱的光泽。《红字》的基点是理念的，《红楼梦》的基点是生命的。

157

《堂吉诃德》是塞万提斯的一个大梦，这也许是他童年时代的一个记忆。这位骑士一路打过去，其出发点与归宿点都离不开他想象中的美貌无双的公主，朝思暮想的意中人：杜尔西内娅·台尔·托波索。

《红楼梦》中的贾宝玉，实际也是一个堂吉诃德，潜意识中也是知其不可为而为之。不过，他所战的风车，是儒教条，是炼丹术，是萨满教，是假菩萨，是千百年一贯的才子佳人文学模式。而他的出发点与归宿点也总是和一个名叫林黛玉的心爱女子相关。这一切也是曹雪芹童年、少年时的记忆。人类的精神在深层里如此相通，真是不可思议。伟大的作家往往得益于对人生人世两端的捕捉：一是人之初的童年的记忆，二是人之终的末日的预感。《红楼梦》两者都呈现得极为精彩。

158

梦是潜意识的浮现。《红楼梦》是中国集体无意识最健康的一次浮现。有意识的叙事只有进入潜意识并呈现为梦，才显示为灵魂的一角。或者说，集体无意识通过梦才能得到充分展示。《红楼梦》是中华民族通过诗意个体所做的一次最伟大的梦。荷马的《伊利亚特》《奥德赛》，但丁的《神曲》，都进入很深的无意识层面，都接触到无意识的本原（神话），相比之下，歌德的《浮士德》意识太强。

潜意识的深度是文学的尺度之一。愈是好作品，进入潜意识层面就愈深。《红楼梦》拥有最强的灵魂维度。它既是文学的坐标，也是生命的坐标。

159

　　按照弗洛伊德的说法，文学就是梦。每部文学作品都可视为作家的一场梦。《水浒传》梦的是穷人翻身做皇帝，《三国演义》梦的是皇统宗室子弟当皇帝，可惜都梦得不健康，都是中华民族经历了战乱、饥饿的创伤之后所做的梦。而《红楼梦》却跨越创伤地带，悬搁智慧果，直接与《山海经》的孩子之梦相连。那么，《红楼梦》梦的是什么？可说是"梦梦"，梦的还是梦。《山海经》里的女娲补天、精卫填海本来就是梦，《红楼梦》开篇就紧连《山海经》，梦的还是远古中国人天真的梦，知其不可为而为之的梦。《红楼梦》的第三十八回说"梦有知"，恐怕是做梦者知其不可能。曹雪芹通过自己的作品表达的正是不可能的理想，这理想是只要花开不要花谢，有花谢便有葬花人的大悲伤。少年女子恰如天地精英凝聚的花朵，也应当只有花开花放而不要有花谢花落。辛弃疾曾经呼唤"春且住"，梦想留住春天。曹雪芹的梦也是"春且住"的梦，是最真最美的诗意生命不要落入泥潭（不要出嫁）、不要落入死亡深渊的梦。世界上自古到今的作家诗人做着各种梦，但没有一家像曹雪芹这样强烈地做着净水不流入泥浊世界、花朵不进入"香丘"（坟墓）的大梦。

160

曹雪芹建构的世界，由两个对立的国度构成：一是女儿国，净水世界；一是荒诞国，泥浊世界。《红楼梦》既书写女儿国的毁灭（悲剧），又写荒诞国的兴衰（荒诞剧）。于是，小说成了悲剧与喜剧并置的艺术整体。贾宝玉站立在两个国度中间，但心向女儿国，憎恶荒诞国。女儿国是非功名、非功利的世界，野心、欲望、权力、功名这些男人追逐的东西进入不了这个国度。诗是这个国度的通行证。荒诞国正相反，重功名、重权势，生活在野心与欲望之中，权力与金钱才是通行证。贾宝玉的赤子之心是宁为女儿国的侍者与小人物，也不愿意充当荒诞国的王子与大人物。所谓女儿国，其实就是诗国。贾宝玉正是诗国的公仆（侍者）。

161

曹雪芹给《红楼梦》设置了一个"太虚幻境"的故事

框架，表面是说天上之境，实际影射人间之境，它暗示人们，你争我夺的现实世界也是太虚幻境，并非实在。能意识到金钱世界、功名世界、欲望世界乃是太虚幻境，能暗示人们削尖脑袋想钻入的荣国府、宁国府、金銮殿也是虚幻之所，很了不起。本是一种幻境，人们却殚精竭虑地争个身心俱碎，这便是荒诞。所谓荒诞，正是以幻相为实相的颠倒梦想。

162

《红楼梦》嘲弄许多宗教。通过赵姨娘的作恶（加害贾宝玉与王熙凤）嘲弄萨满教；通过炼丹炼到走火入魔以致吞金服砂而亡的贾敬，嘲弄道教；通过王夫人的手不离珠（念佛）却心性残忍而嘲弄光吃斋不修炼的假菩萨（佛教），甚至还揭露馒头庵的黑暗和质疑妙玉的修道形式（"云空未必空"）。但是，整部巨著从不嘲弄禅宗，而且林黛玉和贾宝玉最深的精神交往，恰恰都在谈禅中。无论是关于"无立足境"的交流，还是关于"瓢之漂水"的讨论，都是最深刻的对话，这种对话，不是口头派对，而是灵魂互证。林贾之恋，是深邃的灵魂之恋，又是一种旷古未有的禅性之恋。

163

　　《红楼梦》第五回中警幻仙子所制的十二支曲，从《终身误》到《飞鸟各投林》，既是"十二钗"女子的命运预告，又是贾府乃至整个人间世界的末日预言。收尾一曲《飞鸟各投林》更是一首末日歌："为官的，家业凋零；富贵的，金银散尽；有恩的，死里逃生；无情的，分明报应。欠命的，命已还；欠泪的，泪已尽。……看破的，遁入空门；痴迷的，枉送了性命。好一似食尽鸟投林，落了片白茫茫大地真干净。"这首仙子歌乃是末日歌，整部《红楼梦》更是末日歌。它展示的人间世界最善良的诗意生命没有立足之地，最美丽的诗意心灵一个个如"水止珠沉"，最后几乎主宰门庭的竟是个名叫贾环的"冻猫子"似的劣种，而名叫"巧儿"的还算优良种子的贵族苗裔，只好送到刘姥姥家去苟活。盛宴只是一个瞬间，盛宴之后是末日废墟。

164

　　用哲学的大观眼睛看文学，可见到中国文学多数作品的精神内涵属于"生存"层面，而非存在层面。加缪曾说："哲学的根本问题是自杀问题，决定是否值得活着是首要问题。世界究竟是否三维或思想究竟有九个还是十二个范畴等等，都是次要的。"（《西西弗斯神话》）莎士比亚的《哈姆雷特》，其主人公的主要焦虑是"生存还是毁灭"。是选择生，还是选择死？如果选择生，这生的意义何在？这便是存在问题。如果说，《哈姆雷特》和许多西方经典的基调是生与死的二重变奏，那么，中国文学的基调则是"仕或隐""聚与散"以及国家"兴与亡"的二重变奏。但是，中国也有对存在意义提出叩问的大诗人，如屈原、曹操、李煜、苏东坡、曹雪芹。屈原自沉汨罗江的行为语言提出的便是自杀问题。但真正探讨如何诗意地栖居于地球之上的存在问题的是曹雪芹。

165

处于贵族阶层中的人不一定有贵族精神与贵族气质。贾府中的贾赦，纯粹是一个满身朽气的官僚空壳。而贾珍、贾琏、贾蓉等则几乎是一些包装着华贵衣衫的流氓，至于贾环，更是劣种。只有贵族阶层中的优秀个体，才能具备贵族气质与贵族精神。像曹雪芹这样的优秀者，即使贵族阶层崩溃了，他仍然是富足的精神贵族。其精神也超越贵族制度与贵族家庭。贵族精神变成一种审美范畴，就因为这种超越性而成为高雅精神的概述。《红楼梦》伟大，并不在于它描述贵族家庭的兴衰，而在于它一面完全蔑视贵族特权，一面又用高贵的精神审视生命个体，结果它发现许多非贵族家庭出身的个体生命却拥有贵族精神的内核——具有人的尊严感，晴雯、鸳鸯、尤三姐都有人的骄傲，她们均以抗争与死灭来捍卫自身的尊严。

166

贵族出身的作家诗人们，通过不同途径去体现其脱俗的高贵：有的用心灵的单纯去体现，如普希金；有的用品格的高洁去体现，如屈原；有的以精神的雄健去体现，如拜伦；有的用气质的高傲去体现，如屠格涅夫；有的用道德的完善去体现，如托尔斯泰；有的通过形式的典雅去体现，如高乃依、拉辛；有的用艺术的精致去体现，如柴可夫斯基等。而曹雪芹则兼有心灵的单纯，品格的高洁，精神的雄健，气质的高傲，道德的完善，形式的典雅，艺术的精致，并且还有一样是特别的，他通过一种对下层诗意生命的肯定与礼赞，呈现出一种既超拔又平等的最优秀的贵族精神。

167

尼采给贵族精神的定义是"自尊"。这是确切的。贵族的一大行为模式是"决斗"，身为贵族的伟大俄国诗人普希金也决斗而死。

决斗的行为呈现的精神是：有一种东西比生命更加宝贵，这就是人格尊严。但是尼采却在崇尚贵族时宣扬一种蔑视"下等人"、反对"同情心"的贵族主义。他把人绝对地分为上等人与下等人，认定尊贵者的使命就是向下等人宣战，同情下等人便是弱者道德、奴隶道德。他反对基督，就因为基督代表着悲悯下层民众的奴隶道德。

而曹雪芹作为贵族，他所作的《红楼梦》在最完整的意义上体现着人的尊严。其主人公贾宝玉作为贵族子弟，内心与世俗的功名功利世界拉开最长的距离，其精神气质之脱俗，之高贵，超乎一切上等人，但是，他却又是一个准基督，不仅不蔑视下等人，而且是奴婢的知己、情人与侍者，那些身为下贱的人，他却看到她们"心比天高"。他兼有贵族的高贵精神和基督的大慈悲，是人世间内心最丰富、最美丽的"贵族少年"。曹雪芹实在比尼采伟大得多。

168

屈原与曹雪芹，一先一后，形成中国贵族文学并峙的两座巅峰。他们中间也出现过六朝大谢（谢灵运）、小谢、沈约的贵族文学，可惜这段文学形贵神俗，玩声律、玩语言、玩形式玩得走火入魔，但精神内涵却显得苍白。而屈原、曹雪芹则是形贵神也贵。屈原以精神的高洁体现贵族精神，曹雪芹以精神的空寂体现更高级的贵族精神。有佛性，有禅性，才有空寂。林黛玉的"人向广寒奔""冷月葬诗魂"，是在人间孤独到极点之后而产生的空寂。空寂不是牢骚，不是怨怒，而是超越世俗之地而向宇宙深处的飞升，是与常人状态拉开远距离后的高度清醒意识。

169

庄子散文与《红楼梦》都有奇丽的想象力，都是中华民族文学的极品。但两者相比，庄子骨子里是冷的，《红楼梦》则是热的。庄子缺少曹雪芹那种爱的热忱。尽管小说中的人物，其情爱都失败了，但生命的激情还在爱的失败中，最高的诗意处处与爱的失败相连。所以曹雪芹满纸是泪，而庄子没有眼泪，妻子死的时候也没有泪。

170

陶渊明因拥抱大自然而获得解脱，但就境界而言，他还未进入大宇宙。他之前的庄子有宇宙感，但也太沉醉于自然。老子的《道德经》崇尚自然，又有宇宙之声，不可道之道与不可名之名乃是宇宙的神秘。慧能更是一个奇迹，他的心灵没有过程，一步就把握事相之核，直达宇宙之心。王国维说《红楼梦》具有宇宙境界，是自始至终都有一个宇宙语境在，贾宝玉、林黛玉的潜意识中就有一个宇宙在。林黛玉说"无立足境，是方干净"，暗示的正是人只有站在比人更高的宇宙高处才能了解自身，她的大化之境不仅是山林田园的自然之境，而且是山林田园之上的无限浩瀚的宇宙之境，比陶渊明的大化更为辽远。远到"天尽头"，远到有名如同无名的三生石畔与灵河岸边，远到女娲补天时的鸿蒙之初即大化之始。

171

所谓用全生命写作，包括投入意识与无意识。天才的创造特点，是无意识的创造，即神的创造与灵感的创造。杨慎说："庄周、李白，神于文者也，非工于文者所及也。文非至工，则不可为神；然神，非工之所可至也。"（《总纂升庵合集》卷二百一十，载《中国美学史资料选编》下册，第109页）这里所说的"工"是人为的刻意的努力，而"神"则是自然的无意识的涌流。中国文学家中能"神于文"的天才除了庄子、李白外，还有曹操、陶渊明、李煜、李贺、苏东坡等。唐代诗人中，李白与杜甫的区别，李贺与贾岛的区别，便是"神于文"与"工于文"的区别。而曹雪芹则是又神又工，既是天才又是呕心沥血的巨匠。

172

西晋末年，政治异常黑暗，贵族知识分子纷纷南迁，文化重心也随之南移。此时，出现中国文学的一次大"玩贵族"的现象。汉赋属"玩宫廷"，玩出了一番气象，而六朝的谢灵运、周颙、王融、沈约、江淹、徐陵及梁武帝父子等"玩贵族"，也玩出一番声色。玩贵族与玩宫廷一样，都是玩形式。司马相如的"一宫一商"，到了谢、沈手中，变成"五色相宣，八音协畅"，玩声律玩得入迷。

"贵族"不是不可玩，《红楼梦》就大有贵族精神。曹雪芹在《红楼梦》里写尽各种文学形式，小说中有诗，有词，有赋，有诔，有咏叹调，有散曲，诗中又有五律、七律、排律等，形式极丰富，然而，全书最丰富的不是形式，而是灵魂，是情感。《红楼梦》可说是"富贵"到极点，但这是精神的富贵，极为丰富又极为高贵。

173

《红楼梦》中有一性情与性灵世界，这个世界未确立之前，人的身体只是女娲捏成的具有人形的一团泥。泥一旦有了性情与性灵才升华为人。人是历史积淀的结果，心理则是文化积淀的结果。薛蟠没有文化，只有欲望。他还只是一团泥，一个欲望体，不是心理存在，更不是精神存在。水溶（北静王）、秦钟和甄宝玉，自然是另一种气象，非薛蟠们可比。可惜表面是玉，内里还是泥。《红楼梦》中关于人的问题是石头要化为泥本体还是化为玉本体的问题。

石头伴随着水，水可以把石化作泥，也可以把石洗练成玉。贾宝玉这块玉，通过林黛玉的水（泪）洗练而保持玉的光辉。如果没有林黛玉，贾宝玉就可能变成水溶、秦钟或甄宝玉，形象还是清清脱脱，内里却浑浑浊浊，至少也是一肚子"酸水"（贾宝玉称甄宝玉说的话是"酸论"）。

174

前文说过，《红楼梦》的精神内涵有"欲""情""灵""空"四个维度，王国维的"评红"运用叔本华的学说，太偏重阐释"欲"的一维。此处还应补充说，《红楼梦》中"欲"的执着和"欲"的拒绝，其冲突是很激烈的。泥浊世界的主体角色们（国贼禄鬼色鬼名利之徒等）是执着派；贾宝玉和净水世界的女儿们是拒绝派与反抗派。《红楼梦》的悲剧正是反抗派归于寂灭。王国维说"欲"是悲剧之源，把"玉"等同于"欲"，只看到"欲"的执着，未看到"玉"对"欲"的反抗，显然是偏颇的。

175

五四新文化运动发现孔夫子所代表的儒家旧文化扼杀中国人，发现礼教"吃人"，但没有发现真正可怕的、大量杀伤中国人的美好心性与美好灵魂的文化，是《三国演义》文化与《水浒传》文化。这两部所谓典籍，其刀刃伸进了中国人的潜意识深处，把中国人好的基因全都毒害和腐蚀了。五四新文化运动发现明末散文与明末三袁的文学思想与"五四"相通，但没有发现与"五四"的新文化灵魂最相通的而且是真正的先驱者是曹雪芹，所以未能把《红楼梦》作为人的旗帜及妇女、儿童的旗帜。

176

中国文学史写作者，动不动就说中国古典小说的"四大名著"，把《红楼梦》和《三国演义》《水浒传》同日而语，分不清《红楼梦》和《三国演义》《水浒传》的巨大差别。这种差别可以用天渊之别与霄壤之别来形容，而最关键的是《红楼梦》系生命之书，而后两者则是反生命之书。曹雪芹在生命之中又发现诗意生命，所以才写出如此动人的生命赞歌与生命挽歌。而中国人进入《三国》《水浒》之后，生命便发生全面变质。有人说《三国演义》很有诗意，其实，它恰恰没有诗意。权谋、心机最没有诗意。《红楼梦》中的生命，贾宝玉、林黛玉、晴雯、鸳鸯等最有诗意，因为他们远离心术权谋。所有的诗意都来自没有变质变形的生命本真状态，都来自那种不被污染的质朴的内心。

177

《红楼梦》与《三国演义》，其精神内涵的对立，是自由心灵与变态心机的对立，两部小说主题的对峙本身就是中国文化的一大寓言。《红楼梦》让人走向婴儿状态即生命的本真状态，《三国演义》让人走向狼虎状态即人心的黑暗状态。《红楼梦》中的女儿国是与"三国"对立的另一种质的精神国度。"三国"所崇尚的是谋略，女儿国崇尚的是诗。诗国全然不知"谋略"为何物，甚至不知"机智"为何物。生活在女儿国中的贾宝玉是一个离"三国"最远，在心灵上与之对立最深的男性。他拒绝功名，拒绝权力，拒绝世故，拒绝心机，更是拒绝损害他人，整个人生中没有发出一句伤害他人的话。在《红楼梦》与《三国演义》中做选择，其实是在做灵魂的选择。

178

在《三国演义》中，女子好像是马戏团里的动物，全被所谓英雄任意驱使。尽管表演得相当精彩，但毕竟只是美丽的动物。其中令人赞赏不已的貂蝉与孙夫人也不过是高级动物与高级工具而已。《水浒传》中的女人命运更惨，她们不仅是动物，而且是英雄任意屠杀的动物。潘金莲、潘巧云等都是被宰割肢解的动物。唯有《红楼梦》中的女子，特别是少女，她们才是人，即使被摧残过，但在摧残中她们也放射出生命的光辉。《三国演义》和《水浒传》对女子没有审美意识，只有政治意识与道德意识。《红楼梦》对女子却全是审美，而且审到心灵深处。

与《三国演义》《水浒传》相比，《红楼梦》就如佛光普照，阳光普照，这两种光芒照亮黑暗社会所蔑视的一切：女子，孩子，戏子，尼姑，特别是丫鬟——处于社会底层的奴隶。作者的慈悲心覆盖一切：它不是歌颂社会光明，而是用光明覆盖社会。

罗素在《西方哲学史》的第二十三章里专门论述拜伦，并论述贵族叛逆者与农民叛逆者完全不同。他说："拜伦在当时是贵族叛逆者的典型代表，贵族叛逆者和农民叛乱或无产阶级叛乱的领袖是十分不同类型的人。饿着肚子的人不需要精心雕琢的哲学来刺激不满或者给不满找解释，任何这类的东西在他们看来只是有闲富人的娱乐。他们想要别人现有的东西，并不想要什么捉摸不着的形而上好处。"罗素这一分别如果借用来观看《红楼梦》与《水浒传》倒是很有趣味的。贾宝玉这个贵族叛逆不同于李逵、武松这些农民叛逆，后者没有形而上的反抗。贾宝玉的反叛，其深刻意义在于他的反叛是比政治反叛、经济反叛更为深刻的美学反叛，因此，他的目标不是有饭大家吃的经济平等和低等自由，而是存在方式、思维方式、审美方式的选择自由，即心灵的高级自由。武松、李逵只有道德意识，没有审美意识，贾宝玉却有极高的审美意识。《红楼梦》的道德法庭（贾政所代表）是被审美法庭审判的劣等法庭；而《水浒传》中的道德法庭却是一个比政治法庭还要可怕的、黑暗无所不在的法庭，它把审美法庭压迫到无处可以藏身。武松、李逵这些政治反叛者同时又是道德法庭中最残酷的刽子手。因此，《红楼梦》是争取生活、追求生活，而《水浒传》则是宣示欲望有罪、生活有罪。

180

读了《三国演义》与《水浒传》，常常觉得中国很奇怪，不仅穷人生活在地狱之中，而且富人也生活在地狱之中。穷人没有安全感，富人也没有安全感，甚至帝王将相也没有安全感。《三国》中人曹操多疑，就因为他觉得太不安全。与他同时代的汉献帝、刘备、孙权，哪个心里不紧绷一根弦？《三国》中人如此，《水浒》中人也是如此。梁山英雄被逼上梁山，因为山下有一座难以安生的地狱。可是，"替天行道"的旗号一打出来，"劫富济贫"一旦成为公理，富人也就没有地方可以安生。那个时代，富人如祝家庄的财主们不安全，而具备万夫不当之勇的卢俊义就安全了吗？他在牢中陷入地狱，在牢外何尝不是地狱。《红楼梦》虽也展示人间地狱，但也展示地狱中的一线光明，那就是贾宝玉与林黛玉等少女们的生命之光。

181

《水浒传》的理念，一是造反有理（凡替天行道使用任何手段皆合理），二是欲望有罪，生活有罪，尤其是不给妇女欲望的权利。《金瓶梅》的理念正相反，它是欲望无罪、生活无罪，妇女拥有欲望的权利。林黛玉、贾宝玉欣赏《西厢记》，就因为它展示情爱生活的美好与诗意。《红楼梦》把少年女子提高到历史本体的地位，不仅林黛玉是历史本体，她用诗所评论的王昭君、绿珠、虞姬等女子，也给予历史本体的地位。历史的本体不是事件，而是人，尤其是女子，这是《红楼梦》的历史观。

182

文学生存于权力之外。但中国大众文学却往往跟着统治者跑，甚至向统治思想低头。《三国演义》就是一个例证。它既体现皇统（皇统的原教旨），又迎合市场。知识分子俯就大众而创造的大众文学，并非民间文学。大众文学与民间文学是两个完全不同的概念。

民间文学是相对于权力话语空间的一种自由空间，游侠文学、山林文学均是民间文学。它常常滋养作家的精神创造。《红楼梦》与其他中国小说不同，它不是来自大众文学，而是来自个体心灵。曹雪芹生活在贵族与平民之间。《红楼梦》既是贵族文学，又是民间文学，既是生命个体的孤独创造，又是相对于权力话语的一种民间写作。《三国演义》从隶属于大众文学的话本演变而成，《红楼梦》

却与话本完全无关，它拒绝皇统，又拒绝市场（话本必须符合大众口味才有市场）。

183

《金瓶梅》与《红楼梦》都写人性，但前者写的是粗糙人性，后者写的是精致人性。《红楼梦》即使写奴婢（如袭人、晴雯、鸳鸯等），其人性也精致至极。《芙蓉女儿诔》礼赞晴雯"其为质则金玉不足喻其贵，其为性则冰雪不足喻其洁，其为神则星日不足喻其精，其为貌则花月不足喻其色"。质贵，性洁，神精，貌美，四者兼有，一个丫鬟的人性尚且如此精美，更何况林黛玉等贵族少女。在曹雪芹眼里，身份有尊卑，人性却无贵贱，这是他所把握的人性"不二法门"。《金瓶梅》人物最贤惠的是西门庆的妻子吴月娘，她宽厚而不嫉情，能容纳西门庆诸多小妾，维持其家庭的"安定团结"，确实不简单，但其人性，却只有道德价值，没有审美价值，"精致"二字，还是和她连不上，更莫论潘金莲、李瓶儿等。

184

中国的放逐文学可分为三类：被国家放逐（如屈原、

韩愈、柳宗元、苏东坡)、自我放逐(如陶渊明)、放逐国家。第三种的代表是曹雪芹。在他身上,没有国家概念,《红楼梦》的第一回就重新定义故乡,批评"世人"不知故乡何处,"反认他乡是故乡"。他先放逐国家概念,而后又放逐国家实体,即放逐朝廷。所以才让贾元春说出宫廷是"不得见人的去处"。至于文化,那就在他身上,但不是国家文化,而是禅宗文化、隐逸文化、自然文化等中国各种文化精华。《红楼梦》既是个体心灵文化,又是普世文化。它只有文学立场、人性立场,没有国家立场与民族立场,也没有家族立场。林黛玉流了那么多眼泪,没有一滴是为国家而流的,更不用说一滴血,贾宝玉则身在公侯府,心在女儿国。

185

历史具有暂时性与积累性两大特点。文化是积累性的结果。人性是通过文化的积累而形成的。积累才是根本。人离开积累、离开社会就剩下两条出路:一是退回动物界,二是走向绝对神秘(或宗教)。把《红楼梦》视为"反封建",只讲到历史暂时性的一面,而未触及永恒性的一面。唯其人性(包括潜意识)与现实规范(包括礼教规范)的冲突,才是永恒的冲突。《红楼梦》写出被压抑的真情真性，即找不到出路、陷入困境的真性真情，这才是《红楼梦》的永恒之源。

186

王国维说"太白纯以气象胜"(《人间词话》)。气象，确实可以作为一种文学标尺。然而，李白真正的"胜"处是他的奇丽想象。气象只是奇丽想象力的表征而已。李白笔下的气象乃是自然气象，而精神气象则远不如曹操、李煜、苏东坡，更不如曹雪芹。精神气象产生于内心空间，它不是自然图画，其恢宏难以察觉，只可感受与领悟，尤三姐、鸳鸯的自杀和林黛玉、晴雯之死，都展现了一番奇丽的精神气象。

187

《世说新语》不写帝王功业，只写日常生活，它记录了许多逸闻趣事，呈现了许多人物的音容笑貌，从而奠定了中国小说的喜剧基石。《儒林外史》可以说是《世说新语》的伸延与扩大。中国小说有轻重之分，"重"的源于《史记》，"轻"的源于《世说新语》。《三国演义》《水浒传》都太"重"，学得走样。《红楼梦》则轻重并举，而且以轻驭重，有思想又有天趣，极深刻的思想就在日常的谈笑歌哭中。

188

如果借用佛教的"大乘"与"小乘"两大概念来划分与描述，"小乘"式作家侧重于独善其身，弘扬个性，追求生命自由；"大乘"式作家则偏重于拥抱社会、关心民瘼，富于大悲悯精神。

能兼二者的长处更好。但二者都可能"走火入魔"。前者走火入魔则孤芳自赏、我行我素、冷漠人间；后者走火入魔则以救主自居，把自己的良心标准化和权威化，并以此号令社会。鲁迅说自己常在"个人主义"与"人道主义"中起伏，也可解说成是在"大乘"与"小乘"的两种倾向中摇摆。托尔斯泰的晚年二者兼得，既自我完善又关怀民瘼。曹雪芹也是二者兼得的天才：个体自由精神与大慈悲精神全在《红楼梦》中。

189

立意要紧，立境更要紧。立足于生命语境与立足于家国语境历史语境，很不相同。在精神层面上，个体生命比一个星球还大，它可以伸延到无限的浩瀚。个体生命不是白驹过隙，它可以进入神秘的永恒。生命与宇宙可视为一个概念的两面。普世性的写作离不开家国、历史题材，但立足之境则一定是"生命—宇宙"语境。文学中的普世理念是"生命—宇宙"语境大于"家国—历史"语境的理念。王国维说《红楼梦》不同于《桃花扇》的家国境界，乃是宇宙的境界，就因为它放逐了世俗的故乡、国家理念，贾宝玉的"出走"便是否定家国而回归无边界的感情故乡，承认有一种比家国更根本、更永恒的存在。

190

曹雪芹出身于汉裔的清朝贵族，他在汉文化中生长，具有汉文化的巨大底蕴，但他的家庭中人又是满族皇帝的宠臣，这使他身上又天然地带有异族的野气。这种野气注入汉文化，便产生活力，也产生大气。《红楼梦》不仅有布满诗意的细节描写，还有宏大的史诗构架，其内外视野又直逼天地之初，这正是野气、大气使然。仅有汉族的文人气，恐怕产生不了《红楼梦》。清代的著名文学家李渔，身上就缺少曹雪芹的大气，只有文人气，因此，虽有才气，却没有作品的大格局。

191

禅入文学，给文学带来巨大活力，文学的本性是自由，禅的本性也是自由。禅进入苏东坡，苏东坡就不同于韩愈、柳宗元、欧阳修等。受禅影响，就是受自由精神影响。对于文学，禅是伟大的解放力量。如果没有禅，《红楼梦》就不能如此彻底地放下偶像，放下概念，放下家国，也不能如此坚定地守持文学的自性（本性），拒绝文学之外的他性——政治性、功利性、党派性、市场性等。

192

禅宗要打破的我执，是假我之执，并非真我之执。倘若让慧能来解《红楼梦》，他要打破的是甄宝玉的世俗妄念之执，而不是贾宝玉的本真之执。贾宝玉的本真状态，愈执愈好，愈执愈明心见性。贾政痛打贾宝玉，其棒喝的错误，是要打垮儿子身上的真我，从儿子身上呼唤出甄宝玉（假我）。秦业痛打秦钟，也是想打掉真秦钟，呼唤出假秦钟。贾政与秦业都是通过专制的手段，强迫自己的子弟按照常人的欲望标准重新编排生命。

193

秦钟的父亲秦业得知秦钟与智能儿的情爱讯息后，怒不可遏，不仅痛打，而且打得元气大伤以致死亡。贾政也差些把贾宝玉打死。但是贾政、秦业面对儿子的累累伤痕，只有愧对祖宗即没有培养出光宗耀祖之后代的罪感，而没有摧残儿子、破坏后辈心灵的罪感。贾政文化是面向过去、面向门第（祖宗）的文化，不是面向未来、面向生命的文化，他即使把贾宝玉打死，也不会有恐惧感，只有当贾母出现时，他才诚惶诚恐。中国人被科场、官场抓住心灵之后价值观念全然颠倒，人类的基本价值观念——生命拥有最高价值的观念，全然消失。

194

禅不立文字，其思想却经得住一千多年的风吹浪打，即经得住历史的严酷筛选，留了下来。它不喧哗，不膨胀，不自售。但默而不沉，经久而不灭，可见思想的真金子是不怕时间的冲洗的。禅宗六祖慧能，一个不识字的宗教领袖，慈悲仁厚，但其心灵的力度却力透金刚，他拒绝任何偶像崇拜，拒绝进入一切权力构架，甚至拒绝唐中宗和武则天召他入宫的圣旨。贾宝玉的性格虽然至温至柔，但心灵也有强大的拒绝力量。他拒绝世俗世界关于人生编排的种种认识，也拒绝皇统道统所规定的道路。《红楼梦》中林黛玉与贾宝玉谈禅时，言语很简单，但意思很丰富又很有内在力量。什么才可称为"以心传心"，宝黛的禅性派对，便是典型。

195

与"空"相对立的概念是"色"。与"色"相连的概念是"相"。"相"是色的外壳，又是色所外化的角色。去掉相的执着和色的迷恋，才呈现出"空"，才有精神的充盈。《金刚经》所讲的我相、人相、众生相、寿者相等，都是对身体的迷恋和对物质（欲望）的执着。中国的禅宗，其彻底性在于它不仅放下我相、人相、众生相、寿者相，而且连"佛相"本身也放下，认定佛就在心中，真正的信仰不是偶像崇拜，而是内心对心灵原则的无限崇仰。深受禅宗思想影响的《红楼梦》，其所以有异常的力度，便是它拒绝一切权威相、偶像，包括佛相、道相。宝玉说："这女儿两个字，极尊贵、极清净的，比那阿弥陀佛、元始天尊的这两个宝号还更尊荣无对的呢！"（第二回）有此力度，也才有整部巨著的全新趣味：蔑视王侯公卿和醉心于功名货利的文人学士，唯独崇尚一些名叫"黛玉""晴雯""鸳鸯"的黄毛丫头，以至于视她们为最高的善，胜过圣人圣贤。要说离经叛道，《红楼梦》离得最远，叛得最彻底。

196

林黛玉与贾宝玉谈禅，并借此探情："宝姐姐和你好你怎么样？宝姐姐不和你好你怎么样？宝姐姐前儿和你好，如今不和你好你怎么样？今儿和你好，后来不和你好你怎么样？你和他好他偏不和你好你怎么样？你不和他好他偏要和你好你怎么样？"面对这些问题，宝玉最好的回答也许是"好就是了，了就是好"，但他还是表白自己专一的恋情。小说文本写道：宝玉呆了半晌，忽然大笑道："任凭弱水三千，我只取一瓢饮。"黛玉道："瓢之漂水奈何？"宝玉道："非瓢漂水，水自流，瓢自漂耳！"黛玉道："水止珠沉，奈何？"宝玉道："禅心已作沾泥絮，莫向春风舞鹧鸪。"黛玉道："禅门第一戒是不打诳语的。"宝玉道："有如三宝。"黛玉低头不语。

这是高鹗续书写得最好的章段。"弱水三千，只取一瓢饮"，表示一往情深的专一；"水自流，瓢自漂"，表示一切取决于自己，点破的是禅的"自性"要义；最后一个问题是水止珠沉悲剧发生了怎么办？宝玉的回答是出家。

宝玉最后的结局是归宿于僧宝、法宝、佛宝，他真的出家了。《红楼梦》的要点，高鹗毕竟有所领悟。禅宗六祖慧能作为一个不识字的思想家，他实现了另一种思想方式的可能，即扬弃逻辑、实证、概念、范畴而进行思想的可能。这是西方理性思想家难以想象的。慧能不仅实现了思想，而且抵达理性、逻辑无法抵达的地方。林黛玉、贾宝玉谈禅时，借禅说爱，把爱推向无限的时间与空间的深渊。爱的过去，是女娲补天混沌初凿的时刻，是类似亚当、夏娃的神瑛侍者与绛珠仙草的天国之恋时刻；爱的今天，则是"弱水三千，只取一瓢饮"，真正相爱并爱入灵魂的只有一个。这种爱不能实证，不能分析，其情意的遥深、悠长、厚重，逻辑无法描述，理性概念无法企及。

197

《红楼梦》中有一个奇女子，名为平儿，她口中没有禅，脑中可能也没有禅，恐怕压根儿不知什么叫作禅。然而，禅却在她的潜意识中，在她的骨子里。她没有任何我执与他执，也非逆来顺受，天生能以平常之心去接受生活和接受命运。所有的女子都可能嫉才或嫉情，她却没有。作为贾琏之妾，她与最难相处的王熙凤相处得很好，连王熙凤都服她。这一切都不是刻意安排，而是宽容的天性与平常的心性使然。她身处人际关系之中，又抽身于关系之外，远离人间那些根深蒂固的无休止纠缠，也远离狭隘，远离嫉妒，远离心机，远离善恶好坏判断的世俗法庭，理解一切人与厚待一切人，包括丈夫外遇，王熙凤暴跳如雷时，她也以平常心对待。她身处俗境却心创奇境，这奇境便是人际关系中的禅境。因此，平儿也可算是《红楼梦》诸多生命奇观中的一绝。

198

《红楼梦》的永恒性来自人性，不是来自民族性、阶级性、时代性、党派性等。作家的基本立足点立于人性，立于生命，才能永久。但人性不是概念，不是普遍性范畴，而是个案。人性通过个案而呈现。所以人性难以用善恶、是非去裁判，只能通过无概念的性格、命运去呈现。说《红楼梦》无是无非、无善无恶，便是说，它充分人性，充满性格，又全是个案。用阶级性或普遍性等概念去分析，注定是徒劳的。概念用得愈重，离《红楼梦》就愈远。

199

孔子的《论语》是言论集，没有文学审美价值。但它却开辟了中国文学的两个传统：第一个是家国关怀，第二个是仕途经济。把家国关怀表现到极致的是杜甫。"国破山河在，城春草木深。感时花溅泪，恨别鸟惊心。"这是关怀美的极品。但是，孔子开辟的第二个传统却带来功名心，杜甫的诗是儒者诗，正面是家国关怀，负面则是太多不得志的焦虑，总是放不下"致君尧舜上"的抱负和功名心。儒者诗虽有家国关怀，却缺少个体生命关怀。《红楼梦》则质疑儒家意识形态，全是个体生命关怀，呈现的是个体生命美的极致。它创造的生命系列，尤其是女子诗意生命系列，全在家国关怀与仕途经济的彼岸，然而，中国的自由精神，却是从这一彼岸开始发生。

200

《红楼梦》与明末的散文相比，都有真性情，但明末散文的性情止于性情，而《红楼梦》则从性情进入性灵。不仅性情丰富，性灵更丰富。宝黛两个主角虽属痴绝，却并非痴迷，两个都以天生的灵性拒绝落入迷途，其悟性、灵性旁人难以企及。《红楼梦》中的性情与性灵之间有一中介，这是大自然与大宇宙，性情超越世俗世界进入宇宙才产生性灵。与《红楼梦》相比，《金瓶梅》缺少性情向性灵的升华，李渔也没有，两者都太沉迷于感官世界的快乐，走进去而出不来，更是飞升不起来。《红楼梦》与《金瓶梅》的区别，不仅有雅与俗的大区别，还有天与地的大区别。

201

《史记》中的史传，带有很大的文学性，它的成功，使后人产生一个大误解，以为文学可以塑造历史，甚至认为文学应以塑造历史时代为基本使命。其实，文学只可塑造心灵，不可塑造历史。即使描述历史，也是在塑造心灵。离开历史，文学还是文学，离开心灵，文学就不是文学。《红楼梦》虽写历史，其实是借历史而抒写心灵，它的无限之美在于描述了诗人、诗情与诗心。

202

中国的史书《资治通鉴》及二十四史，多数是没有诗的历史，与文学无关。《史记》则有诗意，特别是其中的人物传记，更有诗意。但《史记》没有史诗意识也没有史诗构架，因此它终于没有成为史诗。史诗的重心是诗，不是史。《红楼梦》显示了这个重心，它把生命诗化，把历史审美化。它尊重一切诗意的生命存在，既有宏伟的史诗构架，又有细部的诗意描写，既有外在的宇宙视野，又有内在的大观视野。曹雪芹和司马迁都有不幸的个人遭际，但司马迁把此遭际仅上升为个人发愤意识，而曹雪芹却上升为宇宙意识，使作品超越了社会形态。发愤，可成为一种动力，但也可能变成一种情绪而失去冷静与冷观。司马迁是史学家，曹雪芹是文学家，但曹雪芹对人生对世界的观察比司马迁更冷静。这种冷静使他产生空空道人的冷观，冷观下才看出世界的闹剧。因此，不能只把《红楼梦》视为爱情悲剧，还应视为叩问存在意义的生命史诗。

203

原创的文学本是一次性的。正如不可能两次涉足绝对相同的一条河流，创造性经验更是一次性，不可能遗传，不可能复制。《红楼梦》更是一次性的，这是曹雪芹不可复制的人性经验与审美经验。因此，从严格意义上说，续写《红楼梦》不可能。高鹗所做的只是知其不可为而为之，其精神不简单。他通过《红楼梦》头几回的命运预告硬是续了下来，可谓续书大才。续中有许多精彩篇章，但也有不少败笔，其中最大的败笔是让贾宝玉与贾兰一起奔赴科举考场，还中了举。贾宝玉可能会有妥协，但此种妥协已越过其精神边界，高鹗把常人指向的可能性放到宝玉身上，以为宝玉也可能从本真自我那里突然溜到常人那里，结果损害了这个赤子的纯粹性。

204

《红楼梦》续书最难把握的应是主要人物的结局。贾宝玉、林黛玉应到哪里去？是消失在现实世界中还是返回远古家园，或到另一超验世界中？如果是回到灵河岸边三生石畔，林、贾会不会有另一种形式的相会？而最重要的是他们告别人间返回故地时，心境会是怎样？是痛苦（如续作所写，林黛玉念着"宝玉，宝玉，你好……"）还是愉悦？陶渊明告别官场回到田园农舍时有一种回归故乡的大快乐（"羁鸟恋旧林，池鱼思故渊"）。林黛玉、贾宝玉告别泥浊世界，返回绛珠仙草与神瑛侍者初恋时的故乡就仅有苦痛吗？如果林、贾有"哪里自由，哪里就是故乡"的意念，他们走出人间应有比悲伤更复杂的情感。按照曹雪芹在第七十六回的预告，林黛玉的最后结局是"冷月葬诗魂"和"人向广寒奔"。这个结局虽有死亡的冷寂与孤寒，但即便如此，其状态也未必只有眼泪或拉奥孔式的恐惧。她抽离人间时虽然绝望，但可能也有最终摆脱蛇身纠缠的愉快。这蛇，不是世俗意义上的蛇蝎之人（坏人），而是社会关系共同编织的巨大绳索。

下篇（100则）

写于2007年

205

写作，有的是为了立功立德，有的是为了立言立名，有的是为了制作一把钥匙去打开荣华富贵的大门。而最高境界的写作，是为了消失。林黛玉的《葬花词》，是最感人的伤逝之诗。她写这首诗，就是为了消失，为了给生命的消失留下一声感慨，一份见证，一种纪念。曾有一个生命如花似叶存在过，她也将如花凋残，如叶消失，为了纪念这一存在的消失，她才写作。消失的歌，唱过了，消失的方式，准备好了，那是简朴干净的还原："质本洁来还洁去"，没有奢望，没有遗嘱，只留下一个曾经发生过的高洁的梦。"为了忘却的纪念"（鲁迅语）是痛，"为了消失的纪念"是更深的痛。

消失不是目的，不是世俗的有，但它合更高的目的——澄明充盈的无。曹雪芹著写《红楼梦》也是为了消失，为那些已消失的生命留下挽歌，为将消失的生命（他自己）留下悲歌。

206

溪壑分离，红尘游戏，真何趣？
名利犹虚，后事终难继。

这是第五十回史湘云为元宵节游戏编的灯谜，实际上是一首牌名为《点绛唇》的词，让人猜一俗物。李纨、宝钗等都不解，倒被宝玉猜中是"猴子"。众人问："前头都好，末后一句怎么解？"湘云道："那一个耍的猴子不是剁了尾巴去的？"连一俗物都可做如此艺术提升，连一灯谜都写成真诗真词，每一精神细节都如此精致而有诗意，这便是文学作品"质的密度"。这部巨著永远说不尽的原因也在于此：既有广度、深度，还有密度。这则谜语，除了用诗语把猴子准确地描摹出来之外，还把《红楼梦》的哲学观与人生观也表现出来。曹雪芹观物观人观世界是庄子的"齐物论"和禅宗的不二法门，是把握整体相而扬弃分别相，所以不喜欢红尘游戏中的"溪壑分离"。而在人生观中则断定名利乃是幻相，它只有暂时性而无实在性与永恒性，所以是"后事终难继"。写小说只讲故事只铺设情节容易，但创造这种诗意的精神细节却有很大的难度。

207

贵族府中的富贵人并非人人都贵族化，其精神气质、风度形态可谓千差万别。倘若加以区别，大约可分为四类：一是形贵神俗，如王熙凤、王夫人姐妹等；二是形俗神贵，如尤三姐等；三是形神俱俗，如贾赦、贾琏、贾蓉、薛蟠、贾环、赵姨娘等；四是形神俱贵，如贾宝玉、林黛玉、秦可卿、史湘云、妙玉、李纨、三春姐妹等，贾母也属于此。如果以此尺度划分，有些人物可能会有争论，如贾政，有人会把他划入"形神俱贵"，也有人会把他划入"形神俱俗"。我替他做了辩护，是认为他虽是贾府中的"孔夫子"，父权专制的体现者，但其品质及道德精神仍可界定为高贵者，不像他的兄长贾赦，身内身外皆是一大俗物。薛宝钗也是如此，虽然她老是劝诫宝玉要走仕途经济之路，但她毕竟满腹经纶，气质非凡，也属形神俱贵之人，不可轻易把她划入"封建"俗流。曹雪芹的美学成就，是塑造了一群形至贵神也至贵的诗化生命，为人间与文学大添光彩。

208

中国门第贵族传统早就瓦解，清王朝建立之后的部落贵族统治，另当别论。虽然贵族传统消失，但"富""贵"二字还是分开，富与贵的概念内涵仍有很大区别。《孔雀东南飞》男主角焦仲卿的妻子兰芝，出身于富人之家但不是贵族之家，所以焦母总是看不上，最后还逼迫儿子把她离弃。《红楼梦》中的傅试，因受贾政提携，本来已发财而进入富人之列，但还缺一个"贵"字，所以便有推妹妹攀登贵族府第的企图。第三十五回写道："那傅试原是暴发的，因傅秋芳有几分姿色，聪明过人，那傅试安心仗着妹妹要与豪门贵族结姻，不肯轻易许人，所以耽误到如今。目今傅秋芳年已二十三岁，尚未许人。争奈那些豪门贵族又嫌他穷酸，根基浅薄，不肯求配。那傅试与贾家亲密，也自有一段心事。"

曹雪芹此段叙述，使用"暴发"一词，把暴发户与贵族分开。暴发户突然发财，虽富不贵，还需往"贵"门攀缘，然后三代换血，才能成其贵族，可见要做"富"与"贵"兼备的"富贵人"并不容易。贾宝玉的特异之处，是生于大富大贵之家，却不把财富、贵爵、权势看在眼里，天生从内心蔑视这些耀目耀世的色相。

他也知富知贵，但求的是心灵的富足和精神的高贵。海棠诗社草创时，姐妹们为他起别号，最后选用宝钗所起的"富贵闲人"，宝玉也乐于接受。他的特征，确实是"富"与"贵"二字之外，还兼有"闲"字。此一"闲散"态度，便是放得下的态度，即去富贵相而得大自在的态度。可惜常人一旦富贵，便更忙碌，甚至忙于骄奢淫逸，成了欲望燃烧的富贵大忙人。

209

秦可卿的乳名为"兼美"，历来的读者与研究者都知道她身兼黛玉与宝钗两种美的风格。其实，兼美正是曹雪芹的审美情怀与美学观，而兼美、兼爱、兼容则是曹雪芹的精神整体与人格整体。无论是黛玉的率性、妙玉的清高、宝钗的矜持、湘云的洒脱、尤二姐的懦弱、尤三姐的刚烈、晴雯的孤傲、袭人的殷勤，各种美的类型，都能兼而爱之。除此之外，对于薛蟠、贾环等，也能视为朋友兄弟，更是难事。人类发展到今天，多元意识才充分觉悟。但在二百年前，曹雪芹早已成为自觉。曹雪芹是中国"多元主义"的先知先觉。《红楼梦》不是宗教，但有宗教情怀，这种宗教情怀便是兼美、兼爱、兼容的大宽容与大慈悲。

210

数千年中国文学史上有两个最伟大的"艺术发现"者：一个是陶渊明，一个是曹雪芹。两人的发现有一共同点，都是在平凡中发现非凡，在平常中发现非常。一个在身边的日常的田园农舍里发现大自然的无尽之美；一个在身边的日常的贵族府第中发现小女子甚至小丫鬟的无穷诗意。两位天才都在常人目光所忽略之处发现大真大美大诗情。这两项发现，与爱因斯坦发现相对论一样，具有划时代的意义。

211

1929年清华大学为王国维树立碑石，陈寅恪先生在其所撰的碑文中用"独立之精神，自由之思想"十个字概括王国维的人格主旨。如果按照陈寅恪先生的语言方式让我们在曹雪芹的碑石上概括《红楼梦》的精神主旨，也许可用"尊严之生命，诗意之生活"来概述。曹雪芹显然有政治倾向，也必定熟悉宫廷里的血腥斗争，但他超越了政治理念和政治话语，不把《红楼梦》写成政治小说，而赋予小说以个体生命的旋律，叩问生命存在的意义，在此主旋律之下，《红楼梦》表达的是两大主题：一是追求生命的尊严，二是追求生活的诗意。后者便是德国诗人兼哲学家荷尔德林的那一著名提问：人类如何能够诗意地栖居于大地之上？而只有这样的主题才经得起岁月急流的冲洗颠簸。处在最坚固最黑暗的封建王朝专制眼皮下，却最有力量地写出千古不朽的伟大作品，这原因不能归结为"勇敢"，而是他的天才选择：从基调、主题到笔触。

212

读了《红楼梦》第五十四回"史太君破陈腐旧套"，便知贾母倘若年轻，也是大观园女儿国的洒脱女子。她听了女说书人讲了《凤求鸾》的故事之后，批评道："这些书都是一个套子，左不过是些佳人才子，最没趣儿。把人家女儿说的那样坏，还说是佳人，编的连影儿也没有了。开口都是书香门第，父亲不是尚书就是宰相，生一个小姐必是爱如珍宝。这小姐必是通文知礼，无所不晓，竟是个绝代佳人。只一见了一个清俊的男人，不管是亲是友，便想起终身大事来，父母也忘了，书礼也忘了，鬼不成鬼，贼不成贼，那一点儿是佳人？便是满腹文章，做出这些事来，也算不得是佳人了……"贾母所要破的陈腐旧套，首先是才子佳人的旧套。把文学理解为只是子建、文君这类浅薄的故事，的确水准太低。贾母这一文学观，在第一回小说的开篇就已揭示，石头在与空空道人的对语中就嘲笑"历来野史""风月笔墨"，特别指出"佳人才子"等书千部共出一套，且其中终不能不涉于淫滥，以致满纸潘安、子建、西子、文君……

小孙子（宝玉）和老祖母（贾母）共破熟套老套，这是值得注意的情节。《红楼梦》的基调是轻柔的，但其文化批判的锋芒却处处可见。这种锋芒是双向的：一面指向"文死谏""武死战"的道统文化和"仕途经济"的功名文化；一面则指向淫秽污臭、坏人子弟的庸俗文化及才子佳人的陈腐文化。上层文化和下层文化的糟粕老套，曹雪芹都给予拒绝。要说"文化方向"，曹雪芹所呈现的路径，才是真方向。

213

《儒林外史》的开头，先写王冕隐逸拒仕的故事，还有一点放任山水的清洁情怀。《三国演义》和《水浒传》里则只有抱负与野心，没有美好情怀。《红楼梦》之美是它不仅揭露了泥浊世界的黑暗，而且呈现了人间最美好最有诗意的大情怀。贾宝玉的慈悲情怀如沧海广阔，如太初本体那样明净。而其他少女林黛玉、妙玉、湘云、香菱、晴雯、鸳鸯乃至宝钗、宝琴等，都有各自的高贵情怀，这些情怀或呈现于诗，或呈现于欢笑，或呈现于歌哭，或呈现于伤感，或呈现于怨恨，都让人看到黑暗地狱中的一线光明，也都让人感到人有活着的理由。《红楼梦》中的少女，每一美的类型，都是一种梦，一卷画，一片生命景观。贾宝玉对人间的依恋，便是对这些生命风景的依恋。

214

中国人到了唐代，才真正把"国"看得很重，"国破山河在"的沉重叹息也因之产生。相应地，作家文人也把功名看得很重。到了《红楼梦》时代，贾政等仍然把国视为天，把家国之事视为"头等大事"。自己的女儿（元妃）省亲，简直是天摇地动，因为这不仅是家事，而且是国事。然而，贾宝玉对此无动于衷。而晴雯之死，他却视为"第一件大事"。第七十七回写宝玉知道晴雯被逐后丧魂失魄，回到怡红院时的情景是："……一面想，一面进来，只见袭人在那里垂泪。且去了第一等的人，岂不伤心，便倒在床上也哭起来。袭人知他心内别的还犹可，独有晴雯是第一件大事。"贾宝玉把晴雯放在价值塔上的最尖顶，把晴雯视为第一等人，把晴雯被逐视为第一件大事，这是《红楼梦》的价值观，把个体生命看得比家国更重的价值观。贾政父子两代人的冲突，不是封建与反封建的冲突，而是重个体还是重家国的价值观念的冲突。曹雪芹很了不起，他在二百多年前就把五四运动旗帜上重个体重自由的内容率先在小说中有声有色地展示于天下了。

215

漂亮并不等于美。长得漂亮的男子女子很多，但能称得上美的并不多。王熙凤长得漂亮，但不能算美。倘若不漂亮，贾瑞就不会那样死追她。形贵神俗之人不能算美。所谓美，是形贵神也贵。林黛玉、晴雯显得美，就是形神兼备。《红楼梦》塑造了一群至情至性也至美的人，其外貌超群出众，其内质又超凡脱俗，内外皆有熠熠光华，才、貌、性、情之优秀集于一身。兼美之名属秦可卿，其实，黛玉、宝钗、湘云、妙玉等女子都是稀有的兼美者，个个都结晶着大自然与大文明的精粹精华。最美的黛玉，不仅具有倾城之貌，而且拥有诗化的内心，她是至美的花魂，又是至真的诗魂，至洁的灵魂。王熙凤缺少这种内在光彩，只能称作漂亮女人。

216

苏东坡到了晚年，其大观眼睛愈加明亮，在此宇宙的

"天眼"下，"人"为何物也愈清楚。因此，便有"茫茫太仓中，一米谁雌雄"的诗句（写于1097年）。此诗说，在茫茫大千茫茫宇宙中，人不过是微小的一粒米，不过是万物万有生生灭灭中的一粒沙子，在此语境下，决一雌雄争一胜败究竟有多少意义？苏东坡的太仓视角到了《红楼梦》发展到极点，成为小说的基本视角。

用洞察天地古今的"天眼"看世界日夜忙碌的人，一个个只是天地一沙子，沧海一米粒，星际一尘埃。曹雪芹也把主人公界定为悠悠时空中的一石头，而且是多余的石头，连补天的资格也没有的石头。因为有这一界定，所以他通灵幻化进入人间之后，虽然聪慧过人，但不与人争，不与鬼争，不与亲者争，不与仇者争，不进入补天队伍，也不加入反天队伍，自然而生，欣然而活，坦然而为。

217

人类在生存压力愈来愈重的时候，其生存技巧也随之发达发展，而生命机能也会在对环境的适应中增长增进，王熙凤的算计机能（机心）就生长得超群出众。但《红楼梦》的主人公贾宝玉，他自始至终没有常人常有的一些生命机能，例如，他没有嫉妒的机能，没有恐惧的机能，没有贪婪的机能，没有虚荣的机能，没有作假的机能，没有撒谎的机能，没有设计阴谋的机能，没有结党营私的机能，没有逢迎拍马的机能，没有投机倒把的机能，甚至没有诉苦叫疼和说人短处的机能。贾府上下的常人（黛玉例外）都笑他傻，笑他"呆"，笑的恐怕正是他的身心缺少这些机能。美国的大散文家爱默生说，个性比智力更高贵。贾宝玉的个性，天地间没有第二例，也不可能出现第二次。他的个性是种心灵的本能，不必学、不必教而形成的至真至善的本能。《石头记》中的石头，是通灵的磁石，其磁力又是心灵的磁力，至真至善的磁力。因此，贾氏这座贵族府第中所有美丽的心灵都向他靠近。这种靠近不是世俗的对贵族荣华的攀缘，也不是对翩翩公子形体的倾慕，而是被心灵的磁力所吸引。曹雪芹通过这部伟大小说所创造的心灵磁场，不仅被书中的诗意生命所环绕，也被我们这些异代读者所环绕，千万年之后，人间美好的生命还会向它靠近。

218

柳湘莲、蒋玉菡、冯紫英等，有的是戏子，有的是商客，有的是闲士，都是社会的"边缘人"，人世间的浪子。在贵族豪绅眼里，他们都是不可交往的三教九流之辈。可是，身处贵族社会中心位置的贾宝玉，不仅没有瞧不起他们，而且和他们结下深厚的情谊，敬重他们，关怀他们，把他们引为知己。俗语说，物以类聚，人以群分，可是贾宝玉不接受权力操作下的分类，他不是"有教无类"，而是有情无类。真情所至，类别全消，完全打破中心人与边缘人的界限，化解尊卑概念，心灵覆盖全社会。这种"不二法门"与"不二情怀"被理解为"同性恋"，实在是对悲情与世情的亵渎。

219

对曹雪芹，笔者总是心存感激。如果不是他的天才大手笔，我们可能永远不会知道人间有贾宝玉这样一种至善心灵，这样一种至真品格，人的性情性灵之美可以抵达这样的水准。这是属于宇宙最高层面上的心灵与品格。无机谋的思想，无掺假的心性，无做戏的情感，无偏邪的目光，无虚妄的目的，无计较的头脑，无嫉妒的胸怀，每一样都找不到它的开始与结束，但可以见到它活生生的形态与光泽。人类无法理解和无法保存这种心灵和品格，说明世界有着巨大的缺陷。他的生身父亲不知道他的价值，不知道他的出走是丧失一位怎样高贵的儿子，而如果再把这种心灵与品格视为"废物"与"孽障"，那更是人类世界的一种耻辱。

220

林黛玉、贾宝玉既是诗人，又是哲人；既有形而下生活，更有形而上思索。他们的生命富有诗意，正是基于此。他们与王熙凤的生命质量之别，也在于此。这种抽象区别如果用具象语言表述，便可以说，王熙凤等只知"味道"，不知"道味"，而林黛玉、贾宝玉则不知"味道"，而知"道味"，其精致的心灵对于"道味"有特殊的敏感。味道是色，是香味色味，是感官享受，是生存意识；道味则是空，是庄禅味，是释迦味，是存在意识。王熙凤只知输输赢赢，不知好好了了；而贾宝玉、林黛玉则不知浮浮沉沉，只知空空无无。《金瓶梅》《水浒传》《三国演义》中的人物，全是一些只知"味道"不知"道味"的角色，这些小说没有形而上维度。

221

贾宝玉与《卡拉马佐夫兄弟》（陀思妥耶夫斯基）中的阿廖沙神形俱似，都极善良、单纯、慈悲，都像少年基督。但是，其深层心灵的方向却不同。东正教以苦难本身作为苦难的拯救，灵与肉绝对分开，其拯救便是通过肉的受罪达到灵魂的升华，或者说，是通过肉的净化达到神的纯化，从而在受难中得到崇高的体验与纯洁的体验，因此，磨难也是快乐，苦痛也是甜蜜。贾宝玉则不承认苦难的合理性，更不是禁欲主义者。他爱少年女子，不仅爱她们的性情，也爱她们的身体，是灵肉的双重欣赏者。他不断追求新的精神境界，但不是通过肉的净化，他虽为"淫人"，实际上又与世俗的淫荡内涵相去万里。他是一种面对"肉"而不肉化的奇特生命，也是一种把审美等同于宗教的地上"圣婴"，从文学形象而言，阿廖沙显得更为"崇高"，但贾宝玉比阿廖沙显得更有血有肉，而且也更富有人性的光彩。

222

贾宝玉本是天外的"神瑛侍者"，来到人间后，属于天外来客。在天外，在云层之外，他更靠近太阳，更靠近星辰，也被多重光明照耀得更加透明透亮。他没有吃过蛇虫爬过和被现代理念嫁接过的果实，未曾呼吸被尘土与功名污染过的空气，身上带着宇宙本体的单纯，因此，来到地球之后，他便给人一种完全清新的感觉。这种清新，是太极的明净，是鸿蒙的质朴，是混沌初开的天真。老子所说的"复归于朴""复归于婴儿"，在曹雪芹看来，便是复归于类似贾宝玉这种天外来客的本真状态。

223

　　贾宝玉的兼爱，是情，又是德，更是一种慈悲人格。他的高贵、高尚、高洁举世无双，但他并不要求自己和他人净化生命或圣化生命。在他的潜意识里，大约明白，要求净化生命就是剥夺欲望的权利与生活的权利。所以当秦钟与智能儿偷情被他"抓住"时，他没有谴责，只是开了一个善意的玩笑而已。品格高尚的贾宝玉是一个至善者，但不是一个道德家，更不是道德法庭的判决者。应当尊重圣人，可惜中国太多高唱"存天理，灭人欲"的圣人，太多道德裁判者。在这些裁判者的眼中，情爱有罪，欲望有罪，生活有罪，而开设宗教、政治、道德法庭，剥夺生的权利与爱的权利，却没有罪。

224

　　古希腊时代的艺术家对人的完美形体有一种衷心的迷恋，所以才创造出维纳斯、掷铁饼者等千古不朽的雕塑。贾宝玉也有希腊艺术家的慧目与情结，他对人的完美体态也有一种痴情的迷恋，所以才为秦可卿、秦钟姐弟而倾倒。但他全身心投入与全身心迷恋的，实际上是完美形体与完美性情和谐为一的青春之美。林黛玉、晴雯、鸳鸯便是这种和谐的化身。因此，当鸳鸯随同祖母的逝世而自杀时，他真正痛惜并为之痛哭的是青春之美的丧失。因为有爱入骨髓的迷恋，才有痛彻肺腑的悲伤。

225

莎士比亚笔下的哈姆雷特是宫廷王子，曹雪芹笔下的贾宝玉是贵族王子，两者都有焦虑。哈姆雷特所焦虑的，一是复仇，二是重整乾坤。贾宝玉却远离这两项焦虑，他从根本上不知复仇为何物，天生不知记恨与泄恨。他更没有改造乾坤的念头，完全拒绝"治国平天下"的立功立业抱负。但他也有高贵的焦虑，这就是个体生命为什么屡遭摧残？天大地大怎么就容不下那些弱小的美好生命？

晴雯被逐之后，宝玉发出痛彻肺腑的大提问："我究竟不知晴雯犯了何等滔天大罪！"这是宝玉发自灵魂深渊的"天问"，也是曹雪芹在整部《红楼梦》中的最根本的焦虑：一个美丽、善良、率真的女子，一个在贵族府第里服侍主人的整天忙忙碌碌的生命，她没有伤害任何人，也没有向社会谋求任何权力与功名，更没有贪赃枉法或扰乱人间秩序，却招引出如此无端的敌视，以致被剥夺爱的权利与生的权利，偌大的世界不给她半点立足之所，这是为什么？宝玉的天问，是对人类世界的质疑与抗议。可惜，他是一个比哈姆雷特更犹豫更没有行动能力的贵胄子弟，连哈姆雷特身上的佩剑都没有。

226

专制，与其说是制度，不如说是毒菌。中国男人身上布满这种毒菌，所以到处是专制人格。连反专制制度的战士也带着专制人格，于是一旦赢得权力，又是新一任暴君。甚至知识人与道德家也不例外，韩愈的文章写得好，但他作为一个大儒，身上也有这种毒菌。佛教文化作为外来文化传入中国，皇帝尚能接受，但他却不能接受，刻意加以打击排斥，比皇帝还专制。"五四"反旧道德，不得不拿韩愈开刀，因为他是文学家，又是道统专制者。曹雪芹塑造一个没有任何专制毒菌的人格——贾宝玉人格。他是离专制最远的灵河岸边人，是连进入补天队伍都没有资格的大荒山人，是天生带着天地青春气息、黎明气息的自然人。因此，哪怕对加害过他的赵姨娘，也从不说她一句坏话。宝玉疏远赵姨娘和一些小人，是出于本能，不是仇恨。

227

老子说"大制不割"，大生命一定是完整的。人之美首先是完整美。即使形体有残缺，但灵魂也应是完整的。一旦戴上面具，哪怕半副面具，人格就会分裂。《三国演义》中的一些主要人物，如刘备、曹操、孙权、司马懿，都是极善于戴面具的英雄或枭雄，都很会装。装得愈巧妙，成功率就愈高。刘备至少有一百副面具。连诸葛亮也戴面具，也很会装，他哭周瑜就装得特别像，其谋略是完整的，其人格是破碎的。《红楼梦》中的主要人物贾宝玉和林黛玉以及晴雯等，都是完整人，真实人，情爱虽失败，但很美，这是完整的人格美。

高级的文化是超越任何权力分割和世俗分类的文化。它高于政治文化与道德文化，对人不做政治分类与道德分类，因此，它才彻底地打破红与黑的界限和尊卑、贵贱、内外等区别。《红楼梦》正是这样一种文化，它致力于对生命整体的把握，拒绝对生命进行权力分割与权力运作，拒绝割裂生命"大制"的任何理由。

228

《红楼梦》不仅有诗的无比精彩，还有人的无比精彩。宇宙虽大，物种虽多，最美的毕竟是人。可惜人类中精彩者太少。古今中外，有哪部著作像《红楼梦》这样汇集这么多精彩生命而构成灿烂的星座？黛玉、宝玉、晴雯、湘云、宝钗、妙玉、元春、探春等等，哪一颗不辉煌？即使有黑点，哪一颗不灿烂？林黛玉之死，让我们感到星辰陨落，山川减色；晴雯之死，让我们感到人间已耗尽了几个世纪真纯的眼泪；尤三姐一剑自刎，又让我们感到大地洒尽高贵的鲜血。在这些星光般的诗意生命之前，权力微不足道，财富微不足道，功名微不足道，贾赦等"世袭的蠢货"更微不足道。

229

《三国演义》中的主要英雄一个个都有治国平天下的抱负，一个个都觉得可以占地为王、夺冠为帝，全是一些高调的生命存在；《水浒传》中的英雄，也都觉得自己不仅武艺超群，而且都在替天行道，连没有文化的李逵也口口声声要夺皇帝的"鸟位"，充满豪言壮语，也全是高调的生命存在。唯有《红楼梦》的贾宝玉是低调的生命存在。他没有任何立功立德的宣言，也没有改天换地的呐喊，更没有拯救世界的妄念。他只想过自己喜欢过的生活，只希望生活得有尊严有诗意。他没有任何先验性的生活设计和预设性的反叛。他对传统理念的一些非议与质疑，都是生命的自然要求，他的言行挑战了旧秩序，但他并不是自觉的反封建的战士。

230

　　无论是在屋里与小丫鬟厮混，还是在家中与姐妹们戏笑，还是在诗社中与才女们比诗赛诗，或是在学堂里打闹，甚至在寺庙度过一夜时光，贾宝玉都充分地享受生活，或者说，都活得很充分，很自在。似乎只有他，才真正了解青春的短暂，生命的一次性与片刻性，才真正了解应当热烈拥抱当下，拥抱生活。但是，和薛蟠、贾琏等兄弟哥儿们不同，他又不安于世俗的快乐。在他的意识或潜意识里，大约知道仅仅满足于吃喝玩乐，不过是高级动物的生活。人的生活确实离不开这一面，但是，人也可以跳出这一面，可以跳出物质的牵制，可以跳出财富、功名、色欲的限制，尽管常常跳不远或跳出后又跌落，但有跳出的意识，才有别于动物，才有另一种质的生活。宝玉既快乐又苦恼，那苦恼的一面便是想跳出又布满障碍。

231

　　第三十九回的回目叫作"村姥姥是信口开河　情哥哥偏寻根究底"，说的就是宝玉的认真劲。刘姥姥胡诌一个在雪地里抽柴的标致姑娘的故事，还说祠堂里为她塑了像。他听了之后竟深信不疑，让人按刘姥姥说的地点去找祠庙，想见见这个小姐，结果只见到一尊青脸红发的瘟神。贾宝玉没有泛泛的恋情、泛泛的悲情，也没有泛泛的世情。他有真切的情爱感，真切的友谊感，真切的生活感，而且还有真切的关怀。他知道泛泛之情，口蜜心疏，便是世故。

真的性情总是认真的，并非泛泛。哪怕对一个不熟悉的小丫鬟，哪怕只有一次偶然的相逢，他也不会敷衍。他知道敷衍便是作假。

232

林黛玉、薛宝钗、史湘云、探春、李纨还有贾宝玉，他们组织海棠社，作诗写诗，都是为诗而诗，即只有诗的动机，没有非诗的目的与企图。这些诗人们写诗全都如同春蚕吐丝，除了抽丝的本能之外没有非丝的丝外功夫。诗的动机及作诗进入非功利的游戏状态，这正是天才状态，也正是康德所说的"不合目的的合目的性"。

海棠社的诗人们给后人留下启迪：诗意生活和诗意写作，最重要的是首先要有诗的动因。有诗的动因，有蚕的纯粹，才有作诗的大快乐。

233

王熙凤是《红楼梦》世界里的第一女强人。她的强是因为她具有男人性。第五十四回（"史太君破陈腐旧套"）特别穿插一个小情节，让两位女说书人讲了一个金陵男生赴考遇佳人的故事，此生的名字也叫作"王熙凤"。说故事时凤姐也在场，但她并没有不高兴。强势性格与超人才干使她扮演雄性角色，这本无可非议，但她却因此陷入男人的泥浊世界，相应地，便进入你争我夺的"绞肉机"，绞杀别人，也绞杀自己。

在男人的泥浊世界里，女子要占上风，必定要比男人更多心机，因此，不可能用原心灵去生活，只能用尖嘴尖牙尖爪去拼搏。婚后她第一次变性，成了"死珠"（贾宝玉语），掌权后第二次变性，成了狮虎。变性后的女强人比男强人更凶狠更恶毒，这是宿命。她的铁爪杀死了贾瑞与尤二姐。所以潇湘馆闹鬼时最害怕的是她——女强人在机关算尽之后变成最胆小的人，这也是宿命。

234

中国女人，尤其是中国的世俗女人，可以面对薛宝钗，但不敢面对林黛玉。薛宝钗世故，善于应付各种关系，又可以赢得贤惠的美名。面对她，不仅不会感到压力，反而会感到欣慰。而林黛玉却纯粹真实得令人不安，尤其是她心灵巨大的文化含量和她背后深刻的精神性，更是灵魂水平的坐标。面对她，等于面对魂的高尚，情的高洁，诗的高峰。面对她，不免要感到生命的苍白、庸俗和生存技巧的丑陋。所谓"高处不胜寒"，在这里也可以解释为面对精神高山不免要产生羞愧感与恐惧感。

235

　　贾环为输了钱而哭，作为兄长的宝玉如此教训他："大正月里哭什么？这里不好，到别处顽去，你天天念书，倒念糊涂了。比如这件东西不好，横竖那一件好，就舍了这个取那件，难道你守着这个东西哭会子就好了不成？你原是来取乐顽的，倒招自己烦恼，不如快去为是。"

　　禅讲自性、自救，要紧的是自明，即不要自己陷入无谓的烦恼中。宝玉开导贾环，一席平常话，却是至深的佛理禅理：世界那么大，那么广阔，任你行走，任你选择，条条大路通罗马，这路不通那路通，东方不亮西方亮，南方不明北方明，没有什么力量能堵死你的前行。天地的宽窄，道路的有无，完全取决于自己，人生的苦乐也取决于自己，烦恼都是自寻的。

236

贾宝玉作为"人"活在人间之后,一直带有"天使"的特点(他本就是天使,随身来的宝玉就是物证)。所以他不食人间烟火,不知天下大事,完全没有人间生物的生存技巧和策略,也不懂得说那些人们滚瓜烂熟的谎话、大话、套话、废话和脏话,更不知人们追逐的权力、财富、功名的重要。他唯一敏感的是生命之美与性情之美,是灵魂天空中那种种奇丽的如同天外云霞的景观。更有意思的是,他有一种超人间的天赋价值尺度,这一尺度打破了世俗的等级之分,凡是生命,凡是美,他都一律尊重与欣赏。其他一切尊卑标准、成败标准、得失标准全都进入不了他的眼睛与心胸。

237

贾宝玉厌恶任何关于仕途经济、求取功名的劝诫,哪怕这种劝诫是最温柔的声音,是来自才貌双全的少女薛宝钗之口。他不能容忍自己走到发着臭味酸味腐味的科举场里去鬼混,去在那里装模作样地做着没有灵气的文章,然后又用这些文章去换取一顶无价值的乌纱帽。他比谁都清楚,这将导致生命在垃圾堆里活埋的灾难。这位来自灵河岸边的贵族子弟，习惯呼吸大自然的清新空气和少年生命的青春气息，来到人间走一回，当然不会愚蠢地争夺一顶八股编制而成的虚假桂冠。《红楼梦》续作者最大的败笔是让宝玉走进了科场，还莫名其妙地中了举。

238

《红楼梦》第九回写贾宝玉忽然上书房，其父贾政竟火上心头，冷嘲热讽起自己的儿子："你如果再提'上学'两个字，连我也羞死了。依我的话，你竟顽你的去是正理。仔细站脏了我这地，靠脏了我的门。"说得很绝，骂得很尖刻很彻底。

贾宝玉有善根，有慧根，有灵性，有悟性，既聪明又善良，什么问题都没有。但在贾政看来，他的问题很大很严重。只知诗词，不知文章，只重自由，不爱事功，完全没有豪门遗风。因此不仅处处看不顺眼，而且还把他往绝处骂，往死里打。贾宝玉，一向与世无争，与国无涉，与人无伤，但变成巨大的"问题人物"，难以生存。明明是人类精英，在一部分人眼里，却是废物蠢物，这正是人类社会的一种巨大荒诞现象。

239

孔子喜欢"刚毅木讷"性格的人（如颜回），而不喜欢"巧言令色"之徒。然而，"刚毅"与"木讷"二者兼而有之却不容易。

《红楼梦》中的迎春十分木讷，可是刚毅全无，结果成了贾府第一懦弱者。而探春则刚毅有余而木讷不足。她是兴利除弊的干才，锋芒毕露，但也未免过于精细，性情中缺少一点必要的混沌。惜春貌似刚毅木讷，可是她的木讷不是慈厚，而是冷漠。贾府中人物数百，真正能称得上刚毅木讷者的，只有贾宝玉一人。他木讷得让人称作呆子，自始至终不失慈厚。而他的刚毅不是形刚而是神刚，其绝对不入国贼禄鬼之流的人生信念植根于心底，一点也不动摇，但因为形态太柔，常被人误解，以为他是个弱者。

240

任何典籍经书，都是人写的，而不是神作的。即使是佛经、《圣经》也是人写的。把释迦基督的原始话语变成人的记录，这中间至少要削弱原创思想的一半；而从记录到整理成籍，又可能再丢失其半；再从印度传到中国，从梵文译成中文，其原意又可能再减其半。所以读经典，无须寻章摘句，只要捕捉典籍的基本信息。因此禅不仅要破我执，去我相，而且要破法执，去法相，扫法尘。贾宝玉厌恶经书教条，其实是天然地拒绝法执，把八股文章、陈腐说教视为遮蔽心性的法尘。第八十二回宝玉对黛玉说："还提什么念书，我最厌这些道学话。更可笑的是八股文章，拿他诓功名混饭吃也罢了，还要说代圣贤立言。好些的不过拿些经书凑搭凑搭还罢了，更有一种可笑的，肚子里原没有什么，东拉西扯，弄的牛鬼蛇神，还自以为博奥。这那里是阐发圣贤的道理？"宝玉在他"看破红尘"之前，就"看破法尘"。读书能看破书尘法尘，才算真能读书。

241

在大观园里负责买办花草、年已十八岁的贾芸，是个乖觉的伶俐人。比他小四五岁的宝玉，见到他长得出挑，就说了句"倒像我儿子"的笑话，贾芸敏锐地抓住这句话顺杆而爬，居然要拜认宝玉为干爹。为了往豪门门缝里钻，竟如此缩小与矮化自己。对于贾芸这种行径，常人只会觉得恶心。宝玉也知道他的心思，虽未应允但也不伤害贾芸，只说"闲了只管来找我"。此时宝玉本可以呕吐训斥，本可以得意扬扬，但他却以平常心看待这一世相。不惊也不喜，不宠也不拒，既不引为亲信，也不踢上一脚。没有众生相，也没有贵族相，只有大悲悯之心。菩萨难当，便是面对君子容易，面对小人（远小人）很难。贾宝玉的慈悲人格，包括这种包容人性弱点的菩萨心肠。

242

宝玉的困境可视为现代基督、现代释迦的困境。他拥有绝对的善，其善根慧根植于内心最深处，却被人视为祸根。他爱父亲，但父亲不爱他；他爱兄弟，但兄弟（贾环等）不爱他；他爱作为奴隶的少女们（丫鬟），但被他所爱的都跟着倒霉；他没有任何邪念，但被视为色鬼淫人。至善被视为"孽障"，至慧被视为"呆子"，至情被视为"至淫"。如果有十字架，首先想把他送上十字架的是他的父亲、兄弟和姨娘。他谁也不得罪，却无端得罪许多人。他在晴雯被逐后，发出"我究竟不知晴雯犯了何等滔天大罪"这一悲天之问，那也是他自己心灵困境的呐喊。

当今世界纵横复杂的人际关系，被更加膨胀的欲望变成无所不在的绞刑十字架，想关怀人间的现代基督，一旦进入关系网络，不仅救不了他人，反而会变成他人眼中的孽障和绞杀的对象。这就是现代基督的困境。

贾宝玉到地球上来一回，对人间满意不满意？如果
返回青埂峰下灵河岸边，如果让他再来人间走一回，肯不
肯？实际他已做了回答。第三十六回中，他说：自此不再
托生为人了。死了随风化去，了无痕迹，死时只求有些女
人的眼泪的送别。

黛玉去世前，贾宝玉就决定不再托生，更不必说黛玉
去世之后。到"地球"来一回，对于宝玉来说，也许正是
到"地狱"来一回。地狱中固然有少女们呈现的天堂之光，
让他享受了生活，但他也看到，这个人间，豪门不得安生
（他亲眼看到父母府第里一个接一个的死亡），寒门不得安
生（他到过晴雯家，连那个嫂嫂也使他害怕），佛门不得
安生（妙玉的下场就是铁证），还有那个让人向往让人削
尖脑壳往里钻的宫廷大门，也不得安生（元春就说"那不
得见人的去处"）。地球虽大，但安生无门。原来，这个有
山有水的大地并非门门通向天堂，而是门门为地狱敞开。

宝玉随祖母到宁国府，在秦可卿卧室里，于唐伯虎
《海棠春睡图》画下眼饧骨软，入睡入梦。这是《红楼梦》

的梦中之梦，可谓大梦中的小梦，但又是极重要的梦。在梦中宝玉见到太虚幻境和警幻仙子。宝玉和警幻之妹这一节情事，在俗人眼里简直是不堪的偷情。但在曹雪芹笔下，却写成宝玉邂逅仙子，诗意绵绵，有如曹子建的《洛神赋》，是诗人与女神的邂逅。这里除了具有想象力之外，在审美形式上又是化腐朽为神奇，化俗为雅，以最典雅的笔触去驾驭最世俗的情节。无论读者如何好奇地猜想世俗场景，都无法破坏这幅生命相逢的至美图画。这幅图景，不宜用"心比天高"去描述，却可用"情如天阔"去形容，是《红楼梦》情感宇宙化的一个极好例证。

245

在贾宝玉的主体感觉中，宇宙的存在只是为了满足人类爱美的天性，而少女的存在，即宇宙精华的存在，又只是为了确认美的真实和满足他爱美的眼睛。于是，太虚幻境、大观园便是他的宇宙，他的审美共和国。黛玉、宝钗、晴雯、湘云等女子就是他的星空、黎明与云彩。他生来没有世俗的焦虑，唯一焦虑只是星空的崩塌，黎明的消失，云霞的溃散。

因此，每一个少女每一个姐妹的死亡出嫁都会让他伤心至极，不知所措。他的痴情，既是细微的人间之情，又是博大的宇宙天性；他的审美观，既是生命观，又是宇宙观。

246

宝玉和妙玉都是人之极品。但宝玉比妙玉更可爱，这是因为妙玉身为极品而有极品相，而宝玉虽为极品却无极品相。妙玉云空而具空相，宝玉言空而无空相。一有一无，一个有佛的姿态而无佛的情怀，一个有佛的情怀而无佛的姿态，境界全然不同。

妙玉与黛玉都气质非凡，都脱俗。不同的是黛玉脱俗而自然，而妙玉虽脱俗却又脱自然，言语行为都有些造作。因此，她虽在庵中修道，却不如黛玉无师自通、未修而得道。"率性之谓道"，果然不假，真正得道的还是率性的黛玉，而不是善作极品姿态的妙玉。

247

《红楼梦》中的少男少女，多数是"热人"，极少"冷人"。其中第一号热心人当然是贾宝玉。而薛宝钗却被视为"冷人"（第一百一十五回）。其实，她的骨子里是热的，内心是热的，但她竭力掩盖热，竭力压抑热，只好常吃"冷香丸"。林黛玉也吃药，但绝对不会吞服冷香丸，即便心灰意冷，也掩盖不住身内的热肠忧思。黛玉任性而亡是悲剧，宝钗压抑性情而冷化自己也是悲剧，甚至是更深的悲剧。《红楼梦》中真正可称为"冷人"的，恐怕只有惜春。她过早看破红尘，过早在自己心中设置防线。尤氏称她："可知你是个心冷口冷心狠意狠的人。"她也不否认，只回答说："不作狠心人，难得自了汉。"如果说，薛宝钗是"装冷"，那么，惜春倒是"真冷"，彻头彻尾、彻里彻外的冷。所以她的心，只有烟尘，只有灰烬，没有光焰，没有和暖气息。薛宝钗虽然有时也冒出烟尘与灰烬，但毕竟还有冷香丸控制不住的生命亮光，所以才能"任是无情也动人"。

248

林黛玉与王熙凤都是极端聪明的人，但林黛玉的聪明呈现为智慧，而王熙凤的聪明则呈现为机谋（"机关算尽"）。如果说王熙凤兼得三才：帮忙、帮闲、帮凶；那么，林黛玉则兼有三绝：学问、思想、文采。也可说是史、思、诗三者兼备。王熙凤没有学问，也无文采，一辈子就写过一句诗（"一夜北风紧"）。至于思想，更是了无踪影。心机、主意、权术等虽多思虑，却非思想。要是让她与林黛玉谈历史、谈禅、谈诗，她只能是一个白痴。所以尽管机关算尽、聪明绝顶，处处盛气凌人，却不敢面对林黛玉丰富无比的内心。林黛玉是大观园诗国里的首席诗人，文采第一，而其学问，与"通人"薛宝钗不相上下。宝钗特别擅长于画，黛玉则特别擅长于琴。至于思想，其深度则无人可及，也不是宝钗可及的。有此三绝，再加上她性情上的痴绝，便构成最美最深邃的生命景观。

249

探春是宝玉姐妹中最有才干的人，但宝玉对探春的"改革"（整顿大观园）却颇有微词。他说："这园子也分了人管，如今多掐一草也不能了。又蠲了几件事，单拿我和凤姐姐作筏子禁别人。最是心里有算计的人，岂只乖而已。"（第六十二回）

宝玉极少发泄不满，这里的不满是美和功利的冲突。探春只想到花草的"经济价值"，想到称斤论两卖园里的花草可以赚钱。宝玉则把花草视为"美"，视为可以观赏之物。一个想到"利"，一个想到"美"。所谓"美"，乃是超功利，难怪宝玉要对探春进行批评了。宝玉与探春的区别是他完全没有探春式的算计性思维，或者说，"算计"二字是宝玉最大的阙如。他一辈子都不开窍，便是一辈子都不知"算计"，一辈子都不知何为"吃亏"，何为"便宜"，何为"合算不合算"，难怪聪明人要称他为"呆子""傻子", 探春要称他为"卤人"(第八十一回)。但是, 不可以对探春宝玉之争做善恶、是非、好坏的价值判断, 不能说探春"不对", 因为她要持家齐家, 肩上有责任, 而宝玉则纯粹是"富贵闲人"。不过, 文学艺术世界天然是属于贾宝玉。这个世界是心灵活动的世界, 它不追求功利, 只审视功利。

250

尽管宝玉与探春性情有很大差别, 尽管宝玉也知道探春的缺点, 但是探春远嫁时, 他还是伤心伤情, 大哭一场。第一百回写道: "忽然听见袭人和宝钗那里讲究探春出嫁之事, 宝玉听了, 啊呀的一声, 哭倒在炕上。唬得宝钗袭人都来扶起说: '怎么了?'宝玉早哭的说不出来, 定了一回子神, 说道: '这日子过不得了, 我姊妹们都一个一个的散了!林妹妹是成了仙去了。大姐姐呢, 已经死了, 这也罢了, 没天天在一块。二姐姐呢, 碰着了一个混账不堪的东西。三妹妹又要远嫁, 总不得见的了。史妹妹又不知要到那里去。薛妹妹是有了人家的。这些姐姐妹妹, 难道一个都不留在家里, 单留我做什么。'"在宝玉的情感系统里, 恋情大于亲情, 但两者都是真的。恋情是真的, 亲情也是真的。秦可卿、晴雯、鸳鸯之死让他痛哭, 姐姐妹妹的分别也让他痛哭。宝玉的人性是最完整的人性。连悲情也很完整。有真性情难，有完整的真性情更难。贾宝玉既不仕，也不隐，没有中国传统男人的生存目的和人生框架。情、生命个体的存在与快乐，就是他的目的，他的框架。他厌恶"仕途"，反感儒家意识形态，但伤别探春的亲情，骨子里却是儒家深层的心理态度。贾宝玉非常特别，所以无论是儒是易是道还是释，哪一家文化理念都不能完全涵盖他。

251

王熙凤与妙玉相比，精神气质差异很大。王熙凤可以成为秦可卿的知己，却很难成为妙玉的知己。一个是俗世界的顶尖人物，一个是雅世界的云端人物。在精神层面上，妙玉自然要比王熙凤高尚高贵得多。但是，在人性底层，其复杂多姿却不是雅俗二字可以概括的。俗人也往往有雅人所不及之处，这不是指王熙凤比妙玉能干百倍千倍，而是说，即使在心灵层面，王熙凤也并非一无可取，例如对社会底层的乡村老太太刘姥姥，就没有净染之辨，没有势利之心。她热情地确认这门穷亲戚，并引见给贾母。而妙玉却从心底里把这个农家老妇视为脏人。她对贾母那么殷勤，却把刘姥姥喝过的杯子视为脏物，立即扔掉。清高中不免显得势利。可见，王熙凤的人性底层并不全黑，妙玉并不全白。人的丰富往往在这种细部上显现。对待刘姥姥一事，令人反感的不是王熙凤，而是人之极品妙玉。

252

一个心爱的生命的死亡，对另一个生命造成的打击是如何沉重，用语言很难表达。晴雯之死，对贾宝玉的打击何等沉重，难以表达。贾宝玉尽管写出《芙蓉女儿诔》，也只能表达伤痛之万一。

语言很难抵达终极的真实，也很难抵达情感最后的真实，所以林黛玉才说"无立足境，是方干净"。对于林黛玉的死亡，贾宝玉就无法再用语言表达了。高鹗没有让宝玉写挽歌是聪明的选择。此时的至哀至痛只有无言才是至言。只有"无"才能抵达"有"的最深处，或者说，只有无声的行为语言才是表达伤痛的最深邃语言。贾宝玉最后的出走，是比《芙蓉女儿诔》更深更重的哀挽。正如他第一次见到林黛玉时，便认定灵魂早已相逢，至情无法言传，只有把与生俱来的玉石砸在地上，以此行为语言表达自己与黛玉无分无别。行为语言是"无"，又是"大有"。

253

宝玉有一种特别的记忆,其"忘"与"不忘"皆不同凡俗。他被父亲打得皮开肉绽,几乎被置于死地,但没有怨恨,依然孝顺父母,至死不忘父母之恩之情。最后离家出走,还不忘在云空中对父母深深鞠了一躬。

"恩"不可忘,"怨"却不可不忘。这是宝玉的记忆特点。人生坎坎坷坷,恩恩怨怨,脑中的黏液只有黏住美好情感的功能,没有黏住仇恨的功能,这是宝玉的记性与忘性。有这种记忆特性,才有大爱与大慈悲,也才有内心的大空旷与大辽阔。

254

宝玉敬重黛玉,把她视为先知先觉者,所以黛玉悟道所及之处他虽尚未抵达,却不会因此而抱愧。第二十二回宝玉回答不了黛玉的问题后独自沉思:"原来他们比我的知觉在先,尚未解悟,我如今何必自寻苦恼。"黛玉问他:"宝玉,我问你:至贵者是'宝',至坚者是'玉'。尔有何贵?尔有何坚?"宝玉答不出来,黛玉只开玩笑,并不替宝玉回答,但她以自己有始有终的爱情和人生证明自己是至贵者与至坚者。她比宝玉不幸,但比宝玉更高贵更有力量。她的行为语言回答了人的至贵至坚并非来自门第，也非来自财富、功名、权力，而是来自心灵的自我彻悟，即自贵自坚。高贵与否完全取决于自身。是贵是贱，操之在我；为玉为泥，也操之在我。在贾府里，最高贵最有力量的人并非贵族王夫人、邢夫人等，而是女奴隶晴雯与鸳鸯，她们正是宝玉心目中的"宝玉"。晴雯、鸳鸯等卑贱者最终变成至贵至坚者，也是取决于她们自己。

255

贾宝玉与林黛玉都是率性之人。"率性之谓道"，他们无师自通而活在道中，便是由于率性。一旦率性，便无面具，无心术，无媚俗之心。可是，与他朝夕相处的袭人却如此劝说宝玉："……第二件，你真喜读书也罢，假喜也罢，只是在老爷跟前或在别人跟前，你别只管批驳诮谤，只作出个喜读书的样子来，也教老爷少生些气，在人前也好说嘴。"（第十九回）袭人居然劝宝玉要学会伪装。她知道情义很重的宝玉舍不得她赎身返家，便要他答应三点要求，其中"做样子"的一项，对于一个赤子是最难的。做样子，装扮出另一副面孔，便是心术，便是俗气。钱锺书先生在《论俗气》一文中说，愚陋不是俗，呆板不是俗，愚陋而装聪明，呆板而装伶俐才是俗。晴雯与袭人都"身

194

为下贱",但晴雯不会装,所以高贵;袭人会装,还教宝玉装,所以庸俗。袭人因为有"术"的堵塞,便永远无法悟道入道,永远是个不知不觉者。但人间的荒诞现象之一,是不觉不悟者总要教导大彻大悟者,或者说,是小聪明总要指挥大智慧。

256

贾宝玉作为贵族社会的"富贵人"与"中心人",却和薛蟠、蒋玉菡、冯紫英等"俗人""边缘人"及锦香院妓女云儿一起在冯家聚会饮酒唱曲,他居然还当令官。酒后情欲翻动,薛蟠唱的又俗又"黄":"女儿悲,嫁了个男人是乌龟。女儿愁,绣房蹿出个大马猴。"众人都要罚他酒,但宝玉笑道:"押韵就好。"比谁都宽容"开放"。他自己唱的:"女儿悲,青春已大守空闺。女儿愁,悔教夫婿觅封侯。女儿喜,对镜晨妆颜色美。女儿乐,秋千架上春衫薄。"俗中透雅,有分有寸,毫无狎邪气味。身为贵族公子,豪门后裔,却没有架子,自然而然地和三教九流交朋友,而且非常真诚。更宝贵的是戏笑作乐中,并不胡作非为,写诗作词也守持心灵原则。宝玉这番表现,正符合嵇康所说的"外不殊俗,内不失正"。他尊重一切人,包括妓女与大俗人。宝玉的行为语言正好说明:慈悲没有边界。

257

宝黛的情爱因为太深太重，所以言辞无法把握，两人一谈就吵就闹就崩就落泪。面对"爱"这种异常丰富的现实存在物，概念注定没有力量，语言注定无法抵达它的深渊。禅宗的不立文字（放下概念）和以心传心的方法，的确是最聪明的方法。面对宇宙整体，面对心灵整体，尤其是面对恋情这种无形的整体，愈是急于把握，急于表达，就离真实愈远，离本然愈远，其宿命总是误解与争吵不休。"爱"与"道"一样，只能模糊把握，难以明确把握，正如道不可名不可言说，"爱"也无法诉诸分析与逻辑。关于爱的誓言与许诺往往都离性情的核心很远而变成空话，其原因也许就在这里。

258

林黛玉虽有智慧，却没有起码的生活常识。她活在世俗社会中却完全不知道怎样活法。作为一种特殊的生命，她面对生活的唯一触角，是心灵。除了心灵功能之外，似乎没有别的功能，连头脑的功能也没有。她好像是一个不必用脑的诗人，写诗作诗只凭心灵直觉一挥而就，对外部事件的反应也只凭心性"一触即跳"。她的心灵之精致，举世无双，但只有心思、心绪、心境，完全没有心机、心术和心计。她的任情任性耍脾气发脾气，也只是心灵的自我煎熬和自我挣扎，并非算计他人的心术。对于《红楼梦》人物，理解林黛玉最难。林黛玉所呈现的《红楼梦》之道，乃是无谋无术无生存技巧的生命大道。

259

在偌大贾府的上上下下，除了贾母特别怜爱之外，林黛玉几乎是贵族府第的异端。多数人不喜欢她。她的超群才情，诗国里的众诗人是知道的，但是她的无比高洁深邃的心灵，却只有宝玉一人能够理解。她不像宝钗那样会做人，那样善于游走于人际之间，林黛玉从根本上就不懂"做人"，不管是在意识层面还是潜意识层面，她都全然没有做人的技巧和策略。她是一个只能在天际星际山际水际中生活而不宜于人际中生活的生命，从根本上不适合于生活在人间。她到世间，是为情（还泪）而来，为情而生，为情而抽丝（诗），为情而投入全部身心，唯有她，才是真正的彻头彻尾、彻里彻外的孤独者。

260

在潜意识层，林黛玉的乡愁，是重返三生石畔"伊甸园"的乡愁，是绛珠仙草与神瑛侍者独往独来的记忆。她向往的"洁"，是伊甸园时代的无为无争与无垢，是只饮甘霖露水不食人间烟火的高洁。西方的《圣经》没有亚当、夏娃"返回伊甸园"的情节与经验，只有荷马史诗之一的《奥德赛》告诉人们，回归原始家园是一个非常艰难的过程，需要战胜各种诱惑与恐惧。林黛玉的回归，也是内心的忧郁与煎熬。最后她放下世俗世界的一切，包括她的诗稿——连最后一点世俗的立足之境也还给人间，做到"质本洁来还洁去"。

261

林黛玉给贾宝玉一种最根本的帮助，就是帮助宝玉持守生命的本真状态。她是宝玉的人生向导，也是守护女神。守护的是宝玉的自然生命。如果没有林黛玉而只有薛宝钗，如果发生影响的只有后者，那么，宝玉可能会丢失那份从天外带来的天真与混沌，还会进入常人秩序的编排逻辑之中，变成只会说"酸话"的甄宝玉。石头不是钢铁，它是脆弱的，它可能变成玉也可能化成泥。贾宝玉显然感受到林黛玉的内心呼唤，所以格外敬重她。

帮助乃是互动。贾宝玉也给林黛玉许多启迪。他确认所有的人都有一份尊严，应当无条件地尊重这种尊严。不仅人才天才有尊严，非人才非天才也应有尊严；不仅诗人有尊严，非诗人也应有尊严。他崇敬黛玉，但也不薄宝钗和其他小女子，态度有别而尊重不二，这正是宝玉人格。

262

鲁迅先生"评红"时说："悲凉之雾，遍被华林，然呼吸而领会之者，独宝玉而已。"这一界说，就感知黑暗和罪责承担来说，确乎如此。贾府中没有别人能像宝玉那样（包括林黛玉）感受到那么多死亡的痛苦，承担那么多好女子毁灭的罪责。所有死去的那些女子，从秦可卿到晴雯、鸳鸯，都是他生命的一角。然而，就"悲凉"而言，鲁迅则不妥。其实真正感到人间的大悲凉的是林黛玉。

她父母双亡，寄人篱下，身世本就悲凉，加上她的心思高到极点，情爱深到极点，却没有人能够了解，除了贾宝玉，几乎所有的人都把她视为异端怪种。但又是宝玉这个知己，最后在婚事中让她走向更深的绝境。她既是"痴绝"，也是"孤绝"，既是"悲绝"，又是"凉绝"。其《葬花词》正是悲凉的绝唱。唯有她，才最深地体验到人间的寒冷与悲凉。

263

妙玉在《红楼梦》众女子中气质非凡，没有任何罪、任何"问题"，只想过自己愿意过的生活，她虽然过于清高，但没有侵略性、进攻性。但这样一个知识女子，却被社会所不容，隐居在栊翠庵里仍不安宁，最后还是被盗贼所摧残。她受难之后，与她素不来往的贾环拍手称快，幸灾乐祸，也折射了社会对她的不容。妙玉到底犯了什么罪？她犯的是鲁迅所说的那种莫须有的"可恶罪""可厌罪"，也就是"特异个性罪""不入俗罪"。获此罪者，无可辩解，无处哭诉，只能默默承受。许多独立的知识人被权贵所不容，被社会所不容，被身处的时代所不容，犯的正是妙玉似的莫须有之罪。

264

探春的亲生母亲是赵姨娘，并非王夫人，因此她的亲舅舅是赵国基，并非担任高官的王子腾。可是，当赵姨娘让她去礼待亲舅舅的丧事时，她却大哭大闹，颠倒亲缘："谁是我舅舅？我舅舅年下才升了九省检点，那里又跑出一个舅舅来？我倒索习按理尊敬，越发敬出这些亲戚来了。"（第五十五回）只认王舅舅，不认亲舅舅，赵姨娘固然是混账东西，但毕竟是自己的亲娘。亲娘亲舅是天铸的事实，无可选择，王子腾虽然身居高位，但不能因此就否认赵国基是自己的亲舅舅。这种颠倒有悖情理也太势利。连赵姨娘也说她："你只顾讨太太的疼，就把我们忘了"，"如今没有长羽毛，就忘了根本，只拣高枝儿飞去了"。真说对了，我们不可因人废言，包括赵姨娘之言。像探春这种性情，宝玉绝对不会有，尽管赵姨娘加害过他，但他从不说一句姨娘的坏话。翻遍全书，也找不到一句对赵姨娘的微词。宝玉与探春，不仅有性情之别，还有心灵之别。

265

老年人像孩子，内心守持一片天真天籁，显得可爱。反之，如果少男少女活像老人，内心一片枯枝冷叶，则显得可怕。《红楼梦》中的惜春，就是太少年老成，身内身外均有一种可怕的成熟，尤其是那种珍惜自己羽毛的精明老练，更让人害怕。尤氏和她争论一场后又气又好笑，因向众人道："怪道人人都说这四丫头年轻糊涂，我只不信。你们听才一篇话，无原无故，又不知好歹，又没个轻重。虽然是小孩子的话，却又能寒人的心。"众嬷嬷笑道："姑娘年轻，奶奶自然要吃些亏的。"惜春冷笑承认道："我虽年轻，这话却不年轻。"一个年轻少女，却言语老气，心思老成，应对老到，的确很不可爱。在贾府贵族女子中，惜春是一个心理年龄最老的人，贾母史太君在她面前，显然年轻得多。这种世故少女，在西方现代文学中也有。纳博科夫（Nabokov）笔下的洛丽塔就是著名的一个。这个年仅十二岁的姑娘，老练得惊人，心理年龄比她的三十多岁的情人亨伯特老得多，因此也圆滑得多。纳博科夫似乎在警告美国：你虽年轻，但太实用主义，当心你会丧失从欧洲带来的天真烂漫。洛丽塔虽世故，却还有一股小巫似的情欲，而惜春却完全是个冷人。少女过早衰老的青春，让曹雪芹惋惜叹息，所以给她命名为"惜春"。

266

紫鹃对贾宝玉总是冷冷的，有所防范，刻意不让宝玉靠近。她把身心全部投给黛玉，宝玉也知道她是黛玉的知己与投影，因此，紫鹃的态度与话语总是强烈地刺激着他。第五十七回，紫鹃本意是想试探宝玉对黛玉的情感，但说得太绝，便引起宝玉的大悲伤。紫鹃说："姑娘……大了该出阁时，自然要送还林家的，终不成林家的女儿在你贾家一世不成？……所以早则明年春天，迟则秋天，这里纵不送去，林家亦必有人来接的。前日夜里姑娘和我说了，叫我告诉你，将从前小时顽的东西，有他送你的，叫你都打点出来还他。他也将你送他的打叠了在那里呢。"这么一说，宝玉便发呆不知所措了。给宝玉最大的打击，也是最大的挫伤，并非是父亲无情的棍棒，而是晴雯这些知己的失落，是黛玉对他的冷遇，是紫鹃的一声"别靠近"的警告。宝玉这种特殊的挫折感，可引申出政客与诗人的基本分别：对于政客，被敌人打败最伤面子；对于诗人，被朋友知己遗弃，最伤自尊。屈原的《离骚》那么伤感，正因他是被兄弟所抛弃（他把楚怀王视为兄弟），而不是被敌人所打击。

267

《红楼梦》描写隆重的葬礼，但从不写隆重的婚礼。按照宝玉的人生观，女人出嫁并非好事，这是女子从净水世界走到泥浊世界的开始，也是生命败谢的开端。宝玉说："（女子）出了嫁，不知怎么就变出许多的不好的毛病来，虽是颗珠子，却没有光彩宝色，是颗死珠了。"（第五十九回）

曹雪芹有几次描写婚礼的机会，迎春出嫁、探春出嫁、湘云出嫁、宝琴出嫁等，但他都不写。如果写起来，宝玉又会有另一番伤感，在他的潜意识世界里，这是少女从此丧失本真状态，其心底的大悲悯，语言很难表述。青春永在，少女永存（不要出嫁），是《红楼梦》诸梦中最深的痴梦。在此梦里，包含着曹雪芹一种非常清醒的大思想：中国少女一旦出嫁，势必进入严酷的伦理系统，势必丧失个体生命的独立自由而成为男人的附属品。即使丈夫怜爱，严酷的公婆也会剥夺其青春的活力。西方的女子出嫁后命运不同，独立性未必丧失，所以她们大约不会对曹雪芹的"死珠论"产生共鸣。

268

两百年前，曹雪芹就通过《红楼梦》唱出《好了歌》——人间争夺权力、财富、功名的荒诞歌，就道破人类不知停止的贪婪欲望，就说出了那么深刻的贫富悬殊的不公平。也就是说，在两百年前，曹雪芹对世界的认识和对人性底层的认识就如此深刻。这真是奇迹。《好了歌》的时代至今没有结束，歌中所指出的荒诞戏剧不仅没有完了，而且愈演愈烈。人们愈"好"，愈不知"了"。愈是拥有权势财势，欲望就烧得愈旺。《红楼梦》既是生命的挽歌，又是人类末日的序曲。

贾宝玉作为贵族子弟，他的特别处正是看穿"世人"所追求的一切（金银、娇妻、功名等）并不高贵。《红楼梦》

的基调不是"忧国",也不是"忧世",而是"忧生",和《桃花扇》《水浒传》《三国演义》的基调全然不同。忧世是家国群体关怀,忧生则是个体生命关怀。《好了歌》是忧生歌。正方向忧的是"好"——女子、女儿这些诗情生命太易"了";负方向忧的是"好"——色相、色欲这些欲求妄念太难"了"。

269

在基督的眼中,世界并不是"太虚幻境",而是上帝创造的实在;人生也并非"太虚幻境",而是上帝安排的实在。在释迦(佛家)的眼中,世界与人生倒是太虚幻境,没有实在性。《红楼梦》受佛教的思想影响很深,整部小说都在暗示:无论是大观园内或大观园外,都是真虚幻,没有实在性。一切如梦如幻如泡影,转瞬即逝。权力是虚幻,财富是虚幻,功名是虚幻。但是,来到人间的过客们(宝玉、黛玉等)却也发现诗情,发现净水世界。世界中的眼泪,人间中的真情谊,又非虚非假。倘若全是假,全是虚,为什么又要思念它,呈现它,描述它?曹雪芹毕竟是人,不是佛,他的内心有矛盾、有彷徨、有解不开的世界之谜和人生之谜。真真假假,虚虚实实。《红楼梦》即便是人文科学著作,也无法提供世界与人生最后的谜底。

柳湘莲在尤三姐拔剑自刎后，知道自己犯了致命的错误。在一座破庙，他遇到道士，便稽首问道："此系何方，仙师仙名法号？"道士笑道："连我也不知道此系何方，我系何人，不过暂来歇足而已。"这番话，令柳湘莲大彻大悟，他拔出剑来，斩断烦恼丝，随道士远行。

道士所说的话，可视为曹雪芹人生观的要义：人到地球走一回只是到地球上歇脚而已，用现代学术语言表述，人生只是一种暂时性存在，瞬间性存在，过客性存在。确认这种存在形态之后，"我是何人"即扮演何种世俗角色便不重要。道士的话启迪我们：世俗角色的意义并非人生的意义，"我是谁"的问题不可由世俗的理念和编码来规范与确定。大道士也不可能用他者的命名来界定自己。他的回答便是角色的空化无化。曹雪芹也是经历了世俗角色的空化才能创作出《红楼梦》之无上境界。

莎士比亚笔下的奥赛罗，他一旦发现自己误杀妻子，便立即拔剑饮恨自刎。西方许多"大丈夫"和贵族王侯，可以宽恕别人，但不能宽恕自己。中国的士大夫甚至普通百姓，似乎正相反，总是能宽恕自己，但不能宽恕别人，"恕道"只归自己。但《红楼梦》中的柳湘莲，他发现自己误解了尤三姐之后，也不能原谅自己，于是断发出家，了结尘缘，这固然是受到道士的启迪，但也因为无法宽恕自己。巴金在《随想录》中说他曾经写过文章批判胡风，此事别人可以原谅自己，但自己无法原谅自己。能正视自己的错误与罪责，才有人生的严肃。

271

"风月宝鉴"暗示：躯壳再美也要化作骷髅。色是暂时的，虚幻的，表象的。人死后什么也没有，唯"无"是真的，唯活着时所感悟的宇宙本体是真的，唯太初的单纯是真的。还有，"骷髅"也是真的。

肉体变成骷髅，看得见，灵魂变成骷髅，看不见。人们常说：人死了，灵魂还在。以为这是正题。其实反题更真实、更普遍：灵魂先变成骷髅而后才是肉体变成骷髅。即神死先于形死，心死先于肉死。拼命追求王熙凤的贾瑞，在风月宝鉴面前，不知骷髅的暗示，终于无法自明与自救，死得很惨。薛蟠、贾环、贾蓉、贾赦等"行尸走肉"者，其肉还在，其灵早已成了骷髅，只是他们不可能意识到这一层。骷髅是"此在"的参照系，宝鉴中有这一面在，我们才知道另一面——色的真相。活人如果明了骷髅的真实，存在的清明意识就会产生。

272

禅的棒喝痛打的首先是教条主义，是经院哲学，是种种对本本和权威的执着。它的思想方式是避开语言概念直达心灵的一种方式。胡塞尔的现象学也是悬搁概念而探究事物本相的方式。人的心性很容易被概念所遮蔽所覆盖，知识愈多，遮蔽层与覆盖层愈厚。

20世纪的读书人纷纷变成概念生物，也是因为在概念的包围中迷失与变异。贾宝玉喜欢诗词而不喜欢经济文章乃是拒绝天性被概念所覆盖所抹杀。这也说明，禅已进入宝玉生命，他不仅破了我执（完全没有贵族子弟相），而且破了法执，没有被经济文章的正统法规所掌握。"至人无法，非无法也。无法而法，乃为至法。"宝玉可算是领悟到生命至法的"至人"。

273

东西寻求，内外寻觅，求道觅道。到底道在哪里？我喜欢庄子的回答："道在瓦罐瓶勺中。"面对瓦罐瓶勺尚可悟道，更何况面对碧空之广、沧海之阔、宇宙之邈远。处处有道，时时可以悟道，道就在日常生活中，就在眼前，就在附近，就在身边。春花在暮春中凋残飘落，多么平常，林黛玉却悟出《葬花词》那一篇生灭"大道"。而贾宝玉，面对龄官在地上书写一个"蔷"字，看得发呆，此一瞬间，哪里仅仅是惊讶于痴情，他悟到的应是天地间的根本，时空中的永恒，阳光下最后的真实了。晴雯临终前留下的那两片指甲，有如《卡拉马佐夫兄弟》小说中那棵拯救灵魂的"葱"，它除了激发贾宝玉写出了《芙蓉女儿诔》的千古绝唱，一定还给宝玉留下永远的良心的乡愁。

274

各种宗教、哲学都有其彻底性。基督教主张爱一切人，包括爱罪人，爱敌人。佛教主张尊重一切生命，包括非人的虎豹鱼虫。禅更彻底，不树偶像，不立文字，不崇尚经书典籍，只相信觉悟的一刹那、一瞬间。"千经万典，不如一点。"无数说教，不如明心见性、大彻大悟的那一时间点、质变点，即所谓"众里寻他千百度，蓦然回首，那人却在灯火阑珊处"。千部经书，万部典籍，不如悟到真理的那一片刻。禅宗实际上是以"悟"替代"神"的无神论。所以它才说悟即佛，迷即众。

宝玉和宝钗关于人品根柢的辩论中，宝钗引了许多圣贤之语，但宝玉答道："……什么古圣贤，你可知古圣贤说过，不失其赤子之心。"宝玉在这里拥有哲学的彻底性，他穿越圣贤的千经万典，穿越万水千山，穿越覆盖层，直达深渊之底，只取一点，就是不失赤子之心，就是保存生命的本真状态。丧失人生之初纯朴的内心，还有什么圣贤可言？宝玉与黛玉谈禅时也说："弱水三千，我只取一瓢饮。"千经万典中只取一点明澈的真理。这种彻底性，是老子、庄子、慧能的彻底性，也是曹雪芹哲学的彻底性。

275

贾敬只求"术"，不求道，只求末，不求本，对炼丹术走火入魔，其实连"术"也不行，最后吞砂过量而身亡。求道而不知"道"，既是悲剧又是荒诞剧。老子所说的"复归于婴儿"，贾敬就是炼一千年丹也复归不了。

贾敬求道而离道很远。王夫人则念佛而离佛很远。金钏儿跳井而死，是她逼死的，但她不敢面对罪恶，却要利用菩萨来掩盖自己的罪恶。手中的佛珠没有一颗连着诚实与诚心。佛早已进入宝玉的心灵，却从未进入她的心灵。慧能的心性——自性本体论（明心见性），正是看透人间有太多假菩萨：只有菩萨相，没有菩萨心。所有的道，无论是宗教之道、哲学之道还是文学之道，未能切入心灵者，皆非大道与正道。

276

日本大作家三岛由纪夫把他最不喜欢的文章称作"娘娘腔"，而历来评论家把"女人气"也视为败笔。如果这是强调写作的力度，守护文章的骨骼，倒是没什么可非议的。但是这种比喻在骨子里深藏着对女子的蔑视。《红楼梦》发出另一种相反的信念，敲下另一种警钟，这就是小心"男子气"的污染。在宝玉眼里，男人世界是泥浊世界，"男人气"往往连着泥浊气、铜臭气、市侩气、痞子气、方巾气、功名气，甚至霸气、酸气、臭气。王熙凤有男人气魄，可是也染上男人的霸气，结果变得心狠手辣，一副铁石心肠。探春想做一番男人的事业，结果也染上男人世界的势利毒菌，连自己的亲舅舅（赵国基）都不认。在写作生涯中，女作家有气魄自然好，但不可染上"男人气"，一有这种泥浊气息，则陷入功名深渊，丧失女作家的柔性魅力。女作家雄性化，只会埋葬文学的审美维度。

277

《水浒传》的主人公兼主要英雄，如李逵、武松等，均有两个特征：一是不近女色；二是善于杀人，尤其是善于杀女子。《红楼梦》的主人公，也是另一意义的英雄贾宝玉则有两个相反的特点：一是近女色；二是不伤人更不伤女子。中国文化呈现于小说中的天差地别，仅从这一分殊，就可知大半。

278

通过写女子而呈现人的高贵，西方文学早已有之。希腊悲剧中的《特洛伊妇女》就是杰出的例证。它呈现的是亡国之后宫廷女子不屈的人格与生命的尊严，希腊的军队可以消灭一个国家，但消灭不了一群女子的高贵本性。中国最早注意到这一戏剧的是周作人，他赞美此剧，代表他在美学上的深度。而在中国，女子显示高贵的作品很少。《杜十娘怒沉百宝箱》及《聊斋志异》中的《细侯》等作品虽有，但无法与《红楼梦》相比。林黛玉、妙玉其高贵不必说，就连晴雯、鸳鸯、尤三姐也极高贵，也有不可征服的生命尊严。贵族少女"神如星月"，平民少女（丫鬟）"心比天高"。《红楼梦》的女子与特洛伊女子精神中都有一种"硬核"：自我确立的贵族精神。所谓贵族精神，其对立项，不是平民精神，而是奴才精神。

279

影响中国历史最大、最深刻的，不是革命，不是战争，而是文化。换句话说，革命与战争的影响是一时的，文化的影响才是久远的。禅文化带给中国历史的大变动是真正的大变动。把禅划入一种学派，一种教类，太贬低禅。它是一种大文化，大世界观，大方法论。《红楼梦》最精彩地体现了这种世界观。它否定争名夺利的存在方式，否定向物欲、向权力倾斜的世界图式。它是人生本真本然的文化导向。你可嘲笑这只是梦，但无法否认它确立了大灵魂的坐标，确立了贾宝玉式的非功名、非功利、非算计的立身态度。

280

说生命在进化是对的，说生命在退化，也是对的。就精神生命而言，曹雪芹和他的灵魂投影贾宝玉显然觉得生命在退化。他在与宝钗的辩论中说："既要讲到人品根柢，谁是到那太初一步地位的？"在宝玉看来，人的品性谁也不及天地草创之初即《山海经》时代的水准，也就是说，人离太初愈来愈远，其品性也愈来愈丑陋。他和老子一样，是生命退化论者。（老子复归于朴、复归于婴儿的命题，正是建立在退化论之上。）在贾宝玉看来，尽管产生无数古圣贤教你怎样生活，怎样生长进步，但人类的生命怎么也不及太初的单纯与质朴。人一面在学知识，一面在脱离生命之初的本真本然。林黛玉对宝玉的启迪，是呼唤他向原生命靠拢，向生命本真靠拢。宝钗的呼唤与黛玉相反：黛玉呼唤他走向生命，宝钗呼唤他走向功业。两者虽然都有理由，但曹雪芹显然认为，功业派生功名的争夺，它可能腐蚀人性，所以他让自己的人格化身贾宝玉把最深的爱投向林黛玉。

281

《红楼梦》不仅有"亲爱"之情，而且有"亲亲"之情。亲爱之情是贾宝玉和林黛玉、薛宝钗、晴雯等女子的情感纠葛；亲亲之情则是贾宝玉与祖母、父母及兄弟姐妹的血缘眷恋。两者都有大温馨。与西方的个体本位文化相比，中国文化固然较少对个体生命权利的支持力量，但是这份深厚的人际温馨则是西方文化的阙如。

《红楼梦》所以经久不衰，不仅被少男少女所爱悦，也为其他成年的天下父母所爱悦，就因为它除了有恋情之外，还有一份浓厚的亲情。《红楼梦》虽然厌恶儒家的治国平天下之思，却有儒家的亲情意识。除了恋情、亲情之外，贾宝玉还有一份也很真的世情。他在府内尊重丫鬟戏子是世情，在府外与边缘人柳湘莲、蒋玉菡、冯紫英等交往也是世情。他的恋情有"痴"之美，亲情有"憨"之美，世情有"诚"之美，三者相通则是真之美。

282

历代官修的历史都是权力的历史，胜利者的历史，男人的历史，大人物的历史；少有失败者的历史，女人的历史，儿童的历史。这是史书的老人化、男人化与权力化。《红楼梦》不刻意书写历史，但它留下的历史却是最真实的历史，这是女子、儿童、心灵的历史。在《红楼梦》中我们看到的历史，才是历史的真相与真髓。一万年十万年之后，要了解18世纪的中国，最可靠的版本不是官修"二十五史"和各种历史教科书，而是《红楼梦》。曹雪芹是清代历史乃至中国历史最伟大的见证人与呈现者，他不仅见证历史的表层，而且见证历史的深层；不仅见证历史的皮，而且见证历史的心。

283

德国哲学家谢林（Schelling）说艺术勾销时间。但他没有说，艺术可以勾销空间。不论是文学还是艺术，其永恒性都是站立在空间向度上而不是站立在时间向度上。也就是说，在人的内心深处与人性深处，时间没有意义，一瞬间与一万年没有区别。对于作家，不仅是万物皆备于我，而且是千秋万代皆备于我。真正的诗人把王朝的更替不当作一回事，也把家国一时一地的分别推向无意义。唯一有意义的是捕住瞬间，深入瞬间，通过瞬间而抵达时空的无限。

《桃花扇》与《红楼梦》之境界的重大区别就在于此：《桃花扇》执着时间，执着于一朝一夕之事；《红楼梦》则勾销时间，放逐时间，把生命的血脉与宇宙本体互相连接，把小说的语境推向穷尽。

284

明末散文抒写个人日常生活确有真情真性。它的功劳是告别唐宋八大家那种与国家权力合谋的思路，把文学内涵的重心从家国情怀转入个人情怀。它的缺点是其散文均未切入大灵魂、大关怀，所以显得太轻。《红楼梦》则承继其长处，把真性情的抒写推向极致，又在真性情中切入大灵魂与大悲悯。于是，它除了具有明末散文的人性气息之外，还有横贯天地古今的神性气息。它不仅高于历史，高于道德，也高于性情。所以它抵达宗教般的天地大境界，但又不是宗教，或者只能说，它是把审美推向天地境界的另一类质的"宗教"，没有偶像，没有崇拜，但有对真与美之神仰的"宗教"。说《红楼梦》是文学圣经，其中的一项意义也在于此。

285

诗人的气质差别很大，李贺与贾岛在诗歌史上都似鬼才，但两者气质迥然不同。李贺虽家道中落，但毕竟出身于皇族（远支），身上还有贵族气，天然地看淡功名。所以他的诗，很有天地宇宙的浑然大气。"遥望齐州九点烟，一泓海水杯中泻"，"骨重神寒天庙器，一双瞳人剪秋水"，"眼大心雄知所以，莫忘作歌人姓李"，随手拈来，句句是气宇非凡，不同凡响。贾岛与之相比，气与质都显得微弱。贾虽善于经营技巧，善于推敲词句，但缺少李的恢宏，显得匠气有余，大气不足。《红楼梦》中的诗，尤其是其代表作《葬花词》《芙蓉女儿诔》等，词采斐然，但没有匠气，倒是有李贺的贵族气与"眼大心雄"的非凡气。从精神气质上说，曹雪芹与李贺相同，与贾岛却相去很远。

286

文学最根本的要素之一是想象力。文学的特殊功能可说是对人类想象力的极限进行挑战，也可说是对人类心灵深度的极限进行挑战。卓越的作家在挑战面前不断转换视角。中国的诗人屈原、李白、陶渊明、苏东坡、曹雪芹等都展示了想象力的奇丽。荷马、但丁、莎士比亚、歌德都打破了天上人间之隔。这些大作家大诗人创造的作品，外在形式不断变换，但内在形式即内在大视野则是一致的，这就是不断地突破想象的极限。

屈原的《天问》是先秦时代最有想象力的诗歌，在写作上抵达了两项时代制高点：一，叩问终极真实；二，开放自由心灵。屈原在当时已走得很远，走到与古希腊的荷马相近。屈原之诗与荷马史诗的相同点是想象力，但屈原的重心是抒情，是心灵的直接吟唱；荷马的重心是叙事，是历史场面的书写。而《红楼梦》则兼备屈原与荷马，其抒情、叙事、想象力都几乎到达人类才华的极限。

287

袁枚曾说："大观园，即余之随园。"然而，随园是现实世界中的"有"，而大观园的本质却是"无"。《红楼梦》

第十七回描写贾宝玉随同父亲初见大观园时的感觉："宝玉见了这个所在，心中忽有所动，寻思起来，倒像那里见过一般，却一时想不起那年月日的事了。贾政又命他题咏，宝玉只顾细思前景，全无心于此了。"可见，大观园是梦境，是虚境幻境，是曹雪芹的乌托邦，也是他的诗意栖居的澄明之境，而袁枚的随园则是个体栖居的"人境"，这是实境，俗境，常境，两者有质的不同。随园建构得再富丽堂皇，再迷人耀目，也只能形似，不可能神似。《红楼梦》里的大观园，其境界不是山石草木所构筑的，而是诗和诗情生命所构筑，它是一个诗化的理想国。今天的《红楼梦》研究者，可以寻找大观园的堂址屋迹，但是永远找不到大观园的神意诗韵，那种早已化入永恒的奇彩梦痕。

288

荷尔德林提出"诗意栖居"的理想，曹雪芹做的也是"诗意栖居"的大梦。两者不约而同。而曹雪芹还提供了"诗意栖居"的具体形式，这就是大观园形式。大观园是地狱中的天堂，他乡中的故乡，色世中的空界，瞬间中的永恒，是"黑暗王国里的一线光明"。人类的"世俗栖居"形式千种万种，每天都有新的设计，新的广告，新的时尚品牌，熙熙攘攘，目不暇接。但诗意栖居的形式却很稀少，它是向往，并非现实。大观园呈现的诗意栖居形式是诗人合众国，青春生命共和国，国度主体全是诗意生命。《红楼梦》的悲剧是诗国的瓦解，诗稿的焚烧，诗意生命的毁灭，最后只剩下诗的灰烬与废墟。《红楼梦》的荒诞剧意义，则是"诗意栖居"被视为"痴人说梦"、愚人犯傻，做梦者全是无知的蠢物与孽障，而聪明人则全都去追逐黄金的好世界，最后剩下的也只是灰烬与废墟，还有骷髅与"土馒头"（坟）。

289

中国小说经历了三个历史阶段，即故事—话本—叙事艺术等三段。《山海经》已有故事，虽简单，但有力度。话本到了宋明才发达起来，可惜发达后就媚俗、媚众，而且媚的是旧道德之俗，所以还不是成熟的小说。到了明代，出现了短篇"三言二拍"，长篇《三国》《水浒》，小说才成为叙事艺术。故事之外，有结构，有人物刻画，有语言技巧。而到了《红楼梦》，艺术才走向巅峰。文本中的诗是真诗，不是打油诗；人是真实人，不是脸谱人；文学的三大要素——心灵、想象力、审美形式才告齐全，并形成艺术大圆融的整体。

中国的散文出现过多次高潮：先秦诸子散文，唐宋八大家散文，明末散文等。唐宋八大家散文技巧极为成熟，文采斐然。但是，除了苏东坡之外，其他散文都没有先秦散文的那种"元气"。

所谓"元气"，就是天地混沌之气，太初草创之气。先秦诸子各家，都有自己的一套原创的大思路蕴含于文字之中。到了唐宋八大家，虽有文采，却太多腔调，没有先秦时的大气势，也没有孔、孟、庄、老的大境界。明末散文虽有性情，但多数失之太轻，也无元气。《红楼梦》虽是小说，但其笔触，恰恰扬弃一切腔调，深含宇宙底蕴，既有连接《山海经》的混沌之力，又有俯仰人间世界的天地血脉。

291

中国的诗歌文体到了唐代才完全成熟。杜甫是唐诗的第一文体家，其律诗、绝句均写到了天衣无缝的完美地步。他虽有关怀民瘼的同情心，但也有很强的功名心。从精神内涵上说，他的诗是典型的儒家诗，因此，总有"致君尧舜上"的儒味。其"朝扣富儿门，暮随肥马尘"

的酸楚更是儒者在人生面前的不潇洒，折射到诗中，便是脱不了家国境界。《红楼梦》中的诗，没有儒味，却有道味。

这里说的道味，不是道家味，而是形而上的无限韵味。宝玉嘲讽文死谏、武死战的儒统道统，而杜甫的"致君尧舜上"，正是儒者的谏味。《红楼梦》的诗虽没有杜甫那种"沉郁"，却有杜甫所阙如的超拔与空灵。

292

政客听不懂诗人的声音。有政客心态就不可能真正懂得《红楼梦》，正如宋太宗就读不懂李煜词。李后主博大的人间关怀之声被他听成"怨气"，听成亡国复仇之音，最后他把李煜毒死了。宋代皇帝消灭一个小朝廷（南唐）没有罪，但杀害一个伟大诗人，却是千古大罪。一个伟大的诗生命，其重量、分量往往超过一个朝廷。

屈原的生命重量超过楚王朝，苏东坡的生命重量超过宋王朝，莎士比亚的生命重量远不是伊丽莎白王朝可比。可以断定，如果人性底层连一点诗心诗意也没有，就永远无法进入《红楼梦》那一片神意的深海。

知其所止，是中国的道德律令，又是大乘佛教重要法门。《大学》第三章，呼唤做人应"止于至善"："为人君，止于仁；为人臣，止于敬；为人子，止于孝；为人父，止于慈；与国人交，止于信。"老子另有"止"的内涵，《道德经》曰："知足不辱，知止不殆。"

知其所止，也是《红楼梦》哲学思考的主题之一。但它不是儒家"止于至善"的直接告诫，而是对生命止处的连绵叩问。它不说止于何处，只说必有一止，并要"知止"。秦可卿告诉王熙凤"盛筵必散"，也是"止"的提示。纵有千好万好，总有一"了"。《好了歌》，既是荒诞歌，又是观止歌。"好"是"观"，"了"是"止"。阅尽人间诸色，应当知止，应当放下。

那么，应当止于何处？有小止处，有中止处，有大止处。放下日常欲念，是小止；急流勇退，是中止；"大造本无方，云何是应住。既从空中来，应向空中去"（惜春之偈语），是大止。来自空，止于空；源于洁，止于洁；始于痴，止于悟。儒家止于道德境界，曹雪芹则是止于大彻大悟的澄明境界。

贾母最疼爱的是贾宝玉与林黛玉，但对于宝玉的婚姻，她选择了宝钗，而不选择黛玉。贾母不是没有理由，她的尺度是"生存"尺度，不是"存在"尺度。她虽然通脱，但家族的命运、家族的生存与发展毕竟是她的天职。她虽爱黛玉，但贾府的兴亡更加要紧。而宝玉自始至终热恋着黛玉，在林、薛这一情感天平上，他的心一直放在黛玉这边。其选择的原因却不是生存原因，而是存在原因。即只有在黛玉面前，宝玉"存在"的意义才能充分敞开。存在的原因便是灵魂的原因，便是心灵从相逢、相知到相融相契的原因。

贾母虽聪明，但太重家族的兴衰，忽略个体心灵的归宿。她看不到宝玉与宝钗的灵魂之间有一段无法拉近的距离，面对宝钗，她心爱的孙子无法打开生命的深层门窗。贾母与贾宝玉的冲突，也是俗谛与真谛、世界原则与宇宙原则的冲突。

最深的感悟往往无法表达。灵魂所抵达的神意深渊和爱意深渊很难描述。再高明的作家写出来的文字也比不上大智者悟到的精神顶点和深渊底部。许多作家对自己已写出的文字不满，以致像卡夫卡临终时嘱托朋友烧掉他的稿子，林黛玉死前烧掉诗稿，除了情爱的幻灭之外，还可能有这个原因。"人向广寒奔"，"冷月葬诗魂"，已经够精彩了，但在林黛玉眼里，这与她心灵中的万千感受相差太远，浩茫的心事岂是语言所能表达？托尔斯泰最后的大著作是他的出走，没有文字，但这是用生命本身的行为写下的大著作，那个瞬间，他对于宇宙人生最深的感悟已无法用小说、诗歌、散文表达。

296

五四新文化运动的理由是青春的理由，也是女子与孩子的理由。它选择孔子作为靶子，不是说孔子一无是处，而是因为孔子的学说是老人化的学说，不是青春的学说。妇女与儿童在他的学说中没有地位，个体生命主权在他的体系中没有得到确认。中国几千年历史中，男人欠女人欠儿童的债太多，"五四"是个讨债运动。《红楼梦》是"五四"的先驱，它的理由也是青春的理由，也是女子与儿童的理由，也是对老人化的反动与反思。《红楼梦》给少女青春做了一次惊天动地的请命，也给中国山河大地带来一股青春气息。中国要成为拥有灵魂活力的"少年中国"（梁启超语）、"青春中国"，最需要的是《红楼梦》和"五四"

倡导的新文化，而不是孔夫子和儒学老道统。但孔夫子确实是圣人，他的思想也是多层面的。贾宝玉讨厌儒家的"无人"文化——无个体生命独立主权的文化，讨厌它表层的典章制度与意识形态，拒绝充当治国平天下的工具，但内心又接受儒家深层的"有人"文化——重亲情、重人际温馨的文化。宝玉既是逆子，又是孝子。他和贾府中的孔夫子（父亲贾政）既冲突又怀有敬意，但这个孔夫子，毕竟是个喜欢摆姿态、戴面具、压制青春的老古董，五四运动正是贾宝玉们批判贾政们的一次大"审父运动"。

297

　　五四新文化运动高举"文学革命"大旗，除了攻击贵族文学、山林文学之外，还攻击古典文学。可惜没有分清古典文学的精华与糟粕，也没有分清中国古代文化的精华与糟粕。如果那时不是选择孔夫子为主攻对象（虽然有充分理由，其批判内容至今也没有过时），而是选择《三国演义》和《水浒传》等危害中国人心最巨的作品为主攻对象，并把《红楼梦》作为精神坐标，那就会更准确更有力地高举人的旗帜，从而变成一场最基本的启蒙，一场关于生命尊严与诗意栖居的启蒙，一场热爱生命、提升生命的启蒙，也是一场关于拒绝暴力与拒绝权术的启蒙。

"少不看水浒，老不看三国"，这是民间智慧，是中国老百姓自救的至理名言。一个老人，如果不知"复归于婴儿"，而是继续积淀"三国"权术心术，就会变成老妖老狐狸。中华民族太古老，心思本就太复杂，更不该老品《三国》，老捧《水浒》，老是热衷于权力游戏。《红楼梦》所提示的大观大止，就文化上说，可以说是提醒应当终"了"，终止"三国""水浒"式的暴力、欲望、权谋与争夺。

298

深邃的思想赢得质朴的表述，显得很美。"千里搭长棚，没有个不散的筵席"（第二十六回，小红语），就很美。文章不怕拙，指的便是真理无须装饰，思想一旦刻意做出学问姿态，也是媚俗。愈急于把思想说得完备，愈想说得头头是道，就愈是画蛇添足，愈是可疑。许多卖弄学问的人，最后显出思想的贫困也与此有关。曹雪芹的学问大得不得了，其笔下的宝钗是个博古通今的"通人"，而黛玉、宝玉这些痴人，也都是满腹诗书，史、识、诗三者皆备。但整部《红楼梦》没有任何一点卖弄，完全没有作家相与学者相，更没有文人腔与名人腔。大辉煌与大质朴和谐到如此地步，真是举世无双。

299

贾政与王夫人都想控制宝玉，但方式不同。贾政直接诉诸棍棒，怨恨只放在儿子身上；而王夫人却迁怒他人，以为儿子的"问题"来自晴雯、金钏儿等"狐狸精""尤物"，因此不惜剥夺她们的生存权利。相比之下，贾政没有王夫人那种阴柔的毒手。曹雪芹时代，权力与财富已控制思想，甚至还控制身体和爱恋。《红楼梦》自由笔触所表现的力度之一，是揭露权力控制下的人性困境。这种控制除了造成暴力（如贾政痛打宝玉）、造成苦难（如金钏儿之死）之外，还会造成诗化自由心灵的毁灭（如黛玉之死）。难怪俄罗斯流亡诗人布罗茨基要说，诗本能地与权力帝国对立。宝玉最后逃离家园，乃是逃离权力对其心灵的控制，这一行为，与其说是反叛，不如说是自救。

300

一打开《红楼梦》，就会见到全书的哲学纲领，也是全书的哲学难点，这就是空空道人所呈现的十六字诀："因空见色，由色生情，传情入色，自色悟空。"如果说色空是佛教哲学，那么，它却不是《红楼梦》的全部哲学，因为在色与空之间还有一个巨大的中介物，这就是"情"，由色生情和传情入色之后才能自色悟空。在十六字的循环中，情既是中介，也是本体。如果说，"空"是终极存在，那么，情则是通向终极存在的并非虚幻的唯一真实。《金瓶梅》最后加了一个色空尾巴，可惜全书没有类似十六字诀的精神历程——形而下与形而上的转换提升过程。它的色太重，情太轻，空更说不上。十六字诀中的四段哲学环节，它一个也没有。

301

贾宝玉和林黛玉在《红楼梦》中的特殊性是两人都具有自由意志。所谓自由意志并不是薛蟠式的自由滥情，而是对生命当下存在路向的选择与把握。薛蟠的吃喝嫖赌，无须选择，与自由意志无关。宝玉和黛玉的生活则充满选择，从读书、写诗、谈禅到人生道路的确立都需要选择，徘徊、彷徨、苦恼、迷惘、忧伤，也都在选择的过程中。正因为需要选择，才有传统父权意志和自由意志的冲突，才有自由意志的光辉。薛宝钗虽然美丽，但缺少这种光辉。

20世纪著名思想家以赛亚·伯林把自由分为积极自由与消极自由。前者是指奋斗、挑战、抗争的自由，后者则是拒绝、回避、有所不为的自由。贾宝玉与林黛玉的自由意志属于消极自由范畴中的意志。这两位小说主人公争取的只是逍遥的自由，恋爱的自由，吟诗的自由，阅读《西厢记》的自由，拒绝科举的自由，回避权力追逐和功名追逐的自由。而这种自由意志，全是内心的自然，并非理念。但是，道统正统的代表（贾政等）不给他们这种自由。连消极自由都不给，更不用说积极自由。把宝玉黛玉解说成反封建的争取积极自由的自觉战士，未免过于拔高。

302

　　《红楼梦》贵族女子的复归之路有两种路向：一是林黛玉式的向"天"回归；一是巧姐儿式的向"地"（即向"土"）回归。前者"人向广寒奔"的暗示，便是向天宇回归的暗示。也许奔向明月，也许奔向太虚幻境，也许奔向曾与神瑛侍者相恋过的灵河岸边。后者则无须暗示，巧姐儿借刘姥姥的因缘，最后嫁给周氏庄稼人家，从贵族豪门走向庶民寒门，真正是"旧时王谢堂前燕，飞入寻常百姓家"。巧姐儿生于七月七日，最后也有一个与"牛郎"相逢的结局。果然回归于土地。《周易》说，"安土敦乎仁，故能爱"，有土才能安宁，才能敦笃，也才有人性的真实与温馨。林黛玉式的回归是梦想的，巧姐儿的回归是现实的，但两者都不悖"质本洁来还洁去"。倘若用佛教语言解说，林黛玉乃是回归于无，而巧姐儿则是回归于有。前者是真谛，后者是俗谛，但两者都是"谛"，都带真理性。俄国十二月党人的贵族理念，正是巧姐儿式的向土回归的民粹理念。

303

曹雪芹的价值逻辑链，可做四段表述：（一）生命价值为最高价值，不承认有比生命价值更高的神圣价值，所以只有"女儿"偶像，没有元始天尊和阿弥陀佛等神圣偶像。（二）最高价值系统中的核心价值是少女青春生命。美即青春生命。《红楼梦》是对青春生命进行审美的大书。书中唯一的牵挂便是青春生命。《圣经·新约》中的基督十二门徒全是男性。作为"文学圣经"的《红楼梦》，其天国——太虚幻境中的众仙姑和相关的金陵十二钗，则是清一色的女性。青春天国是曹雪芹的绝对价值与终极真实。（三）生命的毁灭是悲剧，青春生命的毁灭则是最深的悲剧。因此，至真至美的挽歌只属于林黛玉、晴雯，而不属于贾母等。（四）所谓荒诞，便是价值颠倒。一切把外在价值、虚幻价值（如权力、财富、功名）放在青春生命、内在心灵之上的编排，都属价值颠倒，都属《好了歌》抨击的荒诞现象。《红楼梦》既呈现价值极限，又呈现价值颠倒，因此，既是悲剧又是荒诞剧。

就人文环境而言，先秦战国时期、汉唐时期、明末时期，是中国知识人相对比较自由的年代，到了清朝的雍正、乾隆王朝，则是绝对的黑暗期，其文字狱也是最为猖獗的年代。鲁迅的《买〈小学大全〉记》《病后杂谈》《病后杂谈之余》等文章就揭露了这个血腥帝国与血腥岁月。可是中华民族最伟大的文学作品《红楼梦》恰恰在此时问世。曹雪芹这位天才在大黑暗中悄悄下沉，沉得很深，如同沉入海底，但他不是沉沦，而是沉浸——在沉浸状态中面壁写作，最后推出中国的第一文学经典。曹雪芹的成功，不是时代的成功，更不是清王朝的成功，而是个案的成功。《红楼梦》的大放光彩，不是时代的闪光，而是个体心灵的闪光。文学事业是天才的事业，是偶然的事业，它不是时代所决定，而是作家自身所决定。文学既是时代的产物，又是反时代的产物——反潮流、反风气、反习惯性思维的产物。若说文学是时代的镜子，那么，这一镜子往往是面反光镜。

第二辑　——　《红楼梦》论

论《红楼梦》的永恒价值

一、人类精神高度的坐标

在文明史上，有一些著作标志着人类的精神高度。就文学而言，《伊利亚特》《奥德赛》《俄狄浦斯王》《神曲》《哈姆雷特》《堂吉诃德》《悲惨世界》《浮士德》《战争与和平》《卡拉马佐夫兄弟》等，就属于这样的精神坐标。在中国，有一个作家的名字和一部作品，绝对可以和这些经典极品并立，也同样标志着人类的精神水准和文学水准，这就是诞生于18世纪的曹雪芹和他的《红楼梦》。这位永恒的大师和这部伟大的小说，居于人类审美创造乃至整个精神价值创造的最高水平线，它既反映中华民族的灵魂高度，又反映人类灵魂的高度。

对于上述这些经典极品，时间没有意义。换句话说，它们就像埃及金字塔一样，是一个永恒性的审美对象，而不是时代性的标记。马克思说希腊史诗具有"永久性魅力"（《政治经济学批判》导言，载《马克思恩格斯选集》第二卷，人民出版社，第82—83页）。就是说，《伊利亚特》与《奥德赛》，作为巨大的文学存在，没有时间的边界。它属于当时，也属于现在，更属于今后的无尽岁月。《红楼梦》正是荷马史诗式的没有时间边界的艺术大自在。在《红楼梦》研究中，索隐派之所以显得幼稚，就因为他们把这部巨著的无限时空简化为不仅有限而且狭小的时空，从而使《红楼梦》产生巨大的"贬值"。

只要阅览艺术世界，观赏一下达·芬奇、米开朗琪罗、拉斐尔、梵高等巨人的画，就可了解，大艺术家的全部才华和毕生心力所追求的，乃是一种比自身生命更长久的东西，这就是"永恒"。他们苦苦思索探索的是如何把永恒化为瞬间，是如何把永恒凝聚成具象，或者说，是如何捕捉瞬间然后深入瞬间，最终又通过瞬间与具象进入不知岁月时序的幽远澄明之境。他们的精神创造过程，是一个叩问永恒之谜的过程。无论是西方还是东方的天才艺术家、文学家，他们都具有同样的焦虑。"文章千古事"，杜甫的焦虑正是一切卓越诗人最内在的焦虑。

《红楼梦》问世已二百四十年左右。头一百四十年，它经历了流传，也经历了禁锢。不知天高地厚的禁锢者，其权力早已灰飞烟灭，但巨著却真的如同天上的星辰永存永在。进入20世纪下半叶之后，《红楼梦》更是从少数人的刻印、评点、阅读的状态中走了出来，奇迹般地大规模走向社会，走向课堂，走向戏剧、电影、美术等艺术领域，尤其宝贵的是正在走进深层的心灵领域，书中的主人公贾宝玉、林黛玉、晴雯等正在成为中国人的心灵朋友。可惜在最后这一领域中的实际影响，《红楼梦》仍然远不及《三国演义》和《水浒传》。这种错位，最明显不过地反映出中华民族深层文化心理的巨大病症。

《三国演义》是一部权术、心术的大全。其中的智慧、义气等也因为进入权术、阴谋系统而变质。而《水浒传》则是在"造反有理"（"凡造反使用任何手段都合理"）和"情欲有罪"（实际上是"生活有罪"）两大理念下造成暴力崇拜、造成残酷的道德专制法庭，尤其是造成审判妇女的道德专制法庭。尽管这两部小说从文学批评的角度上说，都是精彩的杰出作品，但从文化批评（价值观）的角度上说，则是造成中华民族心理黑暗的灾难性小说，可谓中国人的两道"地狱之门"。无论是《红楼梦》还是《三国演义》《水浒传》，都很集中地折射着中华民族的集体无意识，但是《三国演义》《水浒传》折射的是集体无意识中受伤的病态的一面，而《红楼梦》则反映着健康的、正常的一面。斯宾格勒（Oswald Spengler）在其名著《西方的没落》（*The Decline of the West*）曾提出"原形文化"和"伪形文化"这两个概念（《西方的没落》第十四章：《阿拉伯文化的问题之一——历史的伪形》，台北桂冠图书公司，1985年）。明明是某一种岩石，却表现了另一种岩石的外观，矿物学家称此现象为"伪形"或"假蜕变"。所谓伪形文化，指的正是一种古老的本真文化，在一片土地上负荷过大，从而不能正常呼吸，不但无法呈现其纯粹而独特的表现形式，而且无法充分发展其自我的本然意识。中国的远古神话《山海经》是中国最本真本然的文化，即原形文化，《红楼梦》一开篇就与《山海经》相接，承接的正是中国原始的健康的大梦。而《三国演义》和《水浒传》，其英雄已不是女娲、精卫、夸父这种天真的、建设性的英雄，而是充满暴力、布满心机的伪英雄。因此，可以说，《三国演义》《水浒传》是中华民族的伪形文化，而《红楼梦》则是中华民族的原形文化（关于《三国演义》《水浒传》，笔者另有专论进行阐释）。可以预料，随着时间的推移，《三国演义》和《水浒传》的伪形将被淘汰——其精神内涵不代表人类的期待。而《红楼梦》恰恰代表着中国和人类未来的全部健康信息和美好信息。这是关于人的生命如何保持它的质朴、人的尊严如何实现、人类如何"诗意栖居于地球之上"（荷尔德林语）的普世信息。这些远离暴力、远离机谋的信息永远不会过时。

二、《红楼梦》的宇宙境界

1904年王国维发表《红楼梦评论》，至今已整整一百年。百年来《红楼梦》研究在考证方面很有成就，但就其美学、哲学内涵的研究方面并没有出其右者。王国维是出现于中国近代的先知型天才，他五十岁就去世，留下的著作不算多，但无论是史学上的《殷周制度论》等，还是美学、文学上的《红楼梦评论》《人间词话》《宋元戏曲史》都是当之无愧的人文经典。他的天才不是表现在严密的逻辑论证，而是表现在眼光的独到、准确与深邃。他创立了真正属于中国学说的"境界"说，启发了20世纪的中国文学评论者、作家、诗人与艺术家。对于《红楼梦》，他也正是用境界的视角加以观照，从而完成了两个大的发现：（1）发现《红楼梦》的悲剧不是世俗意义上的悲剧，即把悲剧之源归结为几个坏蛋（"蛇蝎之人"）作恶的悲剧，而是超越意义上的悲剧，即把悲剧视为共同关系之结果的悲剧。也就是说，造成悲剧的不是现实的某几个凶手，而是悲剧环境中人的"共同犯罪"，换句话说，是关系中人进入"共犯结构"的结果（参见林岗和笔者合著《罪与文学》第七章,香港牛津大学出版社,2002年）。（2）发现《红楼梦》

属于宇宙大境界和相应的哲学、文学境界，而非政治、历史、家国境界。这两点都是《红楼梦》的永恒谜底。现在我们从第二点说起。

王国维在《红楼梦评论》第三章《〈红楼梦〉之美学上之价值》对《红楼梦》有一个根本性的论断，他说：

> 《桃花扇》，政治的也，国民的也，历史的也；《红楼梦》，哲学的也，宇宙的也，文学的也。此《红楼梦》之所以大背于吾国人之精神。

这是一个极为重要的发现。孔尚任的《桃花扇》只是一例，这一例证所象征的政治、家国、历史境界，也正是《三国演义》《水浒传》直至清代谴责小说的基本境界。中国文学的主脉，其主要精神是政治关怀、家国关怀、历史关怀的精神，其基调也正是政治浮沉、家国兴亡、历史沧桑的咏叹。《桃花扇》在其《小引》中提出的问题是明朝"三百年之基业，隳于何人？败于何事？消于何年？歇于何地？"这些全是形而下的问题。何人何事，是现实政治以及相关历史阶段的人事；何年何地，是现实时间与现实地点。这便是所谓时代性与时务性。最后虽然侯方域与李香君在祭坛上相逢并经张道士一语点拨而入道，但也正如王国维所言，并非"真解脱"，只不过是在他人的推动下觉悟到无力回天不得不放下国仇家恨而走入空门麻痹自己而已，并不是《红楼梦》似的对人生的大彻大悟。

《红楼梦》也有政治、家国、历史内涵，而且它比当时任何一部历史著作都更丰富地展示了那个时代的全面风貌，更深刻地倾注作者的人间关怀。然而，整部巨著叩问的却不是一个王朝何人、何事、何年、何地等家国兴亡问题，而是另一层面的具有形上意义的大哉问。如果说，《桃花扇》是"生存"层面的提问，那么，《红楼梦》则是"存在"层面的提问。它问道：世人都认定为"好"并去追逐的一切（包括物色、财色、器色、女色等）是否具有实在性？到底是这一切（色）为世界本体还是"空"为世界本体？在一个沉湎于色并为色奔波、为色死亡、为色你争我夺的泥浊世界里，爱是否可能？诗意生命的存在是否可能？那么，在这个有限的空间中活着究竟有无意义？意义何在？这些问题都是超时代、超政治、超历史的哲学问题。还有，贾宝玉、林黛玉与侯方域、李香君全然不同。贾、林从何处来？到何处去？女娲补天的鸿蒙之初是何年何月？神瑛侍者与绛珠仙草的天国之恋是什么地点？什么时间？"质本洁来还洁去"，何方何处尚不清楚，何性何质又如何明了？林、贾这些稀有生命到底是神之质还是人之质？是石之质还是玉之质？是木之质还是水之质？一切都不清楚，因为来去者本就无始无终，无边无涯，这就是宇宙大语境，生命大语境。人们常会误解，以为家国语境、历史语境大于生命语境。其实正好相反，是生命语境大于家国、历史语境。侯方域、李香君的生命只在朝代更替的不断重复的历史语境中，而贾宝玉、林黛玉的生命则与宇宙相通相连，她（他）们的生命语境便是宇宙语境，其内在生命没有朝代的界限，甚至没有任何时间界限，因此，贾、林的生命语境便大于家国语境。《红楼梦》在作品中有一个宇宙境界，而作者则有一个超越时代的宇宙视角。《红楼梦》中的女儿国，栖居于"大观园"。"大观"的命名寄意极深。我们可以从"大观园"之名抽象出一种"大观眼睛"和"大观视角"。所谓大观视角，便是宇宙的高远的宏观视角。释迦牟尼和他的真传弟子们拥有这一视角，便知偌大的地球在大千宇宙中不过是恒河的一粒沙子（参见《金刚经》）。爱因斯坦作为宇宙研究的旗手，他也正是用这一视角看地球看人类，因此也看出地球不过是寰宇中的"一粒尘埃"。释迦牟尼、曹雪芹、爱因斯坦都有一双大慧眼或者说都有一双"天眼"，这就是宇宙的大观极境眼睛。曹雪芹的"大观"眼睛化入作品，便造成《红楼梦》的宇宙境界。在"大观"眼睛之下，所有的世俗概念、世俗尺度全都变了。一切都被重新定义。所以《红楼梦》一开篇就重新定义"故乡"（参见第一回甄士隐对《好了歌》

的解注），而通篇则重新定义世界，重新定义历史，重新定义人。故乡在哪里？龟缩在"家国"中的人只知地图上的一个出生点，"反认他乡是故乡"，不知道故乡在广阔无边的大浩瀚之中，你到地球上来只是到他乡走一遭，只是个过客，怎么反把匆匆的过处当作故乡、当作立足之处呢？把过处当作立足之境，自然就要反客为主，自然就要欲望膨胀，占山为王，占地为主，自然就要夜以继日地争夺金银满箱、妻妾成群的浮华境遇。

"无立足境"，这才是大于家国境界的宇宙境界。《红楼梦》中的人物，第一个领悟到这一境界的，不是贾宝玉，而是大观园首席诗人林黛玉。《红楼梦》第二十二回"听曲文宝玉悟禅机"记载了这一点。贾宝玉悟是悟了，他听到了薛宝钗推荐《点绛唇》套曲中的《寄生草》（皆出自《鲁智深醉闹五台山》）有"赤条条来去无牵挂"一句，联想起自己，先是喜得拍膝画圈、称赞不已，后又"不觉泪下"，"不禁大哭起来"，感动之下，便提笔立占一偈禅语："你证我证，心证意证。是无有证，斯可云证。无可云证，是立足境。"而次日林黛玉见到后觉得好是好，但还未尽善，便补了两句：

　　无立足境，是方干净。

林黛玉这一点拨，才算明心见性，击中要害，把贾宝玉的诗心提到大彻大悟大解脱的宇宙之境，也正是《好了歌》那个真正"了"的大自由、大自在之境。《红楼梦》是一部悟书，没有禅宗，没有慧能，就没有《红楼梦》。而《红楼梦》中的最高境界——"无立足境"，首先是林黛玉悟到的，然后才启迪了贾宝玉。一个赤条条来去无牵挂的生命，来到地球上走一回，还找什么"立足之境"？自由的生命天生是宇宙的漂泊者与流浪汉，永远没有行走的句号，哪能停下脚步经营自己的温柔之乡，迷恋那些犬马声色，牵挂那些耀眼桂冠？一旦牵挂，一旦迷恋，一旦经营浮华的立足之境，未免要陷入"泥浊世界"。

　　在"大观"的宇宙视角下，故乡、家国的内涵变了，而历史的内涵也变了。什么是历史？以往的历史都是男人的历史，权力的历史，帝王将相的历史，大忠大奸较量的历史。《三国演义》以文写史，用文学展现历史，不也正是这种历史么？但《红楼梦》一反这种历史眼睛，它在第一回就让空空道人向主人公点明：

　　　　空空道人遂向石头说道："石兄，你这一段故事，据你自己说有些趣味，故编写在此，意欲问世传奇。据我看来，第一件，无朝代年纪可考；第二件，并无大贤大忠理朝廷治风俗的善政，其中只不过几个异样女子，或情或痴，或小才微善，亦无班姑、蔡女之德能。我纵抄去，恐世人不爱看呢。"

　　从这段开场白可以看出曹雪芹完全是自觉地打破历史的时间之界，又完全自觉地改变"世俗市井"和帝王将相的历史观。后来薛宝钗评论林黛玉的诗"善翻古人之意"，其实也正是《红楼梦》的重新定义历史。第六十四回中，林黛玉"悲题五美吟"，写西施，写虞姬，写明妃，写绿珠，写红拂，便是在重写历史。古人视帝王将相为英雄，视美人为英雄的点缀品，其实，女人才是真英雄，历史何尝就不是她们所创造。《五美吟》，每一吟唱，都是对以男人为中心的历史成见的质疑。以虞姬而言，林黛玉问道：像黥、彭那些名将，英勇无比，降汉后又随刘邦破楚，立功封王，可是最后却被刘邦诛而醢之（剁成肉酱），这种男子汉大丈夫，怎能与虞姬自刎于楚帐之中，为历史留下千古豪气相媲美呢？还有，史学家与后人都在歌吟李靖，最后甚至把他神化，可是，当他还是一介布衣时，小女子红拂不顾世俗之见，以巨眼识得穷途末路中的英雄，并以生命相许，助其英雄事业，这岂不是更了不起吗？然而，历史向来只是李靖的历史，并无红拂的半点历史位置，这是公平的吗？一千多年过去了，红拂只有在林黛玉的大观眼睛中，才重现她的至刚至勇至真至美的生命价值。总之，在"大观"的眼睛之下，一切都不一样了。《红楼梦》的特殊审美境界也由此产生。

三、悲剧与荒诞剧的双重意蕴

在宇宙境界的层面上，《红楼梦》的美学内涵（或称美学价值）就显得极为丰富。本文要特别指出的，也是以往的《红楼梦》研究者包括王国维所忽略的，是在宇宙"大观"眼睛下，《红楼梦》不仅展示人间的大悲剧，而且展示人间的大荒诞。因此，《红楼梦》不仅是一部伟大的悲剧作品，而且也是一部伟大的喜剧作品。如果说，《堂吉诃德》是在大喜剧基调下包含着人类的悲剧，那么，《红楼梦》则是在大悲剧基调下包含着人类大荒诞。所谓荒诞，这乃是喜剧的极端形式。它从传统喜剧中产生，又不同于传统喜剧，它把现实的无价值、无意义推到不可理喻的地步。中国古代文学早就有"怪诞"的手法，最典型的例子便是《西游记》。但"荒诞"不同于"怪诞"。怪诞只是一种艺术手法。荒诞则不仅是种手法，而且是一种艺术大范畴，它既是现实的属性，又是极端否定现实的艺术精神。作为一种大美学范畴，它与浪漫主义、写实主义等大艺术精神并列，不是与讽刺、隐喻、变形、夸张等手法并列（尽管它也包含着讽刺、幽默、变形、夸张等）。20世纪的西方文学，其突出的成就是荒诞文学的成就。卡夫卡是西方荒诞文学的伟大草创者，他把但丁、歌德以来的浪漫基调转变成荒诞基调，完成了一次扭转乾坤式的文学变革。卡夫卡之后，加缪、贝克特、尤奈斯库等又创造出别开生面的荒诞戏剧与荒诞小说经典，并成为世界现代文学最重要的一脉。西方荒诞文学的崛起与勃兴，从主观上说，与19世纪末尼采宣布"上帝死了"之后所产生的精神信仰的危机密切相关。对上帝的怀疑导致传统精神家园的丧失，也导致对生命无着落、无意义的发现和焦虑。从客观上说，现代资本社会的急速发展，人被自身创造的外在之物（机器、制度等）所奴役。机器等物质与物质市场对人进行精神压迫甚至剥夺人的灵魂，存在失去意义，社会现实带上了荒诞无稽的巨大特征。

《红楼梦》产生于18世纪中叶，它的荒诞意识不像卡夫卡那样强烈、集中、突出，也不像卡夫卡、加缪、贝克特、尤奈斯库等所呈现的那种信仰崩溃后不知去向（"上帝之死"）的特点，更不像这些荒诞作家那么自觉地意识到自己正在创造和使用一种崭新的大文学艺术形式（如加缪不仅进行荒诞写作，而且屡次对荒诞进行定义）。但曹雪芹凭着他的天才直觉，同样有一种对现实世界荒诞属性和人生无意义的发现，而且同样有一种不同于浪漫、写实的对荒诞存在的透视精神和极端否定精神。《红楼梦》作为伟大的小说，它是中国文学中独一无二的大悲剧与大荒诞并置的作品。

阅读《红楼梦》后会发现，这部巨著的情节一开端就有一个悲剧与荒诞剧并置结构的暗示，它讲述故事主人公的前身（石头）一诞生就落在名为"大荒山无稽崖"的荒诞环境中：

> 原来女娲氏炼石补天之时，于大荒山无稽崖炼成高经十二丈、方经二十四丈顽石三万六千五百零一块。娲皇氏只用了三万六千五百块，只单单剩了一块未用，便弃在此山青埂峰下。谁知此石自经锻炼之后，灵性已通，因见众石俱得补天，独自己无材不堪入选，遂自怨自叹，日夜悲号惭愧。

《石头记》即石头（贾宝玉前身）的传记是从大荒山无稽崖开始的。这一命名具有很深的象征意蕴。无论是大荒山还是无稽崖，都是荒诞的符号，这可视为荒诞架构的隐喻。而这块石头因为被补天者女娲所遗弃，获得灵性之后悲号惭愧，又可视为悲剧情致的预告。《红楼梦》这一神话式开端，给悲剧和荒诞剧同时创造了氛围。

《红楼梦》的悲剧，倘若用佛教语言来表述（《红楼梦》第一回所用的语言），乃是"传情入色，自色悟空"的结果。而其荒诞则是"因空见色"的结果。无论是由色入空，还是由空见色，中间都有一个"情"字。或由色生情，或因情入色，一切人间的悲剧都是情的毁灭，情愈真愈深，悲剧性就愈重。情不是抽象物，它是人的本体即人的最后实在，可是它天生就与色纠缠一起并落入人际关系中，最平常而最深刻的悲剧便是情被无可逃遁的人际关系所毁灭。王国维发现《红楼梦》乃是"悲剧中之悲剧"，就是发现这种悲剧乃是共同关系的结果而无可逃遁。《红楼梦》抒写各种形态的情最后都殊途同归：全都归于毁灭，归于空。《红楼梦》中的肉人们（如薛蟠、贾蓉等），只有欲，没有情，更没有灵，他们的生灭不带悲剧性。而像贾敬这种"道人"，表面上是灵，实际上是妄，他求的是肉的永生，没有性情，他的死也几乎没有悲剧性。林黛玉、秦可卿、尤三姐、晴雯、鸳鸯的死亡，则都与情相关，她们的毁灭便带悲剧性。《红楼梦》中的女子与《金瓶梅》中的女子最大的区别是前者的情带有诗意，除了性情之外还有性灵，而后者的情却少有诗意，因为其性情不是向性灵升华而是向性欲倾斜，所以李瓶儿、潘金莲的悲剧含量，就不能与林黛玉等同日而语。她们的悲剧性不仅显得轻，而且几乎无境界可言，距离林黛玉那种由色入空的境界很远。《葬花词》这首诗悲怆感特别浓，它象征着林黛玉的由色入空，抵达"空寂"这一悲剧最高境界。

与"由色入空"的方向相反，荒诞则是由空观色。具体地说，是站在超越人间的宇宙极境来观看人间的种种生态世相。也就是说，它是站在比人更高的地方，用比人的眼睛更纵深、更高远的眼睛来看人与人的世界。这是一个关键。为了说明这种视角的关键意义，此处不妨借助俄国著名的哲学家别尔嘉耶夫的类似思想来参照。别尔嘉耶夫说：

> 人对于自己而言是个伟大的谜，因为他所见证的是最高世界的存在。……人是一种对自己不满，并且有能力超越自己的存在物。……只有在人与上帝的关系上才能理解人。不能从比人低的东西出发理解人，要理解人，只能从比人高的地方出发。

《论人的使命》，

学林出版社，2000年，第63—64页

别尔嘉耶夫是个宗教哲学家，他所论证的是必须在宗教意识里人的问题才能得到深刻的理解。曹雪芹不是宗教哲学家，他不是在人与上帝的关系上去理解人的问题，但他与别尔嘉耶夫一样感悟到一个大道理：要解开人这个巨大的谜，不能从与人平行的高度上去理解，更不能从比人更低的高度上去理解，只能站在比人更高的高度上去理解。换句话说，是人对人的观照不能用常人的眼睛（与人平行），更不能用动物的眼睛（比人低），而应当用超越这两种眼睛的眼睛。这种眼睛在别尔嘉耶夫那里是上帝之眼，那么，在曹雪芹的笔下是什么呢？他不是理论家，没有明白说破，但是，《红楼梦》中却透露出这种眼睛便是上文所说的"大观"眼睛，即宇宙之眼。用《金刚经》的语言表达，"大观"眼睛不是五眼中的"肉眼"，而是"天眼""佛眼""慧眼"。跛足道人的眼睛就是这种眼睛，他用这种超越小知、小观的"天眼"观看世界，就看出世界的荒诞。他所唱的《好了歌》，就是荒诞歌：

世人都晓神仙好，惟有功名忘不了！
古今将相在何方？荒冢一堆草没了。
世人都晓神仙好，只有金银忘不了！
终朝只恨聚无多，及到多时眼闭了。
世人都晓神仙好，只有姣妻忘不了！
君生日日说恩情，君死又随人去了。
世人都晓神仙好，只有儿孙忘不了！

痴心父母古来多，孝顺儿孙谁见了？

　　在"大观"的眼睛之下，人不过是恒河中的一粒沙子，而恒河在宇宙巨构中又只是一粒沙子，恒河沙数，沙数恒河，在此天眼中，人生不过是无量时空中的一闪烁，生命的本质只是到地球上来走一回的"过客"。在如此短、如此暂、如此匆匆的一次性旅行中为功名而活、为娇妻而活、为儿孙而活，即为色而忙、为色而争、为色而死，这有什么意义？在跛足道人的眼睛看来，这是无意义的"甚荒唐"，即我们所说的"荒诞"。

　　而甄士隐"彻悟"之后，也用天眼、佛眼来观照人间，也看到无价值、无意义，他给《好了歌》做注解，又给人世的荒诞景象做了另一番描述：

　　　陋室空堂，当年笏满床；衰草枯杨，曾为歌舞场。蛛丝儿结满雕梁，绿纱今又糊在蓬窗上。说什么脂正浓、粉正香，如何两鬓又成霜？昨日黄土陇头送白骨，今宵红灯帐底卧鸳鸯。金满箱，银满箱，展眼乞丐人皆谤。正叹他人命不长，那知自己归来丧！训有方，保不定日后作强梁。择膏粱，谁承望流落在烟花巷！因嫌纱帽小，致使锁枷扛；昨怜破袄寒，

今嫌紫蟒长：乱烘烘你方唱罢我登场，反认他乡是故乡。甚荒唐，到头来都是为他人作嫁衣裳！（第一回）

《红楼梦》的荒诞意识由《好了歌》做了揭示，其天眼下的荒诞集中地呈现为虚妄，即世人生活在虚妄幻觉之中而不知虚妄幻觉，以为脂正浓、粉正香、笏满床、金满箱、紫蟒长等等物色、器色、财色、官色、女色具有实在性，不知道"万境皆空"，这一切色相全是虚妄。因为看不透幻相，把握不住生命的本真，便为功名利禄荣华富贵争得头破血流，形迷神乱，把世界变成泥浊世界，这个泥浊世界正是荒诞世界。

在《红楼梦》里，荒诞首先是现实属性，是色世界的无限膨胀，膨胀到"贾不假，白玉为堂金作马。阿房宫，三百里，住不下金陵一个史。东海缺少白玉床，龙王来请金陵王。丰年好大雪，珍珠如土金如铁"（第四回）。这个色世界的一门富豪所占有的就是这番气象："别讲银子成了土泥，凭是世上有的，没有不是堆山积海的。"（第十六回中赵嬷嬷语）贵族豪门尚且如此，更不用说宫廷御室了。欲望无尽，占有无数，这个权贵统治的黄金世界乃是一个贪婪无边的世界。可是这个世界金玉其外却败絮其中，内里是争夺、欺骗、虚伪、荒淫，一片泥浊似的肮脏，除了门前的两只石狮子是干净的之外，黄金世界的主体没有一个是清白的，不必说贾珍、贾琏、贾蓉、薛蟠这些色鬼，就是那个"正人君子"的豪门支柱贾政，不也在保护徇私舞弊吗？至于贾敬和贾赦，一个炼丹到走火入魔，一个无耻到想要纳老母亲身边的小丫鬟为妾，哪个不是荒诞角色？世界的现实如此荒诞，可是，现实中人个个都在向往，都在追逐，以为这个世界是真黄金世界，这就更为荒唐。

《红楼梦》所说的"太虚幻境"，表面上说的是警幻仙子们的处所，实际上也影射人世间正是一个"太虚幻境"——一个被各种色相涂抹、装扮、制造的虚妄之境。人们把幻境当作实境，把幻相当作真相，把生命全部投入其中而不能自拔，这就决定了人生的荒诞。正如第八回诗云：

> 女娲炼石已荒唐，又向荒唐演大荒。
> 失去幽灵真境界，幻来亲就臭皮囊。
> 好知运败金无彩，堪叹时乖玉不光。
> 白骨如山忘姓氏，无非公子与红妆。

这又是一首嘲弄虚妄的荒诞歌。表面上写的是贾宝玉，实际上写的是世人的追逐正是一个"又向荒唐演大荒"的荒诞戏剧，无非是一副臭皮囊在"太虚幻境"中的表演而已，到头来也是金玉无彩也无光，虚妄一场而已。

《红楼梦》有一首荒诞主题歌，还有一个荒诞象征物，这就是"风月宝鉴"。宝鉴的这一面是美色，另一面是骷髅。贾瑞死在美女的毒计之下是惨剧，而追逐骷髅似的幻影幻相则是几乎人人都有的荒诞剧。难道只有贾瑞拥抱骷髅？人世间在仕途经济路上辛苦奔波、走火入魔的名利之徒，哪一个不是生活在幻觉之中的贾瑞？总之，揭示世道人生"又向荒唐演大荒"的荒诞性，是《红楼梦》极为深刻的另一内涵。

在荒诞文学的创作中，法国卓越作家加缪创造了"局外人"（也译为"异乡人"）的形象，这一形象既有极深的悲剧性又有极深的荒诞性。而这种"局外人""异乡人"的概念与形象，二百年前就出现于曹雪芹的笔下。妙玉自称为"槛外人"，这个"槛外人"在世俗眼中完全是个怪人与异端。她与现实世界完全不相宜。因此，这个高洁的少女最后陷入最黑暗的泥坑。其实，贾宝玉、林黛玉更是十足的"槛外人"，十足的"异乡人""局外人"，他们与现实世界处处不相宜。贾宝玉具有最善的内心和最丰富的性情（也有很高的智慧），却被世人视为"怪异""孽障""傻子""蠢物"，这是何等无稽。而林黛玉比贾宝玉智慧更高，其悟性无人可比，其才华无人可及，但是，这位美丽的天才诗人，下凡的女神，也总是被视为怪异，在自己亲外祖母的贵族府第，最后还是找不到自己的位置，泣血而亡，这是何等荒诞。泥浊世界的局内人个个活得很快活，泥浊世界的局外人却没法活，这是何等颠倒。

如果说，林黛玉之死是《红楼梦》悲剧最深刻的一幕，那么，贾雨村的故事则是《红楼梦》荒诞剧最典型的一幕。《红楼梦》的大情节刚刚展开（即第四回），就说贾雨村"葫芦僧乱判葫芦案"。

熟悉《红楼梦》的读者都知道贾雨村本来还是想当一名好官的。他出身诗书仕宦之族，与贾琏是同宗兄弟，当他家道衰落后在甄士隐家隔壁的葫芦庙里卖文为生时，也是志气不凡才会被甄氏所看中并资助他上京赴考中了进士，还当了县太爷。被革职后浪迹天涯又遇到偶然机会当了林黛玉的塾师。聪明的他通过林如海的关系和推荐，在送林黛玉前去贾府时见了贾政，便在贾政的帮助下"补授了应天府"，到金陵赴职。可是一走马上任就碰上薛蟠倚财仗势抢夺英莲（香菱）、打死冯渊的讼事。贾雨村开始不知深浅，面对事实时也正气凛然，大怒道："岂有这样放屁的事！打死人命就白白的走了，再拿不来的！"并发签差公人立刻要把凶犯族中人拿来拷问。可是，正要下令时，站在桌边上的"门子"（当差）对他使了一个眼色，贾雨村心中疑怪，只好停了手，即时退堂，来到密室听这个当差叙述讼事的来龙去脉和保乌纱帽的"护官符"（上面写着大权势者的名单，地方官不可触犯），而讼事中的被告恰恰是护官符中的薛家，又连及有恩于他的贾家，甚至王家（薛蟠的姨父是贾政，舅舅是京营节度使王子腾），这可非同小可。最后，他听了"门子"的鬼主意，虽口称"不妥，不妥"，还是采纳了"不妥"的处理办法，昧着良心，徇情枉法，胡乱判断了此案，给了冯家一些烧埋银子而放走凶手，之后便急忙作书信两封给贾政与王子腾邀功，说一声"令甥之事已完，不必过虑"。为了封锁此事，又把那个给他使眼色、出计谋的门子也发配远方充军，以堵其口。

王国维在评说《红楼梦》的悲剧价值时，指出关键性的一点，是《红楼梦》不把悲剧之因归罪于几个"蛇蝎之人"，而是"共同关系"的结果，如林黛玉，她并非死于几个"封建主义者"之手，而是死于共同关系的"共犯结构"之中。而"结构中人"并非坏人，恰恰是一些爱她的人，包括最爱她的贾宝玉与贾母。他们实际上都成了制造林黛玉悲剧的共谋，都有一份责任。这种悲剧不是偶然性的悲剧，而是人处于社会关系结构之中成为"结构人质"的悲剧。《红楼梦》中的忏悔意识，正是作者及其人格化身贾宝玉感悟到自己乃是共谋而负有一份责任的意识。《红楼梦》正因为有此意识而摆脱了"谁是凶手"的世俗视角，进入以共负原则为精神支点的超越视角。可惜王国维未能发现《红楼梦》美学价值中的另一半——喜剧价值同样具有它的特殊的深刻性，即同样没有陷入世俗视角之中。贾雨村在乱判葫芦案中扮演荒诞主体的角色，但他并不是"蛇蝎之人"的角色。当他以生命个体的本然面对讼事时，头脑非常清醒，判断非常明快，可是，一旦讼事进入社会关系结构网络之中，他便没有自由，并立即变成了结构的人质。他面对明目张胆的杀人行为而发怒时，既有良心也有忠心（忠于王法），可是良心与忠心的代价是必将毁掉他的刚刚复活的仕途前程。一念之差，他选择了徇私枉法，也因此变审判官为"凶手的共谋"。可见，冯渊无端被打死，既是薛蟠的罪，也是支撑薛蟠的整个社会大结构的共同犯罪。说薛蟠仗势杀人，这个"势"，就是他背后的结构。贾雨村在葫芦戏中扮演荒诞角色表面上是喜剧，内里则是一个士人无处可以逃遁、没有选择自由、没有灵魂主体性的深刻悲剧。

总之，《红楼梦》的内在结构，是悲剧与荒诞兼备的双重结构。也可以说，《红楼梦》的伟大，是大悲剧与大荒诞融合为一，同时呈现出双重精神意蕴和双重审美形式的伟大。一百年来的《红楼梦》研究只重其悲剧性，忽略其喜剧性，未能开掘极端喜剧形式的荒诞内涵，今天正需要做一点补充。

四、诗意生命系列的创造

王国维说《红楼梦》是哲学的，指的不是《红楼梦》的哲学理念，而是它的生命哲学意味和审美意味，即由《红楼梦》的主人公贾宝玉、林黛玉及其他女子等美丽生命所呈现的生命形上意味。歌德曾说，理念是灰色的，唯有生命之树常青。《红楼梦》的永恒魅力不在于理念，而在于生命。正如荷马史诗的永恒魅力，不在于它体现希腊时代的民主理念，而是它象征着人类文明初期生命体验模式的某种普遍性意味。《伊利亚特》蕴涵的是人类生活的"出征"模式，即那种为美而战斗而牺牲而捍卫尊严的永恒精神；而《奥德赛》则意味着"回归"模式，即那种出征之后返回自身、返回家乡、返回情感本然的永恒眷恋。马克思在阐释希腊史诗时，最有启发性的是提示我们要把握住理解希腊史诗的难点即打开史诗永久魅力的关键点。他说：

> 困难不在于理解希腊艺术和史诗同一定社会发展形式结合在一起。困难的是，它们何以仍然能够给我们以艺术享受，而且就某方面说还是一种规范和高不可及的范本。

《政治经济学批判》导言,

载《马克思恩格斯列宁斯大林论文艺》,

人民文学出版社,1974年,第49页

马克思在指出这个难点之后,自己做了初步的回答。这一回答的要点是,成熟的作品产生于未成熟的社会之中并不奇怪,因为赋予史诗以永久魅力的不是社会,而是人,是带着儿童天性的人。这种本真本然的人,这种带着原始诗意的生命,便是美感的源泉,便是使我们享受不尽的"永久魅力"的秘密。马克思并不是文学艺术家,但他天才地感悟到文学作品的永恒之谜不可能通过社会形态的钥匙去打开,只可能用生命形态这一钥匙去打开。事实上也正是这样,《伊利亚特》所展示的希腊与特洛伊的战争,并非不同社会制度、不同社会形态的你死我活的较量,也无所谓正义与非正义,而是两个城邦国家的英雄们为一个名叫海伦的绝世美人而战。仅此一个原因,不能通过和谈解决,而是倾尽全国兵将血战十年,这种战争,本身就是小孩脾气。海伦这位美人并无复杂精神内涵,她在作品中只是美的象征。但为她而战的英雄们却展示出可以为美流血、为个人和城邦国家尊严而牺牲的生命激情。所有的英雄都不是被理念所掌握,而是被命运推着走,而决定命运的是性格,是带着天真气息的生命形态。伟大的史诗作者荷马,对所有的英雄和美人，都不设置政治法庭与道德法庭，史诗中没有政治道德判断，没有是非、善恶、功过的裁决，只有审美意识，只有生命所负载的美、尊严、智慧和雄伟的大精神。而这种美和精神，却一代又一代地让不同地域的人们共鸣并从中得到艺术的大愉悦。

《红楼梦》与希腊史诗相似，它的魅力，它的美感源泉，不在于它折射某种社会发展形态，也不在于它的哲学理念，而在于它呈现了一群生命，一群空前精彩的诗意生命。这些生命，充满儿童的天真和原始的气息，在你争我夺的功利社会里都在内心保持着一种最质朴、最纯正的东西。

曹雪芹出生于18世纪上半叶（或1715年，或1724年），卒于下半叶（1764年前后）。他去世后不久，在西方（德国）诞生了一位大哲人、大诗人，名叫荷尔德林（1770—1843），他有一个著名的期待，被20世纪的大哲学家海德格尔推崇备至，并成为人类的一种伟大向往，这就是"人类应当诗意地栖居在地球之上"。现在看来，曹、荷这两位诞生在18世纪东、西方的天才，奇迹般地不谋而合，都具有一种伟大的憧憬，这就是人应是诗意的生命，人的存在应是诗意的存在，人的合理生活应是"诗意栖居"的生活。不同的是，荷尔德林通过诗与哲学直接表述他的理想，而曹雪芹则把他的理想转化为小说中的诗意生命形式，即塑造了一群千古不灭的至真至善至美的诗意形象，这就是贾宝玉以及林黛玉等女性形象。只要留心阅读，读者就会发现，《红楼梦》中那些光彩照人的女子，都是诗人，贾元春、林黛玉、薛宝钗、妙玉、史湘云、探春、李纨等全是诗人，连香菱也一心学诗。她们组织诗社，其实，这诗社，正是人间诗国，正是处于泥浊世界中而不染的净水国。所以男子不可靠近，唯一例外的是对净水国充分理解的被称为"无事忙"和"混世魔王"的贾宝玉。这一诗国在泥浊世界的包围之中，但在精神上则站立于泥浊世界的彼岸。这些诗人都是诗意的生命。还有一些是"身为下贱"的奴婢丫鬟，她们来自社会底层，不会写诗，但却用自己的行为语言写出感天动地的生命诗篇。晴雯之死，鸳鸯之死，都是千古绝唱。还有寄寓于贵族之家的奇女子尤三姐，也一剑了结自身，用满腔热血写出卓绝千古的爱恋诗篇。与其说这是"痴绝"，不如说是"美绝"，诗情之绝。

《红楼梦》塑造林黛玉等一群至真至美的诗意女子形象，是中国文学前无古人后启来者的奇观，也是世界文学的奇观。在世界文学之林中，只有莎士比亚、托尔斯泰创造过这种奇观。莎士比亚以他的朱丽叶、苔丝狄蒙娜、奥菲利亚、克丽奥佩特拉、鲍细霞、薇奥拉等诗意女性，为人类文学的天空缀上了永远闪光的星辰。托尔斯泰则以娜塔莎、安娜·卡列尼娜、玛丝洛娃为世界文学矗立了三大女性永恒形象。而曹雪芹则为文学世界提供了一个诗意女性的灿烂星座。可惜，只有少数具有精神幸福的人才能看清和理解这一星座。人类世界要充分看到这一星座的无比辉煌，还需要时间。

《红楼梦》女性诗意生命系列中最有代表性的几个主要形象，如林黛玉、晴雯、鸳鸯等有一特点，不仅外貌极美，而且有奇特的内心，这便是内在诗情。贾宝玉称她们由水做成即属于净水世界，这不仅是概括她们的"柔情似水"的女性性别特点，而且概述了她们有一种天生的与男子泥浊世界拉开内心距离的极为干净的心理特点。她们的干净，是内心最深处的干净，她们的美丽，是植根于真性真情的美丽。因此，曹雪芹给予她们的生命以最高的礼赞。他通过贾宝玉作《芙蓉女儿诔》，礼赞晴雯说："其为质则金玉不足喻其贵，其为性则冰雪不足喻其洁，其为神则星日不足喻其精，其为貌则花月不足喻其色。"这一赞辞，既是献给晴雯，也是献给其他所有的诗意女子。《芙蓉女儿诔》出现于《红楼梦》的第七十八回，至此，曹雪芹的眼泪快流尽了。他借宝玉对所爱女子的最高也是最后的礼赞，其中包含着绝望，也包含着希望。那个以国贼禄鬼为主体的泥浊世界使他绝望，但是，那个如同星辰日月的净水世界则寄托着他的诗意希望。《红楼梦》的哲学意味正是：人类的诗意生命应当生活在泥浊世界的彼岸，不要落入巧取豪夺的深渊之中。人生只是到人间走一遭的瞬间，最高的诗意应是"质本洁来还洁去"，如林黛玉、晴雯、鸳鸯、尤三姐等，返回宇宙深处的故乡时，不带地球上的浊泥与尘埃，依然是一片身心的明净与明丽，依然是赤子的生命本真状态。《红楼梦》之所以是最深刻、最动人的悲剧，正是因为它是这样一曲悲绝千古的诗意生命的挽歌。

20世纪下半叶大陆《红楼梦》研究最致命的弱点，恰恰是过于强调《红楼梦》与社会形态的结合，太强调它的时代特征（封建时代的末期与所谓资本主义萌芽期的特征），太强调它的政治意味以致把它视为四大家族的历史和反封建意识形态的形象转达，其实，《红楼梦》的特质，恰恰在于它并非如此政治、如此历史、如此意识形态，而在于它是充分生命的，并且是充分诗意的。

《红楼梦》的生命哲学意味不仅体现在诗意女子身上，还体现在主人公贾宝玉身上。笔者曾指出："《红楼梦》的伟大之处，恰恰在于它并非性自白，也不仅是情场自白，而是展示一种未被世界充分发现、充分意识到的诗化生命的悲剧，或者说，是一曲诗意生命的挽歌，而这些诗化生命悲剧的总和又是由一个基督式的人物出于内心需求而真诚地承担着。于是，这种悲剧就超越现实的情场，而进入形而上的宇宙场。"（《罪与文学》，香港牛津大学出版社，第205页）这里所说的基督式的人物，就是贾宝玉。在茫茫的人间世界里，唯有一个男性生命能充分发现女儿国的诗化生命，能充分看到她们无可比拟的价值，能理解她们的生命暗示着怎样的精神方向，也唯有一个男性生命能与她们共心灵，共脉搏，共命运，共悲欢，共歌哭，并为她们的死亡痛彻肺腑地大悲伤，这个人就是贾宝玉。

这个贾宝玉，本身也是一个诗人，在世俗世界中的酸秀才们面前，他如鹤立鸡群。在题"大观园"各馆的匾额时尽管贾政对他存有偏见，但也不得不采用他的命名。但他的智慧水平总是逊于林黛玉一筹。然而，他却有一颗与林黛玉的心灵相通相知的大诗心。这颗诗心甚至比林黛玉的诗心更为广阔、更为博大。这颗诗心爱一切人，包容一切人，宽恕一切人。他不仅爱那些诗化的少女生命，也包容那些非诗、反诗的生命，尊重他们的生活权利，包括薛蟠、贾环，他也不把他们视为异类。贾环老是要加害他，可是他从不计较，仍然以亲哥哥的温情对待他、开导他。薛蟠这个真正的混世魔王，贾宝玉也成为他的朋友，和他一起玩耍行酒令。他被父亲痛打，实际上与薛蟠有关，可是薛宝钗一询问，他立即保护薛蟠说："薛大哥从来不这样的，你们不可混猜度。"（第三十四回）贾宝玉心里没有敌人，没有仇人，也没有坏人，他不仅没有敌我界限，没有等级界限，没有门第界限，没有尊卑界限，没有贫富界限，甚至也没有雅俗界限。这是一颗真正齐物的平常之心，一颗天然确认人格平等的大爱之心，一颗拒绝仇恨、拒绝猜忌、拒绝世故的神性之心。正是具有这样的大诗心，所以他"外不殊俗，内不失正"（嵇康语）。在外部世界里，他不摆贵族子弟的架子，不刻意去与三教九流划清界限，不对任何人绷起防范的一根弦，没有任何势利眼；而在他的内里却有热烈的追求和真挚的情感，更有绝不随波逐流的心灵原则与精神方向。因此，薛蟠们那些卑污的欲望进入不了他的身心，影响不了他。薛蟠只知欲望而不知什么是爱，而宝玉则只知爱而不知欲望为何物。宝玉敢与薛蟠交往，纯属"童心无忌"，也可以说是他已修炼到"我不入地狱谁来入"的境地——即使入地狱也不怕，在地狱之中他也五毒不进，百毒不伤，也不会变成地狱黑暗的一部分，反而会以自己的光明照亮地狱的黑暗。贾宝玉的大诗心，正是这样一种大包容、大悲悯、大关怀的基督之心，也是一种无分别（把人刻意分类的权力操作）、无内外、无功利的菩萨之心。这种心灵，充满大诗意，它正是《红楼梦》拥有永恒魅力的一种源泉。

贾宝玉与林黛玉的爱情是《红楼梦》的主要故事线索，这一线索的诗意与美感，是永远说不尽的。林、贾的情爱是一种天国之恋，即完全超世俗的心灵之恋。他们的恋情早在天地之初就开始了。从前生前世的"神瑛侍者"与"绛珠仙草"的相濡以沫，到今生今世的还泪流珠，这一寓言隐喻着他们的情爱"天长地久",永远与日月星辰同生同在。与这一天国之恋相比,贾宝玉与薛宝钗的情感故事,则只能算是地上之恋,或者说是世俗之恋。所以薛宝钗会劝宝玉迎合世俗的要求去走仕途经济之路。林、薛之别,恰恰是从这里划出界线。《红楼梦》第三十六回有一段关键话语:

> 或如宝钗辈有时见机导劝,反生起气来,只说"好好的一个清净洁白女儿,也学的钓名沽誉,入了国贼禄鬼之流。这总是前人无故生事,立言竖辞,原为导后世的须眉浊物。不想我生不幸,亦且琼闺绣阁中亦染此风,真真有负天地钟灵毓秀之德"。……独有林黛玉自幼不曾劝他去立身扬名等语,所以深敬黛玉。

贾宝玉对林黛玉的爱里有"敬"的元素,而且不是一般的"敬",而是"深敬"。这就是说,贾宝玉从内心的深处敬爱林黛玉,深知唯有这个异性生命的心灵指向和自己的心灵指向完全相通。这种相通,意味着他们都站立在沽名钓誉的泥浊世界之外,身心中都保留着从天国带来的那一脉未被染污的净水。在潜意识的世界里,宝玉必定在说:宝钗虽身在琼闺绣阁,很会做人,却并非诗意的存在,而林黛玉爱使性子脾气，其心灵却是一首天地钟灵毓秀凝结成的生命诗篇。

从表面上看，林黛玉是个专爱主义者，只爱一个人，而贾宝玉是个泛爱主义者，爱许多女子以至于爱一切人，实际上，贾宝玉全心灵、全生命深爱的也只有林黛玉一个人。他和林黛玉互为故乡，互为心灵，因此，当一方失掉另一方时，便会觉得丧失生命的全部意义，林黛玉便陷入绝望而焚烧诗稿，而贾宝玉则丧魂失魄，出走家园。林黛玉对贾宝玉一往深情，其实也有一种"深敬"的生命元素埋在情感底层。她的智慧比贾宝玉高出一筹，但她仍然深深地爱宝玉，因为她知道她所爱的人是一个释迦牟尼式的人，倘若她知道基督的名字，便会知道她所爱的人是一个正在成道中的基督式的人物。释迦牟尼、基督的大生命诗意不在文字之中，而在大慈大悲的行为语言与心灵语言中。正如贾宝玉能读懂林黛玉的诗篇一样，林黛玉也完全是贾宝玉行为诗篇与心灵诗篇的知音。在表象世界里，林黛玉尖刻、好嫉妒，具有许多世俗女子的弱点（作为文学形象，这才生动），但在内心世界，她也是一个观音式的大爱者。她作为大观园里的首席诗人，了解贾宝玉生命的全部诗意。所有好的文学作品，都写情。但《红楼梦》的情却不是一般的情，而是大灵魂所支撑的情。《红楼梦》永恒的诗意，既来自"情"，也来自"灵"。《金瓶梅》欠缺的正是这个"灵"。

五、高视角与低姿态的艺术和谐

王国维说《红楼梦》是宇宙的、哲学的，又说是文学的。这种说法认真推敲起来，会让人感到困惑，难道《桃花扇》乃至《三国演义》《水浒传》等就不是文学的吗？这里涉及关于文学本体意义的认识。在王国维心目中，显然只有《红楼梦》才是充分文学。可惜王国维没有对此进行阐释。

尽管没有阐释，但可知道，《红楼梦》是一部比《桃花扇》具有更高文学水准的作品，属于另一文学层面。关于这点，林岗和笔者在《罪与文学》里已用许多篇幅进行了论述。在论述中，我们说明一点：《红楼梦》的视角不是世俗的视角，而是超越的视角。所谓超越，就是超越世间法（世间功利法、世间因缘法等）。《红楼梦》的方式不是追逐现世功利性与目的性的方式，而是审美的方式。从阅读的直接经验可以感受到，《红楼梦》对女子的审美意识非常充分，无论是外在美还是内在美都充分呈现。在人类文学中，一般地说，男子形象体现力量的维度，女子形象则体现审美维度。在《红楼梦》中，女子所代表的审美维度发展到极致。以《红楼梦》为参照系就会发现，《三国演义》《水浒传》对女子没有审美意识，只有道德意识，换句话说，只有道德法庭，没有审美判断。不必说被道德法庭判为死刑的妖女"淫妇"潘金莲、潘巧云、阎婆惜等，就是被判决为英雄烈士的顾大嫂、孙二娘等也没有美感，甚至作为美女形象出场也被放入法庭正席中的貂蝉，也不是审美对象，而是政治器具。《桃花扇》的李香君虽是美女，但也是道德感压倒美感，其生命的审美内容并未充分开掘，和林黛玉、晴雯、妙玉等完全不能同日而语。

放下直接的阅读经验，从理论上说，正如康德所点破的那样，审美判断是"主观的合目的性而无任何目的"的判断（《判断力批判》上卷，宗白华译，商务印书馆，1964年，第59页）。他说的无目的，便是超越世间的功利法，即超越世俗眼光的目的性，进入人类精神境界的更高层次。这个层次，乃是叙述者站立的层次，比笔下人物站得更高的层次。在这层次上，功利的明确目的性已经消失，悲剧的目的不是去追究"谁是凶手"，自然也不是一旦找到凶手，悲剧冲突就得以化解。《红楼梦》不是这样，它让读者和作者一样，感悟到有许多无罪的凶手，无罪的罪人，他们所构成的关系和这种关系的相关互动才是悲剧难以了结的缘由。林黛玉的悲剧，正是"无罪之罪"作用的结果。包括最爱她的贾宝玉、贾母也是共谋，也有一份责任，都无意中进入"共犯结构"。即使是薛宝钗，她也不是"蛇蝎之人"，她成为制造林黛玉悲剧的一个因素，并非她主观上去使用什么毒计，而是因为她也是"关系中人"，被那个无法更改的"共犯关系"所决定。"他们本着自己的信念行事，或为性情中人，或为名教中人，或为非性情亦非名教仅是无识无见的众生，这本是无可无不可的事情，可不幸的是他们生在一起，活在一个地方，不免发生冲突，最后一败涂地。对于这种悲剧，若要做出究竟是非的判决，或要问起元凶首恶，真是白费力气。因为叙述者对故事的安排和人物设置的本身就清楚地告诉读者，他企图叙述的是一个'假作真来真亦假'的故事。矛盾诸方面在自己的立场是真的，但看对方是假的，真假不能相容，真真假假中演出一出恩恩怨怨的悲欢离合的悲剧。叙述者比他笔下的人物站得更高，给读者展示了一个像谜一样的永恒冲突。"（参见《罪与文学》，香港牛津大学出版社）

这种冲突是双方各自持有充分理由的冲突，是灵魂的二律背反，是重生命自由与重生活秩序的永恒悖论，只要人类存在着，生活着，这种悲剧性的冲突与悖论，就会永远存在。它不像世间的政治冲突、经济冲突、道德冲突可以通过法庭、战争、理性判断加以解决，也不可能随着现实时间的推移或找到凶手而化解。它也不像《三国演义》那样，一方是"忠绝""义绝""贞绝"，一方是"奸绝""恶绝""淫绝"，善恶分明，然后通过一方吃掉一方而暗示一种绝对道德原则。鲁迅先生说《红楼梦》在艺术上了不起之处是没有把好人写得绝对好，没有把坏人写得绝对坏。这便是拒绝忠奸、善恶对峙的世俗原则。笔者曾多次说，

《红楼梦》是一部无真无假（"假作真时真亦假"）、无是无非、无善无恶、无因无果，因此也是无边无际（没有时空边界）的艺术大自在。这是对《红楼梦》超越世俗价值尺度的一种表述，也是《红楼梦》能够成为永恒审美源泉的秘密所在。马克思所说的解开荷马史诗永恒之谜的难点，我们从《红楼梦》对世俗眼光的超越中，也可以得到一些解释。

这里笔者还要强调《红楼梦》另一文学特点是，无论其悲剧叙述风格或喜剧（荒诞）叙述风格均不同于莎士比亚悲喜剧，也不同于塞万提斯小说或贝克特《等待戈多》境遇剧。虽然他们都是站立在超越世俗眼界的很高的层面，在精神上都有一种对人间生命的大悲悯感，但是，在叙述方式上，上述西方这些经典作家都有一种贵族姿态，作家主体在描述中皆是以自身的高迈去照临笔下人物，所以读者明显地感到堂吉诃德的可笑。而曹雪芹作为创作主体则是一种低姿态，反映他的"大观"眼睛并不是他自身的贵族眼睛，而是另外两种眼睛：一，跛足道人的眼睛；二，贾宝玉的"侍者"（仆人）的眼睛。两者全是高视角而又低姿态，是《红楼梦》独一无二的叙述方式。

跛足道人挂着拐杖，疯癫落拓，麻屣鹑衣，没有任何圣者相、智者相、权威相、神明相、先知相、贵人相、导师相，但他"口内念着几句言词"却是许多贤者圣者权势者永远领悟不到的真理，他所唱的《好了歌》，虽是寥寥数语，却道破人间荒诞的根本处：在短暂的人生中被各种色欲所迷所困而不自知，而不自觉，而不能自拔。不知为之疯狂、为之颠倒的"世上万般"均非最后的实在，以为权力、金钱、美色是意义却无意义。那一切虚幻的"好"终究只有一"了"。跛足道人没有"圣人言"形式，只是唱着轻快的嘲讽之歌，这是最低调的歌，又是最高深的歌，是大悲剧的歌，又是大喜剧的歌，也是没有哲学形式的哲学歌。《红楼梦》没有"圣人言"的方式，也没有三言二拍那种因果报应的"诫言"形式（即不是世间功利法与世间因缘法），而是"真事隐言""假语村言""石头言"等一些与读者心灵相契相交的平常形式。关于这一点，笔者在《共悟人间——父女两地书》与剑梅谈论"《红楼梦》方式"时就说："我国的古代小说，大体上都是一个情节暗示一种道德原则，唯有《红楼梦》是多重暗示。一个人物的命运，都有多重暗示……中国文化史的经典著作，从孔子到朱子，其思维方式其实都是'圣人言'的方式，即'圣人道出真理'的方式，并未把真理'开放'。后来形成独尊的话语权力，与此有关。而《红楼梦》则用'假语村言'娓娓叙述故事的方式，没有'告诫'气味，而且又用完全开放的方式去看待被各种人尊为真理的古代经典，并敢于提出叩问。"（《共悟人间——父女两地书》，香港天地图

273

书有限公司，第230页）

在《红楼梦》里，贾宝玉是真正的圣者，他的天性眼睛把人间的污浊看得最清，所以才有"女儿是水作的骨肉，男人是泥作的骨肉"的惊人之论。他也把人间的残忍看得最清，所以才为一个个美丽生命的死亡而发呆而哭泣，别人都为失去权力、财产而痛苦，他只为丢失少女生命而悲伤而心疼。他的价值观是真正的以人为本、以人为天地精华的价值观，但他在世俗的眼睛里却是个未能成为栋梁之材的蠢物，而他自己也甘于做傻子、呆子和他人眼里的蠢物，以最低的姿态生活于人间并观看人间，他的姿态比奴婢丫鬟的姿态还要低。他的前身名叫"神瑛侍者"。所谓侍者，就是仆人，就是奴隶。而他来到人间之后，仍然是个侍者，身份虽是豪门府第中最受宠的贵族子弟，可是精神上却是侍者心态、侍者眼光，第三十六回这样描写他的位置：

那宝玉本就懒与士大夫诸男人接谈，又最厌峨冠礼服贺吊往还等事，今日得了这句话，越发得了意，不但将亲戚朋友一概杜绝了，而且连家庭中晨昏定省亦发都随他的便了，日日只在园中游卧，不过每日一清早到贾母王夫人处走走就回来了，却每每甘心为诸丫鬟充役，竟也得十分闲消明。

一个贵族子弟，竟然给自己仆人"充役"。地位如此颠倒过来，以至于把自己的地位放得比仆人还低。贾宝玉正是拥有这种侍者的眼睛与姿态，所以他能看清常人眼里无价值的生命恰恰具有高价值，也因此才对这些生命的毁灭产生大悲情——不是自上而下、居高临下的同情，而是自下而上的深敬深爱的大伤感与大痛惜。他为晴雯作《芙蓉女儿诔》，倾诉得如此动情，原因就在于此。其实，晴雯在世人的眼里，不过是一个女仆，在王夫人的眼里，不过是个下贱的仆人与"妖精"，但在贾宝玉眼里，她却是"心比天高"的天使。因此，在她生前，他尊敬她，在她死后，则仰视她。于是，便写下了感天动地的千古绝唱。康德对美的经典定义是美即超功利。而《芙蓉女儿诔》这首祭诗，便是超越人间功利眼睛的最美最干净的挽歌。这就是《红楼梦》的方式，最高的精神与最低的姿态相结合的方式，无训诫、无权威、无虚妄的文学方式。而只有这种方式才能赢得无数后代知音。

曹雪芹出身贵族，其在《红楼梦》中的人格化身贾宝玉更是十足的贵族子弟，但是，贾宝玉身上所折射的贵族文化，不是贵族特权意识，而是贵族的高贵精神气质，而且是叛逆性的精神气质，恰似拜伦与普希金的精神气质。

这一点，和尼采所张扬的贵族观念很不相同。尼采自命为贵族的后裔，以身上拥有贵族血统而自傲。在"重估一切价值"中重新定义贵族，重新定义道德，重新定义基督精神，强调贵族与民众的等级差别与精神差别。他把道德分为两种泾渭分明的基本类型，即主人道德和奴隶道德。而道德的区别又是产生于等级区别，产生于上等人与芸芸众生的区别，因此，"好"与"坏"的对立实际上就是"高贵"与"下贱"的对立。按照这一理念，他认为，代表主人道德的贵族应向代表奴隶道德的民众开战，向下等人与弱者开战，反对贵族对底层大众的悲悯。因为基督教同情、怜悯"下等人"，所以尼采便认定基督教正是集中地体现奴隶道德。因此，他宣布"上帝死了"，热烈攻击基督。尼采的贵族定义和两种道德的划分是典型的贵族特权主义。（参见尼采：《善恶之彼岸》第九章《什么是贵族？》，漓江出版社，2000年）而曹雪芹完全不同于尼采，他有贵族的高贵精神和高级审美趣味，反映在贾宝玉形象上正是这种精神与趣味。整部《红楼梦》的高雅情趣也是贵族化的。然而，曹雪芹不仅不蔑视平民和奴隶，而且给晴雯、鸳鸯等一群女仆以"身为下贱，心比天高"的最高礼赞。而贾宝玉身上负载的正是对底层奴隶和人间社会的大慈悲精神。这种贵族精神和基督情怀的结合，形成了世间一种最伟大、最宝贵的人格与审美意味。

六、呈现内在视野的东方史诗

关注中国文学的人总是遗憾中国文学没有出现"史诗"，没有《伊利亚特》与《奥德赛》似的史诗。其实，《红楼梦》正是一部伟大史诗，而且由它确立了一个极为精彩的中国的史诗传统。

"史诗"是一个来自西方的概念，它原是指古代记载重大历史事件、英雄传说并具有神话色彩的长篇叙事诗，后来又伸延到泛指具有上述内涵并有宏大结构的卓越叙事作品，包括长篇小说作品。此时，我们说《红楼梦》是一部伟大史诗，是指：一，它具有荷马史诗式的宏伟叙事构架和深广视野；二，它和中国原始神话《山海经》直接相连，塑造了具有神话色彩和别样英雄色彩的系列；三，它寄托着人类"诗意栖居""诗意存在"的形上梦想，从而使浓厚的诗意覆盖整个作品。

上述三点，还需做些补充。首先应说明的是，《红楼梦》的史诗构架打通天上人间，这与《伊利亚特》相似，但其深广视野则与《伊利亚特》不同，这是一种更深邃的内在视野，它挺进到人的内心深处，展示更丰富的内在生命景观。这种史诗性的内在生命景观，在人类文学史上极为罕见，它是曹雪芹了不起的创造，也是《红楼梦》史诗的特征。林黛玉一见到贾宝玉就觉得"眼熟"，内在视野一下子就伸延到灵河岸边。她在《葬花词》提问："天尽头，何处有香丘？"在大苍凉的叩问中呈现的又是无边无垠的大视野。其次，说《红楼梦》有英雄色彩，这是另一种意义的、具有平常之心的英雄。难道贾宝玉基督式的情怀不是英雄情怀？难道贾宝玉拒绝立功立德、拒绝荣华富贵、拒绝功名利禄不是英雄的气概？难道尤三姐、鸳鸯一剑一绳自我了断，把泥浊世界断然从自己的生命中抛却出去，不是英雄悲歌？难道林黛玉的焚烧诗稿的大行为语言，不是对黑暗人间英雄式的抗议？如果说，《伊利亚特》的英雄是刚性的，那么，《红楼梦》的英雄则是柔性的。因此，也可以说，《伊利亚特》是刚性史诗，《红楼梦》是柔性史诗。

史诗不是历史，而是文学。史诗的起点是诗，是审美意识，而不是年代时序，不是权力意识与道德意识。因此，它虽然具有历史时代内涵，但重心则是超越历史时代的生命景观与生命哲学意味。也就是说，史诗的重心是"诗"而不是"史"。它是史的诗化与审美化，但不是历史。《资治通鉴》、"二十四史"等规模再大，也不是史诗。《三国演义》《水浒传》虽塑造了许多英雄，也有历史感，但缺乏史诗的起点，即审美意识，读者感受到的是权力意识与道德意识绝对压倒审美意识，因此，不能称为史诗。中国的《史记》，以文写史，以文学笔调塑造历史英雄，显然有史诗倾向。其中有些描绘英雄人物的篇章，也很有诗意。可以说，《史记》早已提供了史诗创造的可能性，可惜司马迁自己没有意识到这一点。他不是用审美意识去重新观照历史和重组历史，因此，也没有赋予《史记》以史诗的宏伟框架。它对个人不幸遭际进行反弹的发愤意识显然大于审美意识，这一点限制了他的"大观"眼睛，使他未能像曹雪芹如此透彻地悟到人间的诗意所在。总之，《红楼梦》有神话，有英雄，有历史，有超越历史的大诗意和宏伟的文学架构，不愧是一部伟大史诗。笔者确信，《红楼梦》这一特殊的审美存在，它和诞生于西方的荷马史诗一样，将永远保持着太阳般的魅力并永远放射着超越时空的光辉。

写于2003年12月

美国科罗拉多州

论《红楼梦》的忏悔意识

　　《红楼梦》是中国古代小说中唯一具有深刻忏悔意识的作品，曹雪芹通过他笔下的人物性格、悲剧故事、情节安排的隐喻以及叙述者声音等不同层面渗透着忏悔情感。小说问世以来，各种研究批评汗牛充栋，但是，真正有自己阅读心得和学术发现的还是王国维和鲁迅等少数几家。他们的批评能够把握住《红楼梦》的悲剧性质，而且这种把握是建立在对文学之所以为文学的深刻见解之上。

　　本文打算在他们的批评的基础上专题讨论《红楼梦》中的忏悔意识问题。这不仅是因为相比繁复的红学研究，这个问题涉足者不多，更重要的是借此可说明这部不朽小说的感人之处和美学魅力的关键之点。谈《红楼梦》不谈它的"共犯结构"，不谈它的忏悔意识，就不能透彻。因此，本文便从这一关键点切入，以对这部伟大小说的艺术价值做点新的说明。

一、悲剧与"共犯结构"

近百年来，对《红楼梦》悲剧领悟得最深最透彻的是王国维。换句话说，在20世纪的《红楼梦》研究史上，就其对《红楼梦》悲剧的阐释，其深度还没有人超过王国维。这种深刻性集中表现在一点上，就是它揭示了造成《红楼梦》悲剧的原因不是几个"蛇蝎之人"，即不是几个恶人、小人、坏人造成的，不是"盲目命运"造成的，而是剧中人物的位置及关系的结果。他说：

> 《红楼梦》一书，彻头彻尾的悲剧也。由叔本华之说，悲剧之中，又有三种之别：第一种之悲剧，由极恶之人，极其所有之能力，以交构之者。第二种，由于盲目的运命者。第三种之悲剧，由于剧中之人物之位置及关系而不得不然者。非必有蛇蝎之性质与意外之变故也，但由普通之人物、普通之境遇逼之，不得不如是。彼等明知其害，交施之而交受之，各加以力而各不任其咎，此种悲剧，其感人贤于

前二者远甚。何则？彼示人生最大之不幸，非例外之事，而人生之所固有故也。若前二种之悲剧，吾人对蛇蝎之人物，与盲目之命运，未尝不悚然战栗。然以其罕见之故，犹幸吾生之可以免，而不必求息肩之地也。但在第三种，则见此非常之势力，足以破坏人生之福祉者，无时而不可坠于吾前。且此等惨酷之行，不但时时可受诸己，而或可以加诸人。躬丁其酷，而无不平之可鸣，此可谓天下之至惨也。若《红楼梦》，则正第三种之悲剧也。兹就宝玉、黛玉之事言之：贾母爱宝钗之婉嫕，而惩黛玉之孤僻，又信金玉之邪说，而思压宝玉之病；王夫人固亲于薛氏；凤姐以持家之故，忌黛玉之才而虞其不便于己也；袭人惩尤二姐、香菱之事，闻黛玉"不是东风压倒西风，就是西风压倒东风"之语（第八十一回），惧祸之及，而自同于凤姐，亦自然之势也。宝玉之于黛玉，信誓旦旦，而不能言之于最爱之元祖母，则普通之道德使然，况黛玉一女子哉！由此种种原因，而金玉以之合，木石以之离，又岂有蛇蝎之人物，非常之变故，行于其间哉？不过通常之道德、通常之人情、通常之境

遇为之而已。由此观之,《红楼梦》者,可谓
悲剧中之悲剧也。

王国维的论述,除了王熙凤忌林黛玉之才的说法值得
商榷之外,总的思想非常精辟。他富有真知灼见地道破《红
楼梦》的悲剧乃是共同关系即"共同犯罪"的结果,也就
是与林黛玉相关的人物进入"共犯结构"的结果。造成宝
黛爱情悲剧乃至林黛玉死亡的悲剧的,并不是几个"蛇蝎
之人",而是与林黛玉关系最为密切,甚至是最爱林黛玉
的贾母等,连贾宝玉也参与了悲剧的制造。换句话说,从
袭人、王熙凤到贾母、贾宝玉,他们都是制造林黛玉死亡
悲剧的共谋。这里找不到哪一个人是谋杀林黛玉的凶手,
也无法对某个凶手进行惩处,但人们却会发现许多"无
罪的凶手",包括贾宝玉也是"无罪的罪人"之一。所谓
"无罪",是指没有世俗意义或法律意义上的罪;所谓"有
罪",是指具有道德意义和良知意义上的罪。忏悔意识正
是对"无罪之罪"与"共同犯罪"的领悟和体认。贾宝玉
正是彻悟到这种罪而最终告别父母之家。王国维说,贾宝
玉对林黛玉本来是信誓旦旦,然而当贾母决定"金玉良缘"
时,他却不能拒绝、反抗最爱他的祖母。服从祖母,遵循
"孝道",在世俗意义上甚至在传统文化意义上他是无罪
的,然而,对于林黛玉,他却负有良知之罪。如果贾宝玉

对林黛玉的情爱具有彻底性，那么，他对林黛玉的良知关怀就应当在此刻表现为良知拒绝。但他没有拒绝贾母的选择。没有对贾母的拒绝便是对林黛玉的背叛。叩问这种灵魂深处的罪意识，才有文学作品深刻的精神内涵。王国维所说"剧中之人物之位置及关系"造成的悲剧，完全可以翻译为剧中人物共同犯罪的悲剧。

共同犯罪所以是无罪之罪，乃是因为这种罪并非刻意之罪，而是自然之罪，即"通常之道德、通常之人性、通常之境遇"导致的罪，也可以说是无意识之罪。同为持有通常之道德，通常之人性，因此，犯有这种罪的罪人，其犯罪也符合充分理由律，即其罪也无所谓"不可"。贾宝玉与林黛玉是性情中人，贾母、宝钗、凤姐、贾政、王夫人、袭人等是名教中人，他们双方的冲突，乃是他们本着自己的信念行事。他们的行为本无什么可或不可。庄子用"知通为一"解释"自然"之势，其意思就是说，道路是人走出来的，事物的名称是人叫出来的。可有它可的原因，不可有它不可的原因；是有它是的原因，不是有它不是的原因。为什么是，自有它是的道理。为什么不是，自有它不是的道理。为什么可，自有它可的道理。为什么不可，自有它不可的道理。一切事物本来都有它是的地方，一切事物本来都有它可的地方。没有什么东西不是，没有什么东西不可。所以小草和大木，丑陋的女人和美丽的西施，以及一切稀奇古怪的事物，从道理上都可以通而为一。万物有所分，必有所成；有所成必有所毁。所以，一切事物从通体来看就没有完成与毁坏，它们都复归于一个整体。庄子说，"唯达者知通为一"。只有通达之士能够了解这个"通而为一"的道理。真正深刻之悲剧，就是冲突的双方都拥有自己的理由，都从某一角度符合充分理由律，也就是说，都在不同程度上确认这种"通而为一"的道理。这一美学原则放在《红楼梦》的阐释中，就是说，林黛玉的自由性情，本无"不可"；而薛宝钗的遵循名教，贾母、贾政的维持名教，也无不可。要问个是非究竟，追究谁是凶手，完全是徒劳无益的。《红楼梦》的伟大之处，正是它超越了人际关系中的是非究竟、因果报应、扬善惩恶等世俗尺度，而达到通而为一的无是无非、无真无假、无善无恶、无因无果的至高美学境界，从而自成一个区别于中国传统戏曲小说模式的艺术大自在。

《红楼梦》评论史上，对林黛玉与薛宝钗的褒贬一直争论不休。当然，从心灵的倾向上，《红楼梦》作者曹雪芹在他作品中的人格化身贾宝玉是更爱林黛玉的。但是，在构成贾林的爱情悲剧中，我们看到林、薛双方乃是代表着爱情悲剧中的二律背反。林、薛二人，不是善恶之分，而是爱情悖论的两端。如果林、薛真的是善、恶的代表，那么贾宝玉就无须如此犹豫、彷徨，他只要做一个除恶扬善的英雄，便可解决一切争端与矛盾，求得一个婚姻的大美满与大团圆。然而，恰恰是两个美丽女子所代表的悖论，她们各有可爱的理由，使得贾宝玉内心充满紧张与分裂，最后却都辜负了她们的深情，而承受着双重的罪恶。所以，林薛的冲突，也可视为贾宝玉灵魂的悖论乃至曹雪芹灵魂的悖论。

　　对王国维的悲剧论，我们还可借助黑格尔关于悲剧的著名论断来理解。从哲学体系上说，王国维运用的是叔本华的意志论，并非黑格尔的绝对理念论。但在悲剧美学上，两者却有一些相通之点。在黑格尔的悲剧论中，抽象的伦理力量分化为不同的人物性格及其目的，导致不同的动作和对立冲突，否定理想的和平统一。冲突必须解决，这解决就是否定的否定。冲突否定了理念的和平统一，悲剧最后解决又否定冲突双方的片面性。实际结局是悲剧人物的毁灭或退让，这便是"和解"。而结合到悲剧人物的罪责问题，黑格尔认为，就其坚持伦理理想来说，他们是无罪的；但就其所坚持的只是片面的理由，因而是错误的理想来说，他们又是有罪的。黑格尔从他的"正、反、合"哲学总公式出发，认为悲剧的结局毁灭了坚持片面的伦理力量的个别人物，从而恢复了伦理力量的固有力量，这就是理性或永恒正义的胜利，所以，它在观众中引起的不是悲伤而是惊叹和心灵的净化。这种理性胜利的悲剧之"合"，实际上是一种精神团圆式的理性团圆，并不能说明人类文学史上最深刻的悲剧，也不能说明《红楼梦》。但是，他在阐述悲剧中"正""反"双方的对立冲突时强调，冲突双方并非善恶的两极，反之，双方都具有为自己辩护的理由。他在说明悲剧的动因乃是伦理力量分化为不同的人物性格及其目的而导致不同的动作和对立冲突之后，便做出如下判断：

> 这里基本的悲剧性就在于这种冲突中对立的双方各有它那一方面的辩护理由，而同时每一方拿来作为自己所坚持的那种目的和性格的真正内容的却只能是把同样有辩护理由的对方否定掉或破坏掉。因此，双方都在维护伦理理想之中而且就通过实现这种伦理理想而陷入罪过中。

黑格尔：《美学》第三卷下册，朱光潜译，商务印书馆，1997年，第286页

这就是说，本来对立的双方各有自己行为的理由，但是，对立的双方都要坚持自身片面的伦理立场，都要否定对方才能肯定自己，所以都有罪过。黑格尔所论述的正是

性格悲剧的二律背反：对立双方都有理由，但双方都掌握不了关系的"度"，因此造成关系的破裂和悲剧。王国维所说的由人物的位置及关系所造成的悲剧，与黑格尔的这一论述是相通的。因此，王国维所批评的由于恶人造成的悲剧和由于盲目命运造成的悲剧，也早已受到黑格尔的批评。黑格尔认为：

> 悲剧纠纷的结果只有一条出路：互相斗争的双方的辩护理由固然保持住了，他们的争端的片面性却被消除掉了，而未经搅乱的内心和谐，即合唱队所代表的一切神都同样安然分享祭礼的那种世界情况，又恢复了。真正的发展只在于对立面作为对立面而被否定，在冲突中企图否定对方的那些行动所根据的不同的伦理力量，得到了和解。只有在这种情况之下，悲剧的最后结局才不是灾祸和苦痛而是精神的安慰，因为只有在这种结局中，个别人物的遭遇的必然性才显现为绝对理性，而心情也才真正地从伦理的观点达到平静，这心情原先为英雄的命运所震撼，现在却从主题要旨上达到和解了。只有牢牢地掌握住这个观点，才能理解希腊悲剧。因此，我们也不应把这种结局理解

为一种善有善报、恶有恶报那种单纯的道德上
的结果，如常言所说的，"罪恶在呕吐了，道
德坐上筵席了"。这里的问题绝对不在反躬自
省的人格的主体方面怎样看待善和恶，而在冲
突如果已完全发展了，人们就会认识到互相斗
争的两种力量获得了肯定的和解，双方还保持
住原有的价值或效力。这种结局的必然性也不
是一种盲目的命运，即古代人常提到的那种无
理性的不可理解的命运主宰；而是命运的合
理性……

黑格尔：《美学》第三卷下册，朱光潜译，

商务印书馆，1997年，第310页

　　黑格尔确认：第一，悲剧的结局不应是除恶扬善的单
纯的道德结果（王国维所说的第一种悲剧便是这种结果）；
第二，悲剧的结局不应是盲目命运的结果（王国维所说的
第二种悲剧）。这两点显然与王国维的悲剧论相通。但是
黑格尔认为，悲剧的结局应是"对立面作为对立面而被否
定"（否定之否定），这就是承认凡是存在都是合理的，所
谓和谐，也就是对存在合理性的肯定。

　　黑格尔这种对存在合理性的绝对肯定，能够说明希腊

悲剧，但不能充分说明《红楼梦》。《红楼梦》与希腊悲剧一样，它不是作者（反躬自省的人格主体）裁决善与恶的结果，也不是盲目命运的结果，它让双方都有辩护自身的理由，也写出双方性格的"片面性"，但是，曹雪芹却又赋予双方片面性不同的比重，心灵上支持一方的片面性，并对这一方的片面性的毁灭给予同情。悲剧最后也无法完全"和解"，无法完全肯定原先的道德秩序，无法肯定现实存在的合理性，反之，它的无法和解的结局否定了存在的合理性，从而引起读者的震撼和悲伤。这一判断还可从合理性前提的角度来阐释。即曹雪芹确认在中国传统观念的文化前提下，悲剧冲突双方的选择都是合理的，但是在尊重人间真情的人性前提下，贾母一方的选择则是不合理的。在这里，曹雪芹并不承认凡是存在的（冲突双方所处的环境秩序和观念存在）都是合理的，只确认凡是符合人性的存在才是合理的。正因为有这种区别，因此，《红楼梦》全书便显示出一种与传统的儒家价值观不同的人性指向与心灵指向，使悲剧的总效果达到一种对人的肯定——对人性解放与情爱自由的肯定。《红楼梦》实际上包含着西方几个世纪文艺复兴的基本内容，它的精神内涵足以成为中国个体生命尊严与个体生命解放的旗帜。

二、忏悔者的性格与心灵

《红楼梦》是一部悟书。曹雪芹和他的人格化身贾宝玉的罪责承担意识，虽然在某些字面上也透露出来，但主要却不是通过直接言说，而是通过行为、情感、气氛等方式而加以表现的。因此，要说明贾宝玉的罪感，不可能求诸西方学者习惯使用的逻辑实证方法，而只能用感悟的方式。所谓感悟的方式就是直观把握的方式，曹雪芹写了一个直观领悟"悲凉之雾"的贾宝玉，我们也应该以感悟性的方式阅读这个贾宝玉。

贾宝玉确实能感他人之未感，集他人之悲剧于一身。这一点确实是特殊的。贾宝玉在感受到最大悲哀的时候，都是无言的，或者说表现出最大悲哀的不是语言形态，而是一种特殊的悲情形态，这种形态包括吐血、发呆、迷惘、病痛、丧魂失魄、出走等。当他在梦中听见秦可卿死的消息时，"连忙翻身爬起来，只觉心中似截了一刀的不忍，哇的一声，喷出一口血来"（第十三回）。金钏儿投井死后，他又是无言地悲伤。书中写道："宝玉素日虽是口角伶俐，只是此时一心总为金钏儿感伤，恨不得此时也身亡命殒，跟了金钏儿去。"他的父亲贾政训斥他，他还是发呆，"如今见了他父亲说这些话，究竟不曾听见，只是怔呵呵的站着"（第三十三回）。晴雯被逐，对于他更是"第一等大事"，晴雯死后他写了《芙蓉女儿诔》仍不足以宣泄悲伤，最后终于病倒。第七十九回描写道：宝玉"睡梦之中犹唤晴雯，或魇魔惊怖，种种不宁。次日便懒进饮食，身体作热。此皆近日抄检大观园、逐司棋、别迎春、悲晴雯等羞辱惊恐悲凄之所致，兼以风寒外感，故酿成一疾，卧床不起"。第八十回后高鹗的续作大体上保持了贾宝玉的罪感形式。当"金玉良缘"的消息传开后，贾宝玉和林黛玉，一个"疯疯傻傻"，一个"恍恍惚惚"，贾宝玉只是"傻笑"（第九十六回）。当他迎亲揭盖头后见到仿佛是宝钗时，便又"发了一回怔"，"呆呆的只管站着"，"两眼直视，半语全无"（第九十七回）。而当林黛玉病亡后，他则更是发呆，"把从前的灵机都忘了"，别人说他糊涂，他也不生气，只是"嘻嘻的笑"（第九十九回）。到了得知鸳鸯死讯，他便"双眼直竖"，直到袭人提醒他"你要哭就哭，别憋着气"，"宝玉死命的才哭出来了"。最后贾宝玉以"出走"的形式告别一切。

这是巨大的行为语言。在世俗的眼里，贾府虽然不如当年繁华，但宝玉身边毕竟有娇妻美妾，而且还中了榜，日子可说是美满的。那么，为什么他还是整天感到不安不宁，感到有许多美丽的亡灵的眼睛看着他？就是因为他还有负疚感。他辜负了林黛玉，辜负了许多爱他的美丽而天真的女子。她们都死在他的父母府第里。他"不忍"看到她们的死亡与屈辱，觉得自己对她们的死亡负有责任。他的发呆发傻，眼睛发直，正是他的大迷惘，这种大迷惘，隐含着千言万语，像鲁迅这样的读者就读出眼神迷惘的内涵，读出"自愧"与"忏悔"的内涵（鲁迅的话请参见本文第四节）。所以他必须出走，必须离开那个有罪的地方。但他并不责怪父母，仍然向父母跪拜告别，悲喜交织，没有怨恨，他实际上也辜负了父母。他的悲剧重量确实是一切悲情的总和，其罪感正与这一总和相等。

笔者曾说，王国维从李煜的词中感悟到这个被俘君主的作品里有一种"释迦基督担荷人类罪恶之意"，乃是《人间词话》的精神之核。王国维这一判断，并不是逻辑实证和语言实证的结果。王国维不是引述李后主的某首词或某一行为去证明这一判断，而是把握住李后主词的整体精神。我们判断贾宝玉具有担荷罪恶之意，也不是以贾宝玉的某句话和某项声明，而是从贾宝玉的整体精神状态与整体心灵状态去把握的。没有一个人具有他那种特殊的大呆傻、大迷惘、大悲哀的状态，没有一个人像他那样，总是为一个女子个体生命的消失而身心震颤，也没有一个人像他那样，爱每一个人和宽恕每一个人，只是不宽恕自己。曹雪芹在小说的前言中所说的"自愧"，也正是表明不能宽恕自己。他的写作过程是投下全部生命、全部眼泪的过程，这种生命倾注，正是对感情之债的偿还。写作的过程本身，正是一个"还泪"的过程（留待下文论述），平衡负疚感的过程。

曹雪芹在小说中写了一个基督式的人物，他就是贾宝玉。他具有爱心、慈悲心，处处为别人担当耻辱与罪恶。这是一个未完成的基督，或者说，还只是一个尚在成道过程中的基督，但在他身上，已经初步形成基督的一些精神特征。在第七回中，贾宝玉初次见到秦钟，在秦钟面前，贾宝玉突然觉得自形污秽，产生一种强烈的自谴自责的心理。此时的宝玉，尚处少年时代，但他有担当家庭乃至贵族社会上层的耻辱与罪恶的精神。这段心理自白，可作为理解宝玉精神的钥匙：

> 那宝玉自见了秦钟的人品出众，心中似有所失，痴了半日，自己心中又起了呆意，乃自思道："天下竟有这等人物！如今看来，我竟成了泥猪癞狗了。可恨我为什么生在这侯门公府之家，若也生在寒门薄宦之家，早得与他交结，也不枉生了一世。我虽如此比他尊贵，可知锦绣纱罗，也不过裹了我这根死木头；美酒羊羔，也不过填了我这粪窟泥沟。'富贵'二字，不料遭我荼毒了！"秦钟自见了宝玉形容出众，举止不凡，更兼金冠绣服，骄婢侈童，

秦钟心中亦自思道："果然这宝玉怨不得人溺爱他……"

　　贾宝玉在秦钟面前有"泥猪癞狗""粪窟泥沟"的感觉，在其他少女面前自然更有这种感觉。所以他才有"女子是水，男子是泥"的世界观。贾府鼎盛时骄奢淫逸，贵族们享受着人间的锦绣纱罗，对此，满门的公子少爷、夫人老爷个个都觉得理所当然，意满志得，都在自傲、自炫、自夸，只知享受，不知罪恶，只知奢侈，不知耻辱；唯独宝玉这个最干净的少年公子，感到不安，感到自己的丑陋，感到家族的龌龊，人间的荒唐。这种意识，是一种精神奇迹，带有神性的奇迹。贾宝玉这种感觉，正是老子所讲的"受国之垢""受国不祥"（承担国家的耻辱与罪恶）的大悲悯。从这里可以看到，贾宝玉在少年时代就背上承担耻辱与罪恶的十字架。这也是《红楼梦》所以会成为其伟大忏悔录的精神基础。

　　贾宝玉的这段自我反思与曹雪芹在《红楼梦》开篇上的自白，其思想完全相通：

　　今风尘碌碌，一事无成，忽念及当日所有之女子，一一细考较去，觉其行止见识皆出于我之上。何我堂堂须眉，诚不若彼裙钗哉？

实愧则有余，悔又无益之大无可如何之日也！
当此，则自欲将已往所赖天恩祖德，锦衣纨绔
之时，饫甘餍肥之日，背父兄教育之恩，负师
友规谈之德，以至今日一技无成、半生潦倒之
罪，编述一集，以告天下人：我之罪固不免，
然闺阁中本自历历有人，万不可因我之不肖，
自护己短，一并使其泯灭也。

"闺阁中历历有人"，这七个字，包括多少美丽的诗化
生命，这些诗化生命与秦钟一样，像一面一面的镜子使贾
宝玉看到自己的不肖，自己的丑陋。曹雪芹著写一部大书，
正是通过他的自我谴责（对"我之罪"的承担）而让这些
诗化生命继续生存于永恒的时间与空间之中，以免和自己
的形骸同归于尽。中国最伟大的作家的"忽念"，即在一
个神秘的瞬间中的灵感爆发，使他重新发现罪，也重新发
现美。没有对"我之罪"的感悟，没有对男子世界争名夺
利之龌龊的感悟，不可能理解那些站在此一世界彼岸的诗
意生命是何等干净。只有心悦诚服地感到自己处于泥浊世
界之中的丑陋与罪恶，才能衷心赞美那些与泥浊世界拉开
距离的另一些生命的无限诗意。忏悔意识、罪责承担意识
之所以有益于文学，就在于作者一旦拥有这种意识，他就
会赢得一种"良心"，一种"自愧"，一种大真挚，一种对

美的彻底感悟。

俞平伯先生虽然发现《红楼梦》的"忏悔"，但归结为"情场忏悔"却显得狭窄。其实，《红楼梦》既不是现实伦理关系上的"悔过自新"，也不是简单的情场忏悔，而是在对诗化生命的毁灭感到无限惋惜的同时又对自己无力救赎的衷心自责。《红楼梦》的作者及其人格化身与"闺阁中历历有人"的关系，与秦钟、蒋玉菡、柳湘莲这些诗化生命的关系，有真情在，但不能简单称作"情场"，这是一种真正的诗化生命场，一种超越泥浊世界的童话场。

福柯在《性史》中说西方人都是忏悔的动物，他们从中世纪开始的忏悔主题都是性真相的自白，卢梭的《忏悔录》也有此余绪。"五四"时期中国的著名作家郁达夫的《沉沦》，也是性自白。忏悔文学被某些学者称作自白文学，就在于此。这种作品的长处是敢于撕下假面具，正视人性自身的弱点，但它却把自白的勇敢本身视为写作的目的和策略，未能进入更高的精神境界。《红楼梦》的伟大之处，恰恰在于它并非性自白，也不仅是情场自白，而是展示一种未被世界充分发现、充分意识到的诗化生命的悲剧，或者说，是一曲诗意生命的挽歌，而这些诗化生命悲剧的总和又是由一个基督式的人物出于内心需求而真诚地承担着。于是，这种悲剧就超越现实的情场，而进入形而上的宇宙场，换句话说，就是超越现实的语境而进入生命—宇宙的语境。王国维以《桃花扇》和《红楼梦》代表中国文学的两大境界，前者是国家、政治、历史之境，后者是宇宙、哲学、文学之境，曹雪芹的忏悔意识正是附丽在宇宙之境中。

贾宝玉的基督承担精神，还可以从他的爱伸延这一角度来说明。从世俗的批评视角看，会觉得贾宝玉情感不专，爱了那么多女子，是个泛爱主义者。实际上，他在情爱上注入全生命、全人格的只有一个，这就是林黛玉。林黛玉是同他一起从超验世界里来的唯一伴侣，他对她的感情深不见底。对其他女子，他也爱，而且也爱得很真，也很动人，然而，所有的爱几乎都是精神之恋性质的所谓"意淫"。他爱一切美丽的少女，也爱其他美丽的少男，如对秦钟、琪官（蒋玉菡）、柳湘莲等，这不能用世俗的"同性恋"的概念去叙述，这是一种基督式的博大情感与美感，是对人间最美的生命自然无邪的倾慕与依恋，因此，其中任何一个生命自然的毁灭，都会引起他的大伤感与大悲悯，都会使他发呆。他尊重任何一位女子，尽管在林黛玉与薛宝钗之间，他更爱林黛玉，但是，当家庭共同体把他推到薛宝钗面前时，他绝对没有力量损害薛宝钗，也正是这样才造成了林黛玉的悲剧。他对林黛玉有负罪感，对薛宝钗也有负罪感。

更值得注意的是贾宝玉不仅爱属于净水世界的冰清玉

洁的少女，而且对那些属于泥浊世界的男人，尽管不能不与他们为伍，但他对他们也没有仇恨，甚至也是以大悲悯的心情对待他们。他的异母弟弟贾环，是个鼠窃狗偷、令人讨厌的劣种，常常和他的母亲一起加害宝玉，但是宝玉从不计较，仍然给予兄弟的关怀。有次贾环赌钱输了，大哭大闹，唯有他去安慰说："大正月里，哭什么？这里不好，到别处顽去。你天天念书，倒念糊涂了。比如这件东西不好，横竖那一件好，就舍了这件取那件。难道你守着这件东西哭会子就好不成？你原是来取乐顽的，倒招自己烦恼。"在这种开导中完全是兄弟的挚爱与温馨。还有，对那个粗暴又粗鄙的霸王、无恶不作的薛蟠，贾宝玉也可以成为他的朋友，和他一起行酒令。从表面上看，是俗。实际上是贾宝玉齐物之心与平常之心的另一种表现。尤其是他被父亲痛打之后，因宝钗知道与她哥哥薛蟠有关，正要询问，贾宝玉说："薛大哥从来不这样的，你们不可混猜度。"（第三十四回）居然为薛蟠承担过错。

更加类似基督的是贾宝玉身上有一种舍身忘己的精神。他处处都先想到别人。他与基督出身于贫贱之家不同，是一个贵族子弟，而且是最受宠的子弟，但他总是忘记自己的身份，一点也不觉得比别人优越。他第一次见到林黛玉时，问黛玉身上有没有一块宝玉，黛玉说没有时，他就扯下自己的玉石往地下摔。他身边的丫鬟，在世俗的眼中，只是一些奴婢，但在他心目中，和他完全平等，甚至比他还高贵。他不像其他贵族子弟那样，认为奴婢为自己服务是理所应当的，而是对她们充满感激。当他被父亲打得皮肉横飞的时候，听到袭人一席悲情的话，就感动不已，觉得自己被打没什么，而她们的爱怜之心才可珍惜。《红楼梦》第三十四回描写他被打之后见到宝钗的哀戚，他"不觉心中大畅，将疼痛早丢在九霄云外"，心中自思："我不过挨了几下打，他们一个个就有这些怜惜悲感之态露出，令人可玩可观，可怜可敬。假若我一时竟遭殃横死，他们还不知是何等悲感呢！既是他们这样，我便一时死了，得他们如此，一生事业纵然尽付东流，亦无足叹惜，冥冥之中若不怡然自得，亦可谓糊涂鬼祟矣。"在疼痛中，玉钏儿给他端来莲叶羹，不慎将碗碰翻，将汤泼到宝玉手上，宝玉自己烫了手倒不觉得，却只管问玉钏儿："烫了那里了？疼不疼？"屋里的两个婆子议论此事，一个笑道："怪道有人说他家宝玉是外相好里头糊涂，中看不中吃的，果然有些呆气。他自己烫了手，倒问人疼不疼，这可不是个呆子？"另一个又笑道："我前一回来，听见他家里许多人抱怨，千真万真的有些呆气。大雨淋的水鸡似的，他反告诉别人'下雨了，快避雨去吧'。你说可笑不可笑？"贾宝玉就是这样一个"忘我""忘己"的人，一心惦念牵挂别人的人，这确实是"呆""傻""糊涂"，但恰恰是这种性情接近神性。人的修炼，不是修炼到世事洞明，极端精明，而是应当修炼到如贾宝玉似的"呆"和"傻"。

基督出身平民之家能有爱天下平民之心自然宝贵，而贾宝玉出身贵族之家却能对奴婢充满挚爱，更为难得。康德说，所谓美，就是超功利。贾宝玉的精神之美，正是这样一种超越等级之隔尊卑之隔的纯粹感情之美。《红楼梦》中的《芙蓉女儿诔》，正是这种美的千古绝唱。这是一首可以和《离骚》比美甚至比《离骚》更美的绝唱。《离骚》吟唱的还是个人不被理解的悲情，而《芙蓉女儿诔》却是一个贵族子弟对奴婢的讴歌。这曲子，完全打破人间的等级偏见，把女仆当作天使来加以歌颂，这是一项划时代的了不起的文学创举。它礼赞这位名叫晴雯的奴婢为最纯洁的芙蓉仙子："其为质则金玉不足喻其贵，其为性则冰雪不足喻其洁，其为神则星日不足喻其精，其为貌则花月不足喻其色。"这首长诗，不是"国"的主题，而是人的主题，个体的主题，生命的主题，是对宇宙的精英与人间的精英最真挚、最有诗意的肯定，它打破千百年来中国文学的"政治、国民、历史"的主题传统，开辟了"神圣诗篇属于美丽的个体生命"的审美格局。可把这首诗视为圣诗，它是真正的文学经典与美学经典。

虽说贾宝玉与基督的精神是相通的，但是，两者仍然有差别。这个差别最根本的一点是基督已经成道，而贾宝玉却只是在领悟中与形成中，他还未成道，还是一个"人"，不是神。换句话说，他还是一个正在形成中的基督。一个完成，一个未完成。未完成的基督开始还沉浸在色欲之中，他与秦可卿、秦钟的关系都是一种暗示。所以，他还必须彻悟。而引导他从世俗色欲升华到爱情的是林黛玉，是林黛玉的眼泪净化了他，柔化了他。林黛玉是把贾宝玉从"泥"世界引导到"玉"世界的女神。

三、"还泪"的隐喻

笔者曾把基督教的"原罪"概念引申到"欠债—还债"的责任情感：人既然被确定为生而有罪，那么毕生的无限救赎就是必要的。每一个行动，包括日常的琐事和职业活动，都可以看成是赎回先前"原罪"的活动。因此，生命就是一个忏悔和救赎的过程，就是一个"还债"的过程。换句话说，有罪的另一种非宗教的表述方法就是负有对他人和社会的义务。只有倾听良知的呼声，感到自己对他人、对社会欠了点什么，才会努力弥补这个欠缺。努力的过程也可以描绘成归还——归还欠债的过程。这就是说，从原罪的引申意义上说，忏悔的过程就是确认债务和还债过程。

《红楼梦》的忏悔意识很形象地表现为"欠泪—还泪"意识。

欠泪—还泪意识首先表现在小说文本中的故事结构：男女主人公的前身神瑛侍者（贾宝玉）与绛珠仙子（林黛玉）曾有过一段因缘际会。仙子原是西方灵河岸边三生石畔的一株绛珠仙草，赤瑕宫神瑛侍者日以甘露灌溉，这绛珠草始得久延岁月。既受天地精华，复得雨露滋养，遂得脱却草胎木质，得换人形，仅修成女体。后来得知神瑛侍者下凡，她也跟着下凡，并抱定在凡间用眼泪还清"甘露"之债。第一回就有"还泪"之说：

> ……那绛珠仙子道："他是甘露之惠，我并无此水可还。他既下世为人，我也去下世为人，但把我一生所有的眼泪还他，也偿还得过他了。"因此一事，就勾出多少风流冤家来，陪他们去了结此案。那道人道："果是罕闻，实未闻有还泪之说。"

在"还泪"的隐喻框架下，作为"人"的林黛玉便是眼泪的化身。她的一生是一个哭泣的过程，她的死，不是世俗概念所形容的"断气""闭眼""心跳停止"等，而是"泪尽而亡"。所以小说文本暗示林黛玉从生到死的故事乃是一个"欠泪的，泪已尽"（第五回《飞鸟各投林》之曲）的故事。林黛玉本身也并不是用世俗的眼睛来看自己身体的衰落的，不用"消瘦""苍白"等词，而用"泪少了"来形容，即以眼泪的多少来衡量生命的兴衰。第四十九回中，林黛玉拭泪道："近来我只觉心酸，眼泪却像比旧年少了些的，心里只管酸痛，眼泪却不多。"宝玉道："这是你哭惯了心里疑的，岂有眼泪会少的。"这是典型的《红楼梦》的精神细节，与"还泪"的隐喻紧紧相连：眼泪既是生命的源泉，又是生命的尺度和坐标。因此，《红楼梦》的主要情节，尽管纷繁复杂，但也可以简化为"欠泪—还泪—泪尽"的眼泪三部曲。

文本中女主人公林黛玉的"还泪"故事是《红楼梦》的内在结构，而《红楼梦》的忏悔意识还表现在作者曹雪芹本身的创作也是一个"还泪"动机，属于外在结构的另一层大隐喻，这是理解《红楼梦》忏悔情感的关键。《红楼梦》一开篇，作者就毫不隐瞒自己的作品满纸都是眼泪：

满纸荒唐言，一把辛酸泪！
都云作者痴，谁解其中味？

这就是说，曹雪芹写作《红楼梦》的过程正是一个十年还泪的过程。前世心爱女子的"欠泪"也许只是一个形而上假设，那么，今生今世的写作倾诉，倒是作者欠了心爱女子的眼泪，而还债的形式只能是以泪还泪，所以作者要声明，写在纸上的，字字都是泪，都是血。"绛"即红，"绛珠"即血泪，还以绛珠仙子的还是"绛珠"。可惜曹雪芹的眼泪流尽时书还没有写完，泪尽而生命故事还没有写尽，这应当是作者最大的遗憾。

《红楼梦》的"还泪"隐喻，内外结构相互呼应，融合为一。这一点，《红楼梦》知音之一脂砚斋看出来了，甲戌本第一回中有条脂评，这样道破：

> 知眼泪还债大都作者一人耳。余亦知此意，但不能说得出。

这是脂评中最重要、最有见地的一句话，它点明了《红楼梦》正是作者的"还泪""还债"之作，十年写作过程正是"欠泪—还泪—泪尽"的过程。绛珠者，既是林黛玉，又是曹雪芹。脂砚斋提醒读者，不仅是林黛玉"泪尽而亡"，曹雪芹也是"泪尽而逝"。他在"满纸荒唐言，一把辛酸泪"一句上批道："能解者方有辛酸之泪，哭成此书。壬午除夕，书未成，芹为泪尽而逝。余尝哭芹，泪亦待尽。"

至此，我们可以看到曹雪芹著写《红楼梦》的动因和情感过程与小说文本中林黛玉的下凡的动因和生命过程完全同构。这可证明，曹雪芹写作《红楼梦》是为还债而写的，写作时充满欠债感、负疚感，写作过程是个还债的过程，也就是一个忏悔的过程，即实现良知责任与情感责任的过程。因此，《红楼梦》无疑是曹雪芹的一部忏悔录。

应该补充说明的是，曹雪芹还泪的对象主要是林黛玉，但不只是林黛玉。大观园女儿国里的小姐丫鬟，一个个哭泣而死。林黛玉泪尽而亡，晴雯、鸳鸯、尤三姐、金钏儿等，包括秦可卿、薛宝钗，何尝就没有眼泪，何尝不是在某种意义上也是泪尽而亡。曹雪芹辜负的不仅是一个心爱的女子，而是一群女子，所谓"闺阁中本自历历有人"，其"历历"二字，足以说明作者内心还债的不止一人。也正是这样，《红楼梦》的忏悔内涵和悲剧内涵显得更为深广。于是，我们也感悟到，作者所欠的是一群诗化生命的眼泪，所写的是这群诗化生命如何被眼泪淹没而亡，而自己也报以全部泪水，而且每一滴眼泪——每个字，也都诗化，绝不敷衍。正是这样，《红楼梦》便不是一般的文学忏悔录，而是具有高度诗意的忏悔录。

负债感、负疚感通过"欠泪—还泪"的意象隐喻来表达，是曹雪芹的巨大艺术创造。曹雪芹的忏悔意识不是抽象的宗教性的理性判断，不是道德结论，而是一个还泪的情感过程。这个过程既是小说文本主人公的情感过程，也是浸透于作者整个写作时间的情感过程。《红楼梦》情感之所以异常真挚动人，正是欠泪—负债感深入忏悔者内心的深渊，而忏悔者想从深渊中走出来，又用全部生命去努力"赎罪"（还债）。《老残游记》的作者刘鹗说，文学的本质就是哭泣，这是对的。文学的事业就是眼泪的事业。但是，简单的哭泣会使文学变成控诉文学、谴责文学或伤痕文学。这种文学的缺点是宣泄眼泪，排遣痛苦，而没有欠泪的罪感与还泪的自我救赎意识，因此，也难以展示人性之深与灵魂之深。托尔斯泰的《复活》也有欠泪—还泪的过程，但没有"泪尽"的大悲伤与大悲剧。卢梭的《忏悔录》则几乎没有眼泪。而最具文学性的乔伊斯的《一个青年艺术家的自画像》，虽然有诗化的忏悔情感流程，但也缺少《红楼梦》这种"欠泪—还泪—泪尽"的完整历程。《红楼梦》在忏悔文学史上的确是一个奇观。

四、伟大的忏悔录

在中国缺少罪感文学的传统下，18世纪却出现了《红楼梦》这样一部伟大的忏悔录，这是中国文学史上破天荒的奇迹，也是世界文学史上的奇迹。

说《红楼梦》是忏悔录，绝非牵强附会。上文已提到《红楼梦》的作者曹雪芹在小说开卷第一回的作者自叙。曹雪芹在这段自叙中两次提到"罪"的概念："半生潦倒之罪"，"我之罪固不免"，罪感洋溢纸上。也正是据此，

"五四"时期胡适在考证《红楼梦》作者是曹雪芹和《红楼梦》乃是作者的"自叙传"之后又确认这部伟大的小说是"忏悔录"。他说：

> 《红楼梦》明明是一部"将真事隐去"的自叙的书。若作者是曹雪芹，那么，曹雪芹即是《红楼梦》开端时那个深自忏悔的"我"！即是书里的甄、贾（真、假）两个宝玉的底本！懂得这个道理，便知书中的贾府与甄府都只是曹雪芹家的影子。

胡适之后俞平伯又肯定《红楼梦》是"感叹自己身世"的书，并确认它是一部忏悔录。他说：

> 依我悬想，宝玉底出家，虽是忏悔情孽，却不仅由于失意。忏悔底缘故，我想或由于往日欢情悉已变灭，穷愁孤苦，不可自聊，所以到年近半百，才出了家。书中甄士隐，智通寺老僧，皆是宝玉底影子。

如上所说，俞平伯把忏悔录说成"忏悔情孽"，把忏悔的广阔内涵狭窄化了，并不恰当，但他肯定《红楼梦》

的忏悔思路却没有错。20世纪50年代初期，在批判胡适与俞平伯中，忏悔说也遭到批判。1954年12月8日，郭沫若在中国文学艺术界联合会主席团会上做了《三点建议》的发言，并特别批判了忏悔论。他说：

> 把反封建社会的现实主义的古典杰作《红楼梦》说成为个人忏悔的是胡适，把宣扬改良主义的封建社会的忠实奴才武训崇拜得五体投地的也正是胡适。

郭沫若把反封建社会的意识与忏悔意识对立起来，显然不妥。此外，把《红楼梦》视为忏悔录的，也不仅仅是胡适，早在1869年（同治八年）江顺怡（字秋珊）在其著述《读〈红楼梦〉杂记》中就说过："盖《红楼梦》所纪之事，皆作者自道其生平，非有所指，如《金瓶梅》等书意在报仇泄愤也。数十年之阅历，悔过不暇，自怨自艾，自忏自悔，而暇及人乎哉？所谓宝玉者，即顽石耳！"

江顺怡的书影响不大。而胡适同时代的、影响了整个中国现代文化的伟大文学家鲁迅，其对《红楼梦》的见解也与胡适相近，他不仅确认《红楼梦》是一部自叙传，而且是一部忏悔录。他在《中国小说史略》中说：

然谓《红楼梦》乃作者自叙，与本书开篇契合者，其说之出实最先，而确定反最后。

在《中国小说的历史的变迁》中又说：

　　此说出来最早，而信者最少，现在可是多起来了。因为我们已知道雪芹自己的境遇，很和书中所叙相合。雪芹的祖父、父亲，都做过江宁织造，其家庭之豪华，实和贾府略同；雪芹幼时又是一个佳公子，有似于宝玉；而其后突然穷困，假定是被抄家或近于这一类事故所致，情理也可通——由此可知《红楼梦》一书，说是大部分为作者自叙，实是最为可信的一说。

在确认《红楼梦》为自叙之书后，鲁迅便确认它是忏悔之书，他说：

　　但据本书自说，则仅乃如实抒写，绝无讥弹，独于自身，深所忏悔。此固常情所嘉，故《红楼梦》至今为人爱重，然亦常情所怪，故复有人不满，奋起而补订圆满之。此足见人之度量相去之远，亦曹雪芹之所以不可及也。

鲁迅对《红楼梦》的评价，这段话是关键。他认为曹雪芹所以不可及，高出其他小说家，《红楼梦》所以受人爱重，就在于书中浸润着"深所忏悔"之情。鲁迅还说，《红楼梦》比晚清谴责小说成功，就因为它与笔下人物共忏悔，他说：

中国之谴责小说有通病，即作者虽亦时人之一，而本身决不在谴责之中。倘置身局内，则大抵为善士，犹他书中之英雄；若在书外，则当然为旁观者，更与所叙弊恶不相涉，于是"嬉笑怒骂"之情多，而共同忏悔之心少，文意不真挚，感人之力亦遂微矣。

鲁迅把"共同忏悔之心"视为一种美学资源，一种达到"文意真挚"而获得"感人之力"的途径。在探讨晚清文学的得失时，鲁迅道破这点是格外重要的。这既指出谴责小说的根本弱点，也说明《红楼梦》成功的最重要原因。

《红楼梦》的忏悔意识渗透全书，并构成其大悲剧的精神核心，但其罪意识的主要承担者则是作者自身和他在小说中的人格化身贾宝玉。鲁迅说：

颓运方至，变故渐多；宝玉在繁华丰厚中，且亦屡与"无常"觌面，先有可卿自经，秦钟夭逝；自又中父妾厌胜之术，几死；继以金钏投井；尤二姐吞金；而所爱之侍儿晴雯又被遣，随殁。悲凉之雾，遍被华林，然呼吸而领会之者，独宝玉而已。

又说："在我的眼下的宝玉，却看见他看见许多死亡；证成多所爱者，当大苦恼，因为世上，不幸人多。惟憎人者，幸灾乐祸，于一生中，得小欢喜，少有挂碍。"领略"悲凉之雾"的，除宝玉外，最深刻的应当还有林黛玉。但林黛玉"还泪"是"质本洁来还洁去"，并不承担罪责。因此，如果从负罪的领悟来说，宝玉确实是独一无二的承担者。他看到女子一个一个死亡：秦可卿、金钏儿、晴雯、鸳鸯、林黛玉等，每一个女子的死亡都与自己相关，有的与自己的行为相关，有的与自己的情感相关，有的是自己参与制造其死亡的悲剧（如林黛玉、晴雯、金钏儿），有的虽然没有直接参与，但也感到无可拯救的迷惘（如鸳鸯、妙玉、尤三姐、尤二姐等）。大慈悲者，总是天然地集人间大苦恼于一身。对于鲁迅的这一思想，在后来的红学研究中，舒芜发挥得最为精辟，他说："'多所爱者，当大苦恼，因为世上，不幸人多。'这就是贾宝玉的悲剧，就是他把一切他所爱者的不幸全担在他自己肩上，比每一个不幸者自己所感的苦恼更为苦恼的大苦恼，大悲剧。"他还说：

> 宝玉感受到的还不只是他自己的悲剧的重量，加上所有青年女性的悲剧的重量的总和，而是远远超过这个总和。因为，身在悲剧当中的青年女性，特别在那个时代，远不是都能充分自觉到自己的被毁灭的价值，远不是都能充分感受到自己这一份悲剧的重量，更不能充分地同感到其他女性的悲剧的重量。

贾宝玉的负疚感和罪感，首先是来自对林黛玉深情的辜负。《红楼梦》第二十八回开首一段，直接写到贾宝玉的负疚感：

> 话说林黛玉只因昨夜晴雯不开门一事，错疑在宝玉身上。至次日又可巧遇见饯花之期，正是一腔无明正未发泄，又勾起伤春愁思，因把些残花落瓣去掩埋，由不得感花伤己，哭了几声，便随口念了几句。不想宝玉在山坡上听见，先不过点头感叹；次后听到"侬今葬花人笑痴，他年葬侬知是谁""一朝春尽红颜老，

花落人亡两不知"等句，不觉恸倒山坡之上，
怀里兜的落花撒了一地。

林黛玉"花落人亡"之诗，乃是林黛玉富有诗意的死
亡通知。倘若别人听来，也许无所感觉，但对于宝玉来说，
却是一次大震撼，于是，他"不觉恸倒山坡之上"。仅仅
死亡的预告就使得宝玉如此惊恸，何况以后真的死亡。然
而，她年纪轻轻就死了。她的死，正是为爱而死。林黛玉
的前世形象是"欠泪"者，现世的形象是"还泪"者，而
她的死亡是"泪尽"。一生眼泪为谁而流，为谁而尽？这
是不言而喻的。如果说前世的林黛玉是个负债者，那么今
生今世，她已经把债偿还。偿还之后负债主体发生了转变，
前世付出"甘露"的施惠者变成今世的负债者，贾宝玉是
新一轮的欠泪者。所以，《红楼梦》作者一开篇就声明，
整部著作正是十年"辛酸泪"所凝聚而成的。这就是说，
曹雪芹的写作本身也是一个欠泪—还泪的故事。

林黛玉作为眼泪的化身，她实际上又是眼泪的"女
神"。而宝玉的前身，既是灌溉绛珠仙草的神瑛侍者，又
是女娲补天淘汰下的顽石。那么今世的贾宝玉便是以顽石
为形的。正是林黛玉的眼泪，净化了这块顽石，使它没有
回到泥的世界，而保持了"玉"的品性。曹雪芹在小说开
篇所表达的罪感，也正是表明他自己曾陷入深渊之中，但

不能忘记引导他走出色欲、升华情感的女神们。他的罪感，正是自己意识到辜负了这些用眼泪柔化他心灵的女性。这种写作的动因，这种负疚与自我救赎的出发点，使得整部作品浸满了人间最真挚的情感，使所有的文字都带上这份伤感之情，也使得《红楼梦》成为伟大的伤感主义文学。

对于薛宝钗，贾宝玉也有负疚感。他和宝钗确有心灵的冲突与紧张，这种冲突与紧张，正是名教与性情的冲突与紧张的反映。

《红楼梦》的人性深度恰恰表现在这里，曹雪芹把自己的主体灵魂加以对象化，外化为多divot互相冲突的形象，构成了小说中灵魂的双音和对话。在整部作品中，我们处处可以看到两种意识的矛盾，两种心灵方向的碰撞。林黛玉是曹雪芹灵魂的一角，薛宝钗也是他的灵魂的一角，两者都是曹雪芹灵魂的对象化。她们的不同声音，她们对礼教与性情的争论，是曹雪芹灵魂中的争论，也是贾宝玉灵魂中的争论。所以，我们可以把《红楼梦》视为"灵魂对话"和"灵魂辩论"的伟大小说。表现于人物形象，对话与辩论主体是贾宝玉与贾政，是贾宝玉与薛宝钗，是林黛玉与薛宝钗等（即对象主体的对话）；而表现于作家（创造主体）曹雪芹，则是他自身灵魂的对话与辩论。论辩的主题就是明末的思想主题之一，即名教与性情。

《红楼梦》作为真正的文学作品，它与世俗层面上的论辩不同，它不是着意去分清名教与性情的孰是孰非，谁好谁坏。曹雪芹在情感上虽然更倾向于性情中人，但绝不是去追究名教中人的"凶手"，他理解一切人，爱一切人，宽恕一切人，和一切人共同承担痛苦与罪责。包括对薛宝钗与袭人这种遵从名教的女子。为了说明这一点，我们不妨解读一段贾宝玉与薛宝钗的一场论辩性对话。这段对话可以视为《红楼梦》灵魂冲突的"纲要"之一。对话发生在贾宝玉立志出家做和尚的前夕（第一百一十八回）：

却说宝玉送了王夫人去后，正拿着《秋水》一篇在那里细玩。宝钗从里间走出，见他看的得意忘言，便走过来一看，见是这个，心里着实烦闷，细想："他只顾把这些'出世离群'的话当作一件正经事，终久不妥！"看他这种光景，料劝不过来，便坐在宝玉旁边，怔怔的瞅着。宝玉见他这般，便道："你这又是为什么？"宝钗道："我想你我既为夫妇，你便是我终身的倚靠，却不在情欲之私。论起荣华富贵，原不过是'过眼烟云'；但自古圣贤，以人品根柢为重……"宝玉也没听完，把那本书搁在旁边，微微的笑道："据你说'人品根柢'，又是什么'古圣贤'，你可知古圣贤说过，

'不失其赤子之心'。那赤子有什么好处？不过是无知，无识，无贪，无忌。我们生来已陷溺在贪、嗔、痴、爱中，犹如污泥一般，怎么能跳出这般尘网？如今才晓得'聚散浮生'四字，古人说了，不曾提醒一个。既要讲到人品根柢，谁是到那太初一步地位的？"宝钗道："你既说'赤子之心'，古圣贤原以忠孝为赤子之心，并不是遁世离群、无关无系为赤子之心。尧、舜、禹、汤、周、孔，时刻以救民济世为心，所谓赤子之心，原不过是'不忍'二字。若你方才所说的，忍于抛弃天伦，还成什么道理？"宝玉点头笑道："舜尧不强巢许，武周不强夷齐。"宝钗不等他说完，便道："你这个话，益发不是了。古来若都是巢、许、夷、齐，为什么如今人又把尧、舜、周、孔称为圣贤呢？况且你自比夷齐，更不成话。夷齐原是生在殷商末世，有许多难处之事，所以才有托而逃。当此圣世，咱们世受国恩，祖父锦衣玉食；况你自有生以来，自去世的老太太，以及老爷太太，视如珍宝。你方才所说，自己想一想，是与不是？"宝玉听了，也不答言，只有仰头微笑。

贾宝玉与薛宝钗的这段论辩，正是贯穿于《红楼梦》全书的灵魂冲突——名教与性情的冲突，人伦本体的良知责任与生命本体的良知责任的冲突。薛宝钗讲的是名教之理，是儒教的以尊重人伦关系为价值尺度的良知责任，即孟子那种以"四端"意识为价值尺度的道德承担精神，从这种人伦性的良知立场出发，她指责宝玉"忍于抛弃天伦"，完全违背圣贤之教。这一指责是有道理的，是符合充分理由律的。而贾宝玉讲的则是性情，是以人的自由天性为价值尺度的良知责任，即尊重人的生命自然、自由价值的道德精神。在贾宝玉看来，现实的名教和以名教为旗号的种种尘网，恰恰是扼杀了这种本体价值，从而造成许多美丽而无辜的生命一个一个死亡。他的不忍之心，是不忍看到这种死亡。贾宝玉的申辩也是有道理的，也完全符合充分理由律。但是，贾宝玉对薛宝钗指责他"忍于抛弃天伦"，没有直接反驳，这是很重要的，实际上，一个从内心深处真正尊重个体生命的人，也应该尊重和自己观念不同的生命，何况是和自己的命运连在一起的生命。贾宝玉最后决心出家，离开尘缘，这种决定，对他的个体生命是一种完成，对自己的灵魂是一种救赎，但对与他密切相关的生命，对他的父母、妻子和将生的儿子，却是一种"抛弃"，所以他对宝钗的责问，只能沉默，只能"仰头微笑"。这种沉默与微笑，既是对宝钗责问的无可奈何，又是对自己罪责的一种默认。

这场论辩，是贾宝玉在结束尘缘之前和薛宝钗在最深的精神层面上的论辩，是传统的良知价值观念与正在觉醒的近代良知价值观念的一场论辩。《红楼梦》真了不起，它没有忘记自己是文学，它不是急忙地给这场论辩做结论，相反，它超越是非善恶的价值判断，展示人性多层面的冲突和命运的多重暗示。这种多重暗示，不是简单地谴责薛宝钗，而是把薛宝钗自身灵魂的冲突和人性深度表现出来，而且也把宝玉对她的理解和负疚感切入其中。在曹雪芹笔下，薛宝钗不仅美丽、聪明绝顶，而且很有修养，很会做人，这不是"反讽"的说法，而是宝钗性情中真的有一种可爱的东西，这种美德就是她尊重和她有亲缘关系的人，而且为人处世总是不愿意使人难受。名教确实赋予宝钗一种美德，一种贤惠的性情，不能不承认这也是一种好性情，也是一种价值。然而，名教在赋予她美德的同时，这种美德又给她带来困境甚至灾难。（贾宝玉的真性情也给许多女子带来灾难。）例如，金钏儿死了之后，王夫人带着负疚感和她谈起，她对王夫人的内心世界是非常清楚的，但她如果要说王夫人的"不是"，就会使王夫人更加痛苦，自己陷入"不孝"；而要使王夫人高兴，就要替王夫人开脱罪责，陷入不仁。"四端"中的两端，本身就有矛盾和冲突。所以她编了那一段安慰王夫人的话。这段话，温顺中有世故，残忍中又有"不忍"。试想，她已见到王夫人在自责，那还该怎么办呢？在《红楼梦》中这种困境很多，让我们看到名教似乎是罪恶，但罪恶又通过形象的具体承担和具体冲突而呈现出名教与性情关系的全部复杂性。

曹雪芹作为一个真正的作家，正是在超越的层面上来看宝钗，所以他尽管写了宝钗人性的挣扎，但没有把宝钗放在善与恶、好与坏的框架上，对薛宝钗和林黛玉心灵的差异，他也没有做任何是与非的价值判断，伟大文学作品中的人物总是被神秘的命运推着走。是命运，不是是非。因此，曹雪芹也同情薛宝钗。他的人格化身贾宝玉对林黛玉和薛宝钗都怀着爱，他不仅感到欠了林黛玉的债，也感到欠了薛宝钗的债。

五、文学的超越视角

佛典用因缘的观念解释万物万象，在佛学看来，人生无非一因缘，世界亦无非一因缘，甚至佛教的出现亦为世间一大因缘而起。但是，各人所见不同，各人所悟有异，因而也就各有各的因缘。世间的因缘可以从各处去说。作为现实的人，不得不带有目的和功利的要求去说因缘，这并非是人类的渺小和卑下，而是因为人类必须通过明确的人与人之间的权利、义务等功利活动，才能建立一个长远的互惠互利的社会。在生存寄居的世间，繁多的社会惯例、风俗、道德信条和法律规则，都是规范人们建立个人行为的共同准则，这些准则使社会成员之间能够合作，能够互不侵犯，从而保证各自的现实利益。从这一点着眼，世间万事的因缘都有一个究竟，世间的纠纷亦有一个是非。无究竟无是非便无法说清世间的因缘。尽管佛说世间的因缘无穷无已，万劫万世，没有止境，但因缘在具体情形之下，却必定有个究竟是非的准则，亦必定有个究竟是非的结局。就像既上了法庭，求诸公诉，就必定有个胜负或者和解的结局。就像双方发生战争，总有道理上的正与反，总有道德上的善与恶，虽然人类不易分辨其中的善恶，或者一时分辨不清。分别现世因缘的究竟是非，是人类说因缘的方式之一。不离究竟是非说因缘，就是凭借目的和功利说因缘。用佛教的术语来说，这是说因缘的"世间法"。

然而，优秀的文学作品却有它们对人间世事的别样的因缘说法，它们超越了上述的世间法。正如康德所说的那样，审美判断是"主观的合目的性而无任何合目的"的判断。所谓无目的是它超越了世间活动的功利性，超越了世俗眼光的目的性，进入人类精神境界的更高层次。在这个境界里，世间的无罪便是此间的有罪，世间的有罪便是此间的无罪，反之也是如此。当然，文学的超越性，其意义并不在于和世间法相反，而在于它站在更高的层次看待人的责任问题。这种对人间世事因缘的说法，是世俗视角所不能涵盖的，因为这其中没有如同功利性那样清楚的目的存在，也没有目的性那样明确可以把究竟说尽。比如我们在那些真正伟大的作品里就找不到明确的"凶手"。这不是因为作者故意设置迷局，而是作者超越性眼光所在，也是虚构的小说世界的根本特点。只有这样的虚构世界，它的"目的性"才能消失，而它的"合目的性"才能显现。

《红楼梦》里有一位一无是处的丑陋的坏人，就是赵姨娘。她心理阴暗，内心歹毒，形象丑陋，作者对她毫无宽容。这个人物是《红楼梦》里与作者的一贯主旨不相符合的唯一的人物。也许是由于作者对妾制度极端厌恶却不能释怀的反映。幸好她不是一个主要角色，并不介入故事中的核心悲剧，否则就会有严重的败笔。论《红楼梦》里的悲剧，林黛玉的死，贾府的被抄，贾宝玉的出家，都跟赵姨娘没有关系。说到荣宁二府的败落，也许她也身在其中了，罪不容辞，但平心而论，她不过是大厦崩塌中的一块朽木，要数元凶，当然不是赵姨娘。与此相反，读者却在故事的悲剧中发现许多无罪的凶手和无罪的罪人。例如，贾宝玉、贾政、贾母、薛宝钗等，都是无罪的罪人。他们本着自己的信念行事，或为性情中人，或为名教中人，或为非性情亦非名教仅是无识无见的众生，这本是无可无不可的事情，但不幸的是他们生在一起，活在同一地方，不免发生冲突，最后一败涂地。对于这种悲剧，若要做出究竟是非的判决，或要问起元凶首恶，真是白费力气。因为叙述者对故事的安排和人物的设置本身就清楚地告诉读者，他企图叙述的是一个"假作真时真亦假"的故事。矛盾的诸方面在自己的立场上看自己是真的，但看对方却是假的，真假不能相容，真真假假中便演出一场又一场恩恩怨怨的悲欢离合的悲剧。叙述者比他笔下的人物站得更高，给读者展示了一个像谜一样的永恒的冲突。贾宝玉到小说快要结束的时候，才突然悟到：要跳出与生俱来的恩怨纠葛，以出家当和尚来偿还现世的罪孽。

相对于现世的目的性和功利性而言，审美判断是无目的性的。在虚构的叙事作品里，叙述者对情节事件的因果关系的解释并不趋向一个究竟谁是谁非的最终的和明确的判断。正是在这个意义上，叙述者才实现了小说的美学价值，作品才真正摆脱了"世间法"那种功利性和目的性的缠绕，而达到超越的境界。当然，审美判断最后还是合目的性的，但这种目的性是在无目的的前提下的合目的性。它叙述时对情节事件的因果关系的解释并不趋向一个究竟是非的判断，但并非没有判断，只是叙述者超越视角带来的解释存在着更多的层次和更复杂的眼光，存在着互为因果的缠绕。更重要的是叙述者超越视角带来的普遍的良知责任意识，从而引导读者在形而上的层面思考人生与世间的各种因缘，思考罪与忏悔。贾宝玉最后明白事情真相之后，觉得是他自己害了林黛玉，他自己正是"罪人"，因此，他告别尘缘出家去做灵魂的自我救赎。这种忏悔正是出于良知的忏悔。在奉行纲常名教的家族里，他并没有决定自己婚姻的权利，更不用说他人，因而他无须承担这方面的责任。但不负现世的责任并不等于可以不负良知的责任。他和林黛玉毕竟相爱过一场，林黛玉毕竟是因他而死的。他虽然不可能做他想做的，但他却可以拒绝他想拒绝的。道德主体所以应该承担良知责任，就在于它无论在何等被动的情形下，终归有一个不可剥夺的属于自身的自由意志。贾宝玉的忏悔充分表现了不可剥夺的道德主体的承担力量。审美判断的合目的性，正是表现在它把道德主体当成它自己的目的。如果文学作品缺乏赎罪意识与忏悔意识，缺乏对良知责任的自我体悟，道德主体的合目的性自然就会消失并还原为迎合现世功利的目的。

审美判断的合目的性并不是指向一个具体的功利目的，指向现世的道德教训或世俗观念，而是指向人作为自由意志的存在本身。在虚构作品里，如何才能体现人是自由意志的存在，如何才能体现人作为最终目的的这种精神？《红楼梦》就是现成的范例，它回答说：作者对人生必须有形而上的体验，叙述者对人物的命运的解释必须不为世间的眼光所围，必须抛开世间法说虚构小说世界的因缘，刻画出来的人物有"思我所思"的特点——道德主体反观自身的良知责任。在不朽的经典名著中，我们通常都可以发现人物具有"思我所思"的特点。《卡拉马佐夫兄弟》中的阿廖沙，《心》里的先生，《红楼梦》中的贾宝玉，《狂人日记》里的狂人，叙述者通过刻画这样的人物性格，使得小说对人世因缘的解释完全超脱了世俗的眼光，即人生的悲欢离合，世界的不圆满，并不完全是几个小人、坏蛋或罪人在其中捣乱而成，而是与我们人性的不完整性相联系的，尽管我们并没有直接卷入事件的责任。因此，罪意识、忏悔意识，不仅是承担良知责任的表现，亦是对虚构故事作品的较高的美学要求。

论《红楼梦》的哲学内涵[*]

　　《红楼梦》是一部伟大的文学著作。它不但具有最精彩的审美形式，而且具有最深广的精神内涵。我今天讲的题目，也是《红楼梦》精神内涵的一部分。以往分析《红楼梦》的文字虽多，但从哲学上进行专题研究的论著却几乎没有。我今天算是开一个头，专门讲《红楼梦》的哲学，包括讲曹雪芹的哲学观与浸透于《红楼梦》文本中的哲学意蕴。

　　1986年1月20日，中国社会科学院文学研究所召开纪念俞平伯先生从事学术活动六十五周年会议（此会由笔

＊　本文为著者2005年12月在台湾"中央大学"哲学研究所与东海大学中文系的演讲稿。

者主持），俞先生在会上宣读了自己的红学近作《旧时月色》和《评〈好了歌〉》。讲话的中心意思是希望大家多从哲学、文学的角度研究《红楼梦》。同年11月，他应香港中华文化促进中心和香港三联书店邀请，又做了《索隐派与自传说闲评》的演讲，再次主张研究《红楼梦》应着眼于它的文学与哲学方面。（箫悄的《俞平伯传》，正名《古槐树下的学者》，第342页记载此事；《俞平伯传》由杭州出版社出版。）俞平伯先生一辈子都在考证《红楼梦》，但他并不希望人们继续他的学术道路，而是表达了另一种期待，这是一个很负责任的期待。可是二十年过去了，仍然看不到关于《红楼梦》哲学的专题研究论著。

在纪念活动之前八十年，二十七岁的王国维发表《红楼梦评论》，并做了一个非常重要的论断："故《桃花扇》，政治的也，国民的也，历史的也；《红楼梦》，哲学的也，宇宙的也，文学的也。此《红楼梦》之所以大背于吾国人之精神，而其价值亦即存乎此。"王国维说《红楼梦》是宇宙的，是指作品的无限自由时空，不是《桃花扇》那种现实的有限时空。相应地，便是《红楼梦》具有一个大于家国境界和历史境界的宇宙境界。更值得注意的是，王国维指出《红楼梦》是"哲学的也"。即不仅是文学，而且是哲学。为什么？王国维虽然引用叔本华哲学来说明《红楼梦》的悲剧意义与伦理意义，但没有直接说明、阐释《红

327

楼梦》的哲学内涵，他之后一百年也没有人充分说明。事实上，《红楼梦》不仅具有丰富的人性宝藏、文学宝藏，而且拥有最丰富的哲学宝藏、思想宝藏、精神宝藏。中国文化最精华的东西，中国文学、哲学最精彩的元素都蕴含在这部伟大的小说中。

哲学有理性哲学与悟性哲学之分。理性哲学重逻辑，重分析，重实证；悟性哲学则是直观的，联想的，内觉的。《红楼梦》的哲学不是理性哲学，而是悟性哲学。这种哲学不是概念、范畴的运作，而是浸透在作品中的哲学意蕴。冯友兰先生到西方深造之后回头再治中国哲学，便在方法上从一变为二：正方法与负方法同时进行。所谓正方法，便是理性哲学方法，逻辑分析方法；所谓负方法，则是感悟与直观的方法。前者是西方哲学的长项，后者是中国哲学的长项。禅把直观、感悟的方法发展到极致。禅宗六祖慧能的不立文字、明心见性的方法，便是放下概念范畴直达事物核心的方法。慧能是一个不识字的天才思想家，他给哲学给思想展示一种新的可能性，即无须逻辑、无须论证分析而思想的可能，这是另一种哲学方式得以实现的可能。做此划分后，可以说《红楼梦》的哲学不是理性哲学，而是悟性哲学。

与此相关，笔者还想做另一种区分，提出另一种概念，这就是哲学家哲学和艺术家哲学的区分。哲学家哲学是抽象的，思辨的，与艺术实践是相脱离的；而艺术家哲学则是感性的，具体的，与艺术实践和审美实践紧密相连的，甚至是直接由艺术实践呈现出来的。《红楼梦》哲学属于艺术家哲学。

老子哲学与庄子哲学虽然精神指向相同，但哲学形态却有很大区别。老子是思辨性的哲学家哲学，庄子则是意象性的艺术家哲学。庄子的文章可称作散文，庄子也可视为大散文家，老子则不能，但谁也否定不了庄子又是哲学家。一般地说，艺术家哲学与悟性哲学较为相近，但也不能说悟性哲学就是艺术家哲学，例如慧能的哲学可界定为悟性哲学，却不可以说它是艺术家哲学，因为它固然可以影响作家的艺术实践，但本身却与艺术实践无关，其形态也没有任何文学艺术性。《红楼梦》的哲学形态类似庄子，其巨大的哲学意蕴寓于精彩的文学形式与审美形式中，寓于丰富的寓言与意象中，所以既可称庄子是文学家，也可称庄子为哲学家。曹雪芹也是如此，两者兼得。但迄今为止，曹雪芹还没有庄子的幸运，即还没有作为文学家和哲学家都被充分认识。在文学史上有《红楼梦》的崇高位置，在哲学史上曹雪芹则一直是一个缺席者。

把大作家的"艺术家哲学"列入哲学史并不唐突。在中国哲学史上，庄子早被列入；在西方哲学史上，拜伦也早被列入。拜伦是英国的大诗人，也是举世公认的浪漫主义文学代表人物。罗素的《西方哲学史》就特别开辟了"拜伦"一章（《西方哲学史》下卷，第二篇第二十三章，商务印书馆，1997年），论证拜伦时代的反叛哲学与贵族哲学，区别了贵族性反叛与农民性反叛的不同哲学内涵。与拜伦相比，《红楼梦》的哲学内涵丰富得多。若与《水浒传》相比，则也有贵族哲学与农民哲学的巨大差别。农民的反叛与贵族的反叛都对现存秩序和现存理念有所质疑或有所破坏，但贵族的反叛是有理想的，农民的反叛则往往缺乏理想。曹雪芹的哲学带有永远保留青春生命之真之美的理想。当然，这不是说《水浒传》和其他一些含有某些哲学颗粒的作品就可以进入哲学史，例如《金瓶梅》，就说不上什么哲学。《金瓶梅》是很杰出、很严格的现实主义小说，它把世俗生活的原生态，特别是人性的原生态呈现得如此真实，如此淋漓尽致，处处可以见到生活与生命的肌理。这部小说大胆描写性爱，但不对性爱做出价值判断，在当时也不简单。然而，《金瓶梅》没有哲学。小说结尾那点因果报应，只是小因小果，出了一个禅师，也谈不上什么禅性，这一画蛇添足的结尾，实际上是一大败笔。从哲学上说，《金瓶梅》完全不能和《红楼梦》同日而语。

正因为《红楼梦》属于悟性哲学，属于艺术家哲学，所以它没有用思辨代替审美，没有以理念代替艺术，不像当今流行于西方的所谓"后现代主义"，只有口号、主义、观念，却没有真艺术。所以完全可以说《红楼梦》是一部具有丰富哲学内涵的伟大文学作品。

一、《红楼梦》的哲学视角

探讨《红楼梦》哲学，首先应注意体现于全书的哲学视角，这是曹雪芹的宇宙观，也是哲学观。好的文学作品除了需要审美形式之外，还需要有思想，所以作品总是除了艺术性之外又带思想性。但是具有思想并不等于具有哲学。这里所不同的是思想不一定具备特别的视角，而哲学则一定具有某种视角，即某种特别的观照宇宙人生的方法。这种视角，带有独立价值，甚至带有思想所没有的永恒价值（思想一般只带有时代性、当下性）。没有视角，就没有哲学。视角一变，哲学的形态与内涵就跟着变。《儒林外史》作为一部文学杰作，可以说它很有思想（对科举的批判与对知识分子生存困境及人性困境的思索），但不能说它很有哲学，因为整部作品并不具备哲学视角。《红楼梦》的哲学属性，首先是它具有自身的哲学视角。

关于《红楼梦》的视角，笔者在以前的"评红"文字中，已经说过。此处为了论题解说的完整，不得不再做些简要的说明并做点补充。

笔者曾说《红楼梦》中有个大观园，而"大观"正是曹雪芹的世界观和哲学视角，我们可称之为大观视角或大观眼睛。所谓大观眼睛，用现代的语言表述，便是哲学性的宏观眼睛，或称没有时空边界的宇宙极境眼睛。《红楼梦》中帮助主人公贾宝玉"通灵"入世的一僧一道，他们就拥有这种眼睛，即具有天眼与佛眼。《金刚经》把眼睛分为天眼、佛眼、法眼、慧眼、肉眼五种，其中的天眼、佛眼、法眼、慧眼都属大观眼睛。与《金刚经》不约而同，《南华经》(《庄子》)也把眼睛分为多种，其最高的"道眼"，也是大观视角。《庄子》的开篇《逍遥游》，其大鹏的眼睛，也近似"天眼""道眼"，从九万里高空上俯瞰人间，便看出"大知"与"小知"的区别。大鹏的视角，也正是庄子的哲学视角。庄子在《秋水》中让北海若说道："以道观之，物无贵贱；以物观之，自贵而相贱；以俗观之，贵贱不在己。以差观之，因其所大而大之，则万物莫不大；因其所小而小之，则万物莫不小。知天地之为稊米也，知毫末之为丘山也，则差数睹矣。以功观之，因其所有而有之，则万物莫不有；因其所无而无之，则万物莫不无。知东西之相反而不可以相无，则功分定矣。以趣观之，因其所以然而然之，则万物莫不然；因其所非而非之，则万物莫不非。知尧桀之自然而相非，则趣操睹矣。"庄子在这里提出了"道观""物观""俗观""差观""功观""趣观"六种视角，除了其道观属于"大观"眼睛并可与天眼、佛眼同日而语之外，其他五种"观"则只能归为世俗眼睛。庄子用道观物，正是用大观的眼睛观物，这就打破了世俗眼睛对万有万物的人为分类分割，抵达破对待、空物我、泯主客、齐生死的"齐物"境界。老子也是用道眼看世界万物，因此也打破俗眼下的各种差别对峙，而抵达"大制不割"（《道德经》）的宇宙生命境界。

无论是《红楼梦》的天眼、佛眼，还是庄子的道眼，都是比一般眼睛更高的宇宙眼睛。这种眼睛最大的特点是视野无限广阔，如同宇宙一样没有边界，不知边界。王国维的天才在于他发现《红楼梦》的语境乃是没有边界的宇宙语境，而《桃花扇》则是具有现实时限的家国历史语境。所以《红楼梦》中的生命（角色），其本质并非家国中人，而是宇宙中人。他（她）们并不以为自己此时此刻的生存之所就是故乡。《红楼梦》一开篇就重新定义故乡，嘲笑世俗的常人"反认他乡是故乡"。那么，他们的故乡在哪里？他们从何处来，到何处去？全然不可知。"天尽头，何处有香丘？"这是《葬花词》中林黛玉的问题，也是曹雪芹笔下的无边语境。《红楼梦》第八十七回有一个重要细节，我们不妨重温一下：

惜春尚未答言，宝玉在旁情不自禁，哈哈一笑，把两个人都唬了一大跳。惜春道：

"你这是怎么说，进来也不言语，这么使促狭唬人。你多早晚进来的？"宝玉道："我头里就进来了，看着你们两个争这个'畸角儿'。"说着，一面与妙玉施礼，一面又笑问道："妙公轻易不出禅关，今日何缘下凡一走？"妙玉听了，忽然把脸一红，也不答言，低了头自看那棋。宝玉自觉造次，连忙陪笑道："倒是出家人比不得我们在家的俗人，头一件心是静的。静则灵，灵则慧。"宝玉尚未说完，只见妙玉微微的把眼一抬，看了宝玉一眼，复又低下头去，那脸上的颜色渐渐的红晕起来。宝玉见他不理，只得讪讪的旁边坐了。惜春还要下子，妙玉半日说道："再下罢。"便起身理理衣裳，重新坐下，痴痴的问着宝玉道："你从何处来？"宝玉巴不得这一声，好解释前头的话，忽又想道："或是妙玉的机锋。"转红了脸答应不出来。妙玉微微一笑，自和惜春说话。惜春也笑道："二哥哥，这什么难答的，你没的听见人家常说的'从来处来'么。这也值得把脸红了，见了生人的似的。"妙玉听了这话，想起自家，心上一动，脸上一热，必然也是红的，倒觉不好意思起来。

在大观眼睛之下，生命并非生灭于世间地图上的固定点，而是在大宇宙往往返返的自由点，不知从何处来，到何处去。生命正是具有这种神秘，这种无定与无常，才显得空旷广阔。

正因为具有大观视角，所以《红楼梦》才有许多独特的发现。贾宝玉发现世间有两种世界，一个是以男人为主体的泥浊世界，一个是以少女为主体的净水世界。他所努力的是站立在泥浊世界的彼岸，保持"玉"的灵性与真纯。贾宝玉的眼睛不是肉眼，而是天眼、道眼，所以他才能发现一个遍布整个人间而且就是你身边但肉眼看不见的诗意世界，这就是贵族少女和丫鬟们所构成的女儿国。在他的意识与潜意识里，这些诗意生命，正是世界的本体，历史的本体，其重要性连佛陀与元始天尊都难以企及。《红楼梦》之所以是伟大的悲剧，正因为它是诗意生命的挽歌，把最有价值的诗意生命毁灭给人们看，便构成最深刻的伤感主义悲剧。

也正因为《红楼梦》具有大观的眼睛，所以才能"由空见色"——用佛眼观照色世界，也才能看到色空：色世界的虚妄，色世界的荒诞。跛足道人的《好了歌》，是哲学歌，是荒诞歌。泥浊世界的主体（男人）都知道"神仙好"，但他们什么都放不下，主宰其生命的只有金钱、权位、美色等等。他们生活在泥浊之中而不自知，是因为他们只能以"差"观物，以功利的肉眼观物。与此不同，那些天眼道眼却发现你争我夺的"甚荒唐"。这就是说，由色生情，传情入色，产生悲剧；而因空见色，知色虚妄，则产生荒诞剧。而所谓的"因空见色"，便是用空眼即天眼、佛眼来观看花花世界。《红楼梦》看世界、看生命、看人生，全然不同凡俗，就仰仗于大观哲学眼睛。王国维虽然道破《红楼梦》是宇宙的、哲学的，却没有抓住这个宇宙视角，因此也没有发现《红楼梦》的荒诞意蕴，仅止于谈论悲剧，这不能不说是这位天才的局限。

关于大观眼睛，笔者在以往的文章中已经论述过。这里须做一个重要补充的是，《红楼梦》除了具有"大观"视角之外，还有一个读者也许尚未注意的"中观"视角。没有佛教的东来，没有禅宗，就没有《红楼梦》。从哲学上说，就是《红楼梦》具有佛教特别是禅宗的中观视角。所谓中观视角，乃是大乘佛教的一个重要学派——中观学派的一种哲学观。早在公元2—3世纪，佛教大师龙树及其弟子提婆就创立了中观学派，龙树自著《中论》阐释了中观学说。这一个学说认为：万物"自性空"而又"假名有"，这两者是统一的。"自性空"就存在于"假名有"之中，两者相互依存，这种关系便是"中道"。用假有性空的中道观点作为观察世间万物的视角和处理一切问题的原则，就是"中观"。"中观"的核心意思是说，世间万物的空与有，无常与常，各是矛盾的一边，观照主体不应落入一边，偏执一方。这一中观学说后来与大乘如来藏、般若智慧，成为禅宗三大思想来源。慧能的"不二法门"，其源头之一，便是"中观"视角。曹雪芹的"假作真时真亦假，无为有处有还无"便是打败两极对峙的中观视角。中观与大观相通，只有在大观的眼睛下，才有处理现实问题的中观态度。大乘佛教的中观方法以及把这一方法发展到极致的慧能的不二法门，便成为《红楼梦》的哲学基点。

二、《红楼梦》的哲学基石

过去有人说，庄即禅，禅即庄。禅与庄，确实有共同之处，两者都讲整体相，不讲分别相、差别相。两者都讲破对立、空物我、泯主客、齐生死，但仍然有区别。庄子在讲"齐物"论时具有相对主义的理性论证和思辨探讨，而禅只讲眼前的生活境遇。庄子还树立真人、至人、神人等理想人格，而禅则扬弃了一切偶像只求神秘性质的心灵体验。这就是说，禅更为内心化、灵魂化。

从哲学上说，禅的内核是心性本体论（也可称为自性本体论）与"不二"方法论（即不二法门）。但《红楼梦》又把不二法门进一步泛化，推演到宇宙世界，以至物我无分，天人无分，阴阳无分，直通《易经》哲学。第三十一回史湘云所表述的阴阳一体、阴阳合一可看作曹雪芹哲学观的一项重要内容。史湘云对翠缕说："天地间都赋阴阳二气所生，或正或邪，或奇或怪，千变万化，都是阴阳顺逆。多少一生出来，人罕见的就奇，究竟理还是一样。"翠缕听完问道："这么说起来，从古至今，开天辟地，都是阴阳了？"湘云笑道："糊涂东西，越说越放屁。什么'都是些阴阳'，难道还有个阴阳不成！'阴''阳'两个字还只是一字，阳尽了就成阴，阴尽了就成阳，不是阴尽了又有个阳生出来，阳尽了又有个阴生出来。"最后她做了个比喻，更为透彻："比如那一个树叶儿还分阴阳呢，那边向上朝阳的便是阳，这边背阴覆下的便是阴。"史湘云在这里所做的比喻是说阴阳同一，又阴又阳才是道，阴阳结合才是道，这和《红楼梦》开篇第一回的跛足道人所解的"好"与"了"两个字实为一体，意思相通。道人说："……世上万般，好便是了。"世界万物，生和死，好和了，阴与阳，乃是相反相成，相互转化。而每一个生命，也如同丰富的宇宙，都秉阴阳二气所生，或正或邪，或奇或怪，千变万化，二气实为一体，同一生命，不可以简单把一个丰富生命判定为"好"与"坏"、"仁"与"恶"、天使与恶魔。《红楼梦》第二回，曹雪芹借贾雨村之口评人论世，无非是在说明，"天地生人，除大仁大恶两种，余者皆无大异"。言下之意是说，大仁大恶是少数的特例，其他生命都没有太大差别，既不是"仁绝"，也不是"恶绝"，而是仁恶并举。贾雨村特别解说一种人，这种人正邪一体，由正邪二气搏击掀发后通灵而生，他上不能成仁人君子，下不能成大凶大恶。置于万万人之中，其聪俊灵秀之气，则在万万人之上；其乖僻邪谬不近人情之态，又在万万人之下。若生于公侯富贵之家，则为情痴情种；若生于诗书清贫之族，则为逸士高人；纵再偶生于薄祚寒门，断不能为走卒健仆，甘遭庸人驱制驾驭，必然为奇优名倡。曹雪芹显然在告诉读者，他笔下的主人公，正是这种化二气于一身之人，他大制不割，亦智亦愚，亦聪亦乖，亦柔亦谬，亦巧亦拙，亦灵亦傻，不可用忠、奸、仁、恶这种语言来描述他。这个被视为"孽障"的怪人，实际上是不正不邪，亦正亦邪，在正邪中搏击游走、阴阳难分的正常人，也是一个既可以近女性（阴）也可以近男性（阳），既是至柔之身（情种）又是至刚之身（内心对功名利禄的拒绝力量）的中性人。他拒绝充当世俗社会任何角色，而社会给他的各种命名离他丰富的本色也很远，一切是非、善恶、好坏、黑白的两极判断和概念规定，对他都不合适。他是天然地把握不二法门的中观、中道、中性之人。这个人就叫作贾宝玉。贾雨村这段开场白之所以重要，是因为它给自己小说主角提供了一种立足的哲学根据。

作为主人公的贾宝玉，他的爱的法门（情感方式），正是不二法门。这个法门泛化到大自然、大宇宙便是王国维所说的宇宙境界。不仅以情为本体，而且把情推向宇宙以至于形成天人合一的情感宇宙化。这确实是《红楼梦》情感描述的一种巨大特色。《红楼梦》中有两个大观园，一个是地上贾府里的大观园，一个是宇宙太虚幻境中的大观园。金陵十二钗的正册、副册、又副册，其中的女子既是天上的女神，又是地上的女子。所以贾宝玉与林黛玉的情爱便成了天国之恋，而不仅是地上之恋。

　　脂砚斋所透露的曹雪芹在全书结束时排出的"情榜"，给宝玉的考语是"情不情"，给黛玉的考语是"情情"。所谓情不情，便是打破情的世俗规定，把爱推向万物万有，把情推到不情物与不情人身上。推向物便是物我不分，推向人则没有他我之别。宝玉常会对星星月亮说话，把情推向空中的燕子和地上的花草鱼儿。贾宝玉没有好人坏人之分，也没有君子小人之别。要说坏人、小人，他的同父异母弟弟贾环应当算一个。贾环不仅很坏，而且还常常要加害他，完全是个"不情"劣种。最为严重的是出于无端的嫉妒，竟故意推倒蜡油灯，想烫瞎贾宝玉的眼睛。虽没有击中眼睛，却也把宝玉左边脸上烫起一溜燎泡。即使下此毒手，宝玉还是宽恕他、原谅他，为贾环掩盖罪责，特别交代母亲王夫人不要说出去："有些疼，还不妨事。明儿老太太问，就说是我自己烫的罢了。"（第二十五回）可以肯定，如果宝玉的眼睛真的被烫瞎了，他也会原谅贾环的。对待这种严重伤害自己的人，贾宝玉的态度相当于释迦牟尼。

《金刚经集注》记载：释迦牟尼的前世修忍辱行，在山中宴坐，正巧遇到摩揭国国王（歌利王）外出游猎。此王休息睡醒后不见身边的宫女，入山寻找，见到宫女正围着释迦（其时释迦已接近成佛）礼拜，歌利王大怒说："为什么眼睛看着我妃子宫女？"释迦（前身）说："我对女色，实在无所贪恋。"王说："如何见得你见色不贪？"释迦（前身）说："持戒。"王问："什么叫持戒？"释迦（前身）说："忍辱就是持戒。"歌利王就用刀割截释迦的耳朵、鼻子、手足，释迦心无嗔怒，面不改色。在《金刚经》里释迦对弟子说："我于尔时，无我相，无人相，无众生相，无寿者相。何以故？我于往昔节节肢解时，若有我相、人相、众生相、寿者相，应生嗔恨。"意思是说如果我因为被伤害而记仇生恨，那我就陷入了世俗世界的"四相"之中，就与众人无别了。释迦牟尼的伟大在此可得到充分呈现：原谅了一个砍掉自己手足的人。能原谅一个割截自己的手足、耳朵、鼻子的"凶手"，还有什么不能原谅、不能宽恕的呢？贾宝玉对待贾环的胸襟情怀，正是释迦式的胸襟情怀。而这种情怀的背后，是一种佛性不二的哲学，即相信每一个人身上都蕴藏着佛性的基因，哪怕是被公众视为坏人小人的人。只是因为执迷不悟，原有的清净心被蒙上尘土，才做出远离佛性的事情来。从贾宝玉对待贾环的慈悲态度，可以看到贾宝玉的"情不情"深邃到何等地步，其不二法门，彻底到什么地步。因此，可说贾宝玉是还在修炼中的尚未出家的释迦牟尼，而释迦牟尼则是已经修炼成佛的贾宝玉。

作为贾府"无事忙"的"快乐王子"，贾宝玉的释迦秉性除了上述的"情不情"之外，还有一个特别之处是他的尊卑不二分，彻底打破人际关系中的分别相。他是个贵族子弟，是贾府里的"主子"，但他却无贵族相、主子相、少爷相、公子相。他明明是个"主子"，却偏偏把自己定位为"侍者"——"神瑛侍者"。所谓侍者，便是奴仆。在贾宝玉心灵里，没有主子跟奴仆的分别，而这种分别恰是等级社会里最重大最根本的分别，连这种分别都打破了，还有什么分别不能打破？打破这种分别要战胜多少偏见？要放下多少理念？要有多大的情怀？但这一切对于贾宝玉来说，都是自然的、平常的。他以平常之心穿越了等级社会最森严的城墙，做出常人俗人难以置信的行为。这正是黑暗社会里伟大的人格光明。

正因为这种尊卑不分的不二法门，宝玉的情性才上升为灵性，也可以说才上升为神性。贾宝玉所以会发现一个比帝王将相干净得多的奴婢世界，就是心灵中的不二法门在起作用。他写出感天动地的《芙蓉女儿诔》，把一个女奴当作天使来歌颂，呈现出超等级、超势利的最高的美，其诗的心灵基石也正是打破尊卑之分的不二哲学。笔者在前不久发表的《论〈红楼梦〉的永恒价值》一文曾说明，作为贵族文学，《红楼梦》具有贵族的精神气质，却完全没有贵族的特权意识。尼采在定义贵族与贵族精神时，把人区分为上等人与下等人，把道德相应地区分为主人道德与奴隶道德，主张向下等人与奴隶道德宣战，蔑视弱者，蔑视拥抱弱者的基督。而《红楼梦》则完全不是这样，它不仅有贵族精神，而且有基督的大慈悲精神。它在"身为下贱"的下等人身上发现"心比天高"的无尽之美，因此它不是向下等人宣战，而是向蕴藏于下等人身心中的大真大善顶礼膜拜。它既不媚俗，也不媚雅，既有高精神，又有低姿态。这种人类文学中最伟大的灵魂亮光，恰恰发源于不二法门。

在笔者以前发表的"评红"文字中，曾特别注意鲁迅关于《红楼梦》艺术成就的见解。鲁迅说，《红楼梦》没有把好人写得绝对好，把坏人写得绝对坏，从而打破了我国传统小说的写法与格局。这是一个非常准确的论断。过去我在阐释这一论断时只是说明这是"性格真实"的艺术成就，今天却格外分明地看到，《红楼梦》这一成就，也是来自禅宗的不二哲学。没有好人坏人之分，其人物的命运才有多重的暗示，才不是一种命运暗示一种道德原则。

《红楼梦》中的两个女主角虽然有冲突，但这不是善恶之争、好坏之争。从精神上说，一者投射重生命、重自然、重自由的文化（林黛玉）；一者投射重秩序、重伦理、重教化的文化（薛宝钗）。两者都具有充分的理由。因此我把它视为曹雪芹灵魂的悖论。从艺术上看，林、薛是两种不同美的类型，尽管薛宝钗世故一些，世俗一些，但仍不失为美。这种"钗黛合一"的"兼美"现象，也是"不二法门"的哲学思路。

三、《红楼梦》的哲学问题

那么，在大观视角下，浸透于《红楼梦》全书的基本哲学问题是什么呢？

任何一种哲学都有它提出的基本问题。在《红楼梦》评论的小史上，意志论（叔本华）的基本问题是决定世界与人生的本质是什么，唯物论（延伸为阶级论时代论）的基本问题是物质与精神何为第一性的问题。把这种哲学基本问题推入《红楼梦》，前者便导致王国维关于意志—欲望—痛苦—悲剧—解脱的阐释；后者则导致大陆红学论者关于从封建阶级主导的时代走向资本主义萌芽时代所决定的两极冲突（封建与反封建）的阐释。《红楼梦》是文学作品，它没有先验的哲学框架，但是，只要深切地领悟其哲学意蕴，就会发现，它的基本问题乃是存在论的问题。《红楼梦》甲戌本一开篇，就有一个大哉问：

> 浮生着甚苦奔忙？盛席华筵终散场。
>
> 悲喜千般同幻渺，古今一梦尽荒唐。
>
> 谩言红袖啼痕重，更有情痴抱恨长。
>
> 字字看来皆是血，十年辛苦不寻常。

"浮生着甚苦奔忙？"人的一生辛辛苦苦到底是为了什么？即人为什么活？为谁活？怎样活？活着的意义在哪里？这正是存在论的根本问题。这首诗的第一句话开门见山地提出一个大哲学问题。如果说，第一句还曾在许多人心中盘旋过，那么，第二句则是《红楼梦》自己的哲学语言。《红楼梦》的第二十六回，由小丫鬟小红首先说出"千里搭长棚，没有个不散的筵席"（连个丫鬟都有禅思哲理！），而这，正是曹雪芹独特的哲学提问：既然所有豪华的宴席终究要散场，终究要成为过眼烟云，终究要如幻梦一场，总之，终究要化为尘埃，为什么浮生还要那么忙碌那样追求，这一切到底是为什么？

曹雪芹不仅面对"席必散"，而且面对人必死。"风月宝鉴"这一面是色，是美女，而那一面是空，是骷髅。不管你有多少权势财势，不管你是帝王将相还是豪门贵胄，你终究要变成一具骷髅，终究要面对死亡。色没有实在性，骷髅却绝对真实。妙玉曾对邢岫烟（岫烟虽不是重要角色，却是妙玉十年的老邻居，妙玉又教过她认字，有半师之分）说，自汉晋五代唐宋以来，都没有好诗，只有范成大的两句可算好诗。这两句是：

纵有千年铁门槛，终须一个土馒头。

所谓铁门槛，就是铁皮包着的华贵门槛，这是世家豪族权贵的象征。所谓土馒头，那就是坟墓，那就是埋葬尸骨的土丘。正像最终要面对骷髅一样，每个人最终都要面对这个土馒头，即面对这个无可逃遁的死亡。《红楼梦》的基本哲学问题正是面对一个必死的事实之后，该如何生的问题。换句话说，活在世上该为最后这个"无"的必然做好何种准备的问题。曹雪芹的哲学观不是孔子的"未知生，焉知死"，而是海德格尔的"未知死，焉知生"。在海德格尔看来，存在只有在死亡面前才能充分敞开它的意义。加缪说哲学的根本问题是自杀问题。明知终有一死，为什么此时此刻不自杀，为什么还要活？曹雪芹面对"土馒头"，面对死亡所提出的"浮生着甚苦奔忙"的问题正是海德格尔的问题、加缪的问题，即存在论的根本问题。

妙玉对死亡的必然如此觉悟，贾宝玉何尝不是这样。当他听到林黛玉《葬花词》中"侬今葬花人笑痴，他年葬侬知是谁"和"一朝春尽红颜老，花落人亡两不知"时，一下子恸倒在山坡上，怀里兜着的花撒了一地。受到这么强烈的震撼，显然是非常在乎"一朝将亡"的无可避免。可见，死亡在他面前具有强大的锋芒。如果他相信灵魂可以升天而进入永恒的天堂（如陀思妥耶夫斯基），如果他相信"死生同状"，人死后可以进入大自然的不灭系统（如庄子），如果他真相信人生一场不过是轮回链中的一环（如佛教徒），那他应该不会听到死亡消息就如此悲恸。显然，他还有对于不落不亡的期待，还希望自己和林黛玉活着。这也透露，一个心爱的有情人活着，便是意义。人是相关的，与心爱者同在人间，就会产生意义感。这种"情"的理由正是活着的理由，正是"此在"值得珍惜值得延伸的理由。"三春过后诸芳尽"，到了所爱女子都散尽亡尽的时候，死的理由便压倒活着的理由，此时出家做和尚可以理解，即便死也可以理解。

通观《红楼梦》，可以看到曹雪芹具有海德格尔式的很强的死亡意识，但他不像海德格尔那样，既然意识到死的必然，那么"此在"于此时此刻就有生的设计，就该努力行动，就该扬弃"烦"与"畏"而行动：先行到死亡中的行动。然而，曹雪芹却有另一大哲学思路与后来者海德格尔相通，这就是：既然最终要"散"、要"了"、要"死"，就应当选择避开"与他人共在"的非本真、非本己的存在方式，选择一种与常人众人不同的生活方式，换句话说，便是拒绝把自己只有一回的生命交付共在的群体，拒绝让自己的身体、灵魂、语言、行为进入群体秩序的编排，包括"家与国"的编排。宝玉所以"于国于家无望"（第三回用《西江月》二词批评贾宝玉，第二首词曰："富贵不知乐业，贫穷难耐凄凉。可怜辜负好韶光，于国于家无望。"），就因为他具有这种柔性的却是强大的拒绝力量。

这一重要哲学意蕴，还可以做另一种表述，即曹雪芹意识到"了"（死）的必然后，对于活着时什么才是"好"（生的意义）只交给自己和女儿国的恋人们来评判，而不是交给上帝评判（曹雪芹没有上帝），不是交给阿弥陀佛与元始天尊评判（曹雪芹在第二回让宝玉表达了这一个价值位置："这女儿两个字，极尊贵、极清净的，比那阿弥陀佛、元始天尊的这两个宝号还更尊荣无对的呢！"），也不是交给孔夫子的道德法庭去评判，最后这一层，只要看看《红楼梦》中对"文死谏""武死战"等忠臣烈士的嘲讽就可了解。既然不是把生的价值交给他者去裁决而是由自己来决定，那么曹雪芹就让宝玉选择了一种守持真情真性的独一无二的方式，一种荷尔德林式的诗意栖居的方式：人类应该诗意地栖居于大地之上。曹雪芹比荷尔德林年长五十岁左右，几乎生活在同一个时代。这两个分别位于东方与西方的天才都是大诗人与大思想者，尽管宇宙观有很大的差异，一个（荷）崇仰上帝，信奉神，充满承担苦难之心，一个（曹）没有上帝，没有偶像崇拜，但也有大慈悲之心，但都追求诗意栖居和澄明之境，都追求守护生命的本真本然状态。荷尔德林的本真状态紧连着神性本源，曹雪芹的本真状态则更多的是"无识无知"的生命自然状态，即赤子状态，这是婴儿般的存在方式，老子所呼唤的那种至真至柔至朴的状态。

因此，展示在《红楼梦》世界中的是两种完全不同的存在方式。为论述方便，我们不妨把它称为贾宝玉方式和甄宝玉方式。他俩相逢时，产生存在方式的冲突。在甄宝玉看来，贾宝玉的方式是"错误"的，他希望贾宝玉能"浪子回头"，所以对之说了一段语重心长的话："弟少时也曾深恶那些旧套陈言，只是一年长似一年，家君致仕在家，懒于酬应，委弟接待。后来见过那些大人先生尽都是显亲扬名的人，便是著书立说，无非言忠言孝，自有一番立德立言的事业，方不枉生在圣明之时，也不致负了父亲师长养育教诲之恩，所以把少时那一派迂想痴情渐渐的淘汰了些。"（第一百一十五回）甄宝玉这一席对贾宝玉的忠告，在世俗社会的眼里，属于天经地义。他要贾宝玉显亲扬名，言忠言孝，立功立德，走上"入仕"之路，认为年少时代的那种天真无争状态乃是"迁想痴情"，万万要不得。而贾宝玉呢？他觉得甄宝玉所讲的是一派酸论，对他来说，恰恰要保持少时的本真本然，拒绝走入功名泥浊世界，才是此在的澄明之路。

贾宝玉与甄宝玉的冲突，正是《红楼梦》的哲学问题：既然人生那么短暂，人必有一死，那么，该选择哪一种活法？是如甄宝玉那样，按照势利社会所规定的路向行走，生命受"显亲扬名"理念的主宰与编排，还是选择贾宝玉的活法，按其生命的本真本然与天地万物相契相容，拒绝进入常人俗人追逐的人生框架？对于这个问题，曹雪芹以他整部小说做了回答，这就是：甄不是真，甄宝玉的生活不是诗意的生活；而贾不是假，唯有贾宝玉才是诗意的存在。所以曹雪芹让贾宝玉回避进入任何权力框架而生活在大观园的诗国中。这个诗国，其公民都是净水世界的主体。这是建构在泥浊世界彼岸的另一个国度，是曹雪芹的理想国。这个理想国，与柏拉图的理想国不同。柏拉图把诗人逐出理想国，因为诗人只有情性，没有理性。贾宝玉所以追逐这个诗国而且深深敬爱诗国中的首席诗人林黛玉，就因为林黛玉从来不劝他走甄宝玉的那种仕途经济的道路。大观园里的诗国，作为曹雪芹的乌托邦，是《红楼梦》中几个基本大梦之一。照理说，人间当是一个能够让诗意生命自由存在的诗国，但是恰恰相反，诗国只是一种梦。现实世界是一个没有诗意的名利场，是一个诗意生命无法生存的荒诞国。所以首席诗人林黛玉最后连诗稿也焚毁了。诗意生命一个一个毁灭，最后作为诗国唯一男性的贾宝玉也出家远走。曹雪芹与荷尔德林一样，希望诗意地栖居于地球之上，并设计了让诗意生命立足的诗国，但是最终又了解，这诗国不过是浮生一梦，太虚一境。

　　看透人必死、席必散、色必空、好必了之后，此在的出路何在？除了这一哲学难题之外，曹雪芹的另一个哲学焦虑是在破对待、泯主客、万物一府、阴阳无分之后怎么办？他说："假作真时真亦假，无为有处有还无。"既然打破一切是非、真假、善恶等世俗判断，既然一切界限都打破了，那么，为什么还要为"美"的毁灭而伤感，而"恸倒"？为什么放不下那些诗意女子，缅怀歌哭闺阁中的历历诸人？为什么不为薛蟠、贾环等最后如何死亡而操心？正如"空"后是否还得"有"的难题一样，这个难题是破了一切"对待"之后是否还有最后一种"对待"是需要持守的？也就是说，倘若世界真是以虚无为本体，一切色相都是幻相，那么，连林黛玉至真至善至美的生命情感存在也不真实吗？是不是也要像消泯一切是非、善恶界限一样，最后也消泯美丑界限？不二法门到了这里是否还有效？曹雪芹在此问题前面显然是有徘徊、有彷徨、有焦虑的。所以他一方面是那么喜欢庄子，不断地阅读《南华经》，另一方面却对庄子也做出调侃与质疑。最明显的是第二十一回所描写的宝玉与袭人口角之后，于"闷闷"之中读了《南华经》，看到《外篇·胠箧》，其文曰：

> 故绝圣弃知，大盗乃止；擿玉毁珠，小盗不起；焚符破玺，而民朴鄙；掊斗折衡，而民不争；殚残天下之圣法，而民始可与论议。擢乱六律，铄绝竽瑟，塞瞽旷之耳，而天下始人含其聪矣；灭文章，散五采，胶离朱之目，而天下始人含其明矣；毁绝钩绳而弃规矩，攦工倕之指，而天下始人有其巧矣。

宝玉读后，意趣洋洋，趁着酒兴，提笔续道：

> 焚花散麝，而闺阁使人含其劝矣；戕宝钗之仙姿，灰黛玉之灵窍，丧减情意，而闺阁之美恶始相类矣。彼含其劝，则无参商之虞矣；戕其仙姿，无恋爱之心矣；灰其灵窍，无才思之情矣。彼钗、玉、花、麝者，皆张其罗而穴其隧，所以迷眩缠陷天下者也。

这一续篇真的仅仅是在宣泄自己一时的闷气吗？真的

是显露贾宝玉冷酷冷漠的一面吗？真的如刘小枫所说的，这是"新人"（贾宝玉）在劫难世界中终归要变成无情石头的证物吗？*

　　我的阅读心得与刘小枫先生的心得不同。我恰恰读出曹雪芹在续篇中对庄子的调侃与提问，这就是：你在泯灭生死、主客等界限乃至主张"绝圣弃智"的时候，总不能也泯灭美丑界限，总不能也"绝林弃薛""焚花散麝"吧？！林黛玉读了之后也只是轻轻地回了一绝，取笑宝玉"丑语

＊　刘小枫在《拯救与逍遥》中说：当"情"愿遭到劫难世界的冷落和摧残，曹雪芹的"新人"马上就转念寂寞林。下面这段冷酷的话出于这位"新人"之口，而且并非在情案结局才说，是相当耐人寻味的："焚花散麝，而闺阁始人含其劝矣；戕宝钗之仙姿，灰黛玉之灵窍，丧减情意，而闺阁之美恶始相类矣。彼含其劝，则无参商之虞矣；戕其仙姿，无恋爱之心矣；灰其灵窍，无才思之情矣。彼钗、玉、花、麝者，皆张其罗而穴其隧，所以迷眩缠陷天下者也。"这话出于"补情"者之口，难道不令人目惊口呆吗？它已经暗含着，人降生到劫难的生存世界中只为了"还泪"是合理的循环。曹雪芹的"新人"终于在劫难的世界中移了"情性"，重新变成了冷酷无情的石头。夏志清教授曾精辟地指出：宝玉的觉醒隐含着一种奇特的冷漠。与宝钗相比，他显得那样苍白。宝钗甘愿放弃生活的舒服、健康和显赫的地位，甘愿放弃夫妇的性爱，只希望宝玉仍旧仁慈并关怀他人。她最后的惊愕是，一个以对于苦痛过度敏感为其最可爱特质的人，现在竟变得冷漠之极。夏志清教授据此提出的询问相当有力："在宝玉精神觉醒这个戏中的悲剧性的困难是：无感情是一个人之精神解脱的代价吗？知道一个人的完全无力拯救人类秩序的受苦和同情较好呢？还是知道获得精神解脱后，一个人只变成一块石头，对周围的悲苦无动于表而仍追求个人解脱好呢？"（《拯救与逍遥》，上海人民出版社，1988年，第332—333页。）

怪他人"（第二十一回），并不真的生气，她知道宝玉在说些什么。曹雪芹在这里采取把"齐物"推向极端也推向荒谬的文本策略，从而肯定美丑二分的最后界限（否定"美恶相类"）。而这正是一个伟大作家的最后立场：在消解了一切世俗判断之后，最后还留下审美判断。没有这一判断，文学也就没有立足之地。其实，庄子、禅宗也守住了审美这一边界，只是没有做出告白而已。无论是庄禅还是曹雪芹，他们都从一切现实关系和现实概念中抽离出来，然后对世界万般采取审美的态度，不做是非判断者，只做美的观照者和呈现者。这不是对世界的冷漠，而是对世界的冷观。

四、《红楼梦》的哲学境界

笔者曾说，贾宝玉修的是爱的法门，林黛玉修的是智慧的法门，因此最高的哲学境界总是由林黛玉来呈现。小说中有那么多诗词，诗国也进行过那么多次诗的比赛，但写得最好的诗总是属于林黛玉。林黛玉无愧是诗国中的第一诗人。她的诗所以最好，是因为境界最高。就长诗而言，《红楼梦》中写得最精彩的是林黛玉的《葬花词》和贾宝玉的《芙蓉女儿诔》。两者都是挽歌，都写得极为动人，但就其境界而言，《芙蓉女儿诔》在悲情之中还有许多感愤与微词，还有许多对恶的斥责与怒气，而《葬花词》则完全扬弃世间之情，不仅写出一般挽歌的凄美之境，而且从孤寒进入空寂。"天尽头，何处有香丘"的空寂之境，才是最高的美学境界。贾宝玉和林黛玉最深的对话常常借助禅语，这种明心见性而又扑朔迷离的恋情爱语，不是一般的情感交流，而是灵魂共振。在对话中，林黛玉总是引导贾宝玉的灵魂往上飞升，而贾宝玉也知道，这个林妹妹正是引导自己前行的女神。用他的话说："我虽丈六金身，还借你一茎所化。"（第九十一回）此处贾宝玉把自己比作佛，把林黛玉比作莲，佛由莲花化生。在《红楼梦》中，林黛玉的空寂之境是比神境更高的莲境。为了更具体地了解上述这一论点，不妨把第九十一回林贾谈禅的细节重读一遍：

只见宝玉把眉一皱，把脚一跺道："我想这个人生他做什么！天地间没有了我，倒也干净！"黛玉道："原是有了我，便有了人，有了人，便有无数的烦恼生出来，恐怖，颠倒，梦想，更有许多缠碍。——才刚我说的都是顽话，你不过是看见姨妈没精打采，如何便疑到宝姐姐身上去？姨妈过来原为他的官司事情心绪不宁，那里还来应酬你？都是你自己心上胡思乱想，钻入魔道里去了。"宝玉豁然开朗，笑道："很是，很是。你的性灵比我竟强远了，怨不得前年我生气的时候，你和我说过几句禅语，我实在对不上来。我虽丈六金身，还借你一茎所化。"黛玉乘此机会说道："我便问你一句话，你如何回答？"宝玉盘着腿，合着手，闭着眼，嘬着嘴道："讲来。"黛玉道："宝姐姐和你好你怎么样？宝姐姐不和你好你怎么样？宝姐姐前儿和你好，如今不和你好你怎么样？今儿和你好，后来不和你好你怎么样？你和他好他偏不和你好你怎么样？你不和他好他偏要和你好你怎么样？"宝玉呆了半晌，忽然大笑道："任凭弱水三千，我只取一瓢饮。"黛玉道："瓢之漂水奈何？"宝玉道："非瓢漂水，水自流，瓢自漂耳！"黛玉道："水止珠沉，奈何？"宝玉道："禅心已作沾泥絮，莫向春风舞鹧鸪。"黛玉道："禅门第一戒是不打诳语的。"宝玉道："有如三宝。"黛玉低头不语。

宝玉所讲的三宝，是一般佛家所讲的"佛""法""僧"三宝，而禅宗特别是慧能的特殊贡献，是由外转内，把外三宝变成内三宝，把佛转为"觉"，把法转为"正"，把僧转为"净"，即把佛事三宝变成"自性三宝"。林、贾的谈禅作偈，也都是内心对语，属于灵魂最深处的问答。贾宝玉在这次禅对中对着林黛玉确认："你的性灵比我竟强远了。"还承认两人在禅语对话中，自己被林黛玉的问题所困，"对不上来"。的确，林黛玉的提问总是在帮助贾宝玉开窍起悟。林黛玉和贾宝玉最重要的一次禅语对话在第二十二回中，这是《红楼梦》全书哲学境界最集中的表现。此次禅思发生于贾宝玉和姐妹们听了禅曲之后，宝玉被"赤条条来去无牵挂"的诗意所动，不禁大哭起来，遂提笔立占一偈：

> 你证我证，心证意证。
>
> 是无有证，斯可云证。
>
> 无可云证，是立足境。

写后担心别人不解，又作一支《寄生草》放在偈后。词曰："无我原非你，从他不解伊。肆行无碍凭来去。茫茫着甚悲愁喜，纷纷说甚亲疏密。从前碌碌却因何，到如今，回头试想真无趣！"林黛玉读了贾宝玉的禅偈与解注，觉得境界不够高，便补了八个字：

> 无立足境，是方干净。

这真是画龙点睛的大手笔。这八个字才是《红楼梦》的精神内核和最高哲学境界，也是曹雪芹这部巨著的第一"文眼"。《红楼梦》的哲学重心是"无"的哲学，不是"有"的哲学，在这里也得到最简明的体现。

贾宝玉的禅偈，意思是说，大家彼此都想得到对方情感的印证而生烦恼，看来只有到了情意灭绝无法再做验证时，才能算得上情爱的彻悟，到了万境归空，放下一切验证的念头，才是真正的立足之境。他恐怕别人不解，所作的解注也是在说，你我互相依存，没有我就没有你，根本无须什么证明，真情自在心里，根本无须分析，也无须标榜什么悲喜疏密。贾宝玉的禅偈已看透了常人对于情感的疏密是非纠缠，拒绝被世俗的概念所主宰，达到了空境。而林黛玉则进一步把空境彻底化，告诉贾宝玉：连空境都不执着，连空境不空境都不去分别，即根本不要陷入情感"有""无"的争论纠缠，把人为设置的争论平台也拆除，抵达"空空"境界，那才算是真的干净。林黛玉在补下这八字之前，就提问贾宝玉：

> 黛玉便笑道："宝玉，我问你：至贵者是'宝'，至坚者是'玉'。尔有何贵？尔有何坚？"宝玉竟不能答。三人拍手笑道："这样钝愚，还参禅呢……"

林黛玉的问题是：你内心最强大的力量来自何处？存在的力度来自哪里？贾宝玉回答不出来。林黛玉便用这八个字提示他：你到人间来去一回，只是个过客，不要反认他乡是故乡，不要以为你暂时的栖居处是你的存在之境，不要以为你放下情感的是非纠缠就会赢得自由，也不要以为你在理念上达到空境就得自由，所有这一切，都是妄念。你到了人间，就注定要经历这些情感的纠缠和烦恼，只有回到"无"的本体，你真正的故乡，而在暂时路过的他乡真"无所住"（什么也不执着），"质本洁来还洁去"，才能彻底摆脱人间的一切欲念和一切占有之心，才算干净。林黛玉之境，与"空空道人"这个名字的隐喻内涵正好相通。如果说，贾宝玉抵达了空境，那么，林黛玉则抵达了空空境。空是否定，空空是否定之否定。正如无是否定，无无是否定之否定。无无是无的彻底化，又是经过无的洗礼之后的存有。庄子讲无，但他又说"无无"才是至境。《南华经·知北游》这样写道：

　　光曜问乎无有曰："夫子有乎？其无有乎？"光曜不得问，而孰视其状貌，窅然空然，终日视之而不见，听之而不闻，搏之而不得也。光曜曰："至矣！其孰能至此乎？予能有无矣，而未能无无也。及为无有矣，何从至此哉？

在庄子看来，通过"无无"而抵达的"无有"，这才是最高的哲学境界。他借光曜而自白：我能抵达"无"的境界，但不能抵达"无无"的境界，等到了无，却又未免于有。这种在有无中扑朔迷离、生成幻化的混沌状态，派生出宇宙的万千奇妙景象。讲到这里，笔者想根据自己的生命体验补充说"无立足境，是方干净"，这一境界是很难企及的。这种"无立足境"对于一个思想者来说，乃是不立足于任何现成的概念、范畴、主义之中，即拒绝外界提供的各种角色规定而完全回到自身。也就是说，当外部的一切精神范畴（精神支撑点）都被悬搁之后，最后只剩下自性中的一个支撑点，一切都求诸自己那含有佛性的干净之心，一切都仰仗于自性的开掘，一切美好的事物都只能立足于自己人格基因的山顶上。因此，可以把"无立足境，是方干净"视为曹雪芹对个体人格理想的一种向往，一种彻底的依靠自身力量攀登人格巅峰的梦想。正是这八个字，曹雪芹把慧能的自性本体论推向极致。

笔者在陆续写作的《红楼梦》悟语中曾说了这样一段话：

> 与"空"相对立的概念是"色"。与"色"相连的概念是"相"。"相"是色的外壳，又是色所外化的角色。去掉相的执着和色的迷

恋，才呈现出"空"，才有精神的充盈。《金刚经》所讲的我相、人相、众生相、寿者相等，都是对身体的迷恋和对物质（欲望）的执着。中国的禅宗，其彻底性在于它不仅放下我相、人相、众生相、寿者相，而且连"佛相"本身也放下，认定佛就在心中，真正的信仰不是偶像崇拜，而是内心对心灵原则的无限崇仰。深受禅宗影响的《红楼梦》，其所以有异常的力度，便是它拒绝一切权威相、偶像，包括佛相、道相。宝玉说："这女儿两个字，极尊贵、极清净的，比那阿弥陀佛、元始天尊的这两个宝号还更尊荣无对的呢！"有此力度，也才有整部巨著的全新趣味：蔑视王侯公卿和醉心于功名的文人学士，唯独崇尚一些名叫"黛玉""晴雯""鸳鸯"的黄毛丫头，以至于视她们为最高的善，胜过圣人圣贤。要说离经叛道，《红楼梦》离得最远，叛得最彻底。

这段悟语，想说明两点。第一，佛讲去四相，已是空，连佛相也放下，这乃是空空。这一层是空的彻底化。第二，把一切相都看穿看透后，曹雪芹并没有陷入虚无，他发现一种最干净、最美丽的"有"，这是无中有、无后有，也正是另一意义的空空。《红楼梦》除了说"假作真时真亦假"，还说"无为有处有还无"，进入了最深的真正的哲学问题：看透一切都是虚幻之后，人生还有没有存在的意义？关于这一点曹雪芹虽然没有用文字语言回答，但他用自己的行为即创作实践做了回答，这种行为语言，包含着巨大的哲学意蕴。下边，笔者试做解说。

　　曹雪芹写作《红楼梦》这部经典极品，所持的正是"空空""无无"的最高哲学境界。《红楼梦》作为一部卓绝千古的艺术大自在，正是永恒不灭的大有，但它的产生，却是经历过一个空的升华，经历了一个对色的穿越与看透。关于这一点，我们再回头重温禅境三层面的比喻，并做一点与本题相关的阐释。在禅的眼睛之下，第一境：山是山，水是水；第二境：山不是山，水不是水；第三境：山还是山，水还是水。此喻放入《红楼梦》语境，第一境，色是色，相是相；第二境则是空，即看透了色的虚幻——色不是色，相不是相，人们所追逐的色相，不过是一种幻影；第三境便是"空空"，即穿越了遮蔽之后，所见的山和水，是另一番山和水，不是原先俗眼肉眼里的山与水，而是天眼道眼里的山与水。这是经过空的洗礼之后的"有"，并非原先追逐的"有"。

　　曹雪芹通过《红楼梦》质疑立功立德立言的仕途经济之路，批判功名利禄之徒，续书延伸他的思想让甄、贾宝玉相逢，让甄宝玉又发了一通"立德立言"的酸论，可见曹雪芹对"立言"是看得多么透。但是，正是这个看得最清最透的曹雪芹，在东方，为中国也为世界立了一部千古不朽的大言，如山岳星辰永恒地立于天地浩瀚之中。这其中的奥妙就在于功名利禄之徒的所谓功、德、言，不过是色与相，他们不仅没有看透，而且为之争得头破血流。而曹雪芹却悟到这功、德、言的虚幻，看穿它不过是些泡影。《红楼梦》正是看透"言"之后所立的"大言"，看透"有"之后所创的"大有"，于是，它的性情之言便与功名之言天差地别，自创伟大的美学境界。这正是空空，这正是高度充盈的空，也正是真正空的充盈。《红楼梦》的最高哲学境界，既呈现于作品的诗词与禅语中，也呈现于曹雪芹伟大精神创造的行为语言中。

五、哲学的兼容与哲学大自在

刚才已经说过，《红楼梦》是悟性哲学，是艺术家哲学，除了这一哲学特色之外，如果从哲学的内涵上来说，《红楼梦》又有自身的哲学主体特色。这一特色可以说，它是一种以禅为主轴的兼容中国各家哲学的跨哲学。它兼收各家，又有别于各家，是一个哲学大自在。

因为《红楼梦》具有巨大的文学内涵，因此用单一流行的文学概念甚至大文学"主义"都无法涵盖它。例如说，很难用单一的"现实主义""浪漫主义""伤感主义"来概括它和描述它。说它是现实主义并没有错，它确实非常写实，不仅是一般写实，而且是"追踪蹑迹"，极为逼真，一丝不苟。《红楼梦》一开篇就说"闺阁中本自历历有人"，他写这些亲自见过的"当日所有之女子"，以她们为生活原型，对她们"追踪蹑迹"，不敢稍加穿凿。所以鲁迅说它"正因写实，转成新鲜"。巨著所呈现的那个时代的社会风貌和生活细节，其同时代的作家和之后的作家没有一个可以企及。但它又不仅写实，又明明是超现实。大荒山，无稽崖，赤瑕宫，通灵宝玉，太虚幻境，空空道人，哪样属于现实主义？这明明是大浪漫，是上天下地、天人合一、情感宇宙化的大浪漫（不是《牡丹亭》《西厢记》式的情爱小浪漫，更不是才子佳人式的老套小夜曲）。然而，把《红楼梦》界定为浪漫主义又不准确，因为它的天马行空完全是现实的折射，何况还有上述的对现实的忠实描写。用单一的现实主义与单一的浪漫主义不足以概说，那么，用现实主义与浪漫主义相结合的说法去描述是否就妥当呢？也不妥当。因为除了现实主义和浪漫主义的艺术精神和艺术方法之外，《红楼梦》又有接近现代意识的荒诞内涵。它不仅是大悲剧，而且是荒诞剧。它既写出现实的悲情，又写出现实的不可理喻。与文学的情况相似，《红楼梦》由于它的巨大哲学内涵和自家的哲学特色，因此很难用释、易、老、庄、禅、儒的任何一家中国哲学来概述。如果说佛为弃世、厌世，庄为避世、遁世，禅为观世、省世，儒为入世、济世，那么可以说，《红楼梦》哲学是一个弃世、厌世、避世、遁世、观世、省世、恋世等各种哲学观的大张力场。

《红楼梦》的主要哲学精神是看破红尘的色空观念。儒、道、释三家，曹雪芹哲学观的重心在于释，尤其是禅宗。而对于儒，则有许多嘲讽。但能否就做出本质化判断，说《红楼梦》是绝对反孔反儒反封建？恐怕不能。《红楼梦》确实有非儒倾向，第五回让警幻仙子教示贾宝玉应当改悔前情，"留意于孔孟之间"，是一个象征性的反讽隐喻。之后，贯穿于《红楼梦》全书的确有一种对儒家的"修身齐家治国平天下"这种济世主旨的质疑，也确实与儒家的重伦理、重秩序的思想基调格格不入，因此，其主人公贾宝玉对一切关于走仕途经济之路的劝诫才深恶痛绝。但是，浸透于《红楼梦》之中的大情感，即那种对情的执着，对丧失美好生命的大悲哀与大痛苦，却不是庄，不是禅，而是儒。前边的文字已说过，基督教有天堂的慰藉，死亡便失去锋芒；佛教看破红尘，死亡也失去锋芒；庄子鼓吹破对待，齐生死，认定"万物一府""死生同状"，死亡更是失去锋芒，难怪妻子死了他要鼓盆而歌。唯独儒重情感，重今生今世，坚信亲人死亡之后再也难以相见相逢，因此他们感到死的真实、死的沉重，为亲者的死亡而悲伤。中国的挽歌特别发达，就因为有儒家的影响在。如果说，贾宝玉是百分百的禅，百分百的庄，他会对秦可卿之死、晴雯之死、鸳鸯之死，如此悲伤，如此痛哭吗？恐怕不会。因为贾宝玉在意识形态上虽然非儒，但在深层文化心理上还是儒，至少是还有他自身未能察觉到的儒的潜意识。

为了更清晰地说明《红楼梦》与儒家的关系，这里不妨借用一下李泽厚先生关于儒家双重结构的学理。他在《初拟儒学深层结构说》一文中把儒家分为表层结构与深层结构。他说：

> 所谓儒家的"表层"的结构，指的便是孔门学说和自秦汉以来的儒家政教体系、典章制度、伦理纲常、生活秩序、意识形态等等。它表现为社会文化现象，基本是一种理性形态的价值结构或知识／权力系统。所谓"深层"结构，则是"百姓日用而不知"的生活态度、思想定势、情感取向；它并不能纯是理性的，而毋宁是一种包含着情绪、欲望，却与理性相交绕纠缠的复合物，基本上是以情—理为主干的感性形态的个体心理结构。这个所谓"情

理结构"的复合物，是欲望、情感与理性（理智）处在某种结构的复杂关系中。它不只是由理性、理智去控制、主宰、引导、支配情欲，如希腊哲学所主张，而更重要的是所谓"理"中有"情"，"情"中有"理"，即理性、理智与情感的交融、贯通、统一。我以为，这就是由儒学所建造的中国文化心理结构的重要特征之一。它不只是一种理论学说，而已成为实践的现实存在。

《波斋新说》，

香港天地图书公司，1999年，第177—178页

以儒家的表层结构和深层结构这一视角来观看《红楼梦》，就会发现，贾宝玉与儒家的表层结构，即儒的政教体系、典章制度、伦理纲常、意识形态等等，确实是格格不入的，尤其对这套体系、秩序、意识形态所派生出的知识者的仕途经济之路和变形变态的谋取功名利禄之思，更是深恶痛绝。在这个层面上，说贾宝玉乃至说《红楼梦》反儒，是完全正确的。贾宝玉在这个层面上与儒家毫不含糊地决裂，是《红楼梦》的精神主旨之一，这是没有疑问的。然而，在儒家的深层上，即儒对人际温馨、日常情感、

世事沧桑的注重以及赋予人和宇宙以巨大情感色彩的文化心理特征，却也进入贾宝玉的生命与日常生活之中与伦理态度中。最明显不过的是这个反对儒家言忠言孝和立功立德的贾宝玉，在实际上却又是一个孝子，一个对父母十分敬畏和尊重的孝子。在他身上，有深厚的血缘伦理，不仅有父子伦理，而且有深厚的兄弟亲情、兄弟温馨。他被父亲打得皮破血流，伤筋动骨（贾政对他"下死笞楚"），他竟然没有一句怨言，更谈不上记仇。打了之后，他照样敬重父亲，其父在面前如此，不在面前也如此。第五十二回，写他出门去舅父王子腾家，由李贵、周瑞等十个仆人前呼后拥着出府。出门有两条路，一条从贾政书房经过，当时贾政出差在外，并不在家，但宝玉坚持路过书房时一定要下马。周瑞对他说："老爷不在家，书房天天锁着的，爷可以不用下来罢了。"宝玉笑着回答："虽锁着，也要下来的。"第五十四回，写荣国府庆元宵家宴，贾珍贾琏分别捧杯捧壶按序在贾母面前跪下，而平日最受宠爱的宝玉也连忙跪下。史湘云悄悄推他取笑道："你这会又帮着跪下作什么，有这样，你也去斟一巡酒岂不好？"宝玉悄笑道："再等一会子再斟去。"史湘云的意思是说，像你这么得宠的人根本用不着多此一举，但宝玉还是觉得爱归爱，礼归礼，还得遵循大家庭的礼仪。贾宝玉这一跪拜行为语言，说明他的情感态度还是尊儒的，或者说其日常生活的行为模式和情感取向还是属于儒家的。贾宝玉对待其他亲者与兄弟姊妹的态度，包括薛蟠这个呆霸王，也是充满亲情，甚至连仇视他的赵姨娘，他也从未说过她一句坏话。从以上这些例子可以看到，贾宝玉既是"情不情"，又是十足的"亲亲"，儒的"亲亲"哲学和以情感为本体的伦理态度也进入他的生命深处。

《红楼梦》之所以感人，正是它看破色相之后仍有大缅怀，大忧伤，大眼泪，即放弃一切身外的追求，但仍有对"情义"的大执着，不仅有爱情的执着，还有亲情的执着。因此，笼统地说《红楼梦》反对儒家道德和反对儒家哲学就显得过于简单了。至于说贾宝玉是"反封建"，那更是"本质化"了。曹雪芹对儒的态度非单一化，对庄对佛也不是简单地全都照搬。前边已讲了贾宝玉对庄子《胠箧》篇的质疑。这里还想说，《红楼梦》的罪感与佛释又有区别。基督教有罪感，特别是有原罪感，而佛教则没有。佛家认定世界的虚无虚幻，人生没有实在性，因此，人生下来便会产生虚无感。这种虚无感，是错误感，并非罪感。而曹雪芹却不仅有虚无感，而且有罪感，有负债感，有忏悔意识。关于这点，林岗与笔者合著的《罪与文学》，已有专章分析，此处不再重述。这里只是想说明，曹雪芹的哲学乃是独一无二的仅属于他的哲学。

《红楼梦》非常伟大，不仅其文学内涵说不尽，而且其哲学内涵也说不尽。仅就这部小说与中国哲学各流派的关系，就有开发不尽的意蕴。我今天只是开个头，真正是"初步解说"，但愿这个开始，会对《红楼梦》的哲学研究产生一点推动。

第三辑 —— 《红楼梦》议

酸论

　　《红楼梦》中有一个贾宝玉，还有一个甄宝玉。甄宝玉的父亲甄应嘉，是与贾府有老关系的金陵官僚。甄、贾宝玉两个人不仅同名而且长得一模一样。甄宝玉在贾府出现时，贾家上上下下都非常惊讶：两人的身材相貌竟会如此相像。亏得当时贾宝玉身穿孝服，若是一样的衣服穿着，恐怕就分不出来了。见了这一对宝玉，紫鹃还因此一时痴意发作，想起黛玉来，心里说道："可惜林姑娘死了，若不死时，就将那甄宝玉配了她，只怕也是愿意的。"

　　甄宝玉与贾宝玉长得一个模样，可是心思却完全不能沟通。甄宝玉到贾府之前，贾宝玉就听说有一个和他长得一模一样的甄宝玉，他还为此念念在心。那天一见面，果然竟如旧相识一般，贾宝玉便以为这个与他同名同貌的少年必定也是与他同心同类的朋友，也许还可引为知己。然而，一旦谈起来，贾宝玉却很快地发现甄宝玉说的话味道不对。《红楼梦》描写他们两人谈到要紧处，甄宝玉说："世兄是锦衣玉食，无不遂心的，必是文章经济高出人上，所以老伯钟爱，将为席上之珍。弟所以才说尊名方称。"听了这席话后，贾宝玉很不以为然：

> 贾宝玉听这话头又近了禄蠹的旧套，想话回答。贾环见未与他说话，心中早不自在，倒是贾兰听了这话甚觉合意，便说道："世叔所言固是太谦，若论到文章经济，实在从历练中出来的，方为真才实学……"甄宝玉未及答言，贾宝玉听了兰儿的话，心里越发不合，想道：这孩子从几时也学了这一派酸论！

贾宝玉称甄宝玉和贾兰所说的"文章经济"这一番话为"酸论"，真是妙极了。他不敢相信年轻轻的甄宝玉和贾兰也被"酸论"所掌握，以为甄宝玉是在说应酬话，所以又请甄宝玉不要客气，朋友之间还是说些有别于"酸论"的性情中话为好。可是，甄宝玉却连忙说明自己的心思正是在"文章经济"之上："弟少时也曾深恶那些旧套陈言，只是一年长似一年，家君致仕在家，懒于酬应，委弟接待。

后来见过那些大人先生尽都是显亲扬名的人，便是著书立说，无非言忠言孝，自有一番立德立言的事业，方不枉生在圣明之时，也不致负了父亲师长养育教诲之恩，所以把少时那一派迂想痴情渐渐的淘汰了些。"到了这个时候，贾宝玉才深深失望，把甄宝玉引为知己的梦想终于破灭。

甄、贾宝玉相见而相失的故事，除了说明友道不在脸上而在心上的浅近道理之外，更为重要的是，它使我们看到那个时代的价值观念确实已发生深刻的变动。原来被视为正道乃至神圣之道的"立德立言"之议，到了贾宝玉心目中，已成为失去任何新鲜感的"酸论"。贾宝玉会产生酸感，说明他对那一套陈腐的说教已厌恶至极。

贾宝玉毕竟有灵气，会想到"酸论"二字，既精彩又贴切。老一套说教，开始时并不酸，但在时间推移和岁月泡浸之后，拒绝变化，便会发酸发臭。人世间有很多显学，一旦落入老套，便会变成俗学。而不知俗学为俗学，还煞有介事地把它当成"真才实学"加以鼓吹，就会变成酸学。甄宝玉的言论落俗后而又一本正经地宣讲，贾宝玉自然就会产生"酸"感。

贾宝玉和甄宝玉心灵上的"隔膜"，在于对待"酸论"的态度。贾宝玉是性情中人，心灵早已拒绝"酸论"，所有的已经发酸的套话、废话、昏话，他都讨厌。不管这些话出自哪种人，哪怕出自美丽端庄的薛宝钗之口，他也不能接受。正因为他的心灵不被酸论所腐蚀，所以他才保持着人的真性情和灵魂的鲜活力。而甄宝玉津津乐道，被酸论剥夺了灵性而不自知，还把"酸论"作为荣耀，其酸气和他那如珍如玉的相貌实在是极不相宜的。

不过，细想一下，却觉得自己在以往很长的一段时间里，正是甄宝玉。不管有没有著书立说，总是终日言忠言孝言争言斗言彻底言到底，一心想做一番立碑立传立牌立坊立火辣辣红彤彤的事业，口中笔下也是一派酸论。那时虽也知道禅宗要打破"我执"，但不知道每个人身上都有一个真我一个假我，该打破的是假我之执而非真我。那时读《红楼梦》，未想到自己心中也有甄、贾之争，假作真时真亦假，该打破的是甄宝玉这个假我。因为自己正是甄宝玉，所以见到本真己我（贾宝玉）时也不认识，反而觉得他走了邪路。即使认识，见到"真我"在梦中或在偶然的瞬间中冒出来或一"闪念"出来，也会立即把他"斗私批修"下去，至少对他发一番"要坚持斗争哲学""勿忘彻底哲学"的酸论。

贾雨村心态

  《红楼梦》中的贾雨村，是一个很值得玩味的官场人物，他的心态符合所谓"典型"的要求，即这种心态既有个性又带普遍性。

  读过《红楼梦》的人都熟知，贾雨村在得到林如海的鼎力推荐之后，又得到贾政的赏识，并和贾家连了宗。由于得到贾氏这一豪门的照应，加上他自己熟知官场技巧、生存策略，便官运亨通，很快地由知府擢升转入御史，之后，又升为吏部侍郎、兵部尚书，后来因为出了事而降了三级，但不久又因贾府帮忙补授京兆府尹，兼管税务。他因贾家而发达，因贾家而辉煌。他带着林如海的推荐信和贾政见了面，这一见面是他的命运的转折点，从此以后，他便在仕途上飞黄腾达。但是，当宁荣二府被抄时，他深知自己和贾家的关系非同一般，如果不赶快撇清关系，就难保乌纱帽，甚至还要殃及更多的东西，因此，他便"反戈一击"，给贾府狠狠地"踢了一脚"。他的这一行为，《红楼梦》的第一百零七回通过贾府奴人包勇之口做了揭露。包勇愤愤不平地说：

> 别人犹可，独是那个贾大人（即贾雨村——引者）更了不得！我常见他在两府来往，前儿御史虽参了，主子还叫府尹查明实迹再办。你道他怎么样？他本沾过两府的好处，怕人家说他回护一家，他便狠狠的踢了一脚，所以两府里才到底抄了，你道如今的世情还了得吗？

包勇骂的时候，见到贾雨村正好坐着轿子过来，便趁了酒兴继续大声骂道："没良心的男女！怎么忘了我们贾家的恩了！"贾雨村在轿内，听得一个"贾"字，便留心观看，见是一个醉汉，便不理会过去了。

包勇虽然是一个醉汉，却道破了贾雨村的心态。他的一段话用了三个很准确的动词：一是"沾"——沾过两府的好处；二是"怕"——怕人家说他回护贾家；三是"踢"——狠狠地踢一脚，即落井下石。这三个动词中关键是"怕"字，贾雨村"怕人家说他……"这个"人家说"，可能就会断他的路，要他的命，毁他的前程。而他所以这样"怕"，是因为他确实"沾"了好处，并且不是一般的好处，而是当了高官的根本好处。这样，要人家不说话，要不受牵连，就只有选择"踢一脚"的法子了。而且，不仅是一般的踢一脚，而是"狠狠"踢了一脚。"狠狠"二字用得好。不狠，就不足以撇清关系；不狠，就不足以保住自己。只有脚上狠狠地踢，头上的乌纱帽才能牢牢地保住，这是贾雨村的一种心态。

包勇骂贾雨村是"没良心的男女"，书中写道贾雨村听得一个"贾"字，这是很妙的。如果说他全听到而不发怒恐不合适，写他听到了又装着没全听到，姑且当作是醉汉胡说，这又是贾雨村心态的另一端。他不敢发怒，是因为良心在牵制着，但面子毕竟比良心更重要，乌纱帽更比良心有用，让人咒骂"没良心"虽然难受，丢了乌纱帽失去了面子面具更难受，所以只好咽下被一个小奴才臭骂的气。中国官员这种面子大于良心、乌纱帽重于良心的心态是包含着不少苦衷的。

《红楼梦》写贾雨村的反踢一脚，并不是正面铺开地写，而是侧面地借别人之口说出。曹雪芹并没有把贾雨村写成一个简单的忘恩负义之徒。他踢了一脚，也是暗中行事，听到包勇的辱骂，也只能装聋作哑，这比现代某些公开声明"反戈一击"的伶俐人，面皮似乎薄一些，心态也复杂一些。现代人如果沾了某大官的好处，而大官一旦倒台，他们为了表示立场坚定和身心干净，往往慷慨激昂，咬牙切齿，不仅踢一脚，而且要踩上两只脚，甚至踩上一万只脚，"叫他永世不得翻身"。这是不是反映现代人面皮愈来愈厚、良心愈来愈薄的倾向，我不太清楚。如果这种趋向属实，那么，几十年之后，贾雨村那种仅仅"踢了一脚"而且踢了之后还有点恻隐之心的形象，倒是很可爱的了。

贾环执政

　　出身于赵姨娘的贾环，恐怕是贾府公子群里最不争气也最令人讨厌的一个。此人不仅长得獐头鼠目，没有半点贵族气，而且生性粗夯、刁顽、褊狭，完全是个"泼皮"。皇亲国戚府中也生长出这样的小"痞子"，人类社会真是麻烦。赵姨娘在《红楼梦》中，可以说是唯一没有长处的女性，曹雪芹抒写人性均有"复性"的特点，也就是"人物性格的二重组合"，唯独赵姨娘没有。王夫人骂贾环时说："赵姨娘这样混账的东西，留的种子也是这混账的！"这虽近乎"血统论"，但贾环确实是混账东西。

　　我曾想，贾府的接班人如果选定贾环，也就是说，贾府如果由贾环这样的混账执政，将会怎样？想来想去，觉得很不妙。

其实，《红楼梦》已预演过一次贾环执政的情景了。那是在贾府被抄之后。贾府被抄，本已大伤元气，再加上贾母、王熙凤一死，更是陷入一片混乱。在荣国府里，贾赦坐牢，贾政扶贾母灵柩南行，贾琏到配所看望病在牢中的父亲。贾宝玉、贾兰又前去赴考，这时，偌大的荣国府就数贾环是男性主子了。真是"山中无老虎，猴子称大王"，贾环真的占府为王了。《红楼梦》第一百一十九回写了贾环当时的得意：

> 不言宝玉贾兰出门赴考，且说贾环见他们考去，自己又气又恨，便自大为王说："我可要给母亲报仇了。家里一个男人没有，上头大太太依了我，还怕谁！"

这段话把贾环执政时的心境透露得很清楚。贾环"自大为王"后第一个念头是"报仇"雪恨。他一阔脸就变，一为王，脑子就膨胀，不承认自己和自己的母亲作了孽，只记得曾被人家瞧不起，要进行秋后算账。像他这种凶狠刁顽的痞子，复起仇来绝不是好玩的，肯定会来个镇压"反动派"，在他眼里，头号反动派和压迫者是王熙凤，二号反动派则是贾宝玉。宝玉可能从轻处理，王熙凤则一定得从严，如果不斩首恐怕也得坐牢。可是那时王熙凤已死，使他过不了太大的复仇瘾。

贾环虽属混账，但也刁钻，他知道贾府的精英死的死，坐牢的坐牢，出走的出走，"家里一个男人没有！"老虎全都没了，他这猴儿自然是王，虽还有上头的大太太在，但府中无男人，也不能不依他了。这真是时势造英雄，变动的时势使得一个鼠头鼠脑、未完成人的进化的贾环突然高大起来，而且气壮如牛："还怕谁！"

"还怕谁！"这是贾环的意识形态。一旦执政，这种意识形态和权力结合起来可了不得。既然是谁也不怕，那自然就可以无法无天，胡作非为，"无所畏惧"地"胡来"，要什么是什么，要谁就是谁，当然，要宰割谁就宰割谁。毫无敬畏之心，毫无心灵原则和道德边界，这是古今中外一切流氓的特点。

《红楼梦》除了透露出贾环"自大为王"时的念头之外，还写了他的行为。小说写道，贾政、贾琏走后，贾环就趁家政失控之机，偷偷拍卖府里的东西，甚至还"宿娼滥赌，无所不为"。更严重的是在宝玉和贾兰赴考之后，他趁机去调唆邢夫人，策划把自己的亲侄女、年仅十三四岁的巧姐儿送给外藩王爷做妾。而且用心极毒，要在三天内把巧姐儿送走，以在贾琏回来之前把生米做成熟饭。出卖巧姐儿，一可捞到钱财，二可报点王熙凤之仇——虽不过瘾。贾环此举真令人吃惊，原来不被人看在眼里的泼皮，一旦为王，竟如此机敏、干练、有主意。没有心灵原则的流氓，干起坏事也没有任何心理障碍，反而有"效率"了，真不可小看这类痞子。

这样看来，贾环一旦当权，贾府祖辈的贵族遗风就荡然无存，原先还有的虎气、贵族气和体现于贾宝玉和女儿国中的才气、人间气也将一扫而光，剩下的就只有猴子气、泼皮气和乌烟瘴气。幸而贾府在衰败之际，还留下一条根子贾兰，贾政大约会选定孙子辈的贾兰当接班人，否则贾府的未来将不堪设想。

贾环无端恨妙玉

　　贾环与妙玉素不来往，但是，一听到妙玉遭劫的消息，他竟高兴得跳起来，不但幸灾乐祸，还狠狠地"损"了妙玉几句："妙玉这个东西是最讨人嫌的。他一日家捏酸，见了宝玉就眉开眼笑了。我若见了他，他从不拿正眼瞧我一瞧。真要是他，我才趁愿呢！"

　　贾环如此恨妙玉，除了妙玉对宝玉和他采取"两种不同态度"而引起醋意之外，还有更重要的原因，这就是贾环和妙玉的精神气质差别太大了。一属仙气，一属猴气，这种差别，真可用得上"天渊之别""霄壤之别"等词。说人与人之差别比人与动物之差别还要大，这也许是个例证。如果借用尼采的概念来描述，妙玉属超乎一般人的精神水平的"超人"，而贾环则在一般人的精神水平之下，似乎是未完成人的进化的人，接近尼采所说的"末人"。

妙玉自称"槛外人"，她所以超世俗，不仅因为她带发修行，更重要的是她的精神气质格外高贵飘逸。曹雪芹赞美她"气质美如兰，才华馥比仙"。确实，她的气质与才华特异，与俗人有很大的距离，带有一种超常性。这种超常既反映在她的"洁癖"等外在行为方式，同时（更要紧）也反映在她的内在世界。连大观园里最美丽、最有才华的林黛玉、薛宝钗，在她的特异光彩下都觉得不太自在。黛玉在别人面前锋芒毕露，在妙玉面前却小心拘谨，她和宝钗到庵里做客时，刚开口问了一句话，就被妙玉讥笑为"大俗人"，再也不敢多说，坐了一会儿，便起身告辞。妙玉的才华和她的气质一样，也有一种压倒群芳的力量。《红楼梦》第七十六回，写她在中秋之夜论诗写诗，均不同凡响，为林黛玉和史湘云的长篇联句作诗时，竟不假思索，十三韵一挥而就，使林、史惊叹不已，连连称赞她为"诗仙"。中国小说中写超凡的女子形象如此精彩，既不是神，又高高地超越于人群，几乎找不到第二个。

妙玉是脱俗超俗之人，而贾环则比俗人还俗，人是从猴子进化而来的，贾环便是一个猴气有余而人气不足的浑浊生物。《红楼梦》写贾政所看到的自己这个儿子的形象："见宝玉站在眼前，神采飘逸，秀色夺人；看贾环，人物委琐，举止荒疏。"委琐和荒疏，都是缺少人样。最有意思的要数公众对他的印象竟然是一只猴子。第一百一十回中写了众人对李纨诉说他们对贾环的印象：

> 众人道："那一个更不像样儿了。两只眼睛倒像个活猴儿似的，东溜溜，西看看，虽在那里嚎丧，见了奶奶姑娘们来了，他在孝幔子里头净偷着眼儿瞧人呢。"

众人的眼光和众人的评论不仅有趣，而且一下子就抓住贾环的要害：眼睛。眼睛最能反映人的精神气质，而众人竟看出他的眼睛"像活猴儿似的，东溜溜，西看看"。在众人眼里即在普通人眼里贾环也是猴子，可见他并未达到普通人的水平——在精神气质上未完成人的进化。

所以他的哭，众人称为"嚎丧"。但他毕竟不是猴子，有人的食欲性欲，因此一面嚎丧，一面又在孝幔子里偷看女人。这种在精神气质上尚未从猴子界中脱胎出来的人物，和妙玉正好形成两极。倘若没有妙玉这一极做参照系，贾环这一极还可以在人群里混混。有了妙玉做参照，他就显得更丑陋，也被抛得更远。贾环在潜意识里也许本能地感觉到这一点，所以就恨妙玉。如此说来，其恨无端又有端了。

妙玉与贾环，虽处于至优至劣的两极，可是还得共处于一个社会，可见社会管理多不容易。我常想：如果让贾环领导妙玉、黛玉和宝玉们，这个世界将会是什么样子？恐怕他就要用其猴性、猫性的面貌来改造一切，包括改造妙玉和大观园里的女儿国。

贾府的"断后"现象

　　《红楼梦》贾氏的荣宁二府，落得被抄家，当然是悲惨的。而最悲惨的，还是它的"断后"。

　　所谓"断后"，用现代时髦的话说，就是没有"接班人"或叫作"后继无人"。这就是说，这个大家族没有产生出可以伸延其贵族生命的优秀后代，更没有产生出足以支撑和光耀这个家族门面的栋梁之材。

　　这个大家族到了贾宝玉的父辈，还产生了如他父亲贾政这样的符合家国需求的人才。贾政虽无杰出之处，但他干练、规矩、明白，毕竟是个可靠的人。正是他，清楚地感受到他的家族面临着"断后"的危机。这种危机，一是"后"代人丁不旺；二是虽有人丁但不是人才。更严重的是第二条。以荣国府来说，他的子辈就没有他这样的勤勤恳恳之才。他的兄长贾赦之子贾琏，是一个好色之徒，不堪培养也不成气候。他自己的三个儿子，最有希望的是大儿子贾珠，却不幸夭折（这是荣国府"断后"危机的一个严重信号）；二儿子贾宝玉，乃是"混世魔王"，不用说"齐家治国"，连自己的"修身"都成问题，不能有所指望；三儿子贾环，则不仅獐头鼠脑而且生性夯劣，完全是个败家子相。其他的均是女流之辈，在当时都不能做接班人。宁国府比荣国府还糟：尚在支撑宁国府的贾珍及儿子贾蓉均是酒鬼色魔，只知享受而不知创业守业，偷鸡摸狗的本事有一套，持家治国之事却全是外行，其祖辈的雄风豪气早已丧尽。到了最后，荣国府的贾赦一支，只剩下一个巧姐儿。贾政一支则只剩下一个贾兰。贾兰和他的叔叔宝玉去考试，得了个第一百三十七名，这可以算是荣国府唯一的"好苗子"，但是，这根好苗子是否能够存活，存活之后是否能重振祖辈基业还是一个问题。即使有出息，那也是很遥远的事。总之，贾府的"后"，到了贾兰一代，已像将残的烛火，奄奄一息。

　　贾政是贾府里儒者气味最重，也最富有家族责任感的人。简单地说他是封建卫道者不太公平。正因为他有责任感，所以也就和他的家族命运息息相通。他常闷闷不乐，而且对贾宝玉特别"看不上眼"和特别严酷，这种严酷，反映出他的很深的"虑后"。他痛打贾宝玉，完全是"怒其不争"。因为他知道"断后"的严重性，所以最迫切地希望贾宝玉能像他那样支撑起贾家的大厦。然而，贾宝玉偏偏丝毫也没有"立功立德"的念头，偏偏是那样一种拒绝功名、拒绝发达的脾气。这样一种不足以支撑大厦的材料，就不能不使贾政朝夕陷入大苦闷之中。我们可以感到，"断后"的阴影一直笼罩着贾政。

贾政的忧虑和他对贾宝玉的愤怒，是很有道理的。因为中国是"人治"的国家，人存政举，人亡政息，国如此，家也如此。一家一族一国的兴衰，最重要的在于是否"后继有人"。中国喜欢讲"得人"，所谓"得人"就是赢得了延续和发展家国事业的优秀人才。像得了贾琏、贾环那样的人，不能算"得人"，所以"得人"主要的意思是得治家治国的人才。贾政忧虑的"断后"，乃是断了足以支撑王府大厦的"家族精英"。屈原在《离骚》里感慨"国无人"，不是说国家中没有芸芸众生，而是说国中缺少杰出人才。

清朝最后的衰亡，其中很主要的原因，也是发生了爱新觉罗王族的"断后"现象。清初康熙是非常强的皇帝，中经雍正、乾隆、嘉庆也还不错，到了咸丰就不太行了。咸丰是一位倒霉的皇帝，一上台就碰到太平天国革命，平乱治国的本事又不大，仅在位十一年就死了，死时刚三十岁。咸丰之后，皇门便开始发生"断后"的危机。咸丰的儿子同治皇帝在内忧外患之际，还不顾社稷大业，老是出宫嫖妓女，最后死于花柳病。同治在位十三年，死后更是后继无人。慈禧太后只好找她妹妹的儿子光绪来充当皇帝，由恭亲王辅政，自己垂帘听政。光绪死后，继承皇位的溥仪（宣统）只是一个小娃娃，靠这种尚不知事的小孩怎能支撑一个庞大的政权呢？所以，清朝便很快地宣告灭亡。清朝后期的迅速衰落，"断后"显然是一个大原因。

无论是家还是国，形成"断后"现象有三种情况：一是自然中断，这是老天爷不帮忙，产生不了像样的"后"；二是有了"后"之后，不能对"后"进行有效培育，即教育荒疏，使得"后"不能成大器；三是产生了"后"尤其是优秀之"后"而不懂得保护与珍惜，甚至加以摧残和扑灭。对一个现代国家来说，后两种情况更为可怕。一个有眼光、有政治理性的政治家，至少会有贾政似的敏感，知道"断后"意味着怎样的危险。不过，我要替贾政说句公道话，贾府的"断后"，完全属于老天爷不帮忙和贾家子弟不争气，而不是受了老一辈的摧残，其实，贾政是爱子如命，爱才如命。他为贾珠的夭折痛惜又痛惜，就是明证。

彩云姐妹

　　满身猴气的贾环，自然是不讨人喜欢的，但他毕竟是公子哥儿，因此还是有小女子爱他。彩霞和彩云两姐妹就是这种小女子。尤其是彩云，情意相当真。

　　彩霞是姐姐，彩云是妹妹。彩云是王夫人的丫鬟，为了讨贾环的喜欢，常常偷王夫人房里的小东西（如茯苓霜、玫瑰露等）给贾环，算是私赠之物。彩云其实是正经人，但玫瑰露失窃的事被发觉之后，她却没有勇气承认，还挤兑玉钏儿，窝里发炮，吵了一架，弄得贾府皆知。幸而宝玉出面保护她们，把这事兜揽起来，说玫瑰露是他偷的，只是为了吓唬她们俩，玩玩而已。此事贾环知道之后，不仅不感激，还无端起了疑心，认定彩云与宝玉有私情，便大发其狂，将彩云的私赠之物，照着彩云的脸上摔了去，还骂道："这两面三刀的东西，我不稀罕。你不和宝玉好，他如何肯替你应！"彩云见到贾环这个样子，急得发身赌誓地哭了。但贾环不仅不信，还用无赖口吻对彩云说，如果不看素日之情，他就要去告诉二嫂子（指王熙凤），说是"你偷来给我，我不敢要"。见到贾环如此不通情、不明理，连很昏聩的赵姨娘都觉得自己的儿子太混账，骂了贾环一句实在话："你这蛆心孽障！"彩云见到自己的意中人如此混账，一时生气，便趁人不见之时，把那些私物扔到河里，然后躲在被窝里哭了一夜。贾环对彩霞也是如此，老是怀疑她与宝玉相好。这个彩霞和她的妹妹彩云相比，对宝玉虽在感情上有点小瓜葛，但对贾环确实很好。但贾环也总是疑心，因此当他见到宝玉和彩霞有点纠缠，便醋意大发，假装失手，把一盏油汪汪的蜡灯，向宝玉脸上推了去，造成一个轰动贾府的事件。后来，贾环还是把彩霞丢开了。

贾环对彩霞和彩云两姐妹老是怀疑，任凭人家怎么交心发誓，怎么违背良心（偷东西）做贡献，他就是不信任。这种病态性的疑心实际上是他自卑心理在作祟。他生得粗夯，知道自己无论是长相还是地位，都远不如宝玉，因此，他总是疑心两姐妹喜欢宝玉而对他不忠。这种心理，也是人性中常有的弱点，例如，莎士比亚笔下的那个奥赛罗也是如此。奥赛罗可不像贾环那样浑身猴气，他可是英勇善战很有虎气的将帅。但他是一个摩尔人，一身黑色的皮肤，不仅没有贵族的身份和血统，连一般白种人的潇洒风貌也没有，这一点使他自卑。因此，当他得到苔丝狄蒙娜这个血统高贵、聪慧美丽的贵族女子之后，心中的自卑感就进一步加深。以致使他疑心这个非常纯洁的妻子对他不忠。结果，他犯了致命的错误，杀死了最可爱的人，最后，他又惩罚自己，拔剑自刎而死。

每想起这两个故事时，我就胡思乱想，觉得一些知识分子，其实很像彩云与苔丝狄蒙娜。类似彩云的，自然俗气一些；类似苔丝狄蒙娜的，自然是高贵一些。但都有一个共同点，就是十分忠诚于自己"服务"的对象。可是，他们的对象，虽也有杰出者，开朗、开明、开放，但有的则不然，他们总有奥赛罗心理与贾环心理，对知识分子总有一种由自卑引起的古怪的疑心症。像奥赛罗还好，因为他确实自有一番气魄，也知道苔丝狄蒙娜气质非凡，只是觉得自己不配当苔丝狄蒙娜的丈夫，而没有贾环那种流氓气。不过，由于自卑，也总是捕风捉影，为了丢失的一块手帕，就小题大做，要苔丝狄蒙娜交心还不行，非追查个水落石出不可。此事如果遇到贾环就更倒霉了。贾环只想彩云当他的忠心不贰的妻子兼奴才，而且总是无事生非。彩云对他那么好，甚至不惜冒险去偷东西来讨他的欢心，但他还是不信任，所以，倘若不去掉贾环似的心理，彩云们是没法办的，好则躲到被窝里哭，坏则恐怕只能和私赠物一起投河了。

贾代儒论作诗的时间

　　贾政狠狠地打了贾宝玉一顿，差点儿让宝玉丧命。之
后，贾政也有些不忍，大约他知道使用暴力不是个好办法，
还是循循诱导为妥。于是，他便从本家族中选出一个有年
纪也有点学问的贾代儒来掌私塾，以严格地弹压来教导宝
玉。宝玉能否走正路而不走歪门邪道，关系到贾府的命运
即大家族是否"后继有人"的大问题，所以贾政格外重视。
在宝玉上学之前，他一片苦心，对贾宝玉做了一番分析和
教导，这些教导和分析的关键点，就是应当把什么放在"第
一位"的问题：是把"八股文章"放在第一位，还是把诗
词放在第一位。在他们看来，这不仅是程序的先后之分，
而且是人生道路的邪正之分。它关系到宝玉的命运特别是
整个贾府的命运。

贾政先教导宝玉说："做得几句诗词，也并不怎么样，有什么稀罕处！比如应试选举，到底以文章为主，你这上头倒没有一点儿工夫。我可嘱咐你：自今日起，再不许做诗做对的了，单要习学八股文章。限你二年，若毫无长进，你也不用念书了，我也不愿有你这样的儿子了。"之后，贾政又把这一意思和贾代儒商量，说："虽懂得几句诗词，也是胡诌乱道的；就是好了，也不过是风霜月露，与一生的正事毫无关涉。"听了贾政的话之后，贾代儒这位老先生便很冷静地说出一个很重要的道理：

> 我看他相貌也还体面，灵性也还去得，为什么不念书，只是心野贪顽？诗词一道，不是学不得的，只要发达了以后，再学也不迟呢。

贾代儒不像贾政那么冲动和偏激，以为诗词都是胡诌乱道，作好了也不过风霜月露。他老先生比较客观，说诗词不是学不得，关键是个时间问题，即要在"发达"之后再学再写。所谓"发达"，用现代的话说，就是飞黄腾达，即中了科举并当了大官有钱有势有地位之后。而为了"发达"，首先自然是要学好八股，作好文章。贾政听了贾代儒的话，也有所领悟，连忙说："原是如此。"的确，在"发达"之前，如果把精力用于诗词，没有掌握好通向仕途之门的敲门砖，就会永远处于贫穷之中，然而，如果飞黄腾达之后，再读点写点诗词，以附庸风雅，锦上添花，有什么不好呢？所以贾代儒先生说并不是不可以，只是一定要掌握好先后主次，就像我们现代人"突出政治"一样，一定要突出"八股"，把"八股"放在第一位，而吟诗弄词，一定要在"发达之后"。

我不想对贾政和贾代儒给宝玉的人生导引做评价，但要对贾代儒老先生的观点提出一点质疑，即诗词是否应在"发达"之后才作？发达之后是否还能写好诗词？如果不加以质疑，诗词艺术家都接受贾老先生的观念，那么，诗词的命运将是岌岌可危也。

我和贾老先生的主张正相反，觉得诗词要写得好，一定要在"发达"之前，不可在发达之后。诗词要写得好，诗人必定要有真切的人生体验，必定要有各种情感上的波动与折磨。发达之前和发达之后，诗人所处的社会地位和人文环境极不相同，精神、心境、性情也会有很大的不同。因为不"发达"，诗人就容易与人间的苦痛相通，人生的体验就会真切而丰富，作为诗人的真性情也会得到充分表现。诗"穷而后工"，我赞成这种说法。诗人一旦发达，进入宦门、权门、宫廷之门，自然就与广阔的人间隔起一堵高墙。"一入侯门深似海"，能不被各种桂冠所诱惑而继续保持自己的真性情并与人间的痛苦相通的人极少。鲁迅先生的《诗歌之敌》一文，讲的正是这个道理，他的意思也恰恰是认为"发达"乃是诗歌之敌。他认为，博大的诗人之所以博大，就在于他有一种特殊的感觉，可以感受全人间的脉搏，能与天国之极乐及地狱之大苦恼的精神相通。而这种"相通"，必定是在发达之前。发达之后，则不是相通，而是相隔。通的只是豪门权门，诗也就没有了。他说宋玉、司马相如之流的教训，就在于一入权门，就变成了如声色犬马一样的皇帝的玩物。鲁迅先生说，连英国国王查理九世都知道诗人如马一样，不可被养得"太肥"，太肥就跑不动了。"太肥"也就是太"发达"。正如太肥时"肉"就压掉"灵"一样，太发达的桂冠就会压碎诗人的赤子之心，这几乎是一条"规律"。前人说，"文章憎命达"，这是很对的，其实，诗词更是"憎命达"。状元宰相一般都写不出好诗词，就是因为他们已经命"达"了。中国的皇帝写好诗词的，最杰出的是李后主，但他的好诗词不是写在"命达"之时，而是写在当了亡国之君即"命不达"之时。在中国明代"发达"以至成为"台阁重臣"的诗人杨士奇、杨荣、杨溥，他们的诗写了不少，并形成一种台阁体。但是，这些颂扬皇帝权威的诗，均属三流作品，没有一首可称得上杰作。如果做一假设，即屈原、陶渊明、李白、杜甫、苏东坡、李清照、柳永等中国最有代表性的诗人，均是杨士奇一样的台阁重臣，而且进入宫廷之后也不曾被流放过，那么，中国的诗史将会面目全非，光彩全无。

中国的现代诗人，有的经历了"发达"，有的从未经历过"发达"。经历过"发达"的如郭沫若，其变化十分明显。他在发达之前的诗写得很好（如《女神》），发达之后则写得很糟。20世纪下半叶，郭沫若之外的另一些诗人也发达了，但都没有写出可以与发达之前的诗比美的任何一首诗。我所作的《中国当代诗文中的新台阁体》一文，就是感慨郭沫若"发达"之后写的诗乃是一种新台阁体，与他在"五四"所作的《女神》真有霄壤之别。可见，"发达"对诗人绝不是好事。

贾代儒的教导还有一个问题是发达之前只能学八股作八股，如果必须作十年二十年，那么，脑子就被八股占据十年二十年。一个人的真性情被束缚被折磨了十年二十年之后再作诗词，其诗才词才是否还存在，也是很值得怀疑的。把八股背得滚瓜烂熟的状元宰相，有几个是杰出的诗人呢？幸而贾宝玉在听到贾代儒的教导之前已写了不少诗词，也尽了一点诗兴。否则，等到他像他的父亲贾政那样发达之后，就很难作出好诗词了。大观园女才子们如林黛玉、薛宝钗等更没有想到"发达"二字，所以她们的诗词都写得好。我们当代的一些年轻诗人，幸而也没注意到贾代儒老先生的教导，所以也没有先攻八股或先读许多文学理论，也没想到"发达"和"发达"之后再写，否则，他们就不是诗人了。

贾元春谈"颂诗"可以不作

　　贾府的兴盛气象，在贾元妃省亲的时刻，达到了极点。那种荣华富贵的局面，真令人心动，也令人想歌吟一番，写一点颂诗。连平常只看重文章经济、瞧不起诗词的贾政也提笔作诗，作了《归省颂》。

　　贾元春进大观园之后，见园中香烟缭绕、花彩缤纷的一派富丽气象，甚为感动，也想作一篇《灯月赋》或《省亲颂》。然而，她毕竟聪明之极，一转念头，觉得写这种颂体诗，纯属多余，与其白费力气，还不如宽下心来观赏美景。曹雪芹这样描写她的心思：

　　　　本欲作一篇《灯月赋》《省亲颂》，以志今日之事，但又恐入别书的俗套。按此时之景，

即作一赋一赞，也不能形容得尽其妙；即不
作赋赞，其豪华富丽，观者诸君可想而知矣。
所以倒是省了这工夫纸墨，且说正经的为是。

贾元春在富贵风流中，头脑是冷静的。她有相当高的
诗词修养，也能写诗，她之所以不写，是她知道写颂诗难
以摆脱俗调俗套，而诗词一落俗便无价值。何况眼前这繁
荣局面，不写人家也知道，写了纯属白费"工夫纸墨"。
一个皇妃，能有这种艺术见识，真是难得。

想到50至70年代颂体文学那样发达，颂诗到处都是，
实在是消耗了太多心思，不能不感叹我们这些现代人远不
如贾元妃清醒。如果我们也有她那样的理性就不会白白蒸
发掉那么多生命的能量。在50、60、70年代中，几乎所
有的作家都写颂诗，作讴歌文学。仅歌颂领袖的诗词，就
难以计数。我所以称大陆当代的颂诗为"新台阁体"，就
是有感于颂歌的泛滥已造成中国文学境界的下滑。事实也
是如此，想起过去数十年，尽管颂诗汗牛充栋，但能称得
上艺术品留下来的诗词有哪几首呢？贾政的《省亲颂》不
知道是怎么写的，曹雪芹没有公布，我想，一定也是很乏
味的，不知道他会不会把自己的女儿也比作太阳或星星来
歌颂一番？颂歌的目的一般都是为了"媚上"，歌者为了
取媚歌颂对象，总是一面夸大对象，一面矮化自己。为了

讨好皇帝，把皇妃女儿比作太阳完全是可能的。不过，不一定比作红太阳，也可能比作金太阳或金月亮。

贾元妃看穿颂诗无价值，但她没有说出太充分的理由。她不是文学理论家，我们自然也不必这样要求她。不过，我们这些从事文学的人，倒需要想一想为什么颂诗总是写不好。在大观园里从贾宝玉到林黛玉这些才子才女，在元妃省亲那天写的诗，都属颂诗的范围，尽管其水平有差别，但都不如平常他们作的诗那么有意思。从这里想开去，就知道作颂诗时诗人总是离开自己的生命体验和本真状态，缺乏真切的感受。歌颂对象的伟大毕竟不是自己的伟大，歌颂对象的经验毕竟不是自己的经验。可是，诗歌这种东西，就是那么奇怪，离开内心的真情实感就写不好。艺术贵在它是一种自由而独特的存在，每一首诗都是不可替代和不可重复的个性，然而，写颂诗，要作出个性来，实在不容易。不易而要硬写，写出来的自然是千篇一律，于是，也就白费气力。

这么说来，如果有真切的感受，颂诗也可以写好，但是，很可惜，写颂歌的人大多情感不真，总想取悦歌颂对象，说得难听一点，就是想钻入对象的心。但是，被颂扬的对象，包括皇帝皇妃，其心地的宽广度都很有限，所以歌者就得拼命缩小自己，只有缩小了，才能钻入被颂扬者有限的心口。这样一来，写出来的颂歌，境界总是不高，甚至很肉麻，离开文学本性自然也很远，所以，凡是有一点文学尊严感的人，一般都不作颂歌，特别是给皇帝作颂歌。贾元春如果不是皇妃，而是个作家，她大约也不愿意老是为皇帝歌功颂德，为宫廷放声歌唱。

我最喜欢傻大姐

　　《红楼梦》问世之后，大观园女儿国里哪一位女性最可爱，常常引起争论，有时甚至争论得非常激烈，以至于为林黛玉可爱还是薛宝钗可爱而"遂相龃龉，几挥老拳"。这种有趣的争辩到了50年代批判俞平伯先生之后才被平息下去。社会稳定，学术也稳定，人们按照阶级分析方法，断定"薛宝钗之流"属于维持"封建阶级"的孝子贤孙，林黛玉等属于小资产阶级或贵族阶级"革命派"，已没有什么可争论的了。如有争论，就是在私下悄悄地辩护几句，已不带辩论性质。然而在民间，女孩子还是会问，你猜，我最喜欢哪一位？我最像哪一位？

　　当少女们问自己最像哪一位时，自然都希望人们说她像黛玉、宝钗、妙玉、史湘云，至少得像晴雯、鸳鸯、平儿等，绝不会希望人们说她像刘姥姥。然而，有一回聂绀弩和萧红谈话时，萧红问："你猜，我是《红楼梦》里的谁？"聂绀弩却开玩笑地对她说："你是谁，你是傻大姐。"而萧红却也含笑接受了。聂绀弩后来为《萧红选集》作序时，还写进这次谈话。很奇怪，我老想到他们的这次谈话。而且，在思考"我是谁"的问题时，总是想起自己和自己同龄的一些人也像傻大姐。

傻大姐自然是好人。她是贾母的三等丫鬟，生得肥肥胖胖，但人却也老老实实，长着两只大脚，做起粗活来很爽利，这些都无可挑剔，只是没有知识，不动脑子，心性愚顽，一说话就露出傻样，总是让人笑。她最有名的事迹就是到大观园去玩耍时，忽然在山石背后拾到了一个五彩绣香囊，上面绣的是两个人赤条条地相抱，她不认得这"春意儿"，还以为是两个妖精打架。正要去回贾母，恰好邢夫人来了，她便献了上去，邢夫人一看，了不得！便恐吓了她一阵，并要她绝不能告诉别人，她也因此吓得黄了脸，便磕了头呆呆地回去。除了这事，还有一件就是把决定宝玉娶宝钗的秘密事，傻乎乎地在黛玉面前泄露了，使得黛玉一时急火烧心，陷入了痴迷。

我说我和一些同龄人像傻大姐，首先是我们在学习英雄模范时，就一直在学习"傻子精神"。由于对英雄的高贵品格领悟得不好，所以常常听信甘当傻子的说教，以不会动脑筋的傻子自居自得，这种愚顽劲和傻大姐一个样。二是缺少知识，特别是缺少个人的情感知识，虽然没有贫乏得像傻大姐那么严重，但认为夫妻就是"一对红"，认为弗洛伊德就是"反动权威"，认为安娜·卡列尼娜的情人渥伦斯基是"流氓"，此类事还是常常发生。还有一点十分像傻大姐的是，一发现"春意儿"，尚不知道是怎么回事，就作为发现妖精似的"阶级斗争新动向"去向"组织"汇报。傻大姐想的是"回贾母"，我们想的是"回组织"，仅此不同而已。我在大学任"干部"时，就接到好几封女同学告发男同学写给她们的普通爱慕信。我自己是不是告发过别人，一时想不起来。不过，如果有幸遇到，也许会告发。

　　自认是傻大姐，绝不是什么羞耻事。想想当年，我的姐妹们说像谁都不好。说像王熙凤，那是"毒蛇"；说像秦可卿，那是"淫妇"；说像薛宝钗，那是封建制度维护者；说像林黛玉，那是哭哭啼啼的"小资产阶级"；说像妙玉，那是在制造"精神鸦片"的教徒；说像晴雯，她出身贫下中农而爱封建贵族的公子哥儿，属立场不稳……一个一个都经不起"阶级分析"，一个一个都像不得。所以说自己像傻大姐，也并非没有道理。我是男性，自然不好说像哪位姑娘小姐，但可以说喜欢谁。然而想到批判俞平伯先生的可怕，想到贾府乃是阶级斗争之地，该用"阶级分析"方法，也只能说：我最爱的是傻大姐，只有她，才算是贫下中农的阶级好姐妹。

王熙凤兼得三才

　　帮忙，帮闲，帮凶，三者往往难以兼得。在《红楼梦》里，兼而得之的唯有王熙凤一个人。

　　能帮忙的人，至少得肯干，不懒，而且还得有组织能力或社会活动能力。像贾宝玉这种人，也很忙，但他只能算薛宝钗所说的那种"无事忙"，而不能真正"帮忙"。

　　能帮闲的人，则需要有点才气，而且还得有凑趣的本事。像贾环这种粗痞子，就不能帮闲。然而，像贾政这样的人，又太严肃，也帮不了闲。

　　能帮凶的人，就更不容易。这除了性格中需要有残忍的素质之外，还得有点才干。像贾环这种帮不了闲的人，似乎可以帮点凶。但从他出卖"巧姐儿"很快就露出破绽一事看来，也缺少帮凶的才能。至于宝玉，他顶多可帮点闲，绝对帮不了凶。

王熙凤不识一个字，一生仅作过一句诗（即"一夜北风紧"），却能三者兼得，真是奇迹。一提起王熙凤，就想起她的毒辣、凶狠，直接死于她手下或死因与她有关的就有贾瑞、尤二姐、张金哥夫妇、"鲍二家的"等数人。贾瑞、尤二姐之死，不是她帮凶的结果，而是她直接行凶的结果。能直接行凶的，自然更能帮凶。张金哥夫妇的自尽，可算是她帮凶的一例。贾珍说她："从小儿顽笑时，就有杀伐决断，如今出了阁，越发历经老成了。"对于王熙凤的"帮忙"，也无须多论证，只要看她应贾珍之请去协理宁国府的秦可卿之丧，就足以说明她帮忙的能力是何等高超。人们也许只记得她善于帮忙、帮凶，忘记她善于帮闲。她的帮闲才能在贾母面前表现得淋漓尽致。贾母是贾府的真正权威，又是一个大闲人，很需要有人陪着她说说笑笑，即帮她的"闲"。她喜欢王熙凤，就是喜欢她能凑趣，是帮闲高手。帮闲很不容易，要颂扬被帮的权威又要让权威不觉得太俗气。像贾政那种缺少幽默感的人，只能在贾母面前表忠心，帮闲就不行了。但像贾政带去给大观园题匾额的那些酸秀才，只会迎合只会说奉承话也不行。因为王熙凤有帮闲的本事，所以总是讨得贾母的欢心。

当今帮忙、帮闲、帮凶三者兼得的人固然也有，但本事与王熙凤相比实在相去太远。他们也帮忙，但一帮忙就讲"伟大的空话",不办实事,结果是愈帮愈忙。他们也努力帮闲,写了很多颂诗,但大多是一些如贾政那种直接表忠心的奉承话,缺乏幽默感。帮闲就怕乏味,而他们的帮闲常常乏味至极,更糟的是还常带有奴才味。

　　王熙凤虽狠毒,但不容易让人恶心,而后来的帮凶、帮忙与帮闲者却令人恶心。我自然不是在颂扬王熙凤充当帮闲或帮凶,也绝无欣赏帮凶文人或帮闲文人的意思,只是说,人的能力是有独立性的。它固然常常与道义相连,但并不等于就是道义。有的人有道义精神,但能力极差,这种人是好人,而不是能人。有的人则缺乏道义,但有很高的能力,王熙凤就属于这一种人。所以人们称王熙凤是"能人",而不会称她为好人。最糟的是没有道义,又没有能力的人,做起坏事也显得特别丑陋。许多无赖、痞子、泼皮,都属这一类,他们不像王熙凤那样,有一种可供人欣赏的才干和智慧,只有一肚子的脏水。对王熙凤的争论,大约也因为有人从道义上看得多一些,有人从才干上看得多一些。我在两年前写的一篇文章中,曾说王熙凤也属贾府中的"新生代",指的就是她作为"能人"的一面,包括她很会放高利贷,就像现在一些官员学会做生意,也是新现象。我欣赏王熙凤的才干,自然不是欣赏她做坏事,只是感慨我们现代社会的大忙人常常缺乏王熙凤的才干。

言下之意是说，无论标榜什么立场，都应当增长才干，都
应当有本事和智慧，绝不可因为自己有财富或权力，便安
于愚蠢和无能，并无太深的意思。

潇湘馆闹鬼之后

  《红楼梦》写道，林黛玉死后，潇湘馆里一直有哭声。人们都认为馆里在闹鬼，非常害怕。但宝玉知道后，一定要去看看，他相信这是他的林妹妹委屈的鬼魂在哭泣。爱到深处，被爱者变成鬼魂也会爱的。

  提起这件事，王熙凤吓得毛骨悚然，并惊叹宝玉"胆子真大"。而在旁的史湘云立即修正说，这"不是胆大，而是心实"。史湘云说得非常准确。心实处哪有人鬼界限？

  这里有意思的是，王熙凤本来是贾府里胆子最大的人，她宣称自己从不信什么"阴司报应"，也就是我们当代人所说的"彻底唯物主义"。她真的无所畏惧地叱咤了好一阵子风云，可是此时，一说起潇湘馆闹鬼，她却变得异常胆小，浑身打战。王熙凤之所以会这样，如果要让史湘云也做个评价，那她一定要说，这不是胆小，而是心虚。

心虚就怕鬼，这仿佛也是一条"规律"，看来，胆子的大小与心的虚实确实有关。心实才能胆大，心虚自然胆小。"生平不做亏心事，半夜不怕鬼敲门"，也是这个意思。

王熙凤不相信报应，便放胆地做了许多坏事，并害了好几条人命。然而，作孽作得多了，被害者的尸体不断地在自己面前堆积起来，亡灵的眼睛好像紧盯着，确实会使作孽的人心慌。这些堆积的尸首不以王熙凤的意志为转移，沉沉地压住她的灵魂，使她感到有点喘不过气。这似乎正是一种报应，只是被报应的人未必能意识得到。我常常喜欢与朋友说：我相信报应。这并不是我相信线性因果关系，而是认为作孽往往会对自己的心理产生微妙的影响。作孽作多了，就会有噩梦，噩梦也是一种心理报应形式。听说潇湘馆闹鬼，王熙凤竟会吓得发抖。好好的一个贵妇人，竟也发抖，这发抖就是一种报应形式。不作孽的人心里坦坦荡荡，睡得安稳。坦然就是幸福，这也是对其不作孽的报应。

当然，王熙凤的"唯物主义"还不够"彻底"，如果"彻底"，大约就不会害怕报应。但要做到"彻底"，恐怕要修炼很久，一直修炼到众鬼临门而无动于衷。王熙凤自称不怕阴司报应，其实还是害怕的，她唯一的女儿"巧姐儿"让刘姥姥取名，也是为了避灾，显然也是怕报应。可见她还修炼不到家。王熙凤虽然狠毒，但不会使人讨厌，这除了她的才干、风趣等性格特点之外，可能还因为她这种"狠毒"不到家，即残存着一点良知。做了坏事还会有所畏惧，这就是残存的良心在起作用。

现代社会提倡勇敢无畏，这是好的。勇敢自然需要"胆大"。胆大成了价值标准也成了衡量知识分子的标准，我就常被认为是懦弱。一直到了海外，还被某些猛人说成是怯弱。不过，我倒希望这些勇敢的批评家最好是要求人们"心实"，而不要总是要求"胆大"，倘若心不实而胆子大，理性不足而情绪有余，就会胡来，胡作非为。胡来的人，其实未必敢像贾宝玉那样希望走进潇湘馆。

贾赦的读书经

　　《红楼梦》中的贾赦，是一个官场的老油子。他没有什么本事，官位是靠世袭得来的（荣国公的世职由他袭着），但非常世故圆滑，很有生存技巧。他已有几个小老婆了，仍然不满足，还想要贾母跟前的丫头鸳鸯。

　　这个乏味的老官僚，还有一套关于读书的老油子哲学。他说："咱们这样人家，原不必寒窗萤火，只要读些书，比别人略明白些，可以做得官时就跑不了一个官的。何必多费了工夫，反弄出书呆子来？"（第七十五回）

　　贾赦一面是认为书不可一点不读，但读一点是为了捕住当官的机会，以免让"官"帽儿跑掉，一面又认为不可太用功太认真读书，以避免读得入迷反而不懂得官场诀窍。总之读书的用处就是为了做官，书是官场的敲门砖和乌纱帽的捕获器。贾赦讲的道理比我们现代的"读书做官"论更透彻。许多书呆子不懂得贾赦这些道理，所以总是当不了官或当了官之后又丢官。

中国的大官僚家族，往往败落得很快，其原因就是有了世袭制之后，很容易出现贾赦这种官油子。官油子既要享受祖辈父辈的光荣和财产，又没有祖辈父辈的真才实学和其他真本事，更不能像祖辈父辈那样艰苦奋斗创业守业。袭个官位，只想混日子，一辈子坐着蚕食祖宗的遗产。西方一些大企业家的后裔，一二百年后还使自己的家族保持为"旺族"，而中国的大世族则往往败落得很快，所以才发生"君子之泽，五世而斩"的现象。其实，泽及五世的现象并不多，往往两三世就完了。我们读一读《红楼梦》，想一想贾赦的读书经，就知道世袭贵族的迅速破落就因为官油子愈来愈多，人生只靠技巧和遗产，不再靠真才实学了。

像贾赦这种官油子，生活的目的就是求安逸，享受压倒一切，其他的均为手段。读书自然也是享乐的手段，不读不能享受安逸和荣华富贵，读得太苦，也没有安逸可言，要掌握好分寸，这就是人生技巧。贾赦安逸了数十年，悟出这一读书的道理，也不容易。但因为他的读书是骗人的，所以常常露出马脚。例如中秋家宴行击鼓催花令，他说的那个"偏心"的笑话，不仅很乏味，使人一听就知道他缺乏文化素养，而且还无意中冒犯了贾母，讨得个没趣。可见，官场上的老油子并不总是那么"顺溜"开心，在某些需要知识的场合，也是很尴尬的。像贾母这种聪明的人，就很不喜欢他的油味和俗味，偶尔让他碰一点钉子，他也毫无办法。

可惜，贾赦这套读书经，很容易被巧人所欣赏。我国当代生活中流行的读书要"活学活用""急用先学""立竿见影"等办法，也和贾赦的读书经相通，其效果也相同。所谓活学，其实也就是贾赦所说的既要学又不要学得太呆；所谓活用，也像贾赦所说的，做得官时，别让官儿跑掉。古人和今人的心机常能相通。不过，我担心，长此以往，人们读书将愈读愈油，愈读愈滑，最后都变成大大小小的贾赦——大大小小的官油子，这种充满官油子的社会也够乏味的。

小议贾政

　　以往不少红学评论，都把贾政称为"封建主义卫道者"，把他描述成与贾宝玉、林黛玉对立的另一营垒的代表。

　　然而，我总是为贾政抱不平。不知道为什么，也许是立场问题，我尽管很喜欢宝玉、黛玉这些人物，但也并不恨贾政。尽管那么多人批判他，但我对他并不产生恶感。没有恶感、仇恨感，并不等于就喜欢。像对待程朱理学一样，我虽没有恶感，也不太倾心。贾政作为一个儒统的载体，我最不喜欢的地方是常常要摆架子和戴面具。在"大观园试才题对额"时，他明明知道贾宝玉的才华远在其他秀才之上，宝玉给各馆的命名都十分精彩，但他就是不肯在清客们面前说一句夸奖宝玉的话，老是端着一个父道尊严的架子，满脸"寿者相"，实在太不近人情。此时他是一个面具化的人，当然不能让人喜欢。然而，他毕竟有见识，能择"美"而从，全采纳宝玉的"题名"。贾政此番表现，虽有点装模作样，但不能说就是虚伪，所以虽不能让我敬重，却也不会让我厌恶。

贾政是贾府里的孔夫子，在那个历史时代里也算是一个真实的生命存在，正如不能把孔夫子说成是"巧伪人"一样，也不可把他视为一个伪君子。他虽然也因私情而推荐贾雨村，但总的来说，还算清廉严正，品行端庄，是一个不走邪门歪道的人。不能说这种人就不好，非得像他的哥哥贾赦，到了老迈之年还想讨鸳鸯当小老婆才算不伪？他教人尽忠尽孝，也无可非议，而且，他又不是只要求别人"尽"，自己不尽。他确实是个孝子，在事业和情感等各个方面上都尽孝。贾府这座大厦，其实是他支撑着的。他对于母亲的任何教导和责骂，都真诚而惶恐地接受，一点也不掺假。不能说玩女人才是真性情，孝顺母亲就不是真性情。

说他是封建维护者，最重要的根据是说他总是逼迫宝玉注重文章经济，走仕途之路。但是，这也是贾政亲子之情的一种表现形式。他只有三个儿子，大儿子贾珠二十多岁时就夭折，剩下宝玉和庶出的贾环。贾环天生一副痞子气，明眼人一见就可看出他的一副败家子相，因此，他自然对贾宝玉寄予希望，但宝玉又偏恨透了仕途经济，这就不能不成为贾政揪心的遗憾。贾政是一个很有家族责任感的人，他严格要求宝玉，甚至严酷鞭挞宝玉，其实不是在维护某种制度，只是在尽他的责任，维护其家族的命脉。

以往评价贾政，常常太政治意识形态化。用意识形态的尺度来衡量贾政，自然就会给他戴上种种政治帽子。例如，给他一顶"封建卫道者"的帽子。其实所谓"封建卫道"，完全是评论者把先验的概念强加给贾政，贾政本人恐怕不知道什么叫作封建之道。他打贾宝玉时，绝不会认为宝玉的屁股是小资产阶级的屁股，而他的棍子是封建主义棍子。他的痛打，完全来源于他的痛彻之爱即"怒其不争"。宝玉的不争气所造成的贾氏家族的"断后"危机，只有他才有痛彻之感。痛打时他想的是家，绝不是国，也未必是"道"，即未必是"坚持封建主义"或"痛打自由主义"这一类意识形态。

俞平伯先生逝世前两年，不顾年近九十的高龄到香港，并对红学研究发表了一个意见，这就是：《红楼梦》是一部小说，不是政治，应当真正地把它当作小说来研究，多从哲学、文学的角度去领悟。俞先生晚年能说出这种意见，实在是宝贵得很。这一意见的要义，就是希望《红楼梦》的研究应当从牛角尖里和意识形态的偏见中解脱出来，真正把《红楼梦》作为一部小说，对其语言、人物、情节及其哲学、心理内涵，不断地领悟。我想，这一意思，如果用于贾政，将会洗去他身上的许多不白之冤。

《红楼梦》不是政治，贾政也不是政客或政治符号，他是一个活生生的人，一个把秩序和伦理放在优先地位的人（不是把生命自由放在优先地位的人），因此，他也是一个真实的生命存在，既有政治立场，也有道德品格，也有精神取向，也有情感，而每一方面都有其价值。在政治泛化的时代，把政治尺度变成评价人的唯一尺度，一个人只要突出政治，则无论他怎样恶劣，也无所谓，反之，被认为是封建阶级代表人物如贾政者，则无论他如何廉洁尽职如何兢兢业业，也是坏人，这种看人的标准恐怕只能塑造出大唱政治高调而品格低下的怪物。

附

录

"红楼"助我开生面

刘再复谈"红楼四书"的写作

作者：江迅

千古"红楼"，绝世经典。正如西方有"说不尽的莎士比亚"，中国也有一个"说不尽的曹雪芹""说不尽的《红楼梦》"。二十一年前，刘再复离开北京移居海外，揣着两部心爱之书浪迹天涯，其中一部就是《红楼梦》。几乎天天读《红楼梦》的他，在海外孤独岁月中，享受与伟大灵魂相逢的"至乐"。

刘再复说："德国天才诗人海涅曾把《圣经》比喻成犹太人的'袖珍祖国'，我喜欢这一准确的诗情意象，也把《红楼梦》视为自己的袖珍祖国与袖珍故乡。有这部小说在，我的灵魂永远不会缺少温馨。我出国以后，感觉特别孤独，一读《红楼梦》，好像有几百个人和我在一起，特别是那些少男少女纯真的生命和我在一起，整个心情真的不同了，走路、睡觉、吃饭的感觉也不同了。不读《红楼梦》，呼吸就不畅快，思绪就不踏实。"

刘再复的"红楼四书"——《红楼梦悟》《共悟红楼》《红楼人三十种解读》《红楼哲学笔记》最近分别在中国香港和内地由三联书店出版，四书共九十万字，写作时间前后历经十五年，从1995年《独语天涯》开始至今一直思考不断。他说："我讲述《红楼梦》，只是为了拯救自己的生命和延续自己的生命。"他还说："二十年来，我与《红楼梦》的关系可用'红楼助我开生面'一句话来表述。这个'生面'不是顾炎武所说的那种'生面'，而是自己的生命格局和生命状态。《红楼梦》帮助我赢得生命的快乐、生命的提升、生命的信念，帮助我开辟新的生命旅程。"

刘再复的年轻好友、原北京新东方英语学校副校长王强写过一篇文章，如此描述刘再复写作散文的"奥秘"。王强说，萨珊国王因王后与一奴隶私通，盛怒之下将王后与奴隶处死，后又令宰相每天给他献上一少女，同寝一室，翌日杀掉。宰相女儿为拯救少女，自愿献身国王，她每夜给国王讲一个故事，国王因为还想听下一个故事就不杀她，她讲了一千零一个故事。她的讲述是生命需求，是活下去的需求。刘再复的讲述理由完全是宰相女儿式的生存理由，动力就是生命活下去、燃烧下去、思索下去的渴求。

对此，刘再复承认，他的《红楼梦》写作，也是同样的理由。他说："我不讲述《红楼梦》，生命就没劲，生活就没趣，心思就会不安宁，讲述完全是为了确认自己，救援自己，是生命需求，心灵需求。我出国以后，内心有一种窒息感，我知道别人帮不了我，只能自救，当然也要靠书本救赎，给我最大救援的是禅宗和《红楼梦》，两者思想相通。禅宗告诉我，无论你过去经历过什么苦难，有过什么成就，都要以平常心待之。在出国前，我拥有掌声、桂冠和各种荣耀，现在却面临痛苦、挫折，但都要以平常心对待。《红楼梦》告诉我，不要把功名、权力、财富这些外在之物看得太重，不要把自己看得太重要。《红楼梦》所展示的境界、主人公贾宝玉的境界，是不知得失、成败、输赢，自然地把什么都放下的境界，追求的是美的理想。我读《红楼梦》完全是为了心灵的解脱，为了生命的提升，因此我就天天读，月月读，年年读。"

刘再复说，康德所定义的美是超功利的"无目的的合目的性"。他说："我写'红楼四书'，也没有现实的功利目的，没有任何功名之需、市场之需，但又合目的性，即合人类的生存、发展、延续的总目的，也合个人提高生命质量、灵魂质量的总目的。王国维说，美是无用之用。我写作'红楼四书'也是无用之用。"

2009年12月30日，刘再复从美国抵达香港，农历年初一至年初三，他与夫人在朋友陪同下去了珠海。在香港，2010年1月30日，（香港）三联书店举办刘再复的"《红楼梦》与西方哲学"演讲。他此行香港，先是受岭南大学香港赛马会"杰出当代文学客座教授"项目邀请，与中文系主任许子东教授及德国学者顾彬教授合开"中国当代文学史"课，并于2月25日做"文学艺术中的天才现象"的全校性演讲。3月3日起，又受香港城市大学邀请，参与中国文化客座教授讲座系列，分别于3月9日、19日、23日做"《红楼梦》与西方哲学""'双典'中的女性物化现象""李泽厚与中国古代美学"演讲。最近，刘再复出版"红楼四书"之外，还出版了《李泽厚美学概论》，他的《双典批判》（对《水浒传》《三国演义》价值观的批判）也已完成，他的课程主要是讲述这些新著的内容。

6月3日，刘再复将离开香港前往大连、成都等处，之前的5月，可能会去福建走走。当下，中国内地许多大学都邀请他前去讲学。具有指标意义的是，两年前的6月3日，他去了北京。去国十九年后，他终于首度重返北京。有北京朋友说，刘再复此行是"奥德赛之行"。古希腊荷马史诗《伊利亚特》与《奥德赛》，一部描述的是出征，一部抒写的是回归。

对此，刘再复当时接受笔者采访时说："荷马史诗《伊利亚特》与《奥德赛》为什么永远不朽，因为史诗象征着人类的两种基本经验，一个是出发，一个是回归。奥德赛是二十年后回归，我是十九年。这十九年，我赢得自由时间和自由空间，赢得做人的尊严与骄傲。我感到高兴的是丢掉荣华富贵，却守持生命本真，净化与深化了自己的灵魂。这次回归，与十九年前出走的时候心绪不同了，出去的时候，心情很激愤，回来的时候，心情很平静，能以清醒冷静的眼睛观察自己的故国、故都、故人。"此次访谈中他又说，回归比出发还难。回归时有心理障碍，也有舆论障碍，但还是要回归。因为回归才合情。西方文化只讲合理，中国除了讲合理之外，还讲合情。我的乡亲们为我的回归高兴极了。

刘再复于6月3日回到北京。选择在这个日子回北京，不是太敏感了吗？刘再复说："回北京纯粹是精神活动，与政治无关。这次回归，也是一种试验，结果一切都非常顺利。入关抵京，逛街游园，一路顺风，感觉愉快。"刘再复回北京是应凤凰卫视《世纪大讲堂》的邀请，去演讲"中国贵族精神的命运"。1989年他离开中国，2000年第一次重返大陆，去中山大学、华南师范大学演讲；2008年4月下旬去深圳大学演讲；之后又到陕西师范大学演讲。他说，知音毕竟在国内，内地的人文热情比香港高得多，在这里讲述，感到与听众产生了"灵魂的共振"。

记得四年前，曾听刘再复说过，他阅读《红楼梦》，大约经历了四个阶段：大观园外阅读，知其大概；生命进入大观园，面对女儿国，知其精髓；大观园（包括女儿国与贾宝玉）反过来进入他自身生命，得其性灵；走出大观园审视，得其境界。他最早读《红楼梦》是在上大学时，当时只是"用头脑阅读"。二十年前，他撰写的《性格组合论》一书中，就有专门一章论述《红楼梦》的叙事艺术，但只是知性阅读；十五年前在海外出版的《漂流手记》第四卷《独语天涯》，有专门一章讲述《红楼梦》。他说，这才是"用生命阅读""用心灵阅读"。

他称《红楼梦》是"人类的精神坐标，文学的圣经"。他说："出生在《红楼梦》之后是幸运的。我的《红楼梦》研究是在前人基础上再做几件事。最重要的是努力把《红楼梦》研究从知识考古学、历史学、政治意识形态学拉回文学与哲学，努力打通《红楼梦》与人类文化的血脉，努力把《红楼梦》所蕴含的普世人性价值与普世审美价值开掘出来。"2010年2月18日，他从珠海返回香港，接受《SOHO小报》的专访。

问：记得你说过，《红楼梦》是人类精神水准的坐标，怎么理解你这一论断？

答：中国数千年的伟大文化，孕育出《红楼梦》，我们完全可以为《红楼梦》而自豪。《红楼梦》是中国文化精华的集大成者，中国各大家的文化内核都凝聚在其中。

《红楼梦》是曹雪芹这位天才创造的奇迹。它可以与人类有史以来的任何一部伟大作品媲美，它跟《荷马史诗》、但丁的《神曲》、莎士比亚的《哈姆雷特》、歌德的《浮士德》、托尔斯泰的《战争与和平》、陀思妥耶夫斯基的《卡拉马佐夫兄弟》这些经典极品一样，是标志人类精神水准的伟大坐标，我们中国唯有这一部经典能达此水准。先放下审美形式创造上的成就，仅从精神内涵上说，它就涵盖了西方两次文艺复兴的内容，也涵盖了中国三大文化——儒、道、释的根本精神。

问：《红楼梦》怎么涵盖了西方两次文艺复兴内容？

答：西方完成了两次"人的发现"。是两次，不是一次。但我们往往只讲一次，不讲两次。第一次是文艺复兴时期发现人的伟大、人的精彩、人的了不起。正如哈姆雷特所说，人是万物的灵长，是宇宙的精英，是朝臣的眼睛，是学者的辩舌，是军人的利剑。什么好词汇都放在人的身上了，人从中世纪的黑暗里走出来了，站立起来了，他们的策略是回归希腊，回归古典。这是对人的第一次发现。但我们很少注意人的第二次发现。那是19世纪，以叔本华、尼采、卡夫卡为代表，这是现代主义思潮的源头，这次发现是发现人没有那么好，发现人的荒诞、人的脆弱、人的黑暗。叔本华的悲观主义，认定人生注定是个悲剧，因为人不是天使，上帝掌握不了，人倒是被魔鬼所掌控，这个魔鬼便是欲望，欲望满足不了，于是痛苦，于是挣扎，旧的欲望满足了，新的欲望又冒出来，没完没了，苦海无边，因此注定是悲剧，他认定人最大的错误是被生下来了。

问：那么《红楼梦》又怎么涵盖了两次人的发现的内涵呢？

答：王国维引入叔本华的思想来评论《红楼梦》是天才之举，他发现人被欲望所掌握，贾宝玉的"玉"与"欲"同音，他们的悲剧是自加罪，自惩罚，但他没发现《红楼梦》反欲望的一面。今天，距离王国维一百年了，可以比他站得更高，可以说，《红楼梦》的精神内涵，涵盖了两次人的发现，《红楼梦》的第一次发现是发现人的精彩、人的灿烂、人的至真至善至美。真善美体现在少女身上，少女是宇宙的精华，不仅最美丽，而且最聪明。林黛玉、薛宝钗、史湘云、妙玉，一个比一个精彩，个个是诗人，丫鬟、戏子，也是人诗，都很有诗意。《红楼梦》把少女写绝了，把净水世界写绝了，天地的钟灵毓秀全凝聚在女儿身上，从林黛玉、薛宝钗、秦可卿、史湘云、妙玉到鸳鸯、尤三姐，从贵族到丫鬟戏子，都非常美，非常可爱，质美，性美，神美，貌美，都是人之极品、天地极品。《红楼梦》的"梦"，是幻想她们都不要嫁出去，幻想她们在净水世界里永生永在，他认为少女一嫁出去就会变成"鱼目""死珠"，不美了。《红楼梦》第二次人的发现是发现男人大有问题，他们是泥浊世界的主体，贾赦、贾琏、贾蓉、薛蟠等贵族老少都是欲望的化身、荒诞的载体。《好了歌》嘲讽的便是这些男人无休止地追求权力、追求财富、追求功名的荒诞剧，"色"最后成为"空"。因此可以说，西方世界对人的两次发现，《红楼梦》全部涵盖了。

问：你说过，人类最优秀最伟大的三大文化系统，西方哲学、佛教智慧、中国先秦经典，《红楼梦》与这三者关系如何？

答：这三大文化系统，能掌握能打通就不得了。《红楼梦》涵盖了佛教智慧和庄子、老子、孔子、孟子的先秦经典，如果我们将它与西方哲学做比较，就会发现它很了不起。那天在三联演讲，我讲了自己的一些心得，可惜现场似乎没有录音。比如与叔本华相比，曹雪芹对世界也是悲观的，"白茫茫大地真干净"，《红楼梦》在历经色世界以后，历经荣华富贵以后，在色的高空上看到的世界是白茫茫一片，这是阅历而悟，悟透了。与尼采相比，曹雪芹伟大多了，他们两个都深知贵族，都肯定贵族精神，尼采研究贵族历史、贵族精神，最后得出的结论是应当强化贵族特权，强化贵族的权力意志，他认定高贵的源泉在于"对等级的信仰"。他严格区分两种道德，一是上等人道德，一是下等人道德，贵族上等人所代表的道德才是好道德，下等人弱者的道德是不好的道德，生命的本质是权力意志，因此要向弱者下等人开战，弱者道德会导致人类变成"末人"，而不会成为"超人"。《红楼梦》恰恰相反，它贯彻禅宗的不二法门，完全打破贵贱、尊卑的等级之分，超越贵族等级偏见，美与不美，只看心灵，只看人格。下等人晴雯，被当作天使歌颂："身为下贱，心比天高。"高贵的源泉不是来自等级，而是来自心灵。这是很伟大的思想。用禅的语言说，尼采只处于"风动""幡动"的境界，曹雪芹才处于"心动"的境界。曹雪芹的思想比《独立宣言》那种"人人生而平等"的思想早问世那么多年，很了不起。他的思想才代表人类的未来。

问：能再对《红楼梦》涵盖中国三大文化——儒、道、释的内涵做些阐述吗？

答：曹雪芹对儒、道、释涵盖的不是表层内涵，而是深层内涵。他扬弃表层内涵。李泽厚先生把儒家分成表层内涵和深层内涵，这非常重要。表层内涵是典章制度、伦理纲常、意识形态那套东西。但儒家还有深层的内涵，如孝敬父母、重亲情，以情为本体、乐感文化等。道家的表层内涵是术，炼丹术、画符咒那一套，深层的是庄子、老子的思想，很深刻。大乘佛教的禅宗也有表层内涵，外三宝即佛、法（经典）、僧，属于表层内容，禅宗把它改成内三宝即觉、正、净，这是深层内容。慧能很了不起，把佛事三宝变为自性三宝，把外在的求佛求法，变成内在的自觉与彻悟，不用烧香拜佛，心诚就行，把三宝统一成心诚，统一于心灵。《红楼梦》对君君臣臣父父子子，对"文死谏，武死战"这套愚忠秩序，对科举制度很反感，深恶痛绝。在这个层面上，说贾宝玉以至说《红楼梦》反儒，这是对的。但是，笼统地说《红楼梦》是反封建、反儒家整体则不准确。儒对人际温馨、日常情感、世事沧桑的注重以及赋予人和宇宙以巨大情感色彩的文化精神，明显地进入贾宝玉的日常生活和伦理态度中。

问：能不能以贾宝玉做个例证，再讲详细一点？

答：这个嘲讽儒家立功立德的"逆子"贾宝玉，却是个"孝子"，他对父母十分敬重。在他身上，有深厚的血缘伦理，不仅有父子、母子亲情，而且有深厚的兄弟姐妹亲情。他被父亲打得皮破血流，竟没有一句怨言，挨打后照样敬重父亲。他出门去舅父家，几个仆人前呼后拥出府，即将路过贾政书房，当时贾政不在家，但宝玉坚持要下马。仆人说老爷不在，可不用下马。宝玉笑答，门虽锁着，也要下马的。他很孝顺，说明儒家日常生活的行为模式和情感取向，进入他的深层心理。贾宝玉对待其他亲者与兄弟姐妹的态度，包括薛蟠这个呆霸王，也是充满亲情，甚至对仇视他的赵姨娘，他也从未说过她一句坏话。贾宝玉既是"情不情"，又是十足的"亲亲"，儒的"亲亲"哲学和以情感为本体的伦理态度进入他的生命深处。《红楼梦》

把道家的道与术分开。对于"术",它嘲讽得很厉害,贾敬吞丹砂而死,连术也不行。但贾宝玉却充满庄子精神,充满大逍遥、大浪漫、大自在精神。庄子的《齐物论》使中国的平等思想在两千多年前就已占领了世界精神的制高点,与禅的不二法门相通。

问:那天你在香港三联的讲座上说,你读《红楼梦》的方法,是以悟证来替代考证、实证,能展开做说明吗?

答:我阅读《红楼梦》不是用头脑阅读,而是用生命阅读。用头脑阅读,是知性认识,是逻辑推理。用生命阅读,则要放下概念,明心见性,抵达心灵深处,《红楼梦》本身是一部悟书,充满悟性佛性,我们只能用悟对悟,有些东西是无法考证、无法实证的,人类世界有两种真理,一是实在性真理,一是启迪性真理,后者只能去直觉、去感悟。比如《红楼梦》说的"意淫",内涵极为丰富复杂,你怎么实证,怎么论证?但可以悟证。

问:怎么理解"意淫"无法实证、论证,只能悟证?

答:"意淫"是一种爱的想象解决,在现实中性爱没有自由,很难找到可以全身心投入的情爱对象。因此有情人就通过自由想象去完成深邃的情爱。《红楼梦》中的"梦中人"便是在心理活动中,特别是潜意识中实现爱的人。这与柏拉图那种精神恋爱不完全相同,更不是世俗那种爱,"意淫"是心理的、神秘的、无边的、隐私的,不是逻辑的、思辨的，它不受法律制约与道德制约。只能通过感悟的方式去把握它的内涵。

问：你认为自己在读写《红楼梦》中，有什么哲学新发现？

答：我在香港三联组织的演讲会上讲了五点：第一是"心灵本体"即发现《红楼梦》是王阳明式的心学，但不是思辨性心学，而是意象性心学。曹雪芹与王阳明相似，都认定"心外无物"。高鹗很了不起，给《红楼梦》一个具有形而上意味的结局，让主人公出走之前说了一句石破天惊的话："我已经有了心了，要那玉何用！"心才是根本，才是最后的实在。贾宝玉到地球来一回，悟到了这一点，便是"佛"了。佛不是神，佛是彻悟。第二是"大观视角"，我从大观园抽象出一个大观哲学视角，这是哲学性的宏观眼睛，没有时空边界的宇宙极境眼睛。第三是"灵魂悖论"，薛宝钗与林黛玉的冲突，是儒与庄的冲突，这是曹雪芹灵魂的悖论，两者都符合充分理由律，不存在一个你是我非、你死我活的问题，尽管曹雪芹把黛玉放在优先的位置上。第四是"中道智慧"，大乘佛教的最高境界是中道，《红楼梦》的"假作真时真亦假，无为有处有还无"也是中道。中道是比中庸更高的一种境界，中庸在现实关系的矛盾中找到一个平衡点，导致和谐，但须牺牲某些原则。中道则超越世俗的是是非非、真真假假、善善恶恶，在更高的层面上观照人际的纷争，用悲悯的眼光看待一切，贾宝玉就是中道的载体。第五是"澄明境界"，所谓澄明境界便是无差别境界，大明大了境界，佛教的澄明境界一般都以死为前提，即涅槃后才能抵达成佛境界，但《红楼梦》的澄明之境不以死为前提，从而形成独特的澄明幻境、澄明空境、澄明诗境、澄明乡境、澄明止境等。《红楼梦》呈现"有"的悲剧、"有"的荒诞剧，但所有的"有"都来源于"无"。"质本洁来还洁去"，从干净处发生又返回干净处。"无"超越了"有"，又不在"有"之外。有有无无，好好了了，色色空空，观观止止，处处闪射"灵明"之光。

问：读你的《红楼梦悟》和《红楼哲学笔记》，也有个新发现，不是长篇论文，而都是一段段短语，你是出于什么考虑？

答：一段段短语，我称之为"悟语"。我在写作方法上也受大乘佛教，受禅启发，要破一切"执"，包括破"法执"。在方法论上不执于老套老格式。其次也受尼采启发，尼采很多思想，我不赞同，但他哲学影响那么大，方法上却没有执于哲学论文和哲学体系，除了《悲剧的诞生》一书之外，其他的哲学著作都是一小段一小段的表达，大多是言论、感悟、随想录。写"悟语"是一种试验，写了六百则"悟语"，两本书各三百则。读者能全部看完的或许不多，没关系。这样写是为了思想上不受束缚，使自己思想不会停留在封闭的符号系统中。

问：你提出要让《红楼梦》归位，怎么理解？

答：我指的是"文学归位"，即让《红楼梦》研究回到文学判断与审美判断。所以我要紧紧抓住并细读《红楼梦》文本，阐释其精神内涵与审美形式，把《红楼梦》研究从考古学、历史学、政治意识形态学那里拉回到文学，这可称作"文学归位"。在精神价值创造中，文学体现广度，历史体现深度，哲学体现高度。哲学让我们找到一个高度来看《红楼梦》，在哲学制高点上看《红楼梦》，这又可称为《红楼梦》"哲学归位"。

问：你刚才说《红楼梦》除了可作为人类精神水准的坐标，还可以作为中国作家师法的最高文学坐标，怎么理解？

答：我认为，中国作家应当面对《红楼梦》这一文学巅峰，以它为参照系看文学，也看自己。中国当代作家至少有两点与曹雪芹距离很远：一是学养；二是灵魂。曹雪芹的中国文化素养那么深厚，文学素养那么广博全面，真令人惊叹。在小说文本中，文学的各种形式：诗、词、赋、诔、画、曲、咏叹调，无一不精通，无一不精彩。对儒学、庄学、佛学的理解与认识，更是他人难以企及。1949年后成为主流的我国当代作家，多半出身战地记者，战事紧张，学养准备不足，上半世纪留下的作家，学养好一些，偏偏又在政治压力下自我否定，学养用不上。80年代出现的新作家，倒是急于学习，但多数是急于追逐西方各种主义与潮流，学养仍然不足。还有一个灵魂问题，浸透在《红楼梦》中的大慈悲精神，打破一切等级尊卑观念的大慈悲精神便是灵魂。还有充满全书的反俗气、反泥浊的蔑视功名、财富、权力的高尚精神，也是灵魂。当代作家缺少这种大灵魂。

不为点缀而为自救的讲述

原"红楼四书"总序

　　去国十九年，海内外对拙著《漂流手记》（散文九卷）
有不少评论，其中我的年轻好友王强所作的《漂泊的哲学
与叩问的眼睛》一文道破了我的写作"奥秘"：讲述只是
拯救生命的前提和延续生命的必要条件。他以讲述《一千
零一夜》故事的动因为喻，说明我的作品不是身外的点缀
品，而是生命生存的必需品。相传萨珊国国王山鲁亚尔因
王后与一奴隶私通，盛怒之下将王后及奴隶处死。这之后
又命令宰相每天给他献上一少女，同寝一夜，第二天早晨
杀掉，以此报复女人的不忠行为。宰相的女儿谢赫拉查德
为拯救少女，自愿嫁给国王。她每夜给国王讲一个故事，
国王因为还想听下一个故事就不杀她，结果她讲了一千零
一个故事。她的讲述是生命需求，是活下去的需求。我的

《漂流手记》第四卷《独语天涯》，副题叫作"一千零一夜不连贯的思索"，全书写了一千零一则随想录。王强的评论击中要害，说明我的讲述理由完全是谢赫拉查德式的生存理由。王强讲的是我的散文，其实，我的《红楼梦》写作，也是同样的理由、同样的原因。动力也是生命活下去、燃烧下去、思索下去的渴求。不讲述《红楼梦》，生命就没劲，生活就没趣，呼吸就不顺畅，心思就不安宁，讲述完全是为了确认自己，救援自己。正因为这样，在写作《红楼梦悟》之前，我就离不开《红楼梦》，喜欢和朋友讲述《红楼梦》，与那个宰相之女一样，不讲述就会死。至于讲完后要不要形成文字，倒不是那么要紧。倘若不是学校、朋友、出版社逼迫，我大约不会如此投入写作，几年内竟然写了"红楼四书"（包括《红楼梦悟》《共悟红楼》《红楼人三十种解读》《红楼哲学笔记》）。这一点，剑梅也可作证，如果不是她的逼迫，我大约不会对她讲述，而且讲完还认真地整理出《共悟红楼》对话录。

除了个体生命需求之外，还有没有学术上的需求呢？当然也有。不过，这不是缔造学术业绩的需求，而是追寻学术意境的需求。说得明白一点，是想把《红楼梦》的讲述，从意识形态学的意境拉回到心灵学的意境，尤其是从历史学、考古学的意境拉回到文学的意境，做一点"红楼归位"的正事。《红楼梦》本来就是生命大书、心灵大书，本就是一个无比广阔瑰丽的大梦（有此大梦，中华文化才更见力度）。梦可悟证，但难以实证，更难考证。在人文科学中，我们会发现真理有仰仗逻辑分析的实在性真理与非逻辑非分析的启示性真理，后者就难以实证。熊十力先生把智慧区分为量智与性智，前者可实证，后者则只能悟证。世上几个大宗教和中外文化中的一些大哲学家都发现第一义存在（上帝、道、无等）难以言说，既不可证实也不可证伪。康德说"物自体"不可知，与老子的"道可道，非常道"相通。文学蕴含的多半是感性的启示性真理，是难以考证实证甚至难以论证的无穷意味。《红楼梦》中的所谓"意淫"，是一种想象活动。这种想象本身就是神秘的、反规范的、无边无际的心理过程。这恰恰是典型的文学过程。贾宝玉和他的许多"梦中人"的关系，都包含着这种"在想象中实现爱"的关系，这是《红楼梦》很重要的一部分精神内涵，但很难实证与论证，只能悟证。再如小说文本中多次出现的"幽香""香气"，也无法实证。第五回宝玉梦中到太虚幻境，"但闻一缕幽香，竟不知其所焚何物。宝玉遂不禁相问。警幻冷笑道：'此香尘世中既无，尔何能知！'"第十九回中，宝玉在黛玉处，又"只闻得一股幽香"，于是"一把便将黛玉的袖子拉住，要瞧笼着何物。黛玉笑道：'冬寒十月，谁带什么香呢？'宝玉笑道：'既然如此，这香是那里来的？'黛玉道：'连我也不知道。

想必是柜子里头的香气，衣服上熏染的也未可知。'宝玉摇头道：'未必。这香的气味奇怪，不是那些香饼子、香毬子、香袋子的香。'"到底警幻仙子和黛玉身上飘散出的是什么香味，有的学人说，这是美人身上的体香，也有人说是衣服中的物香，而我却通过悟证，说明这是警幻、黛玉"灵魂的芳香"，对于黛玉，也许正是其前世"绛珠仙草"的仙草味。这种不可实证却可让人通过感悟进行想象和审美再创造，便是文学，便是历史学、考古学和其他学科难以企及的文学。我在"红楼四书"中使用的"悟证"法，既不同于知识考证与家世考证，也不同于逻辑论证，虽是近乎禅的通过直觉把握本体的方式，但我却在"悟"中加上"证"，即不是凭虚而悟，而是阅读而悟，参悟时有对小说文本阅读的基础，悟证过程虽与"学"不同，却又有"学"的底蕴与根据。这算不算独立的自性法门，只能留待读者去评论。

《红楼梦》的情思浩如渊海，有待一代一代读者去感悟，而悟证又有益于《红楼梦》研究回归文学。期待"红楼归位"，自然是有感而发。20世纪红学兴旺，但也发生一个文学在红学中往往缺席的问题。以意识形态判断取代文学研究且不说，20世纪一些具有代表性的红学家，固然有王国维、鲁迅、聂绀弩、舒芜等拥抱文学的学人，但无论索隐派、考证派、新证派都忽略了文学本身，所以才有俞平伯先生晚年"多从文学哲学着眼"的呼唤。蔡元培是我最为敬爱的知识分子领袖人物，但以他的名字为符号的"索隐"研究，却把《红楼梦》的无限自由时空狭隘化为一个朝代的有限时空，尽管其经世致用、以"评红"服务于反满的目的可以理解，但其结果毕竟远离了文学。在考证上开山劈岭的胡适，其功不可没，没有他的努力，我们可能还不知道我国最伟大的小说，其作者叫作曹雪芹，也不知道《红楼梦》大体上是作者的自叙传，作品的故事框架与曹雪芹的人生家世框架大致相合。可是，胡适作为一个"历史癖"，却不会欣赏《红楼梦》的辉煌星空，他竟然认为"《红楼梦》比不上《儒林外史》；在文学技术上，《红楼梦》比不上《海上花列传》，也比不上《老残游记》"。他甚至认同苏雪林的论断："原本《红楼梦》也只是一件未成熟的文艺作品。"（1960年11月20日致苏雪林的信，载《胡适论红学》，安徽教育出版社，2006年，第267页）胡适这种看法十分古怪，他断定《红楼梦》"未成熟"，恰恰暴露了自己文学见解的幼稚。鲁迅说："博识家的话多浅，专门家的话多悖。"（《且介亭杂文二集·名人和名言》）专门家胡适倒应了鲁迅"多悖"的评价。把胡适的考证推向更深广也更见功夫的周汝昌先生给我们提供了非常丰富的曹氏家族沧桑的背景材料，使我们在阅读文本时更明白曹雪芹在处理"真事隐"与"假语村"两者关系时费了怎样惊人的功夫（这可能是世界文学史上独一无二的个案）。周先生的《红楼梦新证》成了20世纪红学的一个里程碑，可是，周先生竟然把对《红楼梦》的文学批评、文学鉴赏排除在红学之外，把红学限定在曹氏家世的考证和遗稿的探佚之中，这又一次使红学远离了文学。俞平伯先生早期也错误地认为"《红楼梦》在世界文学中底位置是不很高的""应列第二等"（《红楼梦辨·红楼梦底风格》）。后来他做了修正，认为可列"第一等"。可是，在1980年5月26日的国际研讨会上他却说："我早年的《红楼梦辨》对这书的评价并不太高，甚至偏低了，原是错误的，却亦很少引起人注意。不久我也放弃前说，走到拥曹迷红的队伍里了，应当说是有些可惜的。"（王湜华编：《红楼心解》，陕西师范大学出版社，第276—277页）连俞先生也未能理直气壮地肯定《红楼梦》为世界一流一等作品，勉强肯定之后又发生摇摆，这不能不令人感到困惑。不过，前贤的努力毕竟为我们提供了再思索的前提，即使偏颇也提供我们再创造的可能，无论从哪一个角度上说，我们都应当铭记前人的功劳与足迹。说要把《红楼梦》研究从历史学、考古学拉回文学，这只是我个人的意愿，并没有"扭转乾坤""改造研究世界"的妄念。

德国天才诗人海涅曾把《圣经》比喻成犹太人的"袖珍祖国"，我喜欢这一准确的诗情意象，也把《红楼梦》

视为自己的袖珍祖国与袖珍故乡。有这部小说在，我的灵魂将永远不会缺少温馨。

是为序。

刘再复

2008 年 7 月 10 日

于美国科罗拉多大学校园

图书在版编目（CIP）数据

红楼梦悟 / 刘再复著. —上海：上海三联书店，2021.4

ISBN 978-7-5426-6933-9

I.①红… II.①刘… III.①《红楼梦》研究 IV.①I207.411

中国版本图书馆CIP数据核字（2019）第286970号

红楼梦悟

著　　者 / 刘再复

责任编辑 / 朱静蔚

特约编辑 / 李志卿　项　玮

装帧设计 / 微言视觉 I 苗庆东　周逸凡

监　　制 / 姚　军

责任校对 / 曹雁林

出版发行 / 上海三联书店

　　　　（200030）中国上海市徐汇区漕溪北路331号中金国际广场A座6楼

邮购电话 / 021-22895540

印　　刷 / 河北鹏润印刷有限公司

版　　次 / 2021年4月第1版

印　　次 / 2021年4月第1次印刷

开　　本 / 787×1092　1/32

字　　数 / 257千字

印　　张 / 14.75

书　　号 / ISBN 978-7-5426-6933-9 / I·1588

定　　价 / 68.00元

敬启读者，如发现本书有印装质量问题，请与印刷厂联系 010-60278722。